天下

小心灵狐

物燥

中国鬼狐妖物百谭

[清] 蒲松龄 袁枚
原著

黄凤娇
绘译

巴蜀书社

娇娜从手腕上脱下一只金镯，把它放在肿疮上，然后用手慢慢往下按压。肿疮在金镯里鼓起一寸来高，不像从前饭碗那么大了。

孙翁急忙把夫人喊来，用绳子捆起它的腰，于是拿着绳子的两头，这动物忽然把肚子缩得像管子一样细，几乎就要逃脱了。

子固抬头看时，眼前又站着个阿绣，忙喊母亲来看。母亲和家里人都来了，没谁能分出真假。子固回头再看，连他自己也糊涂了。

我们幽冥地界喜欢把食物装得丰满，所有的食物都要盛得满溢到器皿以外，
千万要记住。

不论何人，只要他好色，与我亲近，我暗中拿锥子刺他的脚心，他立刻便昏死过去。我趁机从锥孔内制取他的鲜血，送给妖魔去喝。

陶生教两人读书，她们聪颖异常，悟性超群，文章讲解过一遍，便不用再问。

八　前方横着条长长的河，有一个妇人在河水边洗着菜，菜的颜色特别紫，枝叶交叉
叠错得像芙蓉花一样。

只见一个妇人在对镜梳妆，屋梁上有个头发乱糟糟的人用绳子勾住她

眨眼间却见公鸡伸着脖子，摇动着头，翅膀直扑挞。低头一看，原来蟋蟀叮在鸡冠上，死命咬住不放。

一二

忽听左眼里有像苍蝇飞动声般大的声音，道："黑漆漆的，真叫人难受！"
右眼中有声音答道："可以一同出去游玩一会儿，出出这口闷气。"

这天晚上，鱼客在湖边的村庄住下，拿着蜡烛正坐着，忽然桌子前面像有只飞鸟飘扬掉落。鱼客过去看，原来是个二十来岁的貌美女子。

见一条红肉三寸多长，像水中游动的鱼儿一样在酒里蠕动着，嘴巴、眼睛都有。僧人说："这是酒的精灵，在瓮中注入水，再将这虫子放入搅拌，立即就能变成上等好酒。"

俩个小人相遇，互相问到哪里去。前一个小人说："我准备去看望杨疤眼。前天看他脸上的气色晦暗不明，多半会遭受凶难。"后一个小人说："我也为此要去看他，你说的一点不错。"

谭晋玄耳朵中有窸窸窣窣的声音，似乎有东西爬出来。他慢慢地睁开眼偷看，看到一个小人，高三寸多，面貌狰狞，丑恶得像夜叉一样，在地上转着走。

忽然有个女子从洞穴中把头伸了过来，她头发挽着凤髻，姿容绝世；又从洞里伸过一条手臂来，皮肤光洁犹如白玉。

窗外站着一个大鬼，个子有屋檐那么高。在昏暗的月光下，看到它的脸黑得象煤炭，眼里闪烁着黄色的光，上身没穿衣服，脚上没穿鞋子，手里拿着弓，腰袋里插满了箭。

屋里有个人走了出来，脖子上长了三个头。每次开口说话，都是三张嘴巴都一齐发声，声音清晰明白，听得很清楚，好像是河南口音。

这对夫妻生了一个夜叉，生下来时全身上下都是蓝色，嘴唇上翻，眼睛又大又圆，鼻子却又塌又小，嘴尖尖的，头发还是红色，手像鸡爪，脚如骆驼蹄。

缺头断臂的尸体，都站起来了，密密麻麻像小树林一样。就看见一个怪物来了，兽头人身，正埋着脑袋啃吃人头，挨个吸人的脑髓。

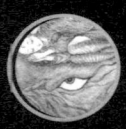

狐生若梦

001

鬼迷心窍

195

兴妖作怪

297

前　言

　　本书的故事主要选自《聊斋志异》，力图展现狐、鬼、妖与人产生的爱恨纠葛。"狐"是《聊斋志异》中塑造的经典角色，所以自然是我们着重选择的题材。为使内容更加丰富多彩，《子不语》中的几则与主题相契合的小故事，也选入书中。

　　蒲松龄《聊斋志异》作为一部传世数百年的佳作，其艺术成就、社会价值、作者生平等方面，无不引发古往今来学者不断的深入研究，赞美之声不绝于耳。自其诞生之后，仿效和改编之作就层出不穷，如今还被改编成多部影视作品，剧目轮番上演。这些改编之作，在扩大其影响力的同时，也在一定程度上掩盖了其原本故事的内容和思想内涵。《聊斋》中流传的经典故事，人们大多已耳熟能详，但又有几人真正了解过故事原貌？我们极力追求原汁原味的故事内容，将其译成现代汉语，以便当代人更好地了解这部传世名著。《聊斋》成书于康熙年间，正处"康乾盛世"之时，今天的读者易认为当时是太平盛世，人民生活富足。但实际上，清朝初年仍是兵荒马乱、战争频发时期。在《狐女》这则故事中，作者幻想主人公被盗寇占领家园时，有狐女前来助他建造出刀枪不入的铜墙铁壁房屋，充分展现出当时人民对安全稳定的居住环境的渴望。再如《鬼哭》里描述顺治年间谢迁之乱，人命如草芥，引发群鬼哭泣，其悲惨状况至今读来令人后背发凉，深深感受到战乱中的苦难。这些篇章隐晦地写出了当时社会不稳、盗贼横行的社会现状。不仅如此，《聊斋》还揭露了在这样苦难的生活中，现实政治的腐败和统治阶级对人民的残酷压迫，家喻户晓的《促织》，就是十分典型的一篇。

当然，《聊斋》最著名的还是写妖狐鬼魅、奇士异人，以妖鬼刻画人性，这些奇特诡谲的故事，向世人展现出一个个至真至性、敢爱敢恨的狐妖鬼怪，如小翠、辛十四娘等，颇具当代独立女性的影子。作者通过对比手法，让人类的愚蠢自私、狡诈阴险在这些可爱单纯的精灵面前显露无疑，字里行间无不洋溢着对美好爱情的歌颂、对高尚情操的推崇，以及对一切丑恶的鞭挞。这些故事中最典型的一个类型，就是讲述穷苦无依的书生，在艰难的奋斗中幻想有一个美丽的狐妖来陪伴、帮助自己——哪怕对方是一个妖怪，也能令人慰藉万分。这是对人类心灵孤寂的描述，是超越时代的永恒主题，也正是《聊斋》在众多志怪小说中脱颖而出的重要原因。《聊斋志异》全书将近五百篇，我们选取的故事，仅其一二，但类型多样，情节丰富，足以管中窥豹。

袁枚所著志怪小说集《子不语》，成书于乾隆年间，正处于中国封建文化专制最严重的时代。乾隆朝所发动的文字狱是有清一代数量最多、波及最广、历时最久的，部分文人转向以想象和虚构为特征的文学创作。《子不语》就是在这种背景下仿效《聊斋》的一部名作。其中所记存的奇闻异事，与作者生前远游，"广采游心骇耳之事"有关。鲁迅在《中国小说史略》中说它"其文屏去雕饰，反近自然，然过于率意，亦多芜秽"，可谓优劣互见。《子不语》共有一千余则故事，我们选取十则左右与本书主旨相关的故事，以作补充和比较。

需要特别提醒读者注意的是，尽管大部分故事都是积极向上的，但它们毕竟是古代的产物，其中难免有部分涉及一些糟粕，还请读者在阅读时注意鉴别。

狐生若梦

　　山东历城县的殷尚书，年少时生活贫苦，却颇有胆量才略。县里有个高门大户的宅邸，占地几十亩，一栋栋房楼连接成片。那片房屋里常有些怪异发生，因此被废弃，没人敢居住。久而久之，宅里就渐渐长满了蓬蒿，就算在青天白日也没人敢进去。一日，殷公正和一众好友饮酒，有人开玩笑说："如果有人敢在这个院子里住一晚上，咱们就凑钱为他摆一桌宴席。"殷公一跃而起道："这又有什么难的！"于是拿着一张席子就去了。众人起哄将他送到那门口，玩笑道："大伙暂且留在这里候着，如果你在里面见到什么不干净的东西，就赶紧大声呼喊。"殷公笑道："如果真的碰见鬼狐，我定当捉住它作证。"

　　殷公走进那宅院，见生长茂盛的莎草、艾蒿密密麻麻遮蔽了道路。这时正是月初，弦月高挂，幸得这昏黄的月光，可以辨认得出门户。殷公摸索着进入一重又一重的庭院，才到了后楼。登上赏月的台榭，月光皎洁，甚是美丽，惹人怜爱，于是便在这里停了下来。抬头向西望着天边的月亮，只见月落西山，余辉如线。殷公在这里坐了很久，也没什么奇怪的事发生，便暗自嘲笑传言的荒谬。随即就地躺下，以石当枕，漫不经心地观赏天上的牛郎织女星。

直到一更天快要结束，殷公正昏沉入睡之际，忽然楼下传来脚步声。来的人脚步杂乱，由远及近，上楼来了。殷公假装睡着，眯着眼偷看，见一个身着青衣的人，手里挑着一只供嫁娶使用的莲花灯上来。那人猝然发现有人躺在此处，吓得连忙后退几步，对身后的人道："有陌生人在此！"身后的人问："是谁呀？"青衣人回答："不认识。"不一会儿，有一个老翁越过前面的人，仔细审视殷公，说："这是殷尚书。他已经熟睡了，只管做我们的事，殷相公豪放不羁，应当不会责怪。"于是领着众人上了楼，楼上所有的门都被打开了。不多时，阁楼房门里往来的人愈发多了起来。楼上灯光闪烁，交错呼应，照得如白日般明亮。殷公轻轻翻身侧卧，故意咳嗽。老翁听见声音，知道他醒了，于是出来向殷公跪下道："小人有个粗笨的女儿，今晚送她出嫁。不是有意触犯贵人，还望您不要怪罪。"殷公起身，拉起老翁说："不知今夜有嫁女的大喜事，在下惭愧没有可以用来祝贺的礼品。"老翁说："贵人光临此处，慑服了凶神恶煞，就是老朽的幸事了。还请您进来喝酒陪坐，老朽全家都感蓬荜生辉。"殷公闻言十分高兴，便答应了。进楼一看，房里摆设物品器具都很华丽。随即有个年纪约有四十多岁妇人出来拜见，老翁说："这是我的老妻。"殷公向她拱手还礼。

坐下不一会儿，就听到笙乐锣鼓震耳，有人跑上来说："迎亲的礼队来了！"老翁赶紧上前迎接，殷公也站在一边等候。片刻后，一簇簇纱灯引导着新郎进来，十七八岁，丰朗俊秀。老翁给他介绍殷公，让他先给殷公这位贵客行礼。少年新郎注视着殷公，殷公像是代表主方迎接新郎的人一样，像半个主人一样还礼。之后翁婿二人才互拜，拜完后入席。一会儿，丫嬛使女，簇拥如云，送来热气蒸腾的佳肴美酒。使用的器具都是玉碗金杯，光亮亮的玉器金碟映照得桌子发亮。酒过数巡，老翁叫侍女请小姐前来。侍女应声"诺"，然后去了。可是许久之后，都没见小姐出来。老翁起身，掀开遮蔽内堂的帷帐，亲自去催促女儿。没多久，几个丫鬟仆妇就簇拥着新娘出来了，新娘身上挂着的环佩叮当作响，兰麝之香四逸。老翁命女儿朝上行礼，新娘行礼后起身坐到了母亲的旁边。殷公侧目稍微看了一眼，只见她鬓插翡翠凤钗，耳饰明珠耳坠，姿容万千。

之后酒席之上改用金爵饮酒，金爵大得能盛数斗。殷公暗自想着这大金爵可以拿给友人作证，于是就悄悄将它揣进衣袖中，假装饮醉靠在几案上，一副颓然而睡的样子。周围的人都说："殷相公喝醉了。"没过一会儿，听新郎说告辞，笙管鼓乐一时大作，众人纷纷送新郎下楼。完事后主人收拾酒具，发现少了一只金爵，四处搜遍了都不曾找到。有人小

狐嫁女

声说可能是醉卧的殷公偷拿了，老翁连忙告诫大家不要乱讲，唯恐殷公听见。

又过了一阵子，殷公听房屋里外都一片安静，这才起身。周围暗无灯火，只剩下空气中弥漫着脂粉香和浓郁的酒气。殷公见看太阳已经照亮了东方，这才从容不迫地出了房门。伸手探袖中的金爵，发现仍然还在里面。来到大门口，友人们已经先在那里等候了，都怀疑他是半夜偷跑了出来，天快亮时又进去的。殷公于是拿出金爵让大家看。众人惊问缘故，殷公就把昨夜所见到的情形告诉了他们。大家都想着这样贵重的东西，贫寒的读书人是拿不出来的，这才相信了他的话。

后来殷公中了进士，担任肥丘县令。当地有家姓朱的世家大族设宴款待，叫家人去拿大酒杯，过了很久也没取来。有个小童在主人耳边掩嘴报告了些什么话，主人听后脸上浮现出怒色。过一会儿才捧来金爵与殷公对饮。殷公仔细一看，金爵的款式以及雕刻的花纹，都与自己从狐狸那偷走的没有分别，大为疑惑，便问朱某是在什么地方打造的。朱某回答说："这金爵家里共有八只，是先父在京城做官时，寻得精巧匠工制作的。这是家传的贵重物品，放在箱子中层层包裹，郑重珍藏很久了。因为县尊大人光临的缘故，才将它们从竹箱里取出来，竟然仅存七只，怀疑是家人偷走了一只。但十年来尘土厚积在包裹上的样子依旧，实在没法解释。"殷公笑着说："那只金爵多半长出双翼飞走了！然而世代传袭的珍宝不可丢失，我有一只金爵，与您的十分相似，应当相赠。"宴席散后，殷公回到官署，翻找出金爵，差人立即送往朱家。

朱某仔细查看一番，万分惊讶。他亲到官署拜访，感谢殷公，并询问这尊金爵来自何处。殷公于是叙述了事情原本。这才知道千里以外的物品，狐狸也能摄取到手，但最后却不敢留在自己的手里。

娇娜

　　书生孔雪笠，是孔子的后代，为人含蓄多情，很会作诗。他有个好友在浙江天台县做县官，来信请他去玩。他到了天台，县官却刚巧去世了。孔生流落在天台县，无法回乡，只好寄居在菩陀寺里，被和尚雇去抄写佛经。在寺庙西面百多步远的地方，有单先生的大院。单先生是官僚世家的子弟，因为打了一场官司，弄得家境败落，加以人丁稀少，已经移居乡下，这座大院就成了空屋。

　　一天，大雪纷飞，路无行人。孔生偶然走过单家门口，正好碰到门里出来一个少年，风度翩翩，仪容美好。那少年一见孔生，马上迎上来，躬身施礼，说了几句客套话后，便恳请孔生到家里做客。孔生挺喜欢这个少年，便爽快地跟他进去。院里房屋不很宽敞，室内到处挂着锦幕，墙上还挂着很多古人的字画。桌上放着一部书，题为《琅嬛琐记》，孔生随手翻开看看，都是自己没有读过的。他以为这个少年住在单家大院，一定是大院的主人，也就没有询问他的家世。那少年倒细问了孔生的经历，对他的困境深表同情，劝他开馆教学生。孔生叹息说："我是流落在外的人，没亲没友的，谁肯替我向人推荐呢？"少年说："如果您不嫌我愚劣的话，我愿拜您为师。"孔生听后大喜，但是不敢当老师，只请求做个朋友。于是问道："这房子为什么总是锁着呢？"少年回答说："这座大院原是单公子的，以前因为单公子搬去乡下住，所以空旷了很长时间。我姓皇甫，祖籍在陕西。因老家被野火烧毁，只好暂时借这里安家。"孔生这时才明白，少年并非单家房主。

当晚两人有说有笑，非常投机。谈到深夜，少年挽留孔生与他同在一床睡觉。第二天清早，便有书童进屋生炭火。少年先起床，进内室去了。孔生还围着被子坐在床上。那个书童跑进来说："太公来啦！"孔生吃了一惊，急忙下床，见一位鬓发雪白的老人走进来，向他殷切致谢，说："先生不嫌我儿子愚顽无知，肯教他读书，我很感激；不过，他刚刚开始学习，先生千万不要因为是朋友，就把他当成同辈相待。"说完，便赠送锦衣一套，貂帽一顶，鞋、袜各一双。等孔生梳洗完毕，便吩咐摆上酒菜。屋里摆设的桌子、床榻、主人穿着的衣服，都十分华丽，叫不出名目，只觉得光彩四射，使人眼花缭乱。斟过几遍酒，老人便起身告辞，拖着拐杖走了。吃完了饭，少年公子送上他做的课业，都是古文诗词，并没有当时流行的八股文。孔生问什么缘故，公子笑着回答说："我不想参加科举考试求取功名。"到了黄昏，又摆了酒宴，说："今晚尽情痛饮，明天就不这样做了。"并招呼书童说："去看看太公睡了没有，要是睡了，就悄悄把香奴叫来。"书童去了一会儿，先把用绣袋装着的琵琶抱来了。随后，进来一个丫头，打扮入时，非常漂亮。公子叫她弹一曲《湘妃怨》。她用象牙拨子勾动琴弦，发出激越悲壮的声音，旋律节奏跟孔生以前所听到过的都不一样。弹完后，又让香奴大杯劝酒。就这样一直玩到三更才散。

第二天，他们清早起来，一道读书。公子非常聪明，能够过目成诵。两三个月后，作文便极精彩警辟。他们约定五天喝一次酒，每次喝酒都叫香奴作陪。有一晚，孔生喝得醉意朦胧，就目不转睛地瞅着香奴。公子明白孔生的心思，就说："这个丫头是我父亲抚养的。哥哥远离家乡，身边没有家眷照料，我早就在日日夜夜代你考虑，不久就可为你物色一个合适的伴侣。"孔生说："你要是帮我找一个，一定要像香奴这样的才好！"公子笑道："你可真是少见多怪，把香奴当作佳人，你的愿望也太容易满足了。"

孔生在皇甫公子家住了半年。一天，他想到郊外闲逛，来到大门口，看见两扇大门反锁着，便问是什么缘故。公子说："家父恐怕由于交游而分散精力，因此闭门谢客。"孔生听后，也就打消了外出的念头。这时正是炎热的夏天，潮湿闷热，便移居到园亭里读书。孔生的胸脯忽然肿起个桃子样的大包，一夜工夫便肿得饭碗那么大，痛得他呻吟不绝。公子早晚都来看望，急得吃不下饭，睡不着觉。又过了几天，毒疮更厉害了，痛得连粥水也不能下咽。太公也来探望，愁得与公子相对叹气。公子说："我前天晚上想，先生的病，娇娜妹妹能够医治，便派人到外祖母家叫她回来，但不知为什么这么久还没来。"说话间，书童进来说："娜姑回来了，还有姨娘和松姑也一同来了。"皇甫父子听了后，急忙跑去迎接。不一会，公子便领着娇娜来看孔生。娇娜年约十三四岁，明亮美丽的眼睛，闪动着智慧的光芒，细柳般的腰肢，显得格外动人。孔生望见这样娇美的女郎，立即忘了呻吟，精神也清爽起来。公子就对妹妹说："这是哥哥的好朋友，如同亲兄弟一样，妹妹要用心给他治一治。"娇娜听后，收起羞涩之态，摆动着长袖子，靠近床铺给孔生看病。在诊脉的时候，孔生闻到娇娜的芬芳气息，似乎比兰花还更香。娇娜笑着说："真该患这种病，心脉动啦！不过病情虽然很险，还是可以治好的，只是毒疮已凝结成块，不割皮削肉是不行的。"说完就从手腕上脱下一只金镯，把它放在肿疮上，然后用手慢慢往下按压。肿疮在金镯里鼓起一寸来高，突出在镯子外，根部的余肿，都收束在镯子里，不像从前饭碗那么大了。她用另一只手撩起衣襟，解下一把佩刀，刀刃比纸还薄，就一手按着镯子，一手握着佩刀，轻轻地贴着疮根割削，紫红色的脓血直往外流，污染了床席。孔生因为贪图接近娇娜的美丽姿容，不但不觉得痛苦，反而恐怕手术结束得太快，使他不能偎傍更多的时间。不一会儿，烂肉割下来了，圆圆的，如同从树上割下的木瘤子。娇娜叫人送些水来，为孔生清洗伤口。

然后从嘴里吐出一粒红色的小丸，弹丸大小，贴肉放好，按着让它旋转。刚转了一圈，孔生就感到热火蒸腾；再转一圈，伤口酥酥发痒；三圈过后，遍体清凉，渗透骨髓。这时，娇娜收起红丸放入喉咙里，说声："好啦!"便快步走出房去。孔生跳下床，跑出去向她致谢。顽固的恶疾好像突然消失了，但心里却老是悬念着娇娜那副光彩照人的姿容，再也无法抑制。

从此以后，他不再看书，成天痴痴地坐着发呆，百无聊赖。公子看透了他的心事，就说："小弟为哥哥物色伴侣，已得到一位很好的配偶。"孔生急问："是谁?"公子说："也是我的亲戚。"孔生沉思了很久，只说了一句："不必费心了。"便转过脸对着墙壁吟道：

> 曾经沧海难为水，
> 除却巫山不是云。

公子领会孔生的意思，就说："家父仰慕你高才博学，常想与你攀亲。但我只有这个小妹妹，年纪太小。我有个表姊，是我姨母的女儿，叫阿松，今年十八岁，颇不粗俗浅陋。你如果不相信，松姐每天都去园亭，你可在前边等着，到时就可以望见她。"孔生照公子的指教，果然看见娇娜陪同一位美女走来，那美女画着又黑又弯的蛾眉，步态婀娜多姿，模样同娇娜不相上下。孔生一看，喜出望外，就请公子给他做媒。第二天，公子从内室出来，向他祝贺说："说妥了!"于是，另外收拾了房子，为孔生举行婚礼。当晚，鼓乐齐鸣，声振长空。孔生原本以为可望而不可即的仙女，今夜忽然同床共枕，因此，他真怀疑月宫仙境也未必就远在云霄之中。婚后，孔生心情舒畅，日子过得很快活。

一天晚上，公子对孔生说："兄长与我一起研究学问相互切磋的恩惠，我任何时候也不会忘记。但最近单公子打完官司回来了，急着要我交还房子，我们打算离开这里到西边去。形势所迫，再也难以聚在一起了。因此，心头充满离别的愁绪，很不是滋味。"孔生表示愿意和他们一起西去。公子却劝他返回故乡，他感到很为难。公子说："不必发愁，我可以立刻送你回家。"说话间，太公领着松娘来了，赠送百两黄金给孔生。公子伸出左右手，分别与他们夫妇两人的手紧紧握住，并嘱咐他们闭上眼睛，不要看。孔生感到身体飘在空中，只听耳边风声呜呜直响。过了很久，公子说："到了。"孔生睁眼一看，果然回到了自己的老家。这才知道公子不是尘世间人。他高兴地去敲家门。母亲开门看到儿子回家，真是料想不到的事，又看见带回一位漂亮的儿媳妇，更感到无比欣慰。等他们回头一看，公子已经无影无踪了。松娘侍奉婆母很孝顺，她的美貌、贤惠远近闻名。

后来，孔生考中进士，被任命为延安府的推官，便带着家属赴任。母亲因为路途遥远，没有跟去。松娘生了一个男孩，取名小宦。不久，孔生因为冒犯了上司，被罢了官，但有些公事尚未了结，不能立即回家。一次，孔生偶然到郊外打猎，遇见一个潇洒的少年，骑着一匹黑马，不断回头看他。

他仔细一瞧，原来是皇甫公子。立即勒马相见，悲喜交集。公子便邀请孔生一起走，到了一个村子，只见树木繁茂，浓荫遮日。公子家的大门上，钉着黄灿灿的大铜钉，豪华得如同贵族世家。打听娇娜近况，知道已经出嫁，岳母也去世了，互相感叹不已。孔生住了一夜，告辞回去，又和松娘一同来探亲。这时，正好娇娜也来了。她抱起松娘的孩子，逗弄着说："姐姐乱了我家的种了！"孔生拜谢她从前治病的恩惠。娇娜笑笑说："姐夫高贵了。疮疤早已愈合，还没忘痛吗？"妹夫吴郎也来拜见，住了两夜才走。

一天，公子满面忧愁地对孔生说："老天爷降下了大灾大难，你能搭救我们吗？"孔生虽然不知道将要发生什么事，但非常坚决地表示一切由他担当。公子急忙跑出去，把全家人都找来，在堂上围着孔生跪拜。孔生大惊，急忙询问原因。公子说："我们不是人类，而是狐狸。今天要遭受雷劫，你如果愿意舍身抵挡劫难，我们全家有可能活下来；不然的话，请你抱着孩子赶快离开这里，不要受我们的连累。"孔生发誓要与他们同生共死。公子就叫他拿着利剑，站立在门口，并嘱咐他说："雷霆轰击的时候，你可千万不要动！"孔生照他所说的站好。转眼间，果然乌云滚滚，白天突然成了黑夜，天昏地暗。回头看看所住之处，再也没有高大的门楼了，只见一个大坟堆，露出一个深不见底的大洞。正在吃惊的时候，霹雳轰隆一声，山岳都震得颠簸起来了，紧接着一阵狂风暴雨，连百年老树都被连根拔起。孔生被震得目眩耳聋，但他还是仗剑挺立，一动也不动。忽然在翻滚的浓烟黑云之中，一个鬼物，尖嘴长爪，从洞里抓了一个人出来，随着烟雾腾空飞起。孔生瞥见那人的衣服鞋子像是娇娜，急忙向上一跳，挥剑砍去，那人随手落下。忽然，一个雷像天崩一样地突然炸响，孔生被击倒在地上，死去了。

过了一会儿，雨过天晴，娇娜自己苏醒过来，看见孔生死在身旁，不禁失声大哭，说："孔郎为我而死，我活着干什么呀！"松娘也赶出来，一起抬着孔生进洞。娇娜让松娘捧着他的头，哥哥用金簪拨开他的牙齿；她自己捏着孔生的两颊，用舌头把红丸送入他的嘴里，便嘴对嘴往里呵气。红丸随气进入喉咙，发出格格的响声。过了好一会儿，孔生苏醒过来了。看见亲戚们都站在自己面前，仿佛刚做了场大梦似的。于是合家团圆，惊慌变成了欢喜。

孔生认为阴冷的墓洞不可久居，就商量一起返乡。大家都表示赞成，唯独娇娜闷闷不乐。孔生邀请她和吴郎一起去，她又担心公婆不肯离开小儿子，商量了整天也没有结果。突然，吴家一个小奴仆汗流浃背、气喘吁吁地跑来，大家惊恐地追问他，原来是吴郎家也在同日遭到劫难，全家都死了，娇娜悲伤得不断顿脚，泪流不止。大家都对她安慰、劝解。这样，一同回乡的事才定下来。

孔生进城办了几天事，便连夜整理行装。回乡以后，让公子全家住在空着的花园里。公子常常把园门反锁起来，只有孔生和松娘来到时才开门。孔生和皇甫兄妹下棋饮酒，谈笑风生，如同一家人。小宦长大了，容貌清秀，有时表现出狐狸的情态。他到城里去玩，人们都知道他是狐仙所生的孩子。

　　异史氏说：我对于孔生，不羡慕他得到一位艳丽的妻子，而羡慕他得到一位亲密的女性朋友。看到她的容貌可以使人忘掉饥饿，听到她的声音可以使人欢笑。得到这样一位好朋友，时常在一起聊天喝酒，那么，精神上的融会，真是远远胜于夫妻之爱了。

焦螟

　　董默庵是一位侍读官，他家中被狐狸作祟所扰。莫名其妙，就会有瓦砾砖石像冰雹一样从天而降，家人只得争相奔逃躲藏，等到瓦砾砖石不再下的间隙，才敢再出来做事。董公十分忧虑，迫于无奈只好向司马孙作庭借宅子躲避，然而狐狸却跟着董公去了新住所，扰乱如故。

　　一天，董公上朝，在待漏院等待时，与同僚们讲述家中的怪事。有位大臣说："有位关东的道士，名叫焦螟，现就在内城住着，主管道教的符法之事，降妖法术甚是灵验。"于是董公专门登门拜访，请焦道士帮忙除狐。焦道士用朱砂画了道符，让董公回家后贴到墙壁上。董公照办后，狐妖却并不畏惧，抛掷砖石反而更加厉害了。董公无奈又去告诉道士，焦道士大怒，亲自去董公家，筑起法坛施展法术。没一会儿，就见一只巨大的狐趴在坛下。董府家人长期受狐祟之苦，早就恨得牙痒痒，一个丫鬟就靠近狐狸击打它，不料这丫鬟却突然直挺挺地倒在地上断了气。道士说："这个东西猖獗得很，我尚且不能立即降服它，小丫头怎敢轻易冒犯它呢！"接着又说："这样也罢，可以借这女子之口问狐狸话。"便戟手指着丫鬟念动咒语，丫鬟忽地起来跪在坛下。道士问："你来自何处？"丫鬟说出狐狸的话："我来自西域，到京城生活已有十八辈子了。"道士又说："这是天子脚下，哪里容得下你们这些东西长久居住？赶快走吧！"狐狸不回答。道士拍着桌子怒喝道："你想违抗我的命令吗？如果再有迟延，神可不会宽容你！"狐狸这才皱起眉头露出害怕的脸色，表示愿依照命行事。道士又催促它速走。这时丫鬟又仆倒在地上没了呼吸，好长一阵子才苏醒过来。顷刻后见四五块白滚滚的像毛毯的东西，顺着屋檐滚动，一个跟着一个，一转眼的工夫就都滚走了。从此之后，董公家才安定无事。

丑
狐

　　穆生是长沙人，家境十分贫寒，冬天连棉衣也穿不上。一天晚上，他正无聊地闷坐在家里，忽然有个女子走进来，只见她衣着十分华丽，容貌却又黑又丑。她笑着问："你冷吗?"穆生吃惊地问她是谁。她回答说："我是个狐仙。可怜你一个人太寂寞，暂且和你一起把冷床暖一下吧。"穆生既害怕她是狐狸，又厌恶她长得丑陋，就大叫起来。狐女掏出一个元宝放在桌上，说："你要是跟我相好，就把元宝送给你。"穆生一见元宝，眉开眼笑地答应了。床上没有被褥，狐女就脱下自己的衣服来代替。睡到天快亮的时候，她起来嘱咐穆生说："我送给你的钱，可马上买些软的绸缎做被褥，剩下的去做件棉衣，再买些粮食，足够用的了。如果能和我永远相好，你今后就不用为贫困担忧了。"说完她就走了。穆生把这件事告诉了妻子，妻子也很高兴，马上买绸缎来缝制。夜里，狐女又来了，看见床上崭新的被褥，高兴地说："你家娘子太辛苦了！"于是留下些银子来酬谢她。从此，狐女每夜都来。临走时，总要留下些金银。过了一年多，穆生家修建得房屋整齐、庭院洁净，一家人都穿上漂亮的衣裳，居然成了个土财主。

后来，狐女送的东西渐渐少了，穆生因此心里厌恶她，就聘请了一个术士，在门上画了一道驱妖符。狐女来了一看，把这道符咬下来丢掉，进屋去指着穆生说："忘恩负义，你算到了极点了，但这道符又能把我怎么样！要是你嫌弃我，我自然会走。只是既然情断义绝了，你以前从我手里得到的一切必须全部还给我！"说完气愤地走了。穆生很害怕，急忙告诉那个术士。术士就搭起法坛，准备驱狐，可还没有布置好，忽然就摔倒在地，血流满面。一看，术士的一只耳朵被割去了。大家吓得要死，连忙四散奔逃；术士也捂着耳朵鼠窜而去。接着，有许多盆子大小的石头被掷进屋里，门窗炊具全被砸烂了。穆生吓得躲在床下，缩作一团，浑身直冒冷汗。不一会儿，只见狐女抱着一只猫头狗尾的怪物进来，把它放在床前，驱使它说："嘻嘻！去咬那坏人的脚！"那怪物就上前咬穆生的鞋子，牙齿比刀还要锋利。穆生吓坏了，想把脚缩回来，无奈四肢动弹不得。怪物咬着他的脚趾头，发出清脆的响声。穆生疼痛难忍，哀叫求饶。狐女说："所有金银珠宝，必须全部交出来，不许隐瞒。"穆生赶紧答应。狐女叫了一声："呵呵！"怪物就不咬了。穆生痛得站不起来，只能把藏东西的地方告诉狐女。狐女亲自去搜寻，除了珠宝、首饰、衣服之外，只得二百多两银子。狐女觉得太少，又叫道："嘻嘻!"怪物又咬起来。穆生哭着哀求饶恕。狐女限他十天之内，偿还六百两银子。穆生答应了，狐女才抱起怪物离去。过了好一阵子，家人才渐渐聚拢，把穆生从床下拉出来，只见他脚上鲜血淋漓，已经被咬去了两个脚趾头。再看看屋里，财物一空，只有当年的破被子还在。大家就把破被子盖在他身上，让他躺在床上养伤。又怕十天后狐女再来，他就把婢女、衣服都卖掉，凑足了六百两银子。到了第十天，狐女果然来了。穆生赶紧把钱交给她，她一声不吭地走了。从此，狐女就再也没有来过。穆生脚上的伤，医治了半年才好，但家境一贫如洗，又像当年一样了。

狐女后来嫁给邻村一个姓于的。于某是个农民，家里也不富裕。但是三年之间，他不仅花钱捐了个监生，而且盖起了大屋，一间连着一间。所穿的漂亮衣服，多半是穆生家里原来的东西。穆生见了，也不敢问。一次，穆生偶然到野外去，路上正好碰见了狐女，便跪在路旁。狐女没有说话，只是用一条白手帕包了五六两银子，远远地扔给穆生，扭头就走了。后来于某不幸早死，狐女还常常到他家去。每去一次，于某家里的财物就少一些。于某的儿子见她来了，就跪下向她行礼，远远地哀求她说："父亲虽然去世了，但我们都还是您的儿子，您纵然不加抚恤照顾，又怎能忍心看着我们穷下去呢?"狐女于是就走了，从此再也没有来过。

异史氏说：邪恶的东西来到跟前，把它杀了也是勇敢的行为；但既然受了它的恩惠，那么，就算它是鬼物也不能对它负心。富贵以后而杀害恩人，贤士豪杰就都要指责他了。一个人，如果不是他心里喜爱的东西，就算是万石粮食又怎能使他动心呢。看他见到银子就喜形于色，不也就是那种只要有好处，即使丧失性命、玷辱品行也毫不顾惜的人吗？可悲哪，贪婪的人，最终只落得个身残名败的结局！

王子服，是山东莒县罗店人，小时候父亲就去世了。他非常聪明，十四岁就考中了秀才。母亲最疼爱他，平时不许他到荒郊野外去游玩。替他和一个姓萧的姑娘订了婚，谁知还没过门那个姑娘就夭折了，所以他一直没有娶亲。

正月十五元宵节那天，他舅舅的儿子吴生邀他一块儿出去游览。刚走到村外，舅舅家里来了个仆人，把吴生叫了回去。王子服看见游女如云，便自个儿乘兴漫游。看到有个少女带着丫头，手里捏着一枝梅花，长得容貌绝世，笑容可掬。王子服目不转睛地看着她，竟然连男女间的顾忌都忘记了。女子从他身边经过，走了几步，回头对丫头说："这小伙子目光灼灼，像个贼！"说完，把梅花丢在地上，说说笑笑地径自走了。王子服捡起那枝梅花，心里十分怅惘，好像丢了魂似的，闷闷不乐地往回走。

　　到家以后，王子服把梅花藏在枕头底下，无精打采地躺下就睡，不说话也不吃东西。母亲很忧虑，请人祭祀求神，驱邪赶鬼，可是他的病却更加沉重，身体也很快消瘦下去了。请医生为他诊治，让他服药发散，他却变得精神恍惚，好像被什么东西迷住了。母亲关切地问他得病的原因，他也默默地一声不吭。刚好吴生来了，母亲就嘱咐吴生私下问问他。吴生来到床前，王子服一看见他就流下了眼泪。吴生挨近床沿，安慰劝解了一番，然后慢慢地问起他得病的原因。王子服把实情都吐露出来，并且恳求吴生为他想想办法。吴生笑着说："你也实在太傻了！这个心愿有什么难实现的？我一定为你去访求。她徒步在野外游玩，必定不是富贵人家的女儿。如果她还没有许配别人，这门亲事定会成功！不然的话，拼着多给钱财，估计也一定会得到应允。只要你病体痊愈，这事就包在我身上。"王子服听了，不觉露出笑容。吴生出来告诉姑母，要她想办法寻访那女子的住处。但是到处都探听访查过了，也没有一点踪迹和头绪。母亲十分忧虑，又想不出什么办法来。不过，自从吴生来过以后，王子服变得面容开朗，也开始吃点东西了。过了几天，吴生又来探望。王子服问他事情办得怎样。吴生骗他说："已经访查到了。我还以为是谁家的人呢，原来是我姑姑的女儿，也就是你的姨表妹，她现在还未订婚。虽然姨表亲联婚有点嫌忌，但只要把真情告诉对方，没有不成功的。"王子服听了，高兴得眉开眼笑，问道："她住在什么地方？"吴生骗他说："住在西南山里，离这里大约三十多里。"王子服又三番四次地嘱托他，吴生坚决表示这事由他负责，于是就走了。

王子服从此饮食逐渐增加，健康情况也一天天好转。看看枕头底下，梅花虽然已经枯了，但花瓣还未脱落。于是拿着梅花，一边把玩，一边凝神地想着，就像见到了那个女子一般。又埋怨吴生迟迟不来，就写信去请他。吴生支吾推托，不肯来。王子服又气又恨，郁郁不乐。母亲怕他旧病复发，就急忙托人为他说亲；谁知才跟他一商量，他就摇着脑袋，表示不愿意，只是天天盼望着吴生。吴生却一直没有音信，他就更加怨恨起来。转念一想，三十里路并不远，又何必依靠别人呢？于是他把梅花揣在衣袖里，赌气自己去寻访，而家里人谁也不知道。

王子服孤零零地一个人走着，又没有可以问路的，只是朝着南山走去。走了三十多里，只见乱山重叠，山野的苍翠令人神清气爽。静悄悄的看不见行人，那险峻的小道，只有飞鸟才能过得去。远远望见山谷底下，隐隐约约有个小村庄，掩映在繁花乱树之中。他下山走进村子，看见房屋不多，又都是茅屋草房，却给人一种整洁幽雅的感觉。有一户大门朝北的人家，门前垂柳依依，墙内的桃花和杏花格外繁盛，中间还夹杂着修长的翠竹，野鸟在里面啾啾地鸣叫。王子服以为这一定是人家的园亭，不敢冒冒失失地走进去。回头看见大门的对面，有一块光滑洁净的大石头，就走过去坐在上面休息一下。一会儿，听见墙内有个女子在拉长声音呼唤，"小——荣——"，声音很娇细。王子服正在那里侧耳细听，一个女子由东向西走过来，手里拿着一朵杏花，低着头往自己的发髻上插，她抬头看见王子服，就不再插了，满脸含笑地捏弄着花朵走进屋去。王子服仔细一看，正是元宵节那天在路上遇见的女子。他心里顿时高兴起来，但又想到没有理由进门，想要呼唤姨妈，又顾虑到从来没有来往，恐怕弄错了。看看大门内，又没有人可以询问。急得他一会儿坐着，一会儿又躺着，一会儿又心神不定地走来走去。早晨过了，中午又过了，他眼巴巴地盼望着，连饥渴都忘记了。不时看见那女子露出半个脸来偷看，似乎对他一直呆在那儿感到很惊讶。忽然一个老妇人拄着拐杖走出来，问王子服："你是从哪儿来的小伙子？听说从早上就来了，一直待到现在。你打算干什么？难道不饿吗？"王子服连忙起来给她作揖行礼，回答说："我是来探望亲戚的。"老妇人耳聋听不清，王子服又大声说了一遍，老妇人就问他："你的亲戚姓什么？"王子服回答不出来。老妇人笑着说："真是怪事啊！连姓名都不知道，还探望什么亲戚？我看你这个年轻人，也是个书呆子罢了，不如跟我来，吃点粗米饭。我家里有张小床，可以给你睡觉，等到明天早上回去，问清姓名，再来探访也不迟。"王子服正因肚子饿了想吃东西，又想到可以渐渐接近那美丽的女子，心里高兴极了。

他跟着老妇人进去，只见门里白石铺路，路两边都是红花，花瓣片片散落在石阶上，曲曲折折地向西走去，又打开一道门，满院子都是豆棚花架。老妇人很礼貌地请他进屋。屋里的墙壁粉刷得光洁明亮，好像镜子一样。窗外的海棠，

天干物燥

小心鬼狐

026

连枝带花伸进屋内；褥垫、桌椅、床铺，没有一样不洁净光泽。王子服刚坐下，就发觉有人从窗外隐隐约约地往里偷看。老妇人喊道："小荣！要快点做饭。"外面有个丫头"噢"地应了一声。彼此坐定，王子服详细地说了自己的家世、门第。老妇人说："你的外祖家，莫不是姓吴吗？"王子服说："是的。"老妇人吃惊地说："你原来是我的姨甥啊！你的母亲，是我妹妹。近年来因为家境贫寒，又连个男孩子都没有，竟至音讯不通。姨甥长得这么大了，还不认识呢！"王子服说："我这次来就是专门探望姨妈的，只是匆匆忙忙就把姓名忘记了。"老妇人说："我的夫家姓秦，并没有生儿育女，只有一个女儿，也是庶出。她母亲后来改嫁了，就把她留给我抚养。人倒也不笨，只是缺少教育，整日嬉笑，从不知忧愁。待会儿叫她来拜识你。"没多久，丫头准备好饭菜，只见鸡鸭肥嫩，老妇人殷勤地劝他多吃一些。吃完了饭，丫头来收拾餐具，老妇人说："去叫宁姑来。"丫头答应着走了。好一会儿，听见门外隐隐约约传来一阵笑声。老妇人又喊道："婴宁，你的姨表兄在这里。"门外仍然嗤嗤地笑个不停。丫头把她推进屋里，她还用手遮着嘴巴，笑得无法抑制。老妇人瞪了她一眼说："有客人在，这样嘻嘻哈哈的，像个什么样子？"婴宁强忍着笑站在那里，王子服向她作了个揖。老妇说："这是你阿姨的儿子，姓王。一家人还互相不认识，这才真是好笑。"王子服问："表妹今年多大了？"老妇人没有听清楚，王子服又说了一遍，婴宁又笑得好久抬不起头来。老妇人对王子服说："我说她缺少教育，这就可以看到了。已经十六岁了，还

傻乎乎的像个小孩子。"王子服说："她比甥儿小一岁。"老妇人说："姨甥已经十七岁了，莫不是庚午年出生，属马的吗？"王子服点头说是。老妇人又问："姨甥媳妇是谁呢？"王子服回答说："还没有。"老妇人说："像姨甥这样的才貌，怎么十七岁还没有娶亲呢？婴宁也还没有婆家，你们倒是极好的一对，可惜是内亲，有些嫌忌。"王子服没有说话，只是目不转睛地看着婴宁，顾不得别的。丫头小声地对婴宁说："你看他目光灼灼的，贼腔还没改！"婴宁又大笑起来，对丫头说："去看看碧桃花开了没有。"就急忙站起来，用衣袖遮着嘴巴，迈着小步出去了。到了门外，才放声大笑起来。老妇人也站起来，叫丫头铺好被褥，给王子服安置休息的地方。又说："姨甥来一趟不容易，应该留下来多住三五天，迟些日子再送你回去。要是嫌屋里寂寞沉闷，屋后有个小园，可以到那里散散心，还有书可以读。"

　　第二天，王子服来到屋后，果然有个半亩地的小园，细嫩的绿草像铺着一层毡子，杨柳的花絮飘落在草地上；有三间草房，被花木环绕着。他穿过花丛慢慢地散步，忽然听见树上发出窸窣的声音，抬头一看，原来是婴宁在上面。她看见王子服走过来，狂笑不止，差点儿要掉下来。王子服说："不要这样，要摔下来了！"婴宁一边下来，一边笑着，笑得简直无法抑制。刚要落地时，失手掉了下来，笑声才停住。王子服连忙扶住她，又偷偷地捏了一下她的手腕。婴宁又笑起来，倚着树干笑得走不动，过了很久才停下来。王子服等她笑声停住了，就拿出衣袖里的梅花给她看。婴宁接过花说：

"已经枯萎了，怎么还留着？"王子服说："这是元宵节时妹妹遗下的，所以我把它保存着。"婴宁问："保存它有什么意思？"王子服回答说："用它来表示永远相爱啊！自从元宵节相遇以后，我苦苦相思，以致得了重病，自以为一定活不了啦！没想到还能够看到你的容貌，万望你能够怜悯我。"婴宁说："这是小事情。我们是姨表亲戚，有什么舍不得的？等你要回去的时候，一定叫老仆人来，把园子里的花折它一大捆背着给你送去。"王子服说："妹妹傻了吗？"婴宁反问道："怎么傻啦？"王子服说："我不是爱花，而是爱那拿着花朵的人啊！"婴宁说："我们有亲戚之情，你爱我那还用说吗？"王子服说："我所说的爱，不是亲戚之间的爱，而是夫妻间的爱。"婴宁问："这有什么不同呢？"王子服说："夫妻间的爱，是到了夜里就同床共枕啊。"婴宁低着头想了很久，说："我不习惯和陌生人一块儿睡觉。"话还没说完，丫头已蹑手蹑脚来到跟前，王子服惊惶不安地溜走了。

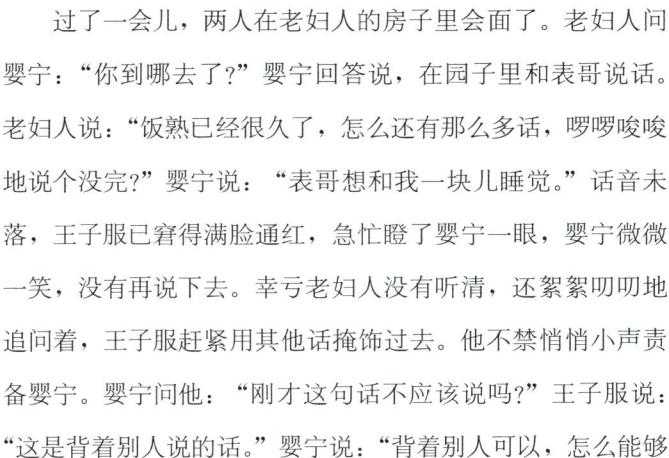

过了一会儿，两人在老妇人的房子里会面了。老妇人问婴宁："你到哪去了？"婴宁回答说，在园子里和表哥说话。老妇人说："饭熟已经很久了，怎么还有那么多话，啰啰唆唆地说个没完？"婴宁说："表哥想和我一块儿睡觉。"话音未落，王子服已窘得满脸通红，急忙瞪了婴宁一眼，婴宁微微一笑，没有再说下去。幸亏老妇人没有听清，还絮絮叨叨地追问着，王子服赶紧用其他话掩饰过去。他不禁悄悄小声责备婴宁。婴宁问他："刚才这句话不应该说吗？"王子服说："这是背着别人说的话。"婴宁说："背着别人可以，怎么能够背着老母亲呢？况且睡觉也是常事，有什么好隐瞒的？"王子服恼恨她太傻，可又没办法让她明白。

刚吃完饭，家里的人牵着两头驴子来找王子服。原来，母亲在家等了王子服很久，也不见他回来，这才开始惊疑，村子里几乎都找遍了，还是毫无踪迹。于是就去问吴生。吴生想起以前对他说过的话，就教他们到西南山的村子里去寻找，家人一路找了好几个村子，才来到这里。王子服一出门，刚好遇上了他们，便进去告诉老妇人，并且请求带婴宁一块儿回去。老妇人高兴地说："我有这个心愿，已经不是一朝一夕了。只是我这把老骨头，不能出远门；现在幸得姨甥带妹子去，让她认识阿姨，实在太好了！"说完就呼唤婴宁，婴宁笑着来到跟前。老妇人说："有什么高兴的事，总是笑个不停？你要能不笑，就是一个完美的人了。"于是很生气地瞪着她，然后又对她说："大哥要你一起去，你可以去整理打扮一下。"又招待王家的人用了酒饭，才把他们送出门。临别，她嘱咐婴宁说："你阿姨家田地家产很丰裕，养得起吃闲饭的人。你到了那里，暂时就不要回来了，学一点诗书礼仪，也好侍奉公婆。就麻烦阿姨替你找一个好女婿。"两个人听完以后就启程了。走到山坳，回过头来，还依稀看见老妇人倚着门向北眺望呢。

到了家里，母亲看到这美丽的女子，很惊奇地问她是谁。王子服回答说是姨妈的女儿。母亲说："前些日子吴生和你说的话，是骗你的。我没有姐姐，怎么会有姨甥呢？"于是转过头去问婴宁，婴宁说："我不是这个妈妈生的。爸爸姓秦，他去世的时候，我还在襁褓里，当时的事还记不得。"母亲说："我有一个姐姐嫁给姓秦的，倒千真万确，可是她很早就死了，哪能又活着呢？"于是详细地询问那老妇人容貌如何，是否有痣等等，婴宁所说的情况都跟其姊姊完全符合。母亲这就更加怀疑了："是没错，可是她已经死了多年，怎么还会活着？"

正在疑虑的时候，吴生来了，婴宁就躲进内屋去。吴生问清了缘故，也疑惑不解，过了很久，忽然问道："这女子名叫婴宁吗？"王子服点头说是。吴生连叫怪事。大家问他是怎么知道的，吴生说："秦家姑母去世以后，姑丈独自生活，被狐狸迷住，得了痨瘵症死了。那狐狸生了个女儿，名叫婴宁。当时包在襁褓里睡在床上，家人都看到过。姑丈去世后，狐狸还常常来；后来请求张天师画了一道符贴在墙壁上，狐狸就带着女儿走了。恐怕就是这个婴宁吧！"大家都很疑惑，互相猜测。只听见内屋传来吃吃的声音，全是婴宁的笑声。母亲说："这孩子也太憨了。"吴生请求当面见见她。母亲走进内屋，婴宁还在大笑不止，顾不得打招呼。母亲催促她出去，她才极力忍住笑，又面向墙壁好一会才出来。刚行个礼，转身就跑回内屋，放声大笑。满屋子的妇女，都被她惹得笑起来。

吴生建议让他到山里去探查一下那怪异的事，顺便做媒提亲。他找到那个村庄的所在地，房屋全都不见了，只有零零落落的山花。吴生回忆姑母埋葬的地方，好像就在不远处，但坟已湮没，无法辨认，只好叹息着转回去。

王母怀疑婴宁是鬼，就把吴生的话告诉了她，婴宁却没有一点害怕的样子；又可怜她无家可归，安慰她，她也毫不感到悲哀，只还一味憨笑罢了。大家都无法猜透这件事情。母亲就叫她和小女儿一块儿住。天刚蒙蒙亮，她就过来问候。做起针线活，非常精巧，没有人能比得上。只是很爱笑，你怎么禁也禁不住；不过她笑的时候很好看，就算是狂笑也不会损害她那娇媚的姿容。人们都很喜欢她，邻居的少女和少妇，争着来讨好她，和她交朋友。

母亲选择了吉日良辰准备为他们举办婚礼，但始终害怕婴宁是个鬼物。暗中在太阳光里窥看她，她的身影和普通人的毫无不同。到了结婚那天，让她穿上盛装行新婚媳妇的礼节；婴宁却笑得直不起身来，无法行礼，只好作罢。王子服觉得她太痴傻，怕她泄漏了夫妻间的房中秘事，可是婴宁守口如瓶，一句也没有向别人透露过。每逢母亲愁闷生气的时候，婴宁来到跟前，笑一笑，母亲马上就解除了烦恼。丫头犯了小的过错，害怕挨打，就求婴宁到母亲那里和她说话，然后犯了过错的丫头再去自首认错，常常可以免去责罚。

婴宁爱花成癖，向所有的亲戚朋友物色好花；又偷偷典当了金钗，购买良种。几个月的工夫，台阶前、篱笆旁、厕所边，没有一处不种满了花卉。庭院后面有一棵木香，紧靠着西边邻居的家，婴宁时常爬上去攀摘，用来插戴、玩赏。母亲每次遇见，总是责备她，她却始终改不了。一天，西邻家的儿子看见婴宁，顿时两眼发直，神魂颠倒。婴宁不但没有回避，反而笑了起来。西邻的儿子以为婴宁对他有意，心里越发淫薄。婴宁指指墙脚，笑着爬下树来。西邻的儿子以为是向他指示约会的地方，高兴极了。等天一黑，就来到那墙脚下，婴宁果然在那里。他跑上去奸淫她，不料下部像是受到锥刺，一直痛到心里，不由得大叫一声，倒在地上。仔细一看，并不是婴宁，而是一根倒在墙边的枯木，所交接的原来是枯木上被雨水淋出来的烂窟窿。他父亲听到号叫声，急忙跑出来查问，他只是呻吟着不肯说。等到妻子来了，才把实情告诉她。点着灯火照照那个窟窿，只见里面有一只大蝎子，小螃蟹那么大。他父亲劈碎了木头，把蝎子捉出来杀死了，然后把儿子背回家里，半夜儿子就死了。这家邻居就跟王子服打官司，告发婴宁妖邪怪异。县官一向敬慕王子服的才学，早就知道他是个忠厚老实的书生，认为西邻的老头儿是诬告，就要加以责打。王子服为他求情赦免，县官就把邻居赶出衙门，算是无罪释放了。母亲对婴宁说："你疯疯癫癫到这种程度，我早就知道过分的高兴总是隐伏着忧愁。多亏县官神明，才没有受到牵累；要是遇到一个糊涂县官，一定把你抓到公堂上对质，那时我儿子还有什么面目去见亲戚乡邻呢？"婴宁听了，神情严肃起来，发誓不再笑了。母亲说："人没有不笑的，只是要看时候。"可是婴宁从此竟不再笑了，即使故意逗她，她也始终不笑。不过她一天到晚也未曾流露过忧愁。

一天晚上，婴宁忽然对着王子服流下了眼泪。王子服觉得很奇怪。婴宁哽咽着说："以前因为和你相处的日子短，说出来恐怕让你惊怪。现在看到婆婆和你都很疼爱我，没有丝毫见外之心，我想，照直告诉你们，也许没有妨碍吧？我本来是狐母生的。母亲临走时，把我托交给鬼母，相依为命十多年，才有今天。我又没有兄弟，所能依靠的只有你一个人。老母亲孤寂地长眠在山边，没有人可怜她，把她的尸骨与父亲合葬，九泉之下老是悲伤怨恨。你要是不怕麻烦和花钱，让地下的人消除这个哀怨，也许能使养了女儿的人感到女儿也有用，不再忍心把她淹死或丢弃。"王子服答应了，可是担心坟墓已被荒草淹没，寻找不到。婴宁只是说不必担心。夫妻俩选定个日子，用车子装着棺材前往。婴宁在荒野的烟雾下、杂乱的灌木丛中，指出了坟墓的所在，果然掘到了老妇人的尸体，只见皮肤仍然完好。婴宁抚着尸体痛哭一场，然后把尸体抬进棺材里运回去，找到秦氏的坟墓，合葬在一起。这天夜里，王子服梦见老妇人前来道谢，醒来后就向婴宁说了。婴宁说："我夜里见到了她，她嘱咐我不要惊动你呢。"王子服埋怨婴宁不把老妇人挽留住。婴宁说："她是鬼，生人多的地方，阳气旺盛，怎么能久住呢？"王子服问起小荣的情况，婴宁说："她也是狐狸，最聪明狡黠。狐母把她留下来照顾我，她经常弄一些食物来喂我，所以很感激她的恩德，心里一直挂念着她。昨晚问了鬼母，说是已经出嫁了。"从此以后，每年到了寒食节，夫妻俩就一同到秦氏墓地上，扫墓拜祭，年年不缺。婴宁在第二年生了个儿子。这孩子在怀抱里就不怕陌生人，见人就笑，也很有他母亲那种风度。

异史氏说：看她没完没了地憨笑，好像是完全没有心肝的人。可是墙脚下的恶作剧，其聪明机智谁能比得上啊。至于表达对鬼母的凄切怀恋，更反笑为哭。我的婴宁恐怕是用笑来隐藏自己的了。我听人说山里有一种草，名叫"笑矣乎"，闻一下就会笑得无法抑制。在房子里种上它，那么合欢和忘忧这两种花草，就都不美了；至于解语花，就更嫌她矫揉造作，故弄姿态了。

捉狐

　　我联姻的亲家孙清服有个伯父孙翁，一直以来他的胆子都很大。一天白天，他正躺着休息，仿佛感觉有什么东西爬上床来了，接着感觉身子摇摇晃晃的，如同腾云驾雾一般。他心里暗暗想：难道被狐狸精压床了吗？便眯缝着眼悄悄地偷看，只见一个像猫一样大的动物，浑身长着黄色的毛，却有一张绿色的嘴巴，正从脚边慢慢地爬上来。它像虫子一样蠕动着身子，好像是怕惊醒了老翁，慢慢地就贴到孙翁身上，挨着脚，脚瘫；靠着腿，腿软。它匍匐着慢慢爬到腹部时，孙翁猛地一下坐起来，迅速把它按下捉住，两手掐住它的脖子。它急得嗥叫，却不能挣脱。

　　孙翁急忙把夫人喊来，用绳子捆起它的腰，于是拿着绳子的两头，笑道："听说你很善于变化，今天我在这里盯着你，看你怎么个变化法。"说话间，这动物忽然把肚子缩得像管子一样细，几乎就要逃脱了。孙翁大惊，急忙用力勒紧绳子。可它又鼓起肚子，像碗口一样粗，十分坚硬，没法继续勒下去。孙翁气力只要稍微松一点，它又缩下去。

孙翁怕它跑了，叫夫人赶快拿刀来把它杀掉。夫人惊慌地四处寻找，竟找不到刀在什么地方。孙翁用头指向左边以此示意刀的位置，等回过头来，手中却只剩下一个如环样的空绳套子，而那狐狸已经不知去向了。

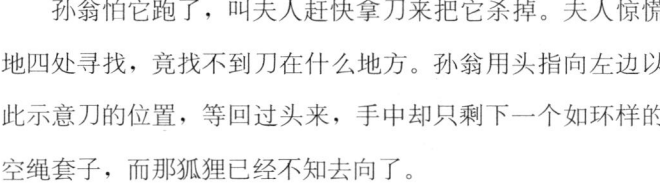

雨钱

滨州有一个秀才，坐在书房里读书。忽听有人敲门，开门一看，原来是个须发雪白的老头，形体相貌很有古人的风度。秀才请他进屋，请教他的姓名。老头自称："我姓胡，名叫养真，实际是个狐仙。因为爱慕你品行高雅，愿意与你交为朋友，共度晨夕。"秀才一向是个开通达观的人，也不感到奇怪，就与他评古论今谈起学问来。老头的学识很渊博，想象力很丰富，谈论起来滔滔不绝，很有文采，而且充满幽默感；有时引经据典，道理说得精辟而深刻，更是秀才所意想不到的。秀才又惊讶又佩服，留他住了很长时间。

一天，秀才暗自向老头请求说："您对我感情深厚，只是我这样穷，您只要一举手，变点小法术，金钱理当可以马上弄到手。为什么不稍稍周济我一下呢？"老头沉默了半晌，好像不想答应秀才的话。过了一会儿，才笑着说："这是很容易的事情，但是必须有十几个铜钱作母钱。"秀才遵照他的要求，拿出十几个铜钱。老头就同他一起走进密室，踏着禹步，念着咒语。霎时间，有几千万铜钱，从屋梁上哗啦哗啦地落了下来，那势头像是下暴雨。一转眼堆积的铜钱就没过膝盖，拔出脚来站在钱堆上，立刻又没过脚踝。几丈见方的房屋，大约积了三四尺厚的铜钱。于是老头回头对秀才说："可满意了吗?"秀才说："够了够了!"老头一挥手，钱雨一下子就停住了。于是一起锁好门出来。

秀才暗自高兴，自以为成了大富翁。过了一会儿，他进屋取钱用。可是，满屋的铜钱，全都化为乌有，只有做本的十几个铜钱，还稀稀拉拉地留在那里。秀才大失所望，怒气冲冲地瞪着老头，对老头的欺骗非常气愤。老头生气地说："我原来跟你做交谈学问的朋友，没打算和你去做贼! 如要称你的心，你只该寻找盗贼交朋友，老夫可不能遵照你的意思去做!"便一甩袖子走了。

鸦头

秀才王文是山东东昌人，从小老实忠厚。一次，他去楚地游学，经过六河，在一家客店休息，偶然到外面去散步，遇到了同乡赵东楼。赵东楼是个大商人，出门在外，常常好几年不回家。一见王文，就拉着他的手，十分高兴，邀他到住处寒叙。到了赵东楼的住所，只见屋里坐了一个美貌女子，王文又惊又怪，忙退出来。赵东楼一把将他拉住，又隔着窗户叫那女子避开，王文这才进到屋里。赵东楼摆好酒菜，两人叙旧嘘寒问暖。王文问道："这是什么地方？"东楼答道："这是妓院，我因长期在外，暂时在这里借宿。"

说话之间，那女子频繁进出，王文感到局促不安，要起身告辞。东楼强拉硬拽让他坐下。过了一会儿，只见一少女，从门外经过，望见了王文，一双水汪汪的眼睛，不断打量着他，眉目之间，隐含无限爱慕之意。少女仪态文雅，容貌秀丽，真是仙女啊！王文一直以来方正刚直，直到此刻却像掉了魂似的，遂问道："这美女是谁?"东楼道："这是妈妈二女儿，小名鸦头，今年十四岁了。嫖客们屡出重金，引诱老妈妈，鸦头执意不肯，遭到老妈妈一顿鞭挞。鸦头以自己年幼为由苦苦哀求，才暂免接客，如今正等待着嫁人呢。"王文听了这话，便低着头，一句话也不说，呆呆地坐着，问他话，回答也心不在焉。赵东楼便和他开玩笑道："你若有意，我愿替你为媒。"王文茫然自失道："这念头，我是不敢有的。"然而太阳都快要落山了，却不说要走的话。东楼又开玩笑挑逗他，劝他考虑一下。王文道："你的美意，我十分感激，无奈囊中羞涩。"东楼知道鸦头性情刚烈，一定不肯答应，所以许诺资助他十两银子。王文屈身拜谢，立刻赶回住所，将自己所有的钱拿了，凑起五两，求东楼一并拿去，替他向老妈子致意。老妈子见了，果然嫌少。鸦头对老妈妈道："母亲天天责备我不做摇钱树，今日我愿按您的心愿去做。我才刚刚学做人，报答您的日子长着呢！不要嫌眼前钱少，将财神爷放走了。"老妈妈知道鸦头执拗，见她答应接客，心中十分欢喜。妈妈于是答应了，打发婢女去请王文。东楼不好中途反悔，只得加上银子，交给老妈妈。

　　王文和鸦头十分欢爱。事后，鸦头对王文道："妾不过是个下贱的妓女，配不上您，既蒙错爱，情意深长，如今您将所有的钱拿出来，也只换得一夜之欢，明天怎么办呢?"王文一听，不免伤心落泪，鸦头道："你也不要难过。我沦落风尘

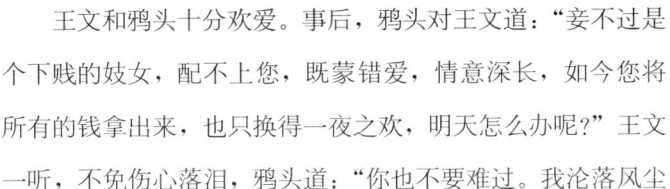

并非所愿,只是没遇到一个像你这么忠诚老实、可以托付终身的人。我愿意和你连夜逃走。"王文喜出望外,马上爬起来,鸦头也跟着起来,听谯楼上的钟鼓,已是三更,鸦头急急忙忙换上男装。二人匆匆出走,敲门请店主人开门。王文带有两匹驴子,借口说是有急事,命令仆人马上出发。鸦头将纸符分别系在仆人腿上和驴子耳朵上,然后纵缰奔驰,眼睛都睁不开了,只听得耳边风声呼呼作响。天刚亮,便到了汉江口,租一所房子,住了下来。

王文惊奇于鸦头的异能,鸦头道:"我说出真情,你该不会害怕吧?我并非人,而是狐狸。因母亲贪财喜淫,我天天受到虐待,心中积满了怨愤,现在有幸脱离苦海,到了数百里之外,母亲已不知我去向,我们可平平安安过日子了。"王文听了,一点也不怀疑和害怕,反而抱歉道:"面对着如花似玉的美人,我却家徒四壁,一无所有,实在难以心安,恐怕最后还要被你遗弃呢!"鸦头道:"你怎么会有这样的担心呢?如今街上的货物,可买来做生意。三五口之家,粗茶淡饭都可以自给自足。你先将毛驴卖了作本钱吧。"王文听了,便在门前搭了个小酒铺,自己和仆人一起亲自经营,在里面卖酒卖汤。鸦头则织披肩,绣荷包。他们每天都能赚些钱,日子倒也过得宽裕。满了一年,渐渐能够雇婢女和老妈子,王文也不用亲自去温酒烧茶了,只在一旁检查督促。

有一天,鸦头忽然忧心忡忡地对王文道:"今夜将有大难降临,怎么办呢?"王文问她是怎么回事,鸦头道:"母亲已经知道我们的下落,必然要来凌辱逼迫我。要是派姐姐来,我倒不担心，只担心母亲会亲自来。"夜很深了，鸦头暗自庆幸道："不妨事，姐姐来了。"过了不久，大姑娘果然推门进来。鸦头笑着迎接，大姑娘却骂道："小贱人！不怕羞竟敢跟着男人逃跑，老母叫我将你绑回去。"说着，便拿出绳子，往鸦头脖子上套。鸦头生气道："我只是嫁一个人，这有什么罪？"大姑娘更加愤怒，将鸦头衣襟都撕破了。这时，家中的丫鬟、老妈子，都跑了过来，大姑娘有些害怕，跑了出去。鸦头道："姐姐回去，母亲必然亲自来，大祸就要来了，我们要赶快想办法。"于是慌忙收拾行李，准备搬到更远的地方去。正在忙乱之际，老妈妈突然闯了进来，满面怒容道："我一直知道你这丫头不懂礼数，非要我亲自来一趟不可！"鸦头对着她跪下去，苦苦哀求，可老妈妈一句话也不说，揪着她的头发，提起来便走。王文急得满屋子乱转，睡不了觉，吃不下饭，匆匆赶到六河，盼望能用钱将鸦头赎回来。可到那里一看，门庭还是老样子，人已不是原来的人了。问左右邻居，都不知道老妈妈一家搬到哪里去了。王文懊恼伤心地返回来，便将婢女和仆人打发走，带着钱财回了老家。

过了几年，王文偶然来到燕京，路过育婴堂，看见一个七八岁的男孩，仆人见长得很像主人，觉得奇怪，忍不住反复打量。王文问："你为什么老是盯着那孩子看呢？"仆人笑着说明原委，王文也笑了起来。王文细细打量那孩子，但见他风度俊爽，想到自己也缺乏儿女，又因这孩子很像自己，便给他赎了身。问他名字，孩子说自己叫王孜。王文道："你还在襁褓之中，便被遗弃了，怎么还记得自己的姓氏呢？"孩子答道："这里老师曾对我说，接收我时，发现我胸前有字，写的是'山东王文之子'。"王文大吃一惊道："我便是王文，哪里有儿子？"心想，这王文必定是与自己同名同姓，不禁暗自高兴，特别疼这孩子。回到家里，众人见了孩子，不问就知道是王文的儿子。

王孜慢慢长大，尚武有力，喜欢打猎，不从事生产经营的事，尤其好斗好杀，王文也管不住他。王孜自己常说，他能看到鬼怪狐精，但没人肯信他。碰巧，村里有人被狐狸精迷住了，请王孜去看看。他一到那里，马上指出狐狸精藏在何处。让人顺着他指点的地方打去，便听到狐狸的哀鸣声，且鲜血四溅，狐毛纷纷落下，从此便平安无事了。于是，大家都认为他是个不同寻常的人。

王文有一天在街上闲逛，忽遇到赵东楼。见他衣帽不整，身体枯瘦，脸色憔悴。王文惊问他从何而来，东楼凄惨地请求找一个没人的地方谈话，王文便拉着他回到家里，摆上酒菜招待他。赵东楼说："那老妈妈将鸦头捉去后，先是一顿毒打，后又搬到北方去，逼鸦头改嫁。鸦头誓死不从，被软禁在一间小房子里。后来生了个儿子，被扔到了偏僻的小胡同里。后来又听说被育婴堂收留了，想来已经长大了。这是你的后代呀！"王文听了，眼泪直流，道："全靠老天爷保佑，儿子已回到我身边了。"于是便将事情本末讲了，又问东楼道："你怎么落到这般地步？"东楼叹气道："如今才知和妓女相好，不能太认真啊，还有什么好说呢？"原来，老妈妈全家北迁，赵东楼背负着贩卖的货物跟着她们走。一些比较笨重难搬的货物难以搬迁，全贱价出卖了，途中的车马费、脚夫费、生活费，都由他负担，花去无数的钱，亏损很大。而那个大姑娘，又不断向他要钱，几年之后，万贯家财都荡然无存。老妈妈见他床头钱财已尽，早晚都以白眼相待。大姑娘也常常到有钱人家去过夜，甚至一连几个晚上都不回来，东楼气愤不已，但又无可奈何。恰逢老妈妈外出，鸦头从窗里喊住赵东楼道："妓院本来便没有真正的感情，所图的都是钱而已，你如果还留恋这里不离去，将有大祸！"东楼害怕，大梦初醒。临走，偷偷去看鸦头，鸦头给了封信，要他带给王文，东楼便回家乡来了。东楼将鸦头的信交给王文，只见信上写道：

> 　　知道孜儿已回到你身边了。我所受的苦难，赵君自会当面告诉你。这是前世造的孽，没有什么可说的。我被囚禁在一间阴暗的小屋里，暗无天日，经受鞭打的皮肤，已经裂开了，犹如心被烈火煎烤，变换一天，就如经历了一年。你如果不忘汉江口我们雪夜盖着薄薄单被，互相偎抱取暖的岁月，就与孩儿商量，把我从水深火热之中救出去。母亲和姐姐虽残忍，毕竟是亲骨肉，你当嘱咐孩儿，不要伤害她们性命，这是我的一点心愿。

王文读了信，不禁失声痛哭。他拿了些金银绢帛赠予东楼，东楼便告辞而去。这时王孜已十八岁，王文将此事的前因后果对他讲了，并将母亲的信给他看了。王孜气得眼眶都要瞪裂了，当日便去了燕京。寻到老妈妈的住处，只见门前车马稠密。王孜径直闯了进去，大姑娘正与一位湖广客人饮酒乍乐，见了王孜，吓得变了脸色。王孜猛地跨过去，一刀便结果了她性命。众嫖客大为恐惧，以为强盗来了，看那女子尸体，已变成了一只狐狸。王孜操着刀径直奔向后院，只见老妈妈正督促女仆们做羹汤。王孜窜到门边，老妈妈忽然不见了。王孜四下一看，抽箭向屋梁射去，一箭穿透老狐心窝，从梁上掉了下来。王孜上前割了它脑袋。于是寻到母亲被囚的地方，砸开房门，母子抱头痛哭以至于失声。母亲问起她娘，王孜道："已杀了。"鸦头埋怨道："你怎么不听我的话呢？"便要王孜将姥姥抬到郊外埋葬，王孜假意应承，暗地里却将狐皮剥了，收藏起来。随即检点老妈妈的箱子、笼子，取了全部金银，挽着母亲回到老家。

王文夫妻重新聚首，又悲又喜，接着问起老妈妈和大姑娘，王孜道："在我袋子里哩。"王文惊问怎么回事，王孜便献上两张狐皮。母亲非常愤怒，骂道："你这忤逆之子，怎么能这么做啊！"一边号啕大哭，一边捶打自己的胸脯，痛不欲生。王文极力安慰，喝令儿子将狐皮埋了。王孜也气愤道："如今得到一个安乐的环境，马上便忘掉了挨打的滋味。"鸦头更加愤怒，哭得更加停不下来，王孜将狐皮葬了回来报告后，她才稍微心安一些。

自从鸦头回来后，王文的家业更为兴旺。王文心里感激赵东楼，送给他许多银子，赵东楼这才知道，原来老妈妈一家都是狐狸。王孜侍奉父母非常孝顺，但若不小心触犯了他，便暴跳如雷，口出恶言。鸦头对王文道："这孩儿有一条拗筋，不挑断它，终有一天会招致家破人亡。"夜里趁王孜睡了，便悄悄捆住他的手脚。王孜醒来道："我没有什么罪过呀！"鸦头道："我将你的暴躁脾气治好，你不要害怕！"王孜大叫大闹，可是绳子捆着挣不开。鸦头便拿了一根大针，在王孜踝骨边刺进三四分，将筋挑出来，用刀把它割断，只听砰然有声。接着又在肘部、头部也跟着这样做了。完成后，才松开绳子，拍着王孜叫他安静地躺着。天亮后，王孜跑到父母的屋里问安，并流着眼泪道："孩儿回想起以前粗暴的行为，全不是人的作风。"父母高兴极了。从此，王孜的性格，变得像姑娘一般温和，乡邻们都认为他贤良。

异史氏说：妓女都是狐狸，想不到狐狸也有做妓女的；至于狐狸做老鸨，就是真禽兽了，禽兽破灭伦理道德，有什么奇怪的呢？鸦头经历千百般的磨难，至死也不变心，这是人类也难以做到的，却在狐狸身上得到了。唐太宗说魏征更多妩媚，对于鸦头，我也这样说。

马介甫

大名有个秀才，叫杨万石。他平生和陈季常一样最怕老婆．妻子姓尹，出奇的凶悍，丈夫稍微违背了她，她就用鞭子痛打。杨万石的父亲是一个六十多岁的鳏夫，尹氏拿他当奴仆看待。杨万石和弟弟杨万钟常偷偷送点饭给父亲吃，不敢让尹氏知道。但因为父亲的衣服破烂，恐怕让人耻笑，所以兄弟二人不让父亲见客人。杨万石四十多岁了，还没有儿子．娶了个姓王的妾，但是从早到晚两人都不敢说一句话。

有一天，杨氏兄弟二人到郡城等候乡试，遇见一个少年，容貌俊朗，穿着雅致，兄弟两人上前与他交谈起来，谈得兴起。其间问了他的姓名字号，少年告诉他们说："姓马，名叫介甫。"从此后，他们之间的交往日益密切，后来，设案焚香．结义成了兄弟。

分别后大约半年，马介甫忽然带着童仆来拜访杨万石兄弟。恰好遇上杨万石的父亲杨老翁在大门外面，晒着太阳捉虱子。马介甫以为他是杨家的仆人，便说了姓名让他进去给主人通报，杨老翁披上破棉衣就进去了。有人告诉马介甫："这老翁是杨万石的父亲。"马介甫正惊讶时，杨万石兄弟已穿戴整齐出门来迎接他了。进到堂屋行过礼后，马介甫便请求拜见义父。杨万石用父亲偶感风寒的借口推辞了，催促马介甫坐下，三人谈笑着，不觉天已黑了。杨万石说了好几次已经准备好了酒饭，却一直不见端上来。兄弟二人轮番出出进进好几回，才见有个瘦弱的仆人捧了把酒壶进来。一会儿酒就被喝完了。又坐等了很久，杨万石频繁地出去催促呼唤人来，额头脸颊都急得出了热汗。过了好一会儿，才见那个瘦弱仆人送来饭食用具。但却是用糙米做的饭，而且半生不熟，让人难以下咽。吃完饭后，杨万石便匆匆走了。杨万钟抱来床被子陪客人住宿。马介甫责备他说："过去以为你们兄弟高洁有义，才和你们结拜兄弟。现在你们的父亲吃不饱穿不暖，让过路的人见了都替你们羞愧！"杨万钟感伤地流下泪来，说："我在心中郁结的情绪，仓促之间难以向你说明。家门不幸，娶了一个凶悍的嫂子，全家男女老少，都惨遭摧残。如不是志诚之交，也不敢宣扬这件家丑。"马介甫惊骇感叹了一会儿，说："我一开始打算明天天亮就走。现在听你说了这桩奇异的事，倒不能不亲眼看一看。请你们借我一间闲出来的房子，方便我自己起火做饭。"杨万钟听从了他的话，立即打扫了一间屋子，让马介甫安顿下来。夜深后，悄悄送了些

蔬菜粮食给他，唯恐尹氏知道。马介甫明白他的意思，极力推辞不要，并且把杨父请来，与他一起吃住。马介甫自己又到城里的街市上买了布匹，替杨父做了新衣新裤换上，父子三人都感动得哭泣起来。杨万钟有个儿子叫喜儿，才七岁，晚间跟着杨父睡。马介甫抚摸着他说："这孩子的福气寿数，都要超过他父亲；只是年少时孤单单的要吃些苦。"

尹氏听说杨老翁最近过得安稳，且吃得饱了，十分愤怒，动不动就高声叫骂，说马介甫强行干涉她的家务事。一开始还在自己屋里骂，渐渐地就在马介甫的屋子附近骂起来，故意让他听到。杨氏兄弟急得流出汗来，在一旁来回踱步，却不敢去制止，而马介甫却对骂声充耳不闻。杨万石的妾王氏，怀孕已经五个月了，尹氏才知道。她将王氏剥去衣服，重重拷打。打完，才叫杨万石跪在地上，头上戴着一条女人头巾，然后拿起鞭子把他赶出家去。当时，正好马介甫站在外面，杨万石羞惭地不向前走。尹氏又在后面用鞭子追他，逼他出去。杨万石只得跑出屋子，尹氏也随后追了出来，又着双手，跳着脚，围观的人把街道都堵住了。马介甫用手指着尹氏，大声呵斥说："走！走！"尹氏立即就返身跑掉，像被鬼撺着一样，裤子、鞋子都跑掉了，裹脚布也弯弯曲曲地拖在路上，赤着脚跑回了家，脸色就像死灰一样。稍微定了定神，奴婢拿来鞋袜，给她穿好了。尹氏号啕大哭，家里的人谁也不敢问她怎么了。马介甫拉着杨万石，要替他摘下头巾。杨万石直挺挺地在那站着，大气不敢出，生怕头巾掉下来。马介甫硬给他摘下来后，他还坐立不安，害怕私自摘下头巾会受到加倍惩罚。他战战兢兢地等到尹氏哭完了，才敢进屋，小心翼翼地慢慢前进。尹氏默默地一句话没说，站起身来，回房中自己睡觉去了。杨万石这才长舒一口气，与弟弟都暗暗感到奇怪。家人也都感到不同寻常，聚在一起偶尔会谈论这件事情。尹氏听到一些，更加羞怒，把奴婢都打了一遍，又喊王氏来。王氏上次被打，伤得很重，下不了床，尹氏认为她是假装的，就跑到王氏的床前暴打她，直到身下血崩流了产。

杨万石在没人的地方，对马介甫痛哭哀啼。马介甫安慰开解了他一番，叫童仆备下肉菜饭食，二人对饮聊天，已经二更天了，仍然不放杨万石回去。尹氏在卧室里，痛恨丈夫一直不回来，正在大发脾气。这时听到一阵撬开门闩的声音，她急忙呼叫奴婢，屋门已经大开。有个巨人进来，身影遮挡了整个屋子，巨人面貌狰狞，像鬼一样。过了一会儿，又有几个人进来，他们手里都拿着尖锐的刀。尹氏吓得半死，刚想号叫，巨人用刀尖顶住她的脖颈，说："敢叫，就杀了你！"尹氏急忙拿出金银绸缎，要买条命。巨人说："我是地府的使者，不要钱，只要你这个悍妇的心！"尹氏更加恐惧，跪在地上磕破了头。巨人毫不理会，用尖刀在她的心胸上划，边划边数落她的罪状说："像某件事，你说应不应当杀？"划一刀就代表一件尹氏的恶事；尹氏的凶悍罪状被列举完后，刀子已在她的胸口处划了几十下了。最后到了王氏流产的事，巨人说："就算妾氏生了孩子，也是你的后代，你怎么忍心打她打到堕胎？这件事一定不能饶恕！"于是命令那几个人将她的

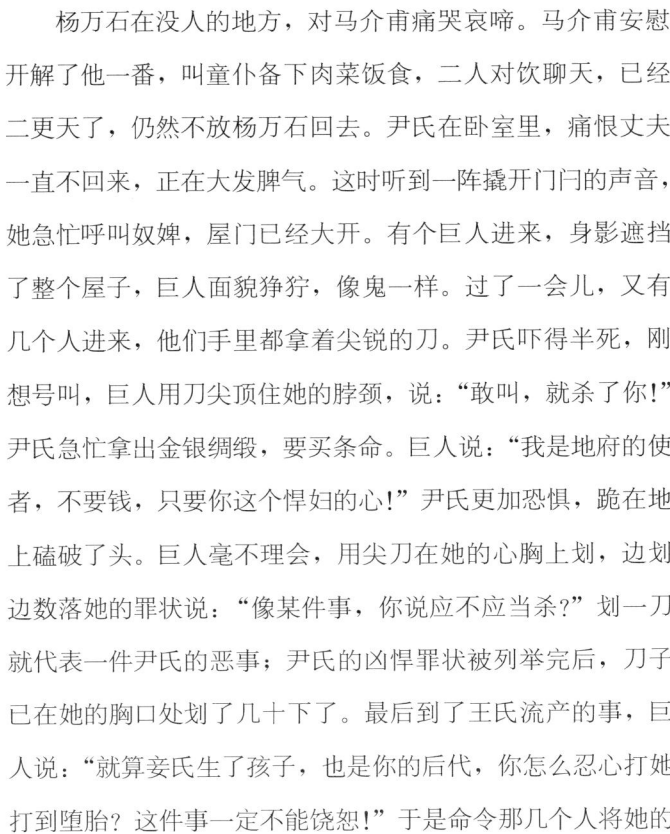

马介甫

手又绑起来，要剖开她的胸腔，看看她的心。尹氏吓得叩头祈求饶命，连连说知罪会悔改的。一会儿听到大门开关的声音，巨人说："杨万石回来了。你既然已经知道悔过，姑且先留下你这半条命吧！"说完，都纷纷消失了。杨万石进屋来，见尹氏赤身裸体地被反绑着，心窝上是数不清的刀痕，纵横交错。便解开她询问缘由，得知事情经过，非常惊骇，私下里不疑是马介甫干的。到了第二天，杨万石向马介甫讲述了尹氏昨晚遇到的怪事，马介甫也显得很惊骇。自那以后，尹氏的淫威渐渐收敛了，经过几个月都不敢说一句恶话。马介甫非常高兴，这才告诉杨万石说："我实话告诉你，不要宣扬泄露了：之前是我用了点小小的法术让她害怕。既然现在你们和好了，我也就暂时告辞了！"马介甫便走了。

自此之后，每天傍晚时分，尹氏都挽留杨万石做伴，欢声笑语地迎合他。杨万石前半生都没有享受过这样夫妻和睦的快乐，突然受到这样的待遇，觉得坐立都不能适从。尹氏有天晚上想起巨人的样子，吓得瑟瑟发抖。杨万石想要讨好她，稍微泄露了那件事情的真假。尹氏听了马上坐起身来，穷根究底地盘问。杨万石知道自己说了不该说的话，后悔也来不及了，只得实说了。尹氏勃然大怒，破口大骂。杨万石害怕，一直跪在床下，尹氏不理他。杨万石哀求到三更，尹氏才说："想要我饶了你，你必须用刀在自己心口处划上那么多口子，我的恨才会慢慢消失！"于是起身到厨房拿菜刀。杨万石吓得逃跑了，尹氏在后面提刀追赶，闹得鸡飞狗跳，一家人全都起来了。杨万钟不知是什么缘故，用身子左右挡护着哥哥。尹氏正在叫骂着，忽见杨老翁过来，见他穿着整齐的袍服，加倍暴躁忿怒，扑上去，把老翁身上的衣服一条条割碎，又打了老翁耳光，拔了他的胡子。杨万钟见了大怒，拿起石头砸向尹氏，正好砸中尹氏的头，一下子跌倒在地昏死过去。杨万钟说："如果我死了而父亲兄长能活下去的话，有什么遗憾呢?"说完便跳进井中，把他救上来的时候已经死了。尹氏不久又苏醒过来，听说杨万钟死了，才解了恨。埋葬了杨万钟后，弟媳妇留恋儿子，不愿改嫁。尹氏对她随便辱骂，不给饭吃，不得已弟媳妇只能改嫁走了。只留下杨万钟的儿子孤单一人，早晚都要受到尹氏鞭打，等家人吃完后，才给孩子一点冷饭块吃。过了半年，孩子已经瘦弱不堪，仅留下一口气了。

　　有一天，马介甫忽然又来拜访，杨万石叮嘱家人，不要告诉尹氏。马介甫见杨父又穿着破衣烂衫，十分惊讶；又听说杨万钟死了，跺着脚悲伤不止。喜儿听说马介甫来了，便跑过来依偎在他身边，叫着"马叔"。马介甫没认出他来，仔细看了很久，才认出是喜儿，惊讶地说："孩子怎么瘦弱成这个样子了?"杨父吞吞吐吐地把事情原委讲了一遍。马介甫生气地对杨万石说："我过去说你不像人样，果然没说错。你们兄弟二人就这一个后代，你媳妇把他杀了，怎么办?"杨万石说不出话，只是俯首帖耳地流泪。他们坐着谈论了一会儿，尹氏便知道马介甫来了。她不敢自己出来赶客人，就把杨万石叫进去，打了他几巴掌，让他赶走马介甫。杨万石含着泪出来，脸上还清清楚楚印着掌痕。马介甫愤怒地说："你不能树立起自己的威信，难道还不能休弃她吗？她虐待暴打父亲又害死弟弟，你竟然安心忍受，怎么做人?"杨万石欠伸一下，似乎被打动了。马介甫又激他说："如她不愿走，按理应该用武力赶走她，就是杀了她也不用害怕。我有两三个知己朋友，都在做大官，一定会竭尽全力，保你无事!"杨万石答应，凭着一时意气快步走回家去，跑进内室，正好碰上尹氏。尹氏大声斥责问："干什么!"杨万石马上张皇失措，变了脸色，不由自主地跪下，把手放在地上说："马生教我休了你。"尹氏更加狂怒，四处寻找刀棒。杨万石恐惧万分，急忙逃走了。马介甫唾弃他说："你真是没法救了!"打开一只箱子，取出一小匙药，和着水让杨万石服下，说："这是'丈夫再造散'。我之所以不敢轻易使用它，是因为这种药会让人受伤。现在逼不得已，暂且试一试吧!"杨万石喝下药后，一瞬间就觉胸口被怒气填满，怒火中烧，片刻也不能忍受，径直向内室跑去，喊叫声大得像打雷一样。尹氏还没来得及责骂他，杨万石就跳起来，给了尹氏一脚，把她踢出几尺以外，直接趴在地上。接着手里又攥起石头握成拳，使劲往她身上猛砸，数不清砸了多少下了，直到她身体上几乎没有一寸完整的皮肤。尹氏嘴里还在含混不清地怒骂，杨万石又拔出腰间佩着的刀。尹氏叱骂说："拔出刀子，你敢杀我?"杨万石没有搭理她，直接把她大腿上割了一块肉下来，那肉有手掌那么大。杨万石把肉扔在地上，刚要再割，尹氏一声声地哀叫呜咽，请求饶恕。杨万石充耳不闻，继续割下一块肉扔了。家人们见杨万石凶恶猖狂，急忙聚在一起，拼命将他拉出去。马介甫向他迎来，挽着他的胳膊慰劳了一番。杨万石怒火久久不能平息，多次挣扎着要跑去找尹氏，马介甫阻止了他。一会儿过后，药的效力慢慢消散，杨万石又变得失魂落魄。马介甫嘱咐他说："你不能气馁！全家伦理纲常的振兴，全在此举了。人之所以会怕老婆，也不是一朝一夕就能形成的，而是慢慢养成的。现在就将昨天的你看作已经死了，今天是一个全新的你，必须从此洗心革面。如果再一气馁，就再也无法挽回了！"说完，让杨万石进去探一探尹氏的情况。尹氏看见杨万石进来，还吓得胆战心惊，让奴婢把她架起来，然后要用膝盖跪行到杨万石面前。杨万石阻止，尹氏才作罢。杨万石出来后告诉了马介甫里面的情况，杨氏父子都非常高兴。马介甫就想辞行了，杨氏父子都挽留他。马介甫说："我因为有事去东海，所以顺路来拜访。返回时我们还能再相会。"一个多月后，尹氏才能起床，她对丈夫就像对待上等宾客一样，十分恭敬。可日子久了，她觉得杨万石似乎没什么别的本事了，于是又渐渐开始戏弄、嘲笑、吼骂他来，没过多久，过去的姿态就全恢复了。杨父再也不能忍受，于是趁着夜深，逃到了河南，当了道士。杨万石也不敢去寻找他。

一年多以后，马介甫返回途中，到了杨家，得知了事情的状况，勃然大怒，几番斥责杨万石。立即叫来喜儿，把他放到驴背上，径直赶着毛驴走了。从此之后，村里的人都不屑和杨万石同列。学使巡查生员的时候，也认为杨万石行径恶劣，除去了他的生员资格。四五年过后，杨万石家起了火灾，把房子财物全部付之一炬，还带累了邻居家，烧了邻居的房屋。村里的人把杨万石押着，告到了郡府，官府罚了他很多银两。后来杨万石的家产也渐渐没了，甚至连住的茅草庐都没有了。邻村的人都相互告诫，不要把房子施舍给他住。尹氏的兄弟们都对尹氏心怀愤怒，怨恨她的所作所为，也与她断绝了往来，不予帮助。杨万石穷途末路，只得将妾王氏卖给了富贵人家，自己带着尹氏向南方坐船出走。到了河南的边界，旅费就用完了。尹氏不肯跟他走了，一路上都聒噪着要改嫁。正好有个屠夫死了老婆，用三百吊钱买走了尹氏。杨万石孤单一人，在城郊乡村中讨饭过活。

有一天，杨万石到一家朱门大户前讨吃的，看门的人呵斥着赶他走。过了一会儿，有一个穿着官服的人从门里出来，杨万石跪着趴在地上哭泣乞讨。那穿着官服的人仔细看了他良久，简单问了一下姓名，吃惊地说："你是我的伯父啊！为什么会贫困到这个地步了呢？"杨万石细细审视，认出是喜儿，不由得失声大哭起来。跟着喜儿进了门，看见大屋中堂，金碧辉煌。不一会儿，杨父被一个小童搀扶着出来，杨氏父子相拥哭泣起来。杨万石才开始讲述了自己的遭遇。

原来，马介甫带着喜儿到了这里后，就住了下来，几天后又出去把杨父找来，让他们祖孙二人一起住。马介甫又给喜儿请了先生，教他读书。等喜儿长到十五岁的时候，就考中了秀才，第二年又中了举人。马介甫又替他娶了亲。做完之后马介甫就要告别离开，祖孙二人哭着挽留他，马介甫说："我不是人，实际上是狐仙，和我一起得道的友人们已等我很久了！"于是就走了。喜儿说完之后，不禁有些难过。喜儿因为杨万石到来，回忆起过去同庶伯母王氏一起遭受的残酷虐待，伤感之情越发多了。于是，喜儿用钱财把王氏赎出，并用马车接了回来。一年多后，王氏生了个孩子，杨万石因此把她扶作正妻，她生的孩子也成了嫡子。

尹氏嫁给屠夫半年，还像以前那样狂妄不讲道理。屠户气愤之下，用屠刀在她的大腿上穿个孔，再用粗绳从孔里穿过去，把她吊在房梁上，自己担着肉走了。留下尹氏在家撕心裂肺地号叫，邻居这才知道。邻居给她解了绳子放下来，把穿在大腿孔中的绳子往外抽，每抽动一下，就疼得尹氏呼天喊地，声音大得四周的邻居都听见了。从此以后，尹氏一看见屠夫来就毛骨悚然。后来大腿上的筋肉虽然好了，但绳上的残毛还留在肉里，终究还是不方便走路。还要一天到晚服侍屠夫，供他奴役，不敢有一点松懈。屠夫蛮横残暴，每每醉酒回家，就不念一丝情分痛打尹氏。尹氏到这时才明白过去施加给别人的暴行，就像如今屠夫施加给自己的一样。

一天，喜儿的夫人跟伯母王氏到普陀寺烧香，附近村庄的农妇都来参拜她们。尹氏也在人群里面，惆怅迷茫地站着不敢太过靠近。王氏故意问道："这是谁呀？"家人禀告说："这是张屠夫的老婆。"家人呵斥尹氏上前，给太夫人叩头。王氏笑着说："这妇人既然跟随的是屠夫，应该不缺肉吃，为什么羸弱瘦小成这样？"尹氏听了羞愤交加，回家后想要上吊，但绳子太细，没能死成，屠夫也就更加厌恶她。过了一年多，张屠夫死了。尹氏在路途上遇见了杨万石，远远地望见，就跪在地上用膝盖爬过去，连连落泪。杨万石碍着有仆人在场，没有和她说一句话。但回去后，就把这件事情告诉了侄子，妄想让尹氏回来，侄子坚决不肯。尹氏被村里的人唾弃，长时间没有住处，便依靠着一群乞丐讨饭吃。杨万石还不时地和她在废弃的寺庙中相见，侄子引以为耻，私下里叫乞丐们羞辱他们，他这才和尹氏断绝了关系。

这件事我不知道最后到底怎么样了，最后几行，是毕公权撰写成的。

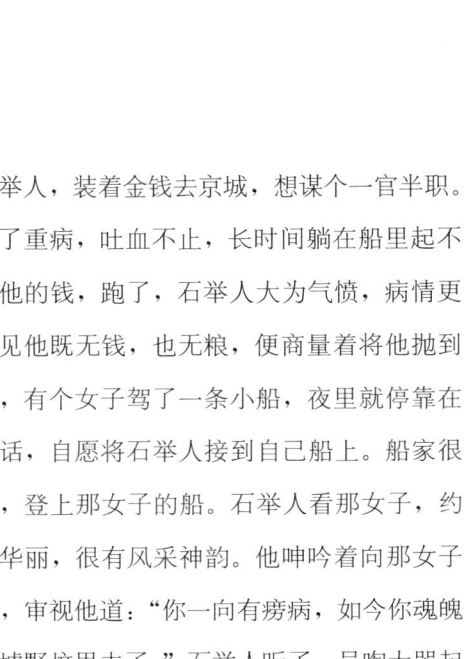

　　有个姓石的武举人，装着金钱去京城，想谋个一官半职。走到德州，突然得了重病，吐血不止，长时间躺在船里起不来。他仆人便夺了他的钱，跑了，石举人大为气愤，病情更加沉重起来。船家见他既无钱，也无粮，便商量着将他抛到江里去。碰巧这时，有个女子驾了一条小船，夜里就停靠在这里，听到船家的话，自愿将石举人接到自己船上。船家很高兴，扶着石举人，登上那女子的船。石举人看那女子，约莫四十多岁，穿着华丽，很有风采神韵。他呻吟着向那女子道谢。那女子靠近，审视他道："你一向有痨病，如今你魂魄已离体，漂游到废墟野坟里去了。"石举人听了，号啕大哭起来。女子道："我有一种药丸，能起死回生。假如你病好了，可不要忘记我！"石举人流着泪对女子发誓，不会忘记盟约，女子才拿出药来给他吃了。只半天工夫，便觉稍微轻松了些。那女子给他做了好吃的，倚在床边喂他，殷勤之情，超过夫妻。石举人更为感激。

过了一个月，石举人的病全好了，他跪着用膝盖走到女子面前，像对待母亲一样敬重她，向她道谢。女子道："我孤苦伶仃，无依无靠，如你不因为我容颜老去面目可憎的话，我愿做你的妻子。"这时石举人三十多岁，妻子去世已一年多，听了这话，大喜过望，便和女子结为夫妻。那女子拿出自己的钱，让他到京城去谋事，并和他约定，等他回来，一同回老家去。

石举人到了京城，攀附权贵，补选了本省一个军事长官。拿剩下的钱，买了骏马雕鞍，做官后的冠服和车辆都十分显赫。他想那女子年龄已大，终究不是一个称心如意的好伴侣，便花一百多两银子，聘了一个姓王的女子为继室。石某这样做了，心里终究有些胆怯，生怕被那女子知道，便绕开德州，绕道到省里上任。一年多了，也没和女子通音信。

石某有个表弟，因事偶然到了德州，与那女子成为邻居。女子知道了这件事，就问石某的情况，表弟便将石某的情况讲给女子听。女子一听，便骂了起来，并把她如何搭救石某，如何在船上成亲，如何送他金钱让他进京谋事，统统告诉了他表弟。表弟也为那女子打抱不平，便安慰道："也许官府公事多，一时抽不出时间来看你，你写一封信，我替嫂嫂送过去。"女子按照表弟的话，便给石某写了一封信。表弟将女子写的信，恭恭敬敬送给石某，没想到石某并不将这事放在心上。又过了一年多，那女子亲自跑到石某那里，住在客店里，托官署接待人员去通报她的姓名。石某命令接待人员不要理她。

一天，石某正在喝酒，听到外面一片喧闹谩骂声，放下杯子正听时，那女子已拉开帘子走了进来。石某大吃一惊，脸色如土，那女子指着他骂道："无情的家伙，太安乐了吧？你想一想你的富贵是从哪里来的？我对你的情分不薄，想买婢讨妾，与我商量一下也没关系。"石某不敢作声，过了一阵，才跪在地下认错，编造了一套假话求她原谅，那女子才稍稍平静些。石某便跟王氏商量，要王氏以妹妹的礼节见那女子。王氏本来不乐意，石某一再哀求，才肯出来相见。王氏拜见那女子，那女子还了礼，说道："请妹妹不要忧惧，我并不是那种凶悍嫉妒的人。过去的事，实是情理不容，便是妹妹也不愿有这么个丈夫。"于是将事情原原本本告诉了王氏。王氏也很气愤，便与那女子一同数落石某的不是。石某羞惭得无地自容，只求以后好好将功补过，这才相安无事。

当初，那女子未进府之前，石某告诫看门人不要让她进来，事情到这地步，便将一肚子火撒在看门人身上。守门人却坚持说门一直锁着，也没看到有人进来。石某对女子产生了怀疑，但又不敢去问，表面上虽有说有笑，骨子里却不喜欢她。幸亏那女子温和通达，从不争风吃醋，三餐饭后，便关了门早早睡觉，从不过问丈夫晚上住在哪里。王氏起初还自感处于危境之中，看她这样，对她更加敬重。一早起来，便过去问候，像侍奉婆婆一样。那女子对婢仆也很宽厚，明察分毫。

一天，石某将官印丢了，整个官署像炸开了锅，人们忙忙碌碌，进进出出，束手无策。女子笑道："不要发愁，淘干井水，便可找到官印。"石某听了她的话，果然找到了。问她原因，就含笑不答。隐隐约约，似乎知道盗印者是谁，却始终不肯泄露。住了一年多了，石某观察她的言行举止，与常人不同，怀疑她并非人类，在她睡后，打发人去偷看窃听，只听她床上通宵达旦有抖擞衣服的声音，但不知她在干什么。那女子与王氏关系非常亲密。有天晚上，石某到按察使衙门去了，没回，女子便和王氏对饮，不觉醉了，在桌旁躺了下来，变成了一只狐狸。王氏怜爱她，便拿一条锦褥给她盖上。没等多久，石某回来了，王氏将这件怪事告诉他，石某便想将她杀掉。王氏道："即使是只狐狸，也没对不起你的地方啊！"石某不听王氏劝告，着急地去找佩刀，那女子却醒了，骂道："你真是毒蛇的行为、豺狼的本性啊！我无法再和你生活下去了，将过去吃的药还给我吧！"于是向石某脸上吐了一口唾沫，石某只觉得全身冷森森，如同当头泼了一瓢冰水，喉咙习习作痒，哇的一声，呕了出来，只见呕出来的药丸，和原来完全一样。女子捡起药丸，气愤地走了。想去追她，早已不见。石某半夜旧病复发，咳血不止，病了半年，便一命呜呼了。

异史氏说：石举人风度翩翩，好像一个书生。有的人说他能屈己交结贤才，与人说话怕伤着别人。壮年就死了，读书人都为他哀悼。但听到他辜负狐狸妇人的事，与《霍小玉传》中那负心男子李益又有什么不同呢？

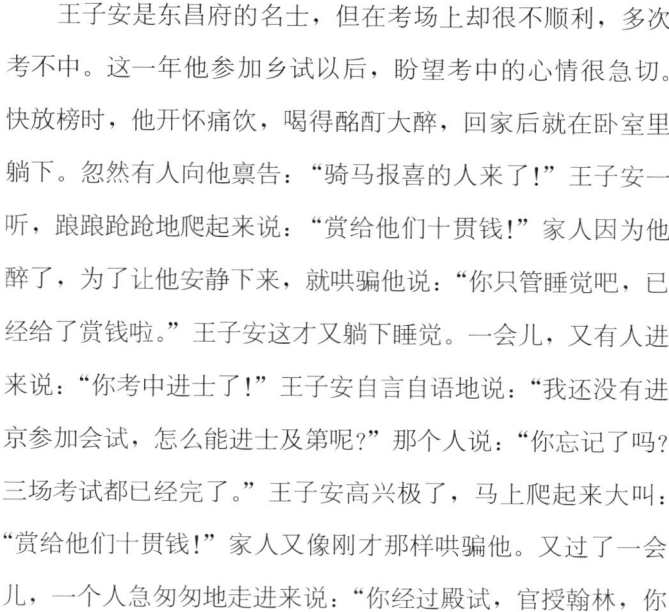

　　王子安是东昌府的名士，但在考场上却很不顺利，多次考不中。这一年他参加乡试以后，盼望考中的心情很急切。快放榜时，他开怀痛饮，喝得酩酊大醉，回家后就在卧室里躺下。忽然有人向他禀告："骑马报喜的人来了！"王子安一听，踉踉跄跄地爬起来说："赏给他们十贯钱！"家人因为他醉了，为了让他安静下来，就哄骗他说："你只管睡觉吧，已经给了赏钱啦。"王子安这才又躺下睡觉。一会儿，又有人进来说："你考中进士了！"王子安自言自语地说："我还没有进京参加会试，怎么能进士及第呢？"那个人说："你忘记了吗？三场考试都已经完了。"王子安高兴极了，马上爬起来大叫："赏给他们十贯钱！"家人又像刚才那样哄骗他。又过了一会儿，一个人急匆匆地走进来说："你经过殿试，官授翰林，你的跟班听差在这里伺候你。"王子安睁眼一看，果然有两个人拜跪在床下，穿戴得很整洁。于是他又大声叫人给跟班赏赐酒食，家人又照旧诳他，暗中却笑他醉得真厉害。

过了很长时间，王子安心里想，中了进士，做了翰林，不能不出去在乡里夸耀一番。于是就大声呼叫跟班，一连喊了几十声，也没有人答应。家人笑着说："你先躺下等着，我们找他去。"等了很久，跟班果然又回来了。王子安又是捶床，又是跺脚，大发脾气地骂道："蠢笨的奴才，你跑到哪里去了？"跟班也怒冲冲地说："你这穷酸真是无赖！刚才不过是跟你开个玩笑罢了，你就真的装腔作势骂起人来了。"王子安一听就火了，猛然跳起来向跟班扑去，一下子就把跟班的帽子打落在地上。王子安也跟着跌倒了。

这时他妻子走进来，扶起他说："怎么醉成这个样子！"王子安说："跟班太可恶了，我才惩罚他，哪里是喝醉了？"妻子笑道："家里只有一个老太婆，白天给你做饭，晚上给你暖脚罢了，哪里有什么跟班来侍候你这穷骨头？"他的儿女听见都笑了。王子安的醉意这时也略微清醒，忽然像从梦里醒来，才明白刚才这些事都是虚妄不实的。可是他仍然记得跟班的帽子被他打落在地上，于是就寻找起来。找到门后，果然拾到一顶酒杯那么大的缀着红缨的帽子，大家都感到很奇怪。王子安笑着自我解嘲："过去有人被鬼戏弄，我今天却被狐狸奚落了。"

异史氏说：秀才参加乡试，与七样东西相似：刚进入考场时，光着两只脚，提着篮子，像个乞丐。点名的时候，考官呵斥，差役辱骂，像个囚犯。等考生归入号房以后，个个窗口伸出一个头，间间号房露出两只脚，好像深秋时瑟瑟缩缩的冷蜂。他们走出考场的时候，神情恍惚，天地也变了颜色，好像走出笼子的病鸟。翘首盼望捷报的时候，草木摇动，就使心里惊慌，梦里也是一片幻境。有时一想到考取，那么，顷刻之间亭台楼阁全都建好了；要是一想到落第，那么，转瞬之间连自己的骸骨也已经腐朽了。这时候，坐立不安，就好像一只被拴着的猴子。忽然报马前来给别人报喜，报条上却没有自己的名字，这时神色突变，垂头丧气得如同死了一样，就好像一只吃了毒饵的苍蝇，就是摆弄他，也毫无反应。刚失意的时候，心灰意冷，大骂主考官有眼无珠，笔墨失灵，势必拿起书桌上的东西，烧个一干二净，烧不完的，就用脚把它踩得稀巴烂；踩不烂的，就把它扔到浑浊的河流里。从此披散着头发，走进深山，面向石壁学道修行，发誓如果再有用"且夫""尝谓"这些八股文来劝自己求取功名的，就一定拿起刀子把他赶出去。可是过了不久，时间渐渐逝去，火气渐渐平息，又技痒起来；就好像一只毁了窝巢、摔了鸟蛋的斑鸠，只得衔来草木垒筑新窝，重新孵卵了。像这种情形，当事者哭得死去活来，而从旁观者看来，再没有比他更可笑的人了。在王子安心里，顷刻之间千头万绪，想必鬼神狐狸暗中笑他已经很久了，所以趁他酩酊大醉时戏弄他。当人从床上醒来时，怎不哑然失笑呢？但考取时志得意满的滋味，也只不过持续片刻，接着就消失了；翰林院的那些翰林，也不过经历两三个片刻罢了。王子安在一个早晨就把这一切全部尝到了，那么，狐狸对他的恩情，跟一个录取他的考官的恩情是相同的。

金陵乙

　　金陵城中有一个卖酒的人，某乙，他每每将酒酿好之后，都会在酒里掺水，并且还会放入一些麻药。即使那些善于喝酒的人，也喝不了几杯，就会烂醉如泥。因为这样，他酿成的酒就有了"中山"的好名声，他也因此成为拥有巨金的富豪。

　　有一天，某乙早晨起来，看见一只狐狸醉倒睡在酒槽边。他用绳子把狐狸的四肢捆起来，刚要去找刀，狐狸就已经醒来了，哀求他说："不要杀害我，我可以帮你实现你的愿望。"某乙于是就放开它。不一会儿，狐狸就变成了个人。

　　当时，街上有一家姓孙的人家，家中大儿子的媳妇因为狐狸作祟被缠上了。某乙趁机问起这件事，狐狸回答说："那就是我。"某乙偷偷见过那大媳妇的弟妹，弟妹长得比大儿媳更美，便要求狐狸精携带他一同前往。狐狸有些为难，某乙坚持地要这样，狐狸只得请某乙跟它一起去。进入一个洞里，狐狸拿出一件褐色的衣服给某乙，说："这是我去世的兄长的遗物，你穿上它应当就可以去了。"某乙随即穿上褐衣回家，家里人都看不见他，穿着平常的衣服出来，家里人才看得见他。某乙非常高兴，就和狐狸一起来到孙家。看见孙家墙上贴着一张巨大的神符，符上画着一条蜿蜒曲折的龙。狐狸害怕地说："和尚太厉害，我不去了。"于是战战兢兢地离开了。某乙犹犹豫豫徘徊着，小心翼翼走到近前一看，居然是条真龙在墙壁上盘踞着，高昂着头跃跃欲飞。某乙吓得破了胆，也慌慌张张跑了出来。

原来孙家找来一位外地的和尚，为他们家镇压邪魅。和尚先给了孙家一张符，让他们先带回来，和尚本人还没有到。第二天，和尚到了，设神坛作法。邻居们都来观看，某乙也夹杂在人群里面。忽然他脸色突变，急忙奔跑，那样子就好像被人追赶捉拿。跑到门外，僵硬地直仆在地上，变成一只狐狸，四肢还穿着人的衣服。和尚要杀死它，某乙的妻子急忙叩头哀求。和尚叫某乙的妻子把它牵回去。妻子每日给它喂食，但是几个月后，还是死了。

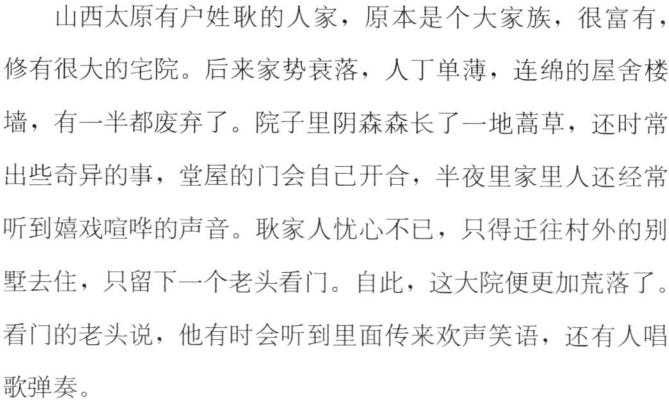

　　山西太原有户姓耿的人家，原本是个大家族，很富有，修有很大的宅院。后来家势衰落，人丁单薄，连绵的屋舍楼墙，有一半都废弃了。院子里阴森森长了一地蒿草，还时常出些奇异的事，堂屋的门会自己开合，半夜里家里人还经常听到嬉戏喧哗的声音。耿家人忧心不已，只得迁往村外的别墅去住，只留下一个老头看门。自此，这大院便更加荒落了。看门的老头说，他有时会听到里面传来欢声笑语，还有人唱歌弹奏。

　　耿家有个侄子，名叫耿去病，性情狂放不羁。他嘱咐老头：如果又听到或者是看到神秘离奇的事情，一定要立即跑去告诉他。一天夜里，老头看到楼上映出一闪一闪的灯光，便跑去告诉耿去病。耿去病听了，便想要进去亲自看看这样的异事。老头想要阻止，耿去病不听，执意要探个究竟。院内的门户、路径，耿去病本来就熟，他径直拨开蓬乱的蒿草，顺着路弯弯曲曲地进去了。他刚开始登上楼梯时，并没有什么怪异的事发生。接着向前走，穿过楼中连接的回廊，就忽然听到一间屋子内传来人的窃窃私语。从门缝往里一瞧，只见桌上两支巨大的蜡烛正在燃烧，将整个屋子照得通明透亮像白天一样。桌子南面坐着个带着儒冠的中年男子，他的对面坐着一个的妇人，两人都是四十多岁的年纪。桌子东面是个少年郎，二十岁左右的年纪，他的右边还有位少女，那少女戴着象征及笄的结发簪钗。四人正围着满桌酒肉吃喝谈笑。耿去病突然闯进去，笑着大声道："有不速之客独自一人前来！"满桌人被吓得惊慌不已，忙不迭地跑到帐幔后面回避，唯有男主人出来，呵斥他道："你是什么人？为何闯入我家私宅？"耿去病道："这是我家楼房，你们占了去，独自饮酒作乐，却不邀请主人，未免太悭吝了吧！"男主人仔细审视耿去病一番，道："你不是主人！"去病道："狂生耿去病，是主人亲侄子。"男主人一听，忙拱手道："原是小主人到了，失敬，失敬！"说着，便将去病让到主位，唤家人换上一桌新鲜酒菜。去病连忙摆手道："不必了，不必了，这便很好！这便很好！"男主人不再客气，便举杯在手，酌酒敬客。喝了两杯，去病对主人道："我们是通家，用不着回避，还是将您的家眷请出来同饮吧！"主人便喊了声："孝儿！"少年走了出来。男主人介绍道："这是小儿。"少年便作揖就座，向去病敬酒。三人一边喝酒，一边闲谈。问及家世，主人自我介绍："我姓

天干物燥

小心鬼狐

070

胡，字义君。"去病平素豪爽惯了，又健谈，与这对父子谈论得是风生水起。孝儿也是个风流倜傥的豪情人，两人相互倾怀畅谈之际，不觉惺惺相惜，便称兄道弟起来。去病长孝儿两岁，二十一岁了，便称孝儿为弟。

闲谈中，胡义君问道："听说你祖父写过一本叫《涂山外传》的书，你知道吗？"去病答道："知道，我还读过此书呢！"胡义君道："我便是涂山氏的后代。唐以后，我们家族的分支，大体还记得。五代以上，便记不清楚了。你既读过《涂山外传》，请谈谈我们祖上的情况好吗？"去病见问，便大略谈了一下涂山女帮大禹治水的功劳，并添枝加叶，言语铺陈夸张，词采繁富，妙语迭出，喷涌如泉。胡义君听了，很是欢喜，扭头吩咐孝儿道："今天真是闻所未闻，公子也不是外人，你将母亲和青凤请出来，一道听听，也好让她们知道我们祖上的德行。"孝儿进去不久，便陪着妇人和少女出来。少女弱质纤腰，双眼流慧，长得千娇百媚。胡义君指着妇人道："这是拙妻。"又指着少女道："这是我侄女，叫青凤，人很聪明，记性也好，凡是她亲见亲闻的，永不忘记，所以叫她出来，让她听听，也好传给我们后代。"去病见了青凤，早已心不在焉，胡乱扯了一阵，便要酒喝，可举起杯来，又停杯不饮，总是目不转睛地盯着青凤。青凤羞得满面通红。去病本来生性狂放，几杯酒下肚，更无所顾忌，竟大着胆子，暗踹青凤的脚。青凤急忙将脚收了回去。去病见青凤没责怪，越发狂放，居然拍着桌子大叫道："要是能娶青凤为妻，便是皇帝，我也不做了！"妇人见去病借酒发疯，忙拉着青凤走了。青凤一走，去病感到索然无味，便起身向胡义君告辞。去病回家之后，心中对青凤恋恋不已。

第二天，耿去病等到天一黑，就急急忙忙再次去往耿家老宅，赶到楼上，可等了一夜，连一点声响也没有。去病天明之后回家，便和妻子商量，让全家一起迁居楼中，希望再次和青凤相遇。妻子不答应，他便独自一人搬了进去。到了夜里，他点上蜡烛，在楼下看书，忽见一鬼披头散发，面黑如墨漆，瞪着巨大的眼睛逼视着他。去病笑着以指醮墨，在自己脸上一顿乱抹，目不转睛然与鬼物对视。鬼物觉得吓不倒他，便惭愧地逃去了。次夜，去病等到三更，什么也没有发现，正想灭了蜡烛睡觉，忽听有人开套间的门。他忙起身察看，只见套间的门半开半掩，接着便传来细碎的脚步声。再接着，烛光之中，有一人走来。举目细看，正是青凤。青凤突然之间见到去病，吃了一惊，急返身将房门关上。去病日思夜想，好不容易才见到青凤，岂肯放过！见青凤将门关上，便跪在门外，连声央求道："我不避凶险，住在这无人敢来的地方，实为了见你。幸好这里没别人，我大着胆子告诉你我的心意，只希望能握一握你的手，便是死而无憾了。"青凤远远地对耿去病说："你对我这般情深义重，我怎么会不知道，但我叔父家规极严，实不敢答应公子要求！"去病跪着苦苦哀求道："我不奢望能和你肌肤相亲，只求看看你的样子，便心满意足了。"青凤听去病这样说，似乎答应了，便打开门出来。耿去病趁机一把抓住青凤的手臂，把她拉到身边，狂喜不止，拉着青凤的手一同下了楼，将青凤拥入怀中，让她坐在自己膝上。青凤道："幸而我们有前世注定的缘分，但今夜一过，纵是相思也无益了！"去病忙问："为什么会这样？"青凤答道："叔叔惧你狂荡，扮厉鬼吓你，不想吓不走你，只得离去。叔叔已在别处找到住处了，今日全家忙着搬家，留下我一人在此看守。明天搬完，我们便都走了！"说罢，便要告辞。去病哪肯放她？青凤说："恐怕叔叔要回来了。"耿去病强硬阻止她离去，想要和她交欢，两人正在推扯之间，胡义君突然进来了。青凤又羞又怕，无地自容，把头靠在床架上，双手拈着衣带沉默不语。胡义君十分恼怒，大骂道："贱丫头，敢败坏我家风，还不赶快离去，等着挨打吧！"青凤低着头，急急忙忙离去，胡义君也跟了出去。去病尾随其后，听得胡义君一路骂不绝口，青凤被骂得哭哭啼啼。去病听了，心如刀绞，大声喊道："罪在我，与青凤无干！宽恕青凤，要杀要剐，我甘愿领受！"等了一会，周围一片寂静，没有一点声音，去病只好回房睡觉。自此，耿家大院再也没有发生过什么怪事了。去病叔父听说去病将鬼怪吓跑了，不觉称奇，愿将宅院卖给他，且不计价钱多少。去病很是高兴，将大院买下来，全家迁了进去。

耿去病带着全家老小一起搬到大院里，住在这里一年多，大宅十分宽敞舒适，但无时无刻不惦念着青凤。清明节，去病去祖坟扫墓归来，在还家路上，忽见两只小狐狸，被一群猎犬追赶着。一只小狐灵巧地钻进路旁草丛逃跑了，另一只小狐慌不择路，见到去病，就跑到耿去病跟前，卧在他脚下，不断哀鸣，一副畏惧驯服的样子，好像向他求救。去病见小

狐一副可怜的模样，使用衣襟将小狐包了，抱回了家。回到家里，去病关上门，将小狐放在床上，一转身，竟是青凤坐在末上！去病大喜过望，忙问青凤发生什么事了，青凤道："刚才我与小丫头在野外贪玩，遭此大难，要不是遇上你，恐怕早就让猎犬吃了。希望你不要因我是异类而嫌弃。"去病道："我日日夜夜都在思念着你，盼都盼不到，今天见到你，哪来嫌弃的话呢？"青凤感叹道："这也是命中注定的天数，如果不是遭此浩劫，我们怎能相见？这也是幸事，丫鬟一定以为我死于猎犬腹中，可以与你一起长相厮守了！"去病十分高兴，另外给青凤收拾了房子，让她住下。从此后两人恩恩爱爱，过得十分甜蜜。

　　过了两年，一天夜里，去病正在灯下读书，从门外忽闯进一个人。一看，原来是孝儿。去病非常吃惊，问道："你怎么来了？从哪里来的？"孝儿听了，伏在地上，悲哀道："我父明日将遭大难，非你莫救。他原本要亲自来求你的，怕你不谅解，便叫我来。"去病问："怎么回事？"孝儿道："你认识莫三郎吗？"去病道："怎不认识？我俩父亲是同榜，有着两代的交情。"孝儿道："他明日来时，如带着一只打伤的黑狐狸，便是家父，希望你能把他留下来。"去病道："当年楼下的羞辱，至今我还耿耿于怀，他的事我不愿过问。倘要我出绵薄微力，请青凤来说吧！"孝儿哭道："青凤妹妹在三年前早已惨死野外了！"去病听了，将袖子一甩，怒道："这事我更不管了！"说完，捧书诵读，再也不看孝儿一眼。孝儿只得掩泣而去。回到青凤房中，去病对青凤说起此事，青凤一听，脸色都变了，她惊恐地望着去病，问道："难道你真的不救?"去病笑道："救当然是要救，刚才不答应，只是想报复一下当年他对我的蛮横无理。"青凤破涕为笑道："这便好了!我从小无父无母，全靠叔叔抚养，往年他责骂我，也是应该的。"去病道："话虽如此，我心里总留下了一个疙瘩，如你真的死了，我一定不救。"青凤笑着道："你暂且忍耐一下吧!"

次日，莫三郎果然来了，他打猎回来，骑的马戴的胸带都装饰着镂金，背着的骑士弓袋上饰着虎纹，跟随的仆从声势浩大。路过耿家大院时，耿去病上前迎接，只见他猎获的猎物极多，其中果有一只黑狐狸，皮毛上沾满了鲜血，一摸，尚有体温。去病便借口自己皮袄坏了，求三郎将那只黑狐狸留下，三郎二话不说，立即赠予去病。去病便将黑狐交给青凤，叫家人赶紧准备酒菜，招待客人。莫三郎走后，青凤将黑狐抱在怀里，一连抱了三天，黑狐终于苏醒。它在床头转动一阵，变回之前的中年男子，抬头看见青凤，怀疑自己已经不在人世。青凤便将去病救他一事说了。胡义君一听，忙向去病谢过救命之恩，并高兴地对青凤道："我一直不信你会早死，今日果然好好活着，真是太好了!"青凤对去病道："请念及我们的感情，将楼房相借，使我有机会报答阿叔的养育之恩。"去病当即慷慨地答应了。胡义君羞愧地向去病和青凤告别，晚上，果然率全家来了。从此，耿去病和狐狸们就如同一家人，像父子一样，不再有丝毫猜忌。耿去病住在书斋里，孝儿有时也会去书房里和耿去病一道谈心饮酒。去病

妻子生下的长子渐渐长大，请孝儿作孩子的老师，教他念书，
孝儿循序渐进，善于教导，很有老师的风度气派。

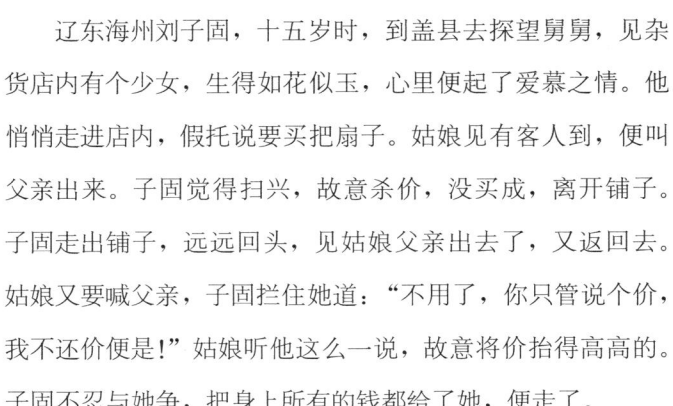

辽东海州刘子固，十五岁时，到盖县去探望舅舅，见杂货店内有个少女，生得如花似玉，心里便起了爱慕之情。他悄悄走进店内，假托说要买把扇子。姑娘见有客人到，便叫父亲出来。子固觉得扫兴，故意杀价，没买成，离开铺子。子固走出铺子，远远回头，见姑娘父亲出去了，又返回去。姑娘又要喊父亲，子固拦住她道："不用了，你只管说个价，我不还价便是！"姑娘听他这么一说，故意将价抬得高高的。子固不忍与她争，把身上所有的钱都给了她，便走了。

第二天，子固又去买东西，还是像昨日一样，付了钱便走。可刚走几步，姑娘便在后面喊道："快回来！刚才是骗你的，故意将价抬高了。"说着，便退了一半钱给他。子固见姑娘诚实，越发感动，趁她父亲不在时，便往杂货店里跑。慢慢也，两人熟起来，女子问刘子固："你住在什么地方？"刘子固如实告诉她，又反过来问她姓什么，姑娘说姓姚。每次买东西，临走，姑娘总是将他买的东西包好后，终了，再用舌尖舔舔纸沿，将纸包粘封好。子固揣着纸包回到舅舅家，总舍不得将粘好的纸包打开，唯恐将纸上的舌痕破坏了。过了半月，子固行径让仆人识破了，仆人暗将此事告知他舅舅，舅舅逼他回了家。子固回家后，终日闷闷不乐，将买来的香帕、脂粉等，秘密藏到一小匣中，没人之时，便关了门，拿来逐一端详，睹物思人，仿佛那姑娘便在眼前。

第二年，子固又到盖县，刚放下行李，便直奔杂货店，但见店门紧锁，只得失望而归。心想，可能姑娘全家偶然外出，尚未回来。第二天一早又去，店门依旧关着。向邻居一打听，方知姚家本是广宁人，因这个小铺利润不大，暂时回老家去了，至于何时再来，便不得而知了。子固见人去楼空，心情十分郁闷。在舅舅家没住几日，便闷闷不乐回了家。

子固回家后，母亲为他张罗亲事，提了好几家，都被他拒绝了。母亲既生气又奇怪，仆人偷偷把以前的事告诉母亲，方明白其中缘故。母亲对他管教更严了，连盖县也不让他去。子固变得精神恍惚，饭也吃不下，觉也睡不着。母亲无法，心想，还不如依了他。便择了个良辰佳日，治好行装，让他到盖县去请舅舅提亲。到了盖县，舅舅一听来意，立即去拜访姚家。过了一个时辰，舅舅回来，告诉他这门亲事没指望了，阿绣早已许给一个广宁人了。子固一听，垂头丧气，心灰意冷，甚为绝望。回家后，子固成天捧着小箱子哭泣，对阿绣的思念之情萦绕心头，希望天下还有一个像阿绣那么又美貌又心善的姑娘。

这时，来了个媒人，极口称赞复州有位黄家姑娘，长得如何如何漂亮。子固怕媒人靠不住，便骑了马，亲自去复州相亲。进了复州西门，见村北一户人家，门半掩着，里面有位姑娘，长得极像阿绣。子固边走边瞧，目光一直随着姑娘。那姑娘也不忌讳，不时回眸顾看，似曾相识，然后进屋去了。天下哪有如此相似的人呢？子固便在这家东边，租几间房子住下，仔细寻访。一打听，那家姓李。子固心里嘀咕，世上真有长得如此相像的人吗？一连待了几天，也没找到见面的机会，只得目不转睛地盯着李家大门，希望那姑娘出来。

一日，太阳刚刚偏西，姑娘果然出来了。见到子固，转身便往里走。走时，又用手指了指背后，翻过手掌，在额上轻轻划了一圈。子固喜出望外，却解不开姑娘打的哑谜。沉思一阵，信步走到那房子后面，只见屋后是一空旷的花园，荒草萋萋。西边，有一堵矮矮的短墙。子固恍然大悟，一声不响蹲在带露的草丛中。等了许久，见有人从墙那边探出头来，小声道："来了吗？"子固应声站起来，近前细看，果然是阿绣，不觉悲喜交加，泪如泉涌。阿绣隔着短墙，探出半截身子，一面用手巾帮他擦眼泪，一面含情脉脉地安慰他。子固道："自我们分别，我想尽千方百计和你见面，都不能如愿。我以为今生今世，再也见不到你了，谁知还有今天。你怎么会到这儿来呢？"阿绣道："这是我表叔家。"子固邀阿绣过墙，阿绣道："你先回去，将随从打发到别处去，我一会儿便来。"子固于是将仆人打发走，坐在房里等待。阿绣果然来了，她穿戴并不华丽，还是当年那身衣服，朴素干净。子固拉着她的手，并肩坐在床沿，将如何想念她，怎样托舅父提亲等细细说了一遍，接着又问："听说你已许人了，怎么还没过门呢?"阿绣笑道："说我许人是骗人的，我父亲嫌路途远，不愿将我嫁与你。可能你舅父怕你伤心，编套假话好让你断了念头!"说着说着，两人并肩躺下，你恩我爱，情意绵绵。大约到四更，阿绣起床，过墙而去。自此，子固也不想黄家小姐，寄居一个多月，也不提回家的事。

　　一晚，子固仆人起来喂马，见主人房内还亮着灯，偷偷一瞧，见到阿绣，不禁吓了一跳，但又不敢干预主人的事。第二天一早，先到附近街面打探了一番，然后回来问子固，夜间和他来往的是什么人。子固开始还不肯实说，仆人道："这房子，地处荒郊，萧条冷落，正是狐鬼出没的地方，公子可要珍惜自己，你想想，那姚家姑娘怎么会跑到这儿来呢?"子固这才羞涩地道："西邻是她表叔家，有什么好怀疑的?"仆人道："我已仔细打听过了，东邻只有一个孤老太婆，西家只有一个年龄不大的小孩，两家都没关系密切的亲戚往来。你遇见的，一定是个鬼魅，不然，哪会一身衣服穿这么多年不换呢? 况且，这姑娘脸色过白，面部稍稍瘦些，又没酒窝，比不上阿绣姑娘漂亮。"子固反复据量仆人的话，又将两个阿绣对比了一番，觉得确有可疑之处，心里十分害怕，不知如何是好。仆人便出了个主意，待她来时，他拿刀进去，两人合伙打她。天黑之后，阿绣来了，对子固道："我知道你对我

天干物燥
小心鬼狐

080

起疑心了。我对你，并无恶意，找你，只是想了结这段命定的姻缘。"话未说完，仆人已破门而入。假阿绣呵斥道："放下刀！快去弄些酒菜来，我要与你主人告别了。"仆人立刻老老实实扔下刀子，那情景，像有人从他手中夺过去一般。子固见了，更加害怕，只得硬着头皮，摆了酒席。假阿绣却谈笑如常，对子固道："我知道你心事，正打算尽力帮忙，为什么还要埋伏刀子呢？我虽不是真阿绣，但并不比她长得差，你看我，赶得上你过去那个阿绣吗？"子固悚然，吓得说不出话来。假阿绣听更鼓已打三更，拿起酒杯，一饮而尽，起身告辞道："我先走了，待花烛之夜，我再来与新娘子比一比，看谁漂亮。"说罢，一转身便不见了。

子固听了狐女的话，到了盖县，埋怨舅父骗了自己，不肯住在舅舅家，在靠近姚家的地方，租了间房子住下，并托媒人去姚家提亲，答应出一份厚礼。阿绣的妈妈道："俺小叔在老家帮阿绣找了个对象，她父亲看去了，成不成，还不知道，等他们回来，再作商量好了。"子固听了惶惶不可终日，只得耐心住下等他们回来。过了十多天，忽传来要打仗的消息，开始以为是谣言，过了几天，风声更紧了。他只得收拾行李回家。中途碰上乱兵，子固和仆人被冲散了。子固被巡逻的士兵抓住，因他是个文弱书生，军队对他看守不严，他便趁机偷了匹骡马逃了出来。逃到海州境内，遇到一个姑娘，蓬头垢面，一步一摔，踉踉跄跄的，狼狈不堪。子固从她身旁策马而过，那姑娘突然喊道："骑马的莫不是刘先生?"子固停鞭勒马，仔细一看，竟是阿绣。他疑心是狐女变的，便问："你真是阿绣吗？"姑娘一听，反问道："你这说的是什么话？"子固便将前些日子的奇遇对她讲了，阿绣道："我是真阿绣呀！父亲带我从广宁回来，遇到乱兵，将我们抓住。他们给我一匹马骑，可我老是从马上掉下来。忽有一位姑娘，拉着我的手腕，让我跟着她快跑。她牵着我，在乱军中穿来穿去，也没人盘问。那姑娘跑得飞快，我怎样也跟不上她，跑了一段路，掉了好几次鞋子。过了好久，人叫马嘶渐渐远去，她才放下我的手，道：'咱们就此分别，爱你的人马上来了，你可和他一起回去。'"子固知道那女子是狐女，心存感激，接着便将自己这次留在盖县的原因告诉阿绣。阿绣也告诉子固，她叔父在老家帮她介绍了一个姓方的青年，尚未来得及订婚，便发生了兵乱。子固这才知道舅舅对他说的不是胡编，忙将阿绣扶上马，双双回到家里。进了家门，母亲平安无事，子固非常高兴。他拴好马，领着阿绣，进门拜见母亲，禀告前后经过。母亲听了也很高兴，张罗着给阿绣梳洗打扮。梳妆完毕，只见阿绣容光焕发，艳丽非凡。刘母见了，不禁拍手笑道："难怪这傻家伙做梦都想着你！"于是，忙着给阿绣铺好被褥，让她与自己一起住了，同时派人到盖县传信给阿绣父母。不几日，姚家老两口来了，给小两口择了良辰吉日，举行完婚礼，才回盖县去。

婚后，子固拿出他那个珍藏的小箱子给阿绣看，只见每个纸包，都是原先的样子。子固打开其中一包香粉，里面居然是红土。他感到莫名其妙，阿绣在一旁捂嘴笑道："当初，我见你买东西任我包，根本不看货色，所以和你开了个玩笑。

不想几年前捣的鬼，到今天居然被查出来。"正说笑，一人打起门帘进来笑道："你们这么快活，总该谢谢我这个媒人吧!"子固抬头看时，眼前又站着个阿绣，忙喊母亲来看。母亲和家里人都来了，没谁能分出真假。子固回头再看，连他自己也糊涂了。认真看了好一会，才向假阿绣打躬作揖，表示感谢。假阿绣要来镜子，照了一会，羞红着脸往外走。大家找她，已无影无踪了。小两口感谢她的恩德，在新房中供着她的牌位。

一天晚上，子固喝酒回家，房里漆黑无人。刚好把灯点着，阿绣来了，子固拉着她问道："你刚才到哪里去啦?"阿绣笑道："酒气熏人，真叫人受不了! 这样盘问人家，难道跟人跑了不成?"子固笑着，捧起阿绣的脸。阿绣问道："您看我同狐仙姐姐哪个漂亮些?"子固道："自然是你漂亮些。如只看外表，你俩还真难分真假。"说完，两人关了门，亲热起来。一会儿，外面有人敲门，阿绣起身笑道："您也是个只看外表的人啊!"子固还不明白是什么意思，跑去开门，又来了一个阿绣。他非常奇怪，才想到刚才与他调情的是狐仙。黑暗中，狐仙咯咯笑着，小两口忙跪下，向空中祷告，求她现身。但狐仙没有现身，她说自己不愿见阿绣。子固奇怪地问："你为何不变另一个相貌呢?"狐仙道："我不能呀。"子固又问："为什么不能?"狐仙道："阿绣前生是我妹妹，不幸夭折了。活着时，她和我随母亲到天宫去见西王母娘娘。我们心中，都暗暗爱上了娘娘的模样，回来便学西王母的模样和举动。妹妹比我聪明，一个月便学得惟妙惟肖，我三个月才学成，还不如妹妹。如今已过一世，自认为可超过她了，不料还和前生一样。我感谢你们的诚意，所以常来看你们，现在我要走了。"说完，便无声无息了。

此后，狐仙隔三岔五来一趟，家中一切难办的事都能解决。遇到阿绣回娘家，便在刘家多住几日。家中仆人都害怕她。如家里丢失了东西，她穿着华丽的衣服，端坐着，头上插着几根数寸长的玳瑁簪子，对家仆道："是谁偷了东西？我限今夜将失物送回原处，不然，我叫他头痛，就后悔莫及了。"天明到原处去找，便找到了失物。三年后，她便不再来。家中丢失钱物，阿绣照她的样子，端坐着吓唬家人，往往也能奏效。

山东济南府同知吴公，性情刚强正直，从不徇私枉法。当时衙门里有条陈规陋习：凡是有被检举出犯了贪污、亏空罪的官员，上级官员总是庇护他，把他贪污来的赃钱分别摊在其他同僚身上，以此来洗清他的罪责，这样的做法没人敢阻挠或违抗。但是当有上级官员命令吴公分担贪污亏空的赃钱时，吴公不同意，就算上级态度强硬要吴公顺从，吴公也坚决不接受。上级愤怒地呵斥他，吴公也严厉回骂说："我的官职虽然微小，也是受朝廷任命的。你可以上书奏章让朝廷处分我，但你不可以呵斥咒骂我！我死便死了，但不能让朝廷的俸禄受到损害，代替赃官偿还违背法令道德的赃钱！"上级官员听他这么说，于是改变态度言语温和地宽慰他。百姓们都说这世上是不可以走正直道路的，可是明明是有些人自己不走正直之路罢了，为什么要归咎于这个世界的正直之路不能行走呢？

恰逢博兴县高苑镇有个叫穆情怀的人，被狐狸精附了身。他常常慷慨激昂地和人谈论，座位上有说话的声音，但是却看不见跟他对谈的人。有次他到了济南府，和宾客谈话时，有人问他说："自然是没有狐仙不知道的事情，请问你知道济南府中有多少官员吗？"穆情怀听到问话马上回答说："只有一个而已。"宾客们听了，都笑他。那人又问他原因，他说："整个济南府的官员虽然有七十二个，但是实际上可以称作官的人只有吴同知一个罢了。"

当时泰安有个张知州，人们因为他的脾气偏，像木头一样不知变通，都叫他"橛子"。之前凡是贵族、大官僚等人来登泰山，所使用的人力、牲畜、车舆之类，费用相当多，这都需要一州的百姓辛苦劳作供给。张公上任后把这一切规矩都废除了。有官员向他索要羊肉、猪肉时，张公就说："我就是一只羊、一只猪，请把我杀了用来犒赏你的随从吧！"那些大官也拿他没有办法。张公自从远离家乡到泰安做官，与妻子儿女分别已经十二年了。他初到泰安当官时，夫人和儿子从都城来看望他，家人相见都特别高兴。过了六七天，夫人随口说道："你甑子上都积满了灰尘，还和以前没当官时一样，为什么老了却不顾子孙了？"张公听了十分生气，大骂夫人，叫人拿来棍子，逼迫夫人跪伏在地上受刑。儿子趴在母亲身上，哭喊着恳求代替母亲受罚。张公狠狠地打了儿子一顿，才肯罢休。夫人随即拉着儿子命令车夫驾车回家了，发誓说："你就是死在这里，我也不再来了!"过了一年，张公死在了任上。

这位知州不可不说是如今性格倔强的官员了。但是面对分别很久的妻子，何至于因为一句话就暴躁愤怒到这般地步!难道这合乎人情吗?然而能把刑罚加在同床共枕的妻子身上，这事就比鬼神还奇特了。

浙东生

　　浙东有个姓房的书生，客居在陕西，收徒教书，经常自夸胆子大。一天晚上，房生赤身裸体躺在床上睡觉，忽然有一个浑身长着毛的动物从空中直直掉下来，砸在他的胸口上，发出很大的声音。他感觉这掉下来的东西像狗那么大，气喘吁吁的样子，四只爪子不停地在他身上挠动。房生十分害怕，想要坐起身来，这动物就用两爪把他扑倒，房生太过恐惧被吓得昏死过去。经过大约一个时辰，房生觉得有人用尖尖的东西穿进他的鼻子，他打了个大喷嚏才苏醒了过来。只见屋中点的灯发出莹莹光亮，床边坐着一个美丽女子，笑道："好好的一个大男人，胆量就只是这样吗？"房生知道她是只狐，更害怕起来。女子慢慢与他戏耍挑逗，房生的胆子才开始有些放开，于是和她欢好。相处了半年时间，他俩感情就像夫妻一样深厚了。

有一天，女子正在床上睡觉，房生偷偷进来用猎网将她蒙住。女子被惊醒，发现自己被猎网罩住，不敢动身，哀哭着乞求房生放开她，但房生露出得意的笑，却不肯放开她。女子忽然化作白气，从床下钻了出来，非常气愤地说："你终究不是好的伴侣，还是送我离开吧。"说完，就用手拖着房生，房生身体不由自主地跟着女子走了，一出门就凌空飞行。飞了一顿饭的工夫，女子就把拉着房生的手放开，房生浑浑噩噩之间就掉了下来，恰好落到一个财主在花园设置的捕捉老虎的陷阱中。这一陷阱，是将木头掰弯做的一个圈，用绳子做的网子覆盖在口子上，房生掉在网子中，趴卧在网上，半个身子悬在陷阱口子上。他向阱下一看，有一只老虎正蹲在阱底，仰头看着趴在网中的他。老虎一下子跳起来想咬他，离他只有差不多一尺的距离，吓得房生心胆都碎了。主人的园丁来喂虎，看见房生这般奇怪地趴在网子上，便把他扶上来，一看房生已被吓昏死过去。过了一会儿，房生才渐渐醒来，详细说了事情的经过。园丁告诉他这个地方已经是浙江的地界了，距离他家有四百多里。主人听说后，就赠送给他路费让他回家。房生回到家后，告诉别人说："我虽然因为狐狸死过两次，但是如果没有狐，我还穷得回不了家呢！"

姬
生

　　河南南阳有家姓鄂的，因为狐狸的困扰常常忧虑。他们家的金钱物件，总会被狐狸偷去；要是触犯了它，作祟就更厉害了。鄂家有个外甥姬生，是个放纵不受拘束的名士，他代替外祖父焚香，祈祷狐狸不要再在鄂家作怪了，狐狸最终也没有回应他。于是又向狐狸祷告说希望它可以舍弃外祖父，到自己家里去，狐狸还是不答应。众人都笑他，姬生说："它能变幻，一定通晓人性，有人心。我坚决要引导它走正道，使它得成正果。"于是，他过几天就去鄂家一次，在那里祈祷。虽然姬生的话还没有应验，但是只要他一去，狐狸就不骚扰鄂家了。因为这个原因，鄂家时常挽留他在家里住宿。晚上，姬生常望着夜空，请求与狐狸相见，邀请得十分坚决。

　　有一天，姬生回到家中，一个人坐在书房里，忽然房门慢慢地自己打开了。姬生吃了一惊，站起来表示敬意说："是狐兄来了吗？"四周十分安静，没有一丝声响。又一天夜里，房门又自己开了，姬生说："倘若是狐兄降临，原本就是小生祈祷所求的事情，何不赐下你的光辉呢？"四周却又寂寞无声了。姬生在桌上放着二百钱，等到天亮的时候就丢失了。姬生到晚上时，又把桌子上的铜钱增加了几百。半夜时分，只听见幔帐后传来铜钱碰撞的声音，便道："来了吗？我已准备好了几百铜钱，请拿去备用。我虽然不是钱财充足富裕的人，却也不吝啬。如果你因为有什么地方急着用钱，不妨直言相告，为什么一定要偷窃呢？"不一会儿，看了看那些钱，狐拿走了二百钱。姬生仍然把钱放在原来的地方，连着几夜，都没丢失。只不过家里煮好了一只鸡，想用来招待客人，却丢失了。姬生到了傍晚，又在桌子上增添了美酒。狐狸却从此以后没有了踪迹。

后来，狐狸又到鄂家作祟，和从前一样。姬生又去鄂家祈祷说："我专门放置了铜钱你却不拿，专门摆下美酒你却不喝，我外祖父年迈体衰，不要一直在他这里作祟。我家里备下了不怎么丰厚的礼品，晚上任凭你自己去拿。"于是姬生回家就备下了十贯铜钱，美酒一坛，切成片的鸡两只，陈放在桌子上。姬生就躺在桌子旁边，一整夜都没有声音，钱财物品还是像之前的样子。狐狸作祟也从此没有了。

有一天，姬生晚上才回到家中，拉开书房门，看见桌子上摆放着一壶美酒，满满一盘子的烤鸡，还有用红绳穿在一起的四百铜钱，这些都是前几天丢失的东西。姬生知道这是

姬生

狐狸在回报他，拿起酒壶用鼻子闻闻，酒香扑鼻；倒进杯子里，酒色碧绿；尝一口，酒香醇厚。一壶酒喝完，半醉之间，姬生觉得心里突然生了贪念，不知怎的猛然想要做贼，便拉开门出去了。姬生心中想着村子里有一户富人，于是就去了那里。准备翻过围墙。那墙虽然高，但是他一跳就上去了，再一跳就进入了墙内，就好像长了对翅膀一样。姬生偷偷潜入富人的书房里，偷了貂裘大衣和金鼎出去，回家后放在床头，才开始靠着枕头安心睡觉了。第二天天亮后，拿着貂裘金鼎进入内室。妻子惊讶地问他哪里来的，他嗫嚅着告诉给妻子，而且面带喜色。妻子大惊，说："你一直刚正直率，为什么忽然做贼了？"姬生满不在乎，不认为这很奇怪，给妻子讲了狐狸回报的事情。妻子恍然大悟说："一定是酒里有狐毒。"想起朱砂可以驱邪，于是就把朱砂研碎放在酒里，让他喝了。一会儿之后，姬生忽然不觉脱口而出说："我怎么会去做贼？"妻子代替他解释了原因，他茫然若失。又听说那家富人被人偷盗的事，乡里乡外吵吵嚷嚷传遍了，姬生一整天都吃不下饭，不知道自己该怎么办好。妻子替他想了个办法，叫他晚上时乘着夜色把貂裘金鼎抛进墙里，姬生听从了。富人找回了丢失的东西，事情才渐渐平息了下去。

　　姬生在这年的乡试中，考取了第一，又因为品行优秀，应受到加倍的赏赐。等到发榜的那天，提学使官署的房梁上粘着一张帖子写着："姬某人是个贼，偷窃某某家的貂裘、金鼎，这样的行为，怎能说是品行优秀呢？"那粘帖子的梁是最高的，不是跳一跳就可以贴上去的。提学使也怀疑起了他，拿着那张帖子询问姬生。姬生十分惊愕，心里暗暗想：这件事除了妻子没有第二个人知道，更何况官署院深密闭，人怎么去那里贴呢？因此醒悟说：这一定是狐狸干的。于是详细讲述了事情原委，没有丝毫隐讳。提学使更加欣赏他，赏赐也翻了倍。姬生每每想起就自念道：我并没有得罪狐狸，它之所以多次害我，也是小人为了遮羞，就想拉别人一块儿做恶，同为小人罢了。

异史氏说：姬生想把邪魔外道引入正途，却反而被邪物迷惑了。狐狸的用意未必是大恶，也许是姬生的诙谐招惹来的，狐狸也用诙谐戏弄他罢了。但如果不是姬生一直以来的根基好，家里又有贤内助，几乎要像原涉所说的：家人寡妇，一旦被盗贼所污染，行为就邪恶了！哎！真是可怕呀！

吴木欣说：康熙三十三年，一位举人到浙中当县令，按例点看囚犯。其中有个犯盗窃的人，脸上已经刺完字了，依据法例应该释放他了。县令嫌弃"窃"字依照民俗减了几笔，不是官方的正规字，就让衙役给他刮去，等到创口恢复平整后，依照字库里官方的"窃"字一点一画，另外给他刺字。盗贼随口念出一首绝句："手把菱花仔细看，淋漓鲜血旧痕斑。早知面上重为苦，窃物先防识字官。"狱卒笑他说："你一个诗人不去考功名，却来做盗贼？"盗贼又随口念出一首诗回答他说："少年学道志功名，只为家贫误一生。冀得资财权子母，囊游燕市博恩荣。"由此观之，秀才去做盗贼，也是有取仕途的志向。狐狸给姬生取仕途的资金，他却后悔为这些东西所误，迂腐啊！书此仅供一笑。

周二

山东泰安有个富裕的州吏叫张太华，他家里有狐骚扰，即使多次遣人驱赶，也没有效果。他写了状纸告到知州衙门，知州也无能为力。当时泰安州的东面也有狐住在村民家里，人们看到的狐都是一个白发老头的样子。这老头和村里人相互慰问、吊哀，就如同这世间的人一样知礼。他说自己在家排行第二，大家都叫他胡二爷。恰逢有秀才来拜见知州，往来寒暄间就说起胡二爷的异事。知州便为张太华出了个计策，让他去问那个胡老头。当时泰安州东面那个村子有个当差的衙役，张太华就去拜访了他，果然知州所说不假，便趁机和他一同前往，随即就在衙役家里设筵招待胡叟。胡叟来到，作揖礼让敬酒，都和一般人一样。张太华请求他为自己驱狐，胡叟说："我原本就知道这件事情，但是不能为您效劳。我有个朋友名叫周三，现在乔迁到岳庙，他适合去降伏它，我会代您拜托他帮帮忙。"张太华很高兴，多次感谢。胡叟快要走时和张太华约好，第二天到岳庙的东面张摆筵席。张太华答应照办。

到了约定的时间，胡叟果然领着周三来了。周三两腮上长着卷曲的胡子，一脸严肃，一副刚正不阿的样子，穿一身戎装。酒喝了数巡，周三向张太华说："刚才胡二弟告诉了我您的意思，事情是已经尽数知道了。只是这些狐实在有很多同伙，不能好言相劝，很难避免动用武力。请让我借居在您家，有什么吩咐也在所不辞。"张太华转念一想，除掉一只狐，又来一只狐，是以暴换暴，于是他摇摆不决，没敢立即答应。周三已知道了他的考虑，说："不用害怕，那些狐不是能和我相提并论的，况且我和您还有好的缘分，请不要怀疑。"张太华便答应了他。周三又叮嘱说："明天带着全家人一起关上门户坐在屋子里，不要讲话。"

张太华回家之后，全都遵照周三的教导布置好一切。不一会儿，便听到院子里有相互击打、争斗的声响，过了一个时辰才平定下来。张太华打开门出来一看，鲜血点点洒满台阶，台阶上还掉有几个小狐狸的头，碗碟子一样大小。又去看为周三清扫的房间，只见他正襟危坐在里面，拱手笑道："蒙您重托，一干妖类已全部消灭了。"周三从此住在张家，张吏对待他像对待宾客一般。

董生

　　山东青州最西郊的村上，有个姓董的读书人，字遐思。冬月一个傍晚，董生在床榻上铺好被褥，烧旺炭火，正要点亮灯火时，恰巧有朋友来招呼他喝酒，于是就关好门去了。到了朋友的住所，席间有个医生，擅长以诊脉的方式来给人算命。他给各个宾客都诊评了一遍，诊断最后看着董生和一个叫王九思的书生说："我诊看的人很多，但脉象奇特的人没有和你俩相同的：富贵的命脉中藏着低贱的征兆，长寿的命脉中掺杂着短命的征状。这不是我这样粗鄙的人所能知道的。但是董君的脉象实在特别明显。"众宾客都很吃惊，忙问其原因。医生回答说："我诊到这程度也用完了平生所学的术法，不敢主观妄下决断。希望二位自行慎重。"两人一开始听到这样的诊评很害怕，继而又认为医生的话模棱不清，也就没放在心上，没太在意。

　　夜过半时，董生回到家，见书房门虚掩着，疑惑万分。在酒意中回忆着，一定是离开的时候着急忙慌的，所以忘了上锁。进屋后，没空点上灯火，就先把手伸进被窝里面，试探暖和没有。手刚一伸进去就触摸到光滑的皮肤，被窝里面有个人躺着。董生大为惊骇，缩回手，急忙点灯看，竟是个美貌的年轻女子，恍若神仙。董生狂喜，调戏摸向下体，却摸到条长长的毛尾巴。董生大为恐惧，想要逃跑。那女子却已醒了过来，伸手抓住董生的手臂，问：“你要到那里去？”董生更加害怕，战栗哀求道：“愿仙人可怜饶恕我吧！”女子笑着说：“你看到什么了这般害怕我？”董生说：“我不害怕你的头而害怕你的尾巴！”女子又笑着说：“你误会了吧！何处有尾巴？”拉过董生的手，强要他再摸试试。董生摸着她的大腿觉得肌肤如脂，屁股后面的尾骨也是光秃秃的。女子笑道：“如何？你喝得醉醺醺的，朦胧之间不知道你看到了什么，这样诬赖别人！”董生原本就喜欢女子的美貌，此时越发被她迷住了，反倒自责刚才偶然看错了，但仍然疑惑女子来得不明不白。女子说：“你不记得你东边邻居的黄毛丫头了吗？扳起指头算一算，我家搬走已经十年了，那时我还未及笄，你还是个孩子。”董生恍然记起，说：“你是周家的阿锁吗？”女子说：“是啊。”董生说：“你所说的，我好像记起来了。十年不曾见面，你竟已经长得这样苗条了。可是你为什么突然能到这里来呢？”女子说：“我嫁给夫君才四五年，公婆就相继去世了，又不幸成了寡妇，只剩下我一个人，孑然一身，孤苦无依。回忆小时候相识的人中只有你了，所以才来投奔你。进门时已经是傍晚了，邀请你去喝酒的人碰巧在那时到了，于是就藏在一旁等你回来。在门外等待久了，双脚都冻成了冰，身上也冻得颤抖，因此就借你的被窝来取暖。希望你不要怀疑我。"董生喜不自胜，就脱去衣服和她一起睡觉，自己特别骄傲得意。

一个多月后，董生渐渐变得瘦弱，家里人都觉得奇怪，问他原因，他总说自己也不知道为什么。时间慢慢久了，他的脸颊、眼睛都瘦得凹陷下去，形若骷髅，才害怕起来，于是又去找那位擅于诊脉的医生。医生说："这是妖脉啊，上次你脉象上死亡的征兆已经应验了，这病我无能为力。"董生号啕大哭，不肯离开。医生无可奈何，只得给他施针灸脐，并赠他一包药，嘱咐说："如果有遇到女人，一定要强硬地拒绝她。"董生也知道自己危险了。回到家里，女子就媚笑着来邀他共枕，董生生气地说："不要再来纠缠了，我都快要死了！"说完头也不回地走了。女子大为羞愤，继而又大怒地说："你还想要活？"到了晚上，董生吃了药，就独自躺在床上，刚合上眼睛，就梦见与女子交欢，醒来后就遗精了。董生更加惊恐，于是搬到内室去睡，让妻子点着灯守在他旁边，但是仍然梦到与女子交欢。偷偷去看那女子，却已经不知道在哪里去了。就这样过了几天，董生吐了一斗多的血死了。

一天，王九思在书房见一个女子进来。王生贪恋她的美貌，就与她私下交欢。问她从何处来，女子说："我是董遐思的邻居，他过去与我私交很好，没想到被狐狸精迷惑丢了性命。这些狐狸精的妖气很可怕，你们读书人应当谨慎提防。"王生更加钦佩她了，于是两相欢好。那女子在这里住了几日，王生便觉得精神恍惚，身体受损。有一晚，忽然梦见董生对他说："和你相好的女子是个狐狸精！她杀死了我，又想要来杀我的朋友，我已在阴曹地府告了她，以此来发泄我的愤怒。连着七天晚上，你都必须在室外点一炷香，千万不要忘了！"王九思醒来感觉这事很怪异，便对女子说："我病得这样重了，恐怕之后要抛尸在山沟荒涧中，有人劝我不要留恋床榻之欢了。"女子说："命里注定长寿的话，再贪图房事也能活着；命里没有长寿命，就是不行片刻之欢也会死的。"女子说完便坐下与王生调笑。王生心猿意马，不能自制，又与她共寝。事后又悔不当初，但总不能与她断绝。等到天黑，王生就把香插在门上，女子来后，把香拔下扔了。夜里王九思又梦见董生来，指责他违背了他的叮嘱。第二天晚上，王九思暗地里嘱咐家人，等到他睡后，偷偷将香点着插在门上。女子在床上，忽然吃惊地说："门上又放上香了？"王生说他不知道。女子急忙起身，拿到香把它折断掐灭，又进来说："谁教你做这件事的？"王九思说："可能是妻子担忧我的病，听信了巫婆祛恶除邪之祭的话吧。"女子在屋里走来走去，很不开心，家人在暗处偷偷见香灭了，又点上插好。女子忽然叹了口气说："你福泽深厚，我失误害死了董遐思，而又来害你，诚然是我的错。我将和董遐思去阴曹地府对质，你如果不忘咱俩一直以来的欢好，就不要弄坏我的皮囊。"女子慢慢下床，扑倒在地上死了。王九思用烛火照着，一看是只狐狸。

还害怕它复活，连忙招呼家人，剥下它的狐狸皮悬挂起来。

王九思病得很重，在病榻间看见狐来了，狐说："我已向阴曹地府申诉，阴曹地府判决董生见色动心，按罪应当该死；但又斥责我不该迷惑凡人，没收了我的金丹，又下令让我重生。我的皮囊在哪里？"王九思说："家人不知道有用，已经把它剥皮了。"狐惨淡地说："我害死的人太多了，现在就算死也已晚了。但是你怎么忍心这般对我！"说完，怀恨离开。王九思这场病几乎就要死了，半年后才康复。

　　山东莱芜有个刘洞九，在山西汾州地界当官。有一天，他一个人坐在衙门府中，听到亭子外面有欢声笑语，而且声音离他越来越近。声音在房子里响起，进来的是四个女子，一个四十来岁，一个大约有三十，另一个二十四五的年纪，走在最后的是个没有束发的少女。她们一起都站在案桌前，笑着看着彼此。刘公原本就知道在官府衙门里有很多狐，于是就放任她们不搭理。没过一会儿，那个少女拿出一条红色的帕子，戏弄般地抛到刘公的脸上。刘公拿下来丢到窗户下面，仍然不理睬她们。那四个女子笑了一笑就离开了。

　　有一天，四个女子中年纪最大的那个来见刘公，对他说："我妹妹与您有缘分，请不要因舍妹寒贱而舍弃她的德行。"刘公信口答应了她，女子这才走了。不多一会儿，她带着个婢女，簇拥着一个梳着垂髻发式的少女走来，让少女与刘公并肩坐下，说："你们两个真是一对好伴侣，今天晚上就洞房花烛吧。你要尽力侍候好刘郎，我走了。"刘公仔细看那少女，光彩照人，美艳无双，于是便与她结为夫妻之好。刘公盘问她来自哪里，少女说："我原本不是人，可实际却是人。我本是前任州官的女儿，由于受了狐的蛊惑，忽然之间就死了，埋葬在园子之内。后来一群狐又用法术让我活了过来，所以我就像狐一样飘然不定了。"刘公听后，趁机用手试探了她的尾骨处。女子感觉到了，笑道："你该不是以为我是狐狸，而有尾巴吧？"转身说："请试着摸摸看吧！"自此之后，少女就留在了刘公身边，不走了。每每做什么事都和那个小丫鬟一起。家中的人都尊称她少夫人，并用夫人的礼节对待她。丫鬟婆子们来参拜她，她给的赏赐都很丰厚。

有一次，正值刘洞九的生日，来祝贺的宾客很多，总共有三十多桌宴席，需要雇用很多厨师，但事先发文征调的厨师，仅仅才到了一两个。刘公非常气愤。女子知道了这件事，便对刘公说："不用发愁！厨子既然不够用，不如把来的那两个也遣走了吧。我即使才能短缺，但置办三十多桌宴席也不是件难办的事。"刘公听后很高兴，命人将鱼肉、蔬菜、调料等物品都搬到内宅里。家里的人只听见里面刀和砧板碰撞的声音，又多又细碎的声响不断传出来。门内摆了一张桌子，端菜的仆人将盘子放在上面，一转眼间，菜肴肉食都已经盛满了。十几个仆人端去了菜又回来，一路上来往不绝，菜仍取之不尽。最后，端菜的仆人来要汤面，里边女子说："主人没有事先吩咐说要汤面，怎能一声吩咐就可以齐备呢？"之后又说："没办法，只好先借了！"过了一会儿，女子就叫人来取汤面。众人一看，三十多碗汤面，摆在桌上还冒着蒸腾的热气。客人们走后，女子对刘公说："拿出一些钱来，偿还某家的汤面钱。"刘公便派人将汤面钱送去。那家人不见了汤面，正在觉得惊奇怪异时，派去送钱的人到了，疑团才解开。

有一天晚上，刘公喝着酒，偶然想起来要喝山东的一种微绿色略带苦味的家酿甜酒。女子说她去取来，于是就出门走了。不一会儿，就回来说："门外有一坛子酒，可够你喝几天的。"刘公往外一看，果然看到一坛酒，真的是家乡的那种酒，名叫"瓮头春"。

几天过后，刘公的夫人遣了两个仆人到汾州来。路上一个仆人说："听说狐夫人给的赏钱很丰厚，这次去得到了赏钱，可以买一件皮衣穿。"女子在汾州的官府衙门里知道了这话，便对刘公说："家里来的人就快到了，这奴才无礼十分可恨，我定要惩治他。"第二天，两个仆人刚一入城，其中一个头就大痛起来。到了官州衙府，抱头大号。众人要给他看病吃药，刘公笑着说："不需要治疗，时候到了自己就会好。"众人怀疑是得罪了少夫人。那仆人自己在心中想：我初来乍到还没来得及卸下行装，从哪里得罪了她？思来想去没有人可以诉苦，只得膝行向夫人哀求饶恕。隔着帘子传来说话声："你称夫人就罢了，为什么还加上'狐'呢？"仆人这才醒悟，叩头不断。里面的女子又说："既然想要得件皮衣，怎么能无礼呢？"接着又说："你已经痊愈了！"说完，那仆人的头立刻就好了，仆人拜谢后想要走，忽见看见帘内扔了一个包裹出来，里面的女子说："这是件羊羔皮衣，你可拿去。"仆人解开一看，包裹里除了衣服还有五两银子。刘公问家里最近的情况怎么样，仆人回答说："家里没出什么事，只是有一天晚上藏酒少了一坛。"刘公掰着指头算了一下日期，正是女子取酒的那天晚上。此后，大家都惧怕少夫人的神力，都称她为"圣仙"。刘公还为她画了一幅像。

汾州的提学使张道一听说了这些奇事，便以老乡的名义去拜见刘洞九，想求见少夫人一面。女子拒绝不见，刘公给张道一看了画像。张道一强硬地拿走了画像，回到家后，就将画像挂在座位右边，早晚对着画像祷告说："凭借你的美貌气质，到哪里不可以？为何却要将自己托付给一个白发都已经下垂的老头呢？下官一点也不比刘洞九差，为什么不到我这里来呢？"女子在州府衙门里，忽然对刘公说："张公对我无礼，应当小小惩戒他一下！"有一天，张道一正在祷告时，觉着似乎有人用戒尺击打他的额头，痛得头都要被崩开了，大为恐惧，连忙派人归还了画像。刘公故意询问他原因，还画的人不敢说实话。刘公笑着说："你主人的额头还痛不痛？"还画的人看瞒不过他，只好告诉了他实情。

没多久，刘公的女婿亓生来到汾州府衙，请求拜见少夫人，女子还是一直推辞不见。亓生再三请求，刘公对女子说："女婿不是外人，为何就这么坚定地拒绝见他呢？"女子说："我和女婿见面，一定得赠送他见面礼，他对我赠送东西的期望太高，我可能不能满足他的心愿，所以才不想见他啊！"女婿还是坚持要见少夫人，不得已才答应他十天以后相见。等到约定日期，亓生进屋，隔着帘子拱手施礼，礼貌地问候了几句，小夫人的相貌仪态隔着帘子，十分隐约，他不敢仔细审视，就退了出来，走出几步远，才回过头细看。只听女子说："女婿回头了！"说完，大笑起来，声音激越就像猫头鹰鸣叫。亓生听得脚和腿都软了，左摇右晃像丢了魂。走出来后，坐了一会儿，才稍稍镇定下来，便说："刚才听到少夫人的笑声，就像听到外面打雷的霹雳声一样，竟然不觉得身子是自己的。"不一会儿，女子命一个丫鬟来赠给亓生二十两银子。亓生收下了并对丫鬟说："圣仙与岳父大人天天住在一起，难道不知我向来习惯花大钱，不习惯花小钱吗？"女子听说了就说："我自然知道他这样子！上次钱袋的钱用完了，我与同伴一起到开封，河伯发大水淹没了开封城，仓库中藏的银子都淹在水中，我们潜入水下各自捞了一点银子，怎么能喂饱他那无穷无尽的贪欲呢？况且我纵然能给的丰厚些，他福薄也担不起。"

女子所有事都能事先预料，刘公遇到疑难的问题，都和她商议，没有不能解决的。一天，她和刘公并肩坐着，忽然抬头望天，大惊道："一场浩劫即将到来，该怎么办呢！"刘公吃惊地问家里人会怎么样，女子说："我们这些人全都没事，只是二公子让人忧虑。这个地方不久后将战火纷飞，你应当求取一个去远方的差事，这样才能免遭劫难。"刘公听了她话，请求上司准许他押粮饷去往云南贵州之间。这道路遥远，听说的人中只有女子向他表示祝贺。不久，姜瓖叛乱，汾州全都沦陷为贼窝。刘公的第二个儿子从山东到汾州，正好遭遇这场变故，被杀害了。汾州城沦陷后，那些汾州官员全部都遭遇了祸难。只有刘公因为公事出差在外得以幸免。盗贼被平息后，刘公才回来。后来，他被一件大案牵连，受贬黜责罚，穷得早饭晚饭都吃不上。当权者又索要繁多，因此刘公穷困潦倒，举步维艰，想以死解脱。女子说："不用忧愁，床底下有三千两银子，可以用来度日。"刘公大为高兴，问："从何处偷来的?"女子回答说："这天底下没有主人的东西，取之不尽，何必去偷呢?"刘公凭借女子出谋划策，才得以脱身返回原籍，女子也跟着去了。之后，过了几年，女子忽然离去，留下了几个纸包着的东西。其中有办丧事时挂在门上的小幡，长约有二寸，大家都认为是不祥之兆。果然，刘洞九不久就死了。

汾州狐

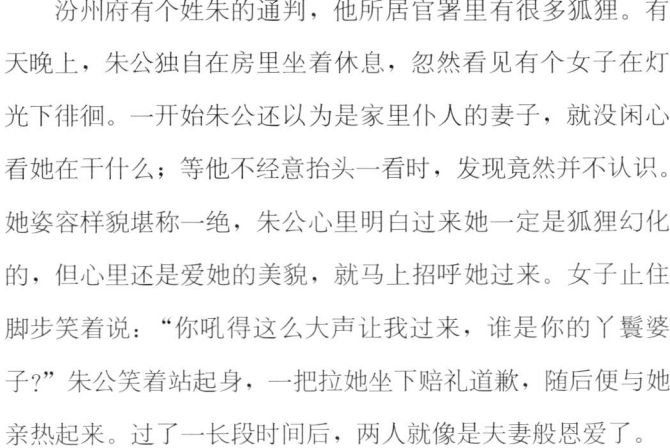

汾州府有个姓朱的通判，他所居官署里有很多狐狸。有天晚上，朱公独自在房里坐着休息，忽然看见有个女子在灯光下徘徊。一开始朱公还以为是家里仆人的妻子，就没闲心看她在干什么；等他不经意抬头一看时，发现竟然并不认识。她姿容样貌堪称一绝，朱公心里明白过来她一定是狐狸幻化的，但心里还是爱她的美貌，就马上招呼她过来。女子止住脚步笑着说："你吼得这么大声让我过来，谁是你的丫鬟婆子？"朱公笑着站起身，一把拉她坐下赔礼道歉，随后便与她亲热起来。过了一长段时间后，两人就像是夫妻般恩爱了。

有一天，狐女忽对朱公说："你官吏的品级要升迁了，马上要调到别处去，我们分别的日子接近了。"朱公问她："还有多久？"狐女回答说："眼前就到了。只是祝贺的人在门前时，吊丧的人就在你的乡里了，你不能做官了！"三天时间过去了，前来祝贺他升官的人果然到了；不过之后一天，就得到自己母亲去世的消息。朱公只得辞官归乡，回家守灵。他想让狐女和自己一同回归故里，狐女说："不行。"送朱公到了河边，朱公强拉她上了船，狐女说："你自己不知道，我们狐是不能渡河的。"朱公不忍心和狐女分别，不让船夫划船，在河边留恋着不愿走。这时狐女忽然出船，说是要去拜访一下老朋友。一会儿后，她回来了，随即就有客人礼节性地回访来了。狐女和客人到另一处说话，两人说完话，客人就离开了。狐女回来对朱公说："请上去让船夫开船吧！我送你过河。"朱公说："你刚才说狐狸不能渡河，现在怎么又可以？"狐女说："之前我拜访的不是别人，正是河神。我因为你的事，特地去请他通融一下，他给了我十天时间回来，所以可以暂时随了你的心愿。"于是他们共同乘船回去了。到了第十天，狐女果真向朱公辞别离开了。

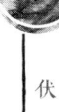

朝廷里有个太史官，被狐狸魅惑，精气亏损以致枯瘦不堪。用遍了符咒去驱除邪祟，都不能解除，于是就向朝廷告假回家养病，希望可以逃避狐狸的纠缠。没想到太史走到哪狐就在后面跟到哪，太史害怕得不行，但又不知道该怎么办。

一天，他途中路过河北涿县，在这里停了下来。这时城门外有个摇铃串巷的江湖郎中走来，自称能降伏狐妖。太史就请他来为自己治狐。这个郎中看了他的病，给他开了药，那药实际上是阴阳调和之类的药。郎中催促着他吃完药，便去和狐妖交欢。太史此时情欲正盛，狐妖躲避不了，哀求太史不要再继续了。太史不听，反而越发卖力，狐妖翻来覆去，想方设法脱身，却苦于逃不了。过了会儿房内便寂静无声，一看，狐妖已经现出狐狸原形死了。

以前我家乡有个书生，一直有当代嫪毐之称，说自己活了这么久都没有尽性交欢过一次。有天晚上，他在一间偏僻的旅馆里住宿，四周没有邻舍。忽然有个私奔的女子，还没开门就已经进屋来了。书生心里知道一定是只狐狸幻化的，但是还是乐意跟她交欢。一上床，才脱掉衣服裤子，就长驱直入。狐女受不了直喊疼，发出吱吱的啼叫声，忽然挣脱了书生的束缚，像猎鹰摆脱羁绊般迅疾飞去。书生还哀求地呼唤她，希望她再回来，然而周围早已没了动静。这真是伏狐的一员勇猛将领呀，应该把"驱狐"二字当广告贴在门上，以此作为职业。

辛十の娘

　　明朝正德年间，河北广平府有个姓冯的书生。他年少时放荡不羁，纵情酒色。有天早晨天色还未大亮，他在路上行走，偶然遇到个年轻女子，身上穿着一顶红斗篷，面容姣好，身后跟着个婢女，踩着晨露前行，露水浸湿了她的鞋袜。冯生心里偷偷喜欢上了她。当天冯生喝醉了，傍晚的时候才回家，路上看见道路旁有一座老寺庙，杂草丛生，看样子已经废弃很久了。这时有一个姑娘从里面出来，冯生定睛一看，正是早晨遇到的那个美女。少女抬头忽然看见冯生站在不远处，立即转身进入寺庙。冯生心里嘀咕：这样一个粉红佳人为什么会在这破庙里？于是就把驴拴在门前，进去偷偷查看是否有什么异常。

　　冯生一进庙门，只见断壁残垣，零落萧瑟，石阶上青苔如茵。冯生正彷徨时，一个头发斑白衣着整洁的老头走出来，问道："客人来，是要干什么吗?"冯生说："偶然路过古老寺庙，想进来瞻仰一二。老大爷您为什么在这里?"老头说："老夫漂泊流浪，没有安身之所，只好暂时借这古庙安顿一家老小。既然承蒙你拜访，屋中有山间野茶可以当酒一饮。"于是恭敬地邀请客人进去。冯生穿过大门，来到大殿后面，只见这殿后的院子，铺的石子路光洁干净，不再像之前殿前那样破败杂乱。进到室内，精致的门帘以及铺盖在床凳上的毡子，都萦绕着充满香气的烟雾。邀请冯生坐下后，老头自报家门说："老夫姓辛。"冯生乘着酒意立即问："听说您有个女儿，还没觅得良配;我不揣冒昧，想自己给自己说这门亲事。"辛翁笑着说："请容许我和夫人商量一下。"冯生随即要来纸笔，写下一首诗："千金觅玉杵，殷勤手自将。云英如有意，亲为捣玄霜。"辛翁看了，笑着把诗交给左右的仆人。没过多久，有个丫鬟在辛翁耳边说了几句话，辛翁起身，请冯生耐心坐会儿，自己掀起门帘进入里屋。冯生听到里面隐隐约约说了几句话，辛翁随即就出来了。冯生心里暗自揣测一定有好消息，但辛翁坐下只是闲谈其他事，不再言及婚事。冯生没忍住，问辛翁说："您还未我告诉我您的意思，希望消除我心中的疑虑。"辛翁说："你是超凡之人，我为你的风度倾倒已经很久了。只是我有难言之隐，所以不敢直接告诉你。"冯生坚持让他说。辛翁说："我有十九个女儿，嫁出去的有十二个。家中女儿的嫁娶都是夫人做主，老夫没有参与。"冯生说："小生只想娶今早带着一个小丫鬟，鞋袜带着露水在外步行的那位。"辛翁没回答，只是沉默地坐在冯生对面。这时听见内屋有女子的软语细声，冯生借着醉意，走到内室门前，掀起门帘说："既然无缘做夫妻，那就再让我一睹佳容，以此消除我心中的遗憾吧！"内室里的人听见帘钩摇动的声音，都吃惊地站起来回头看是谁。里面果然有一位身穿红衣的少女，振袖倾鬟，亭亭玉立，手指还拈着衣带。内室的女眷看见冯生进来，都张皇失措。辛翁对冯生这种无礼的行为很生气，就命几个人将冯生撵了出去。冯生被这么一推，肚中的酒立即涌上来，跌跌撞撞倒在杂草里，震得旁边坏墙上零碎的瓦块石头像雨点般砸下来，幸亏没碰到冯生。躺了不久，听见之前拴在门口的驴子在路边咀嚼草的声音，冯生才爬起来跨到驴背上，摇摇晃晃地上了路。

辛十四娘

夜色昏沉难行，冯生误打误撞进了山谷，谷中野狼奔走猫头鹰号叫的声音，吓得他心惊胆战，寒毛直竖。彷徨着四下张望，并不知道自己身处何方。冯生伸长脖子望见远处一片黑树林中闪烁着灯光，猜测前面一定是个村子，赶紧骑着毛驴狂奔过去投宿。到那之后，抬头看见的是一座高门，便用驴鞭打响房门。门内有人问："什么人夜半三更的跑到这里来？"冯生回答说自己迷了路。门内的人说："等我传达主人。"冯生驻足伸颈，站立等候。忽然间听到开锁拉门声，一个身材高大的仆人出来，替冯生牵驴。冯生进去，见房屋金碧辉煌，大堂点着大灯。刚坐下，就有个妇人出来，询问冯生姓名。冯生告诉了她。没过多久，几个丫鬟扶着一位老太太出来，有人唱到："郡君到了！"冯生一听，立马站起身，整理好衣装想行礼，老太太阻止了他，并让他坐下，对冯生说："你是冯云子的孙子吗？"冯生说："正是。"老太太说："那么你就是我外甥的儿子。老身年老态衰，也不知道还能活多久，亲戚之间，也很疏远了。"冯生说："我幼年父亲就去世了，和我祖父相处来往的人，十个人里一个也不认识。一直也没有前来拜见过您，请指点该呼您什么？"老太太说："你自然会知道的！"冯生便不敢多问，坐在老太太对面仔细思考。老太太说："外甥这大半夜的怎么到了这里？"冯生以胆量大而自豪，于是把自己的遭遇都仔细说了。老太太笑着说："这是件大好事，况且外甥是名士，一点也不会玷污与他家的婚姻。不过是野狐精，哪里就这么自诩高洁？外甥不用忧虑，我能给你娶得美人归。"冯生道谢连连。老太太看着两边仆人说："我没见过辛家的女儿，竟如此贤惠美丽。"其中一个丫鬟说："他家有十九个女儿，都仪态翩翩，美丽动人。不知道官人看中要下聘礼的是家中第几个女儿？"冯生说："她年纪大约十五岁。"丫鬟说："这是辛家排行第十四的女儿。三月里，曾经跟着她母亲来给郡君拜寿，如何忘了呢？"老太太笑着说："是将鞋的木底镂刻上莲瓣花纹、用香屑填满其中，蒙着面纱走路的那个吗？"丫鬟说："是的。"老太太说："这个婢子倒很会别出心裁，买媚弄巧。但也果真是漂亮，外甥看人不错。"随即对身边的丫鬟说："可派个机灵的丫头去唤她来。"丫鬟答应："好！"去了没多会儿，又回来禀报："辛家十四娘叫来了！"很快就看见一个红衣女子，望着老太太俯身拜礼。老太太拉起她说："你以后就是我家外甥的媳妇了，不要再行婢女的礼。"十四娘站起身来，娉娉袅袅立在一旁，红色的袖子低垂。老太太伸手亲自帮她理了理头发，又摸着她的耳环捻了捻，说："十四娘最近在闺阁之中做些什么？"十四娘低声回答说："闲时只是绣花。"说完，回头见冯生也在这里，立刻害羞局促不安起来。老太太说："这是我外甥。他十分希望与孩儿你成就姻缘之好，你如何让他在这荒山野林迷了路，一整夜奔波在山谷里打转？"十四娘只是埋着头不说一句话。老太太说："我叫你来没别的事，就想代我外甥向你提亲。"十四娘仍沉默不语。老太太命人去打扫房间，铺展被褥，立即就要让两人喝交杯酒成婚。十四娘害羞地说："还请让我回家去禀告父母。"老太太说："我为你当媒人，有什么错谬？"十四娘说："郡君的命令，我父母自然不敢违背。但我的婚姻大事就这样草草安排了，那我就是去死，也不敢听从您的命令！"老太太笑着说："小小女子，志不可夺，勇气可嘉，真是我的外甥媳妇啊！"于是便拔下十四娘头上一朵金花交给冯生收着，让他回家后翻查历书，选定个吉利日子；这才让丫鬟送十四娘离开。这时，远处传来雄鸡打鸣声，老太太派人拉着毛驴送冯生出去。

冯生走出大门几步，回头一看，之前所见的村庄房舍已经消失不见，只见眼前一片茂密浓黑的松林，坟冢上蔽以土封。冯生凝神想了片刻，才明白过来：这里是薛尚书的墓地，薛尚书原本是冯生祖母的弟弟，所以老太太叫他为外甥。冯生心里知道是撞鬼了，但是也不知道十四娘什么身份。叹着气回了家，随便翻检日历等待着，然而心里面害怕和鬼魂的约定难以维持。冯生再去往那座古庙时，庙宇内则荒凉无人迹。向住在当地的人打听，都说这破寺里面常常有狐狸出没的话。冯生私下想到：如果得到像那样美丽的女子，就算是狐也是好的。

到了选定的吉祥日子，冯生打扫好房间，扫干净道路，让仆人更替在门口眺望。到了半夜还是安安静静的，冯生感觉已经没了念想。不料，一会儿后，忽听门外传来一阵热闹喧哗的声音，冯生急忙跑出去看，慌忙中鞋还没穿好，花轿已停在院子里了，两个丫鬟扶着十四娘坐在青色布幔搭成的帐篷中。嫁妆也没多贵重的东西，只有两个满脸长须的仆人扛着个瓮大的储钱罐，扛到屋子角落里才从肩上卸下来。冯生心满意足地娶了个漂亮媳妇，并不疑虑她是不是人类。他问十四娘："郡君只是一个鬼魂，你们家为什么如此听从她的话？"十四娘说："薛尚书现在在阴间当了五都巡环使，几百里内的鬼狐都听他派遣，所以他回自己墓地的时间少。"冯生不忘媒人，第二天，就去老太太的墓上祭拜。要回去的时候，有两个丫鬟拿着一种有贝形花纹的锦缎来作贺礼，放到桌子上走了。冯生把这件事告诉十四娘，十四娘拿着贝锦看了看，说："这贝锦是郡君的物品！"

冯生所在县上楚通政使家的公子，小时候和冯生一起上学，两人相交亲密。他听说冯生得了个狐仙作夫人，便在十四娘进门的第三天，来赠送礼物，并亲自上门喝酒祝贺。几天过后，楚公子又寄来请柬，招冯生去喝酒。十四娘听说了这件事，对冯生说："之前楚公子来，我从墙缝里偷观察了下他，这人生了一双猿猴的眼睛，猎鹰的鼻子，不可以和他在一处长久来往，你最好不要去。"冯生答应了。到了第二天，楚公子来找冯生，责问他负约之罪，并且拿来自己新作的诗篇献给冯生看。冯生的评语涉及些嘲笑的话，楚公子听了大感羞惭，两人不欢而散。冯生回屋后，在房中笑着跟十四娘讲这件事。十四娘面色惨然地说："楚公子是匹凶恶的豺狼，不可以跟他嬉戏玩闹！你不听我的劝告，将会遭受灾难！"冯生不以为意，一笑了之。后来有一次，冯生和楚公子相互恭维谈笑，之前的嫌隙两人渐渐都放下了。当时正好提学使主持科考，楚公子得了第一名，冯生得了第二名。楚公子十分得意，派人来邀请冯生一起喝酒。冯生推辞了，多次派人来叫，他这才去了。到了才知道是楚公子的生日，一屋子坐满了客人，准备的酒宴甚为丰盛。楚公子拿出自己的考卷给冯生看，一群亲朋好友肩叠着肩争相来观赏，赞叹不止。酒过数巡，堂上还请有乐人演奏，吹拉弹唱的声调粗浊杂乱，宾客主人都很高兴。楚公子忽然对冯生说："有谚语说'场中莫论文'，这句话今天才知道它的错谬。我之所以名次忝列在你前面，是因为我正式议论之前阐明题旨几句略高你一筹而已。"公子说完，在座的人都夸赞楚公子厉害。冯生也喝醉了没忍住，大笑着说："你到现在尚且以为是你文章写得好吗？"冯生一句话说完，在座的人脸上都僵住了。楚公子又羞又怒，气愤非常。客人们渐渐都离开了，冯生也趁机溜了回来。酒醒后，悔得肠子都青了，当他把这事告诉十四娘时，十四娘不高兴地说："你真是识见寡陋的乡巴佬！以轻薄耍小聪明的

辛十四娘

态度对待君子，就会丧失品德；对待小人，就会有杀身之祸。你大祸将近了！我不忍心见你流落，请让我告辞吧！"冯生害怕得哭起来，告诉十四娘自己很后悔。十四娘说："如想要我留下来，你就要和我做个约定：从今以后你闭门绝游，不能再无节制地喝酒！"冯生恭敬地听从了十四娘的训诫。

十四娘勤俭持家，洒脱自在，天天以纺线织布为正事。不时自己就回娘家去，但不曾过夜。还时常绣出金色的布帛作卖，每天都把赚到的钱投进嫁来时搬的储钱罐里。日日杜绝门户，有来访的人，就嘱咐仆人辞掉。有一天，楚公子让人跑着送来信，十四娘把信烧了，没有告诉冯生。第二天，冯生到城里去吊丧，在丧家中遇到了楚公子。楚公子一把拉住他的手臂一再邀请，冯生找借口推辞。楚公子让马夫牵马，自己推着冯生就走。到了家，楚公子立即命人盛设洁净的酒食。冯生又推辞说要回去。楚公子坚持阻拦，叫家姬出来弹奏作乐。冯生一直以来也是个放荡不羁的人，之前一直在家里闭门不出，也觉得十分烦闷无趣。忽然遇上可以放肆喝酒的时机，顿时酒兴大发，也不再有疑虑，因此喝得大醉，晕晕乎乎地躺在席上。

楚公子有个妻子阮氏，最是凶悍善妒，家里的丫鬟妾氏都不敢涂脂抹粉。一天前，一个丫鬟到楚公子的书房中，被阮氏拿下，用根粗木棍对着丫鬟的头一顿打，丫鬟被打得脑浆迸裂，立刻死了。楚公子对上次冯生当众嘲笑自己耿耿于怀，每天都想着报复，于是计划先把冯生灌醉，然后诬告他杀人。乘冯生醉得不省人事，楚公子就把丫鬟的尸体扛到冯生房间床上，关上门快步离开。五更天时，冯生酒醒，才发觉自己躺在桌子上睡着了，他站起身找到枕头床铺，黑暗中碰到一个光滑细腻的东西，缠绕阻绊住了他的脚，用手一摸，才知道是个人。冯生心想肯定是楚公子派的童仆来陪伴自己睡觉，就用脚动了动他，那人却没有丝毫动静，身体已经僵硬了。冯生大惊失色，跑出房门怪喊怪叫起来。楚家的小厮仆役都起来了，拿着蜡烛一照，发现是一具尸体，二话不说就抓住冯生气愤地和他闹起来。楚公子听见外面的动静出来察看，借机诬陷冯生强奸丫鬟不成，就杀了她，于是派人把他绑着送去广平府衙。

第二天，十四娘才知道冯生被抓进了大牢，忍不住哭泣道："早知道今天的事会发生了。"只得每天给冯生送去需要花费的钱。府尹审问了冯生，却没有理由可以为之翻案，冯生早晚都被拉出去严刑拷问，皮肉都被打落了。十四娘亲自去询问他经过，冯生看见她，心中又悲又气，一下说不出话来。十四娘知道他掉进陷阱已经很深了，就劝冯生先委曲求全认了罪，以免再遭严刑毒打，冯生含泪答应了。十四娘在大牢里进进出出时，就算别人近在咫尺也看不见她。十四娘回到家中不住叹息，把自己带来的丫鬟遣走，自己在家待了几天，又托媒婆买了个清白人家的女儿。女孩名叫禄儿，今年刚刚成年，姿容形态十分美丽。十四娘跟禄儿同吃同住，对她的关爱和别的一群小丫鬟不一样。

冯生认下了误杀人命的官司后，被官府判处绞刑。仆人在外听说了这个消息，连忙跑回家，大哭着把这件事告诉了十四娘。十四娘听了，镇定自若似乎并不放在心上。等到秋后快要处决犯人的日子，十四娘才惶恐不安起来，时常早出晚归脚步没有一刻停歇。每每都在寂静无人处，伤心哭泣，悲伤哀痛，到了睡不好吃不下的地步。有天下午，之前十四娘遣走的狐丫鬟忽然来了。十四娘立即站起来，把她拉到无人处交谈。出来时，十四娘脸色缓和了很多，还带着笑意，料理家事像平时一样。

第二天，仆人到牢里探望冯生，冯生让他带话给自己妻子，想让十四娘来见上一面，以此永远诀别。十四娘随便应付了一下，也不伤心难过，安然置之不理，家里仆人私下里议论她狠心。忽然路上的人都在传说："楚通政使已经被革职，平阳观察接到皇帝的特旨，重新审理冯生的案子。"仆人听说了，高兴地把这件事告诉了十四娘。十四娘也很高兴，立即派他到官府衙门去探视冯生。仆人到那之后，就看见冯生已经出狱，主仆相见悲喜交加。没一会儿，官差就把逮捕的楚公子带来了，经平阳观察一审问，楚公子就把全部实情都招了，冯生立即就被释放回家。回家后看见妻子，控制不住泪眼婆娑；十四娘面对着冯生也一阵辛酸难过。悲伤过后，才又高兴起来，但冯生始终不知道自己的案子怎么能传到皇帝的耳朵里。十四娘笑着指着狐丫鬟说："这是你的功臣啊！"冯生一脸惊愕，询问缘故。

原来，十四娘派丫鬟赶赴京城，想到皇宫为冯生申冤。可是宫中有神灵守护，丫鬟想见皇帝诉冤，却受阻于宫中的守护神，不得入宫。几个月都进不去，丫鬟怕误事，正想回去和十四娘商量办法，忽然见听说皇帝即将亲临大同，丫鬟便提前去了，假扮作妓女。皇帝到勾栏瓦市之间游玩，对她宠爱有加。皇帝心中怀疑她不像风尘女子，丫鬟于是梨花带雨地哭个不停。皇帝问："你受了什么冤屈?"丫鬟回答说："我原籍隶属广平府，是生员冯某的女儿。父亲因为冤案即将要被处死了，于是我就被卖到了勾栏之中。"皇帝听了，很同情她，赏赐给她百两黄金。要走时，还详细问了案件始末，还让人用纸笔记下了冯生姓名；还说要和她共享富贵。丫鬟说："只想能父女团聚，不愿华衣美食。"皇帝颔首答应，于是走了。丫鬟把这件事的经过告诉了冯生，冯生急忙拜谢，两眼泪珠闪烁。

十四娘和冯生住了没多久，忽然对冯生说："我如果不是为了和你的情，怎么会有这些烦心事? 你被逮捕下狱时，我为你在亲戚间多处奔走，却没一人代为想办法。当时心中的酸苦，实在无法对人明说。我现在看这红尘俗世越发厌烦。我已经为你养了个良偶佳配，我们可以从此分别了!"冯生听说，哭着跪地不起，十四娘无奈只好作罢。晚上十四娘让禄儿去侍奉冯生睡觉，冯生拒不接纳。等第二天早晨起来，发现十四娘面色衰退，不再容光焕发。又一个多月后，十四娘年轻的体态逐渐变老。半年之后，皮肤黝黑，丑陋得像个村老妇。但冯生仍很敬重她，终究不变心。十四娘忽然再提分别的话，并且说："你自有别的美好伴侣，怎么还要我这样极端丑陋的妇人?"冯生哀泣痛哭像之前一样，不让她走。又过了一个月后，十四娘突发重病，吃不下喝不下，瘦弱得只能躺在内室房中。冯生侍奉在她身边，为她端汤喂药，像敬重父母一样。不管是请来巫婆还是医生，都无法治好十四娘，最终有天十四娘忽然死去。冯生悲痛得要死，就用之前狐丫鬟得到的皇帝赏赐的一百两银子替十四娘修了坟墓，埋葬了她。几天过后，狐丫鬟也走了。冯生于是娶了禄儿为继室，一年后就有了个儿子。但是接连几年收成不好，家境逐渐衰落，冯生夫妇没有计策，只能对着各自的影子发愁。冯生忽然记起屋角里之前十四娘带来的储钱罐，看见十四娘经常往里投钱，不知钱罐是否还在。立即起身靠近一看，只见豆豉盆子、盐罐子堆满墙角。一件一件挪开，搬完后，储钱罐露了出来，用筷子往罐里戳了戳，感觉坚硬得戳不进去。把罐子砸碎，里面的钱散满一地。从此，冯生日子又富了起来。

后来有一次，仆人到太华山办事，遇到十四娘，她骑着匹青骡子，丫鬟也跨着匹驴子跟着。十四娘认出仆人，问："冯郎最近过得好吗?"并且说，"回去后替我传达你主人，我已经被载入仙籍。"说完，就没了踪迹。

异史氏说：轻佻浅薄的话，大多都出自读书人之口，这是君子所应该感到惋惜的。背负天下大不韪的名声，说冤枉则有点迂腐了。但我无时不刻苦用功，自我勉励，以此立于君子之林，从而远离祸福是非。像冯生这样的人，因为一句微小的话说错了，几乎招致杀身之祸，如果不是家里有位神仙，又怎么能摆脱牢狱之灾，还能再次生存于这世间呢！真是让人不寒而栗呀！

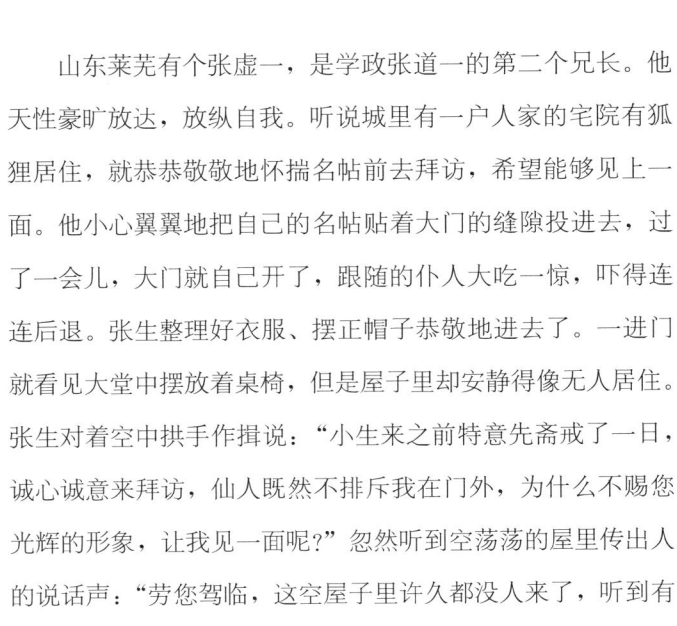

　　山东莱芜有个张虚一，是学政张道一的第二个兄长。他天性豪旷放达，放纵自我。听说城里有一户人家的宅院有狐狸居住，就恭恭敬敬地怀揣名帖前去拜访，希望能够见上一面。他小心翼翼地把自己的名帖贴着大门的缝隙投进去，过了一会儿，大门就自己开了，跟随的仆人大吃一惊，吓得连连后退。张生整理好衣服、摆正帽子恭敬地进去了。一进门就看见大堂中摆放着桌椅，但是屋子里却安静得像无人居住。张生对着空中拱手作揖说：“小生来之前特意先斋戒了一日，诚心诚意来拜访，仙人既然不排斥我在门外，为什么不赐您光辉的形象，让我见一面呢？”忽然听到空荡荡的屋里传出人的说话声：“劳您驾临，这空屋子里许久都没人来了，听到有脚步声就让我非常高兴了。请坐下聊天。”随即就看见两个座椅相向自己移动摆好。张生刚一坐下，立即就有一个镂空雕花的红漆茶盘，摆着两杯香茶，悬空来到跟前。各拿了一个茶杯相对而饮，只听见喝茶发出的吸沥声，然而始终看不见人。茶喝完，接着摆上酒。张生仔细追问那人的姓名，那人回答说："小弟姓胡，家中排行第四，叫作相公，因为别人都这么叫我。"于是双方相互敬酒交谈，气氛十分融洽。之后，各色山珍海味，一一送上，进来端酒布菜的人，似乎都是些年轻小厮，而且人数众多。张生酒足饭饱之后就想喝茶，这念头才稍微动了一下，香气缭绕的茶就已经放在了桌上。凡是心里所想，没有不应念而到的。张生十分开心，尽情饮酒，喝得酩酊大醉才回去。从此之后，他隔三岔五就一定去拜访胡四相公，胡四相公也经常到张家拜访，都依照主客往来礼节招待。

有一天，张生问胡四相公说："南城有一个巫婆，每天假借狐仙神术的名义从病人家里勒索钱财。不知她家那位狐仙，您是否认识?"胡四相公说："她是胡说八道，实际上她家没有狐。"谈话间，张生起身去小便，听到有一个声音低声说："刚才您说的南城借狐狸之名的巫婆，不知是个什么人，小人想跟从先生去看看，麻烦您替我向主人说一句请求的话。"张生知道这是个跟随在胡四相公后面的小狐仆，便答应了。回到席间请求胡四相公说："我想要您的一两个仆人，一起去探视巫婆，还望同意。"胡四相公坚持说没必要让他们跟随。张生请求再三，胡四相公才允许。随后张生出门，马自己就到了，好像有人牵着一样。张生随即上马而去，狐仆在路上与

天
干
物
燥

小
心
鬼
狐

1
2
4

他交谈。狐仆对张生说："之后先生在道路上，如果发觉有细沙散落衣襟，那便是我们狐狸在跟从着您了。"说话间就进了南城，到了<u>巫婆</u>家。巫婆见张生来，笑着上前欢迎说："贵人怎么忽然间就光临寒舍。"张生说："听说你家的狐子很有神通，求事会应验，果真如此吗？"巫婆严肃道："像这样的轻薄话，贵人不适合说。怎么出口就说狐子？恐怕我家花姊会不高兴。"话还没说完，空中就掉下半块砖头，正好打中巫婆的手臂，砸得她踉跄几下差点跌倒。巫婆惊呼："官人为什么抛个砖头打老身呢？"张生笑道："婆子你眼瞎了？几曾见过自己的额头破了，来诬赖旁人的事。"巫婆仓促间感到非常惊愕，不知砖头从哪里打来的。正在疑惑，又有一个石头从空中落下，打得她摇摇晃晃跌在地上。接着又是污泥胡乱往下落，都正好落在她身上，把巫婆的脸涂成了鬼脸。她只有哀号着请求饶命。张生替她求请宽恕，污泥才停止下落。巫婆急忙连跑带爬地跑回屋里，关上门不敢出来。张生高声对她说："你的狐和我的狐比怎么样？"<u>巫婆</u>只得承认过错。张生抬起头看着空中，大声告诫不要再伤<u>巫婆</u>。巫婆才心惊胆战地慢慢出来。张生笑着告诫她一番，才回了家。

　　自此后，张生每次在路上独自行走，发觉沙尘淅淅沥沥落在身上，就呼叫小狐仆说话，狐仆总是应答无误。路上有猛虎恶狼、穷凶歹徒，张生也有恃无恐。如此一年多后，张生和胡四相公成为莫逆之交。张生曾问胡四相公有多少岁，岂料他自己都记不清了，只说："看见过黄巢造反，还有诸如此类的历史大事。"有天晚上两人正在聊天，忽然听见墙头上有猛烈的声响。张生很诧异，胡四相公说："这一定是我兄长。"张生说："何不邀请他同坐？"胡四相公说："他修行的道行很浅，就只喜欢抓鸡吃，这样他便满足了。"张生说："朋友间的交往情意深厚，像我们两人，可以说是没有遗憾了；但到底也没能看见您长什么样子，这真是特别让人遗憾。"胡四相公说："只要交情深厚就足够了，见面干什么呢？"

有一天，胡四相公置办酒席邀请张生，要向他告别。张生问："您将要往什么地方去？"回答说："小弟出生在陕中，现在将要回故乡去了！您每每因为我们相处时看不到我的脸而遗憾，就请您认识一下交往几年的朋友，他日再见面时好相认。"张生四处张望却什么也没见到。胡四相公说："您试着开一下卧室的门，小弟就在里面。"张生立即推开门看，只见里面有一个长相俊美的少年郎，和他相视而笑。少年衣冠整洁，眉眼如画，一转眼的工夫，就不见了。张生刚转过身行走，随即有杂乱的脚步声跟在他的后面，说："今日您的遗憾没有了吧！"张生不忍和胡四相公分别，胡四相公说："分离聚合是命中的定数，何必放在心上。"于是用大酒杯劝酒，一直喝到半夜，才用纱罩的灯笼送张生回家。张生天明再去探望时，只有一座冷落的空房子了。

后来张道一先生被任命为四川学使，而张虚一还像原先那样清贫。于是张虚一去看他弟弟，希望得到丰厚的赠礼。可是一个多月后就回去了，很不满意，在马上叹息，灰心丧气，呆若木偶。忽然看见一个少年骑着一匹黑色的小马驹，跟在他后面。张生见少年衣着和马的装饰都很华丽，气质举止文雅，于是就和他谈论起来。少年觉察出张生不高兴，就问他怎么了。张生于是叹息着告诉他原因，少年也安慰了他一番。二人同行了一里多路，到了岔道口，少年才拱手告别说："前边路上有一个人，会把您老友寄给您的礼物交给您，请您收下。"再想询问详细时，少年已赶马径直离去。张生不明所以，又走了二三里地，见一个头发苍白的老人，手里拿着一个小竹箱子，献到马前，说："这是胡四相公敬送给先生的东西。"张生豁然醒悟。接过打开一看，白花花的银子堆满了一箱。等到再看那个老人时，却已不知所踪。

小翠

太常王公，原籍在江浙。他七八岁时，有一天白天躺在床上休息，忽然天色沉下来变得阴暗，接着迅雷狂电大作，一个东西比猫要大，跳上床来钻到他身下．来来回回不肯离开。一会儿工夫，天就晴了，阳光也洒了下来，那东西就径直跑出去。他仔细一看不是猫，才怕起来，隔着房间喊他哥哥。兄长听说了这件事，高兴地说："弟弟你将来一定有大富贵，这是狐狸来躲避雷霆浩劫啊！"后来，他果然少年之时就考中进士，从县令一直晋升为监察御史。

王公生了个儿子，叫元丰，十分痴傻，十六岁还分不清男女，所以乡里没有谁愿意把女儿嫁给他。王太常很是焦虑。恰逢有个妇人带着一个少女登门拜访，自愿把女儿嫁给王家做媳妇。王公仔细端详那位少女，只见她巧笑嫣然，漂亮得像天上的仙女。王太常问妇人姓名，她自称："姓虞，女儿名叫小翠，已经十六岁了。"与她商议聘金时，那妇人说："这孩子跟在我这儿吃糠都吃不饱，只要她能住进这宽阔高大的屋子，使唤奴婢仆人，饱食美味佳肴，她过得如意适心，我的心就得到宽慰了，难道还要像卖菜那样讨价吗？"王夫人听了十分高兴，隆重地招待她们。妇人命女儿参拜王公和夫人，嘱咐道："这是你的公公婆婆，侍奉他们要谨慎小心。我很忙，暂且离去，三两天后再来。"王公叫仆人备马送她。那妇人说："我家住的那条巷子离这儿不远，不必麻烦，让你们费事。"于是出门走了。小翠也没有很悲伤和依恋不舍，便随即在带来的箱奁中翻找针线花样，准备做活。王夫人见她这样也很是喜欢。

几天过后，妇人没有按照约定前来。王夫人问小翠她家住在哪里，小翠表现出一副憨憨的样子，也不能说清楚她家怎么走。王夫人于是让人打扫干净一个别院，让小夫妇行礼成婚。各位亲戚听说王太常捡到个穷人家的女儿做媳妇，都讥讽嘲笑他。看见小翠真人后，都为她的美丽姿容惊讶，大家的议论嘲讽才停止。小翠又很聪明贤惠，会看公婆的脸色，王公夫妇宠爱疼惜她超过了一般对媳妇的疼爱，但还是担忧焦虑，唯恐她憎恶元丰痴傻。但是小翠一直欢欢笑笑，并不因为痴傻就嫌弃元丰。小翠对戏耍玩笑的事很擅长，会把布缝成个球，踢着戏耍玩笑。她穿着小鞋踢球，一踢就是好几十步远，骗元丰跑去捡。元丰和丫鬟们追着球到处跑，相继累得一直流汗。

一天，王公偶然从小翠踢球玩闹的地方经过，半空中有一圆圆的东西急速向他飞来，轰然一声，直直打在脸上。小翠和丫鬟们见状都偷摸着溜走了，元丰还急急地跑过去追那个球。王公勃然大怒，拣起块石子向元丰打过去。元丰趴在地上哭闹不止。王公回去后，把这件事情告诉夫人，夫人就到别院里去斥责小翠。小翠不以为意还低着头笑，用手指沿床边勾画着玩。夫人斥责后走了，她又像往常一样玩闹，在元丰的脸上抹胭脂粉，像个花面鬼。夫人见到元丰，气极了，叫来小翠一通责骂。小翠还是一副无所谓的样子，靠着桌子玩弄衣带，不害怕，也不吭声。夫人无奈之下，只得棒打元丰，把元丰打得号啕大哭，小翠这才一改刚刚无所谓的神情，双膝跪地祈求宽恕。见小翠知错，夫人的气一下就消了，放下棍子走了。小翠笑着拉着元丰进入卧室，替他掸掉衣裳上的尘土，擦掉脸上的泪痕，轻轻抚摸他身上被杖打的伤痕，又拿甜枣、糖栗哄他开心，元丰这才收起眼泪，露出笑脸。小翠关上院门，又和元丰扮演戏剧玩，把元丰扮成楚霸王，或者把元丰装扮成边塞王，而有时自己穿上艳丽的衣服，束细腰，或扮成虞姬，在纱帐中跳舞。有时自己发髻插上野鸡翎子，怀抱琵琶，弹得丁丁铮铮，屋子里充满了笑声，每天如此，大家都习以为常。王公因为儿子痴傻，不忍心过分责备小翠，即使偶尔听说，也由他们去。

王给谏与王家同住在一条巷子里，两家人中间相隔着十几户人家，但王公和王给谏一直以来都不和。当时正值三年一次的官吏考核，王给谏嫉妒王公做了河南的监察御史，心里一直想着要找个由头中伤他。王公知道他的谋划，但只是心里忧虑也想不出办法阻止。一天晚上，王公早早就上床休息了。小翠头戴官帽身着官带，装扮成首相的样子，剪了一些白丝做成浓浓的胡须戴上，又让两个丫鬟穿上青衣扮成侍卫，悄悄地跨入马厩里牵出马来，开玩笑地说"要去拜见王先生"。骑马到王给谏的大门口，就用马鞭打自己的随从，大言不惭地说："我要拜见的是王侍御，谁要看什么王给谏啊！"拨转马头就回了家。等到了家门口，看门的人误以为真的首相来了，急忙跑去禀报王公。王公连忙起身出门迎接，才知道是儿媳妇的玩笑。王公气急败坏，回到房里对夫人说："那王给谏正想方设法找我的过错，现在可倒好，媳妇反而大摇大摆地到人家门上去闹出了这种丑事，我们就要大难临头了！"夫人大怒，跑到小翠房里，责骂训斥她。小翠只是一味地傻笑，并没有说一句辩解的话。想打她，又不忍心；想休掉她，又可怜她无家可归。夫妇二人一夜都在懊恼埋怨，完全没有睡好。当时的首相某公正声势显赫，他的仪容、风采、服饰和扈从等方面和小翠那天的装扮没多少差别，王给谏因此也误以为真，多次派人到王公门口去打听消息，半夜了首相都没出来，他就怀疑首相和王公私底下在谋划什么机密大事。第二天早朝，王给谏见了王公就问道："昨晚首相大人到您府上拜访了吧?"王公以为他在讥讽自己，羞惭地只是低声含糊地应了："是，是。"王给谏更加怀疑，暗算王公的计划才停止了，还因此极力和他交好。王公探得内情，心中暗自高兴，但私下仍叮嘱夫人，劝诫小翠改变其以往的所作所为，

小翠也笑着答应下来。

一年过后，朝中首相被免职，这时恰好有人私下写了一封信给王公，却误送到王给谏家。王给谏看后十分高兴，便先托了位和王公交好的人，去他家向他借一万两银子，王公拒绝了。王给谏又亲自到王公家。王公寻找官服穿戴好去见客，却怎么也找不到。王给谏等了很久，以为王公有意怠慢，气愤地就要离开。忽见元丰身穿帝王冠服，有个女子从门内把他推了出来，把王给谏吓了一跳。王给谏看后，笑着抚慰元丰，并把元丰身上的衣冠脱了下来，交给随从带走了。王公急急地赶出来时，客人已经走远了。

王公听说了缘故，吓得面如土色，指着小翠大哭道："真是祸水啊！不久就要诛灭我全族啊！"就和夫人拿着棍棒往小翠房里。小翠早已知道，紧闭房门，任凭他们厉骂。王公气极了，拿起斧子要劈门。小翠在门里笑着劝公公说："爹爹没必要这么烦恼生气，有我在，不管是用刀砍锯割还是斧劈铖刺，自然由我承担，一定不会牵连您二老。爹爹如果执意要劈死我，这是想杀人灭口吗？"王公一听有道理，这才罢手。王给谏回去后，果然给皇帝上书直陈，揭发王公不守法度，有帝王冠服作证。皇帝惊讶地打开验看，而所谓的皇冠就是用高粱秸子编的，龙袍就是个破黄布袄。皇帝愤怒地责备王给谏诬陷好人。皇帝又把元丰招上殿，看他原来是个憨货白痴。皇上笑着说："像这样能当皇帝吗？"于是把王给谏交付法司审理。王给谏又指控王公家中有妖人，法司严厉审问了王公家的丫鬟、仆人，都说没有妖人，只有个疯癫的媳妇和一个痴呆的儿子，整天玩闹嬉笑。各个街坊四邻也没有不一样的口供。这件案子才审定了，最终判王给谏充军云南。

王公因此觉得小翠是个奇女子，又因为她母亲久去不回，心下怀疑媳妇不是凡人，就让王夫人去试探问问。小翠只是笑着不说话。夫人再三追问，小翠掩着嘴说："我是玉皇大帝的亲生女儿，母亲不知道吗？"

不久后，王公被提拔到京城去当太常了，这时他五十多岁，每每想起没有孙子就发愁。小翠嫁过来也已经三年了，每夜都和元丰分床睡，似乎不曾共寝。夫人就派人把一张床搬走，嘱咐元丰和小翠睡在一处。过几天后，元丰来告诉母亲："把床借去那么久，怎么老不归还？小翠每夜都把脚和大腿压在我肚皮上，我都喘不过气了！她还有掐人大腿的习惯！"丫鬟、婆子无不都笑个不停，夫人连喝带打地把他赶走了。

有一天，小翠在房里洗澡，元丰见了，要和她一起洗。小翠笑着拦阻他，吩咐说："你暂且等一下。"小翠从澡盆里出来后，便把热水倒在大瓮里，然后脱去元丰的衣袍、裤子，和丫鬟扶着他进入瓮中。公子在瓮中感觉被蒸得非常闷热，大叫着要出来。小翠没有理他，又拿被子蒙上他。不一会儿，瓮里没有了声响，打开被子一看，元丰已经死了。小翠很坦然地笑着，丝毫不惊慌，把元丰拖出来放在床上，擦干净他的身子，又盖上两床被子。夫人听说儿子死了，哭着跑进来，骂小翠说："你这狂妄的奴婢为什么要杀死我儿子？"小翠笑说："这样的傻儿子，不如没有！"夫人更加气愤，用头去撞小翠。丫鬟们忙拉着夫人劝她。正吵得紧，一个丫鬟跑来报告："公子还活着，在呻吟了！"夫人收住眼泪，过去抚摸元丰，见他气喘吁吁，浑身大汗淋漓，浸湿了棉被。一顿饭的工夫，汗出完了，元丰忽然睁开了两眼，环顾四周。看遍家里的人，似乎一个也不认识，开口说："我如今回想过去的事，都像做梦一样，为什么会这样？"夫人听元丰说的话，好像不是傻子说的，觉得十分惊讶奇怪，就领着他去见他父亲。太常多次试探，果然不痴傻了，高兴得不得了，就像得到了奇珍异宝。到了晚上，王夫人重新放置了一张床在元丰夫妇房间，用来试探元丰。元丰进到卧室，把丫鬟都遣走了。第二天早上去偷偷看时，抬进去的那张床如同虚设，丝毫没动。从此以后，元丰的痴病再也没复发，夫妻二人琴瑟和鸣，如影随形。

又过了一年多，王公被王给谏一党的人弹劾被免了官，还因为一些小事要受处分。以前王公家中有个广西巡抚赠送的玉瓶，价值几千金，准备拿出来贿赂上司。小翠很喜爱这玉瓶，常拿来把玩，一不小心失手摔在地上，打了个粉碎。小翠十分羞愧，自己去承认了错误。王公夫妇正在因为丢官而不痛快，一听玉瓶摔碎了，怒不可遏，两人交替着责骂小翠。小翠气愤地走出来，对元丰说："我自从嫁到你家，替你家保全的何止一只玉瓶，怎么就一点面子都不给我？老实对你说，我不是凡人，只因我母亲在遭受雷劫时，受过你父亲的庇护，又因为我俩有五年的缘分，所以让我来报答你家过去对我母亲的恩情，了结一直以来的心意。我在你家遭受的唾骂，擢发难数。我之所以没立即走，是五年的恩爱缘分没到。如今我可以暂且停了我们的夫妻缘分。"说完便气冲冲地走了，元丰追出来时，已经不知踪迹了。王太常深为内疚，但已悔之不及。元丰回到房里，见到小翠没用完的脂粉和留下的首饰，伤心痛哭得几乎快要死去。吃不下饭，睡不好觉，日渐消瘦。王太常大为忧虑，想赶快为他续娶，以便解除他的悲痛，可是元丰不愿意。只求找来一位名画师，画出一张小翠的像，每天在画像下酹酒祈祷。

两年后的一天，元丰因事从外地归来，那时正值夜晚，皎洁的明月当空照耀。村外有一座他家的庭院，元丰骑马路过那座院的墙外，听到墙里有欢声笑语，便拉住缰绳，让马夫牵住马络头，自己站在马鞍上朝里望去，见两个女子在园中戏耍。夜晚月亮被薄雾罩着，朦朦胧胧，看不清里面的人长什么样子，只听到一个穿绿衣裙的姑娘说："你这死丫头，就该赶你出去！"穿红衣裙的姑娘说："你在我家花园里面玩耍，反倒要来赶我？该被赶出去的是谁呀？"绿衣姑娘说："你可真不害臊，不会做人家媳妇，被人家赶了出来，还在这里冒认是你家的花园。"红衣姑娘说："总胜过你这老姑娘至今没有夫家吧！"元丰听到这声音，很像小翠，急忙喊她。绿衣姑娘边走边说："我暂且不和你争论了，你家男人来了！"接着红衣姑娘走过来，果然是小翠，元丰高兴万分。小翠叫他爬上墙头，接他下去，说："两年不见，你怎么瘦得只剩一把骨头架子了！"元丰握着她的手，哭泣着把这两年的相思之情详细讲给她听。小翠说："我也知道你很思念我，但是我没脸再见公婆。今天跟大姐在这里游玩，又和你相见，可见我们的姻缘是不能逃避的。"元丰请她一同回家，小翠不愿意；又请她就留在这园中不走，她这才答应了。元丰派人奔回家禀报夫人。夫人一听，惊得站起来，便坐着轿子赶来，打开庭院门锁走进花园。小翠立即过来跪拜迎接。夫人拉着小翠的手臂，涕泗横流，竭力检讨以前的过错，几乎自己都不能宽容自己，又说："如果你不计前嫌，就请你一同回去，让我晚年得以慰藉。"小翠还是拒绝。夫人考虑到这村外的庭院太荒凉寂静，想派多些人来侍奉。小翠说："我别的人都不愿见，只是以前服侍过我的那两个丫头，之前和她们朝夕相处，离不开她们的深情照料，就让她俩来吧。外面只是缺少一个看管大门的老仆罢了，其余的人没有地方可以用了。"夫人都按小翠所说的做了。对外人就推说元丰在花园中养病，每天只是给他们送食物和日常用品而已。

　　小翠时常劝说元丰另外娶亲，元丰就是不依。一年多后，渐渐地小翠的长相和声音和从前不一同了，元丰把画像取出来和现在的小翠对照，迥乎不同，判若两人，元丰大为奇怪。小翠说："你看我现在的样子比之前美吗？"元丰说："如今你美是挺美的，但是跟之前比就似乎比不上了。"小翠说："你的意思是说我老了吗？"元丰说："你二十几岁的人，怎么会这么快老呢？"小翠笑着把画像烧了，元丰要去救火，然而已经烧成灰烬了。

　　一天，小翠对元丰说："以前在家时，公公对我说到死也不能生孩子。现在双亲年老了，而你又形单影只，我实在不能生育，恐怕要耽误你们传承宗嗣。请你还是另娶一位妻子吧，也好早晚可以侍奉公婆，你两面跑跑也没有什么不方便的。"元丰答应了，就向钟太史家下了聘礼。迎亲的吉祥日子将要到了，小翠给新妇做了新的衣服、鞋袜，送到新娘的娘家去。等到新娘进门，一见她的容貌竟和小翠一样，就连言谈举止都跟小翠没有丝毫差异。元丰万分惊奇。元丰到庭院时，小翠已经不知道去哪里了，问丫鬟，丫鬟拿出一块红巾，说："娘子暂时回娘家去了，留下这个交给公子。"元丰展开红巾，里面系着一块玉玦。见到这元丰心里已经知道小翠永远不会回来了，于是便带着丫鬟一起回去了。元丰虽然片刻都不能忘记小翠，但是幸好见到新娘就好像见到了小翠一样。元丰这才明白，小翠早已预料到自己和钟家女儿的姻缘，所以之前她就先变化成钟家姑娘的模样，用来安慰元丰后来对她的思念！

异史氏说：一只狐狸，只是受到别人原本无心的一点恩德，却还想着要报答。而王太常受到人家给予的就像再生之恩一样的福分，就因为打碎了一个玉瓶子就失声痛骂，这德行是多么浅薄恶劣呀！月亮残缺了也会有圆的那一天，女狐从容淡定地离开，才知道神仙的感情，更比世间的流俗深厚啊！

　　山东泰山县有个姓尚的书生，独自一人居住在一间冷清的书房里。一天，正值秋高气爽的夜晚，银河高悬，皓月当空，他在月影花荫下独自徘徊，心里满是虚幻的意想。忽然有一个女子从墙外跳进院子来，笑着对尚生说："秀才，你为什么沉思？"尚生顺着声音看去，见女子如花似玉，美若天仙。他又惊又喜，急忙把她拥抱入屋中，极尽亲密温存。女子说自己姓胡，叫胡三姐。尚生问她住在何处，女子只是笑而不答。尚生也就作罢不再追问，只希望永远欢好就行了。自从这次来后，胡三姐每天晚上都会到尚生书斋去，从不间断。

　　一天晚上，二人亲昵地对坐在灯前，尚生十分喜爱胡三姐，眼珠子转也不转，直直地盯着她。胡三姐笑问："你为什么这样一直注视着我?"尚生回答说:"我看你就像看芍药碧桃一样,容貌绝世,就是彻夜看你也看不够。"三姐说:"我这样资质丑陋,都得到你如此垂爱,你要是见到我家的四妹,还不知道你会神魂颠倒成什么样子!"尚生听了更加动心,遗憾不能见到四姐的容貌,于是直挺挺地跪下来,哀求三姐带四姐来相见。过了一晚上,三姐果然携着四姐一起来了。四姐刚刚及笄,十五六岁的年纪,娇嫩得就像清晨刚刚绽放的粉荷花,晶莹的露珠还挂在花瓣上;又像春天薄雾中的杏花,在烟雨朦胧中盛开;语笑嫣然,举止间天生媚态,美丽动人。尚生欣喜若狂,连忙拉她坐下。这时三姐与尚生一起有说有笑,四姐只是低头用手摆弄身上的绣带。一会儿,三姐起身告辞,四姐也想跟着她一起走。尚生拉住四姐不让她走,望着三姐说:"麻烦你帮着说句话啊!"三姐这才笑道:"这狂放郎君性急了,妹妹稍待留一会儿吧!"四姐没说话,三姐这才一人走了。

　　尚生与四姐二人尽情欢好。之后四姐拉着尚生的臂膀当枕头,两人就互相向彼此讲述自己过往的生活,不再有隐瞒忌讳。四姐说自己一家都是狐,尚生舍不得她美貌,也不因此而惊怪。四姐趁此时机说:"三姐阴狠毒辣,她已经造了三条人命的罪业。只要被她魅惑住,没有不死的。我承蒙你的怜爱,不忍心看你走向死亡,你还是早日与三姐断绝来往吧!"尚生极为惧怕,求问应对的办法。四姐说:"我虽然是狐,但得到了仙人的指正,修行了合乎正道的法术。我为你写一道符咒,你贴在卧室的门上,就可以使她退去。"随即就给尚生写了一张符。等到天快亮时，三姐来了，见门上的符后连连后退，说："这小妮子负心！全心全意爱着新郎君，却忘记了牵红线的人了。你二人有注定的缘分，我也不对你们仇视，但为什么这样对待我呢？"说罢就走了。

几天之后，四姐要到别处去处理事情，与尚生约好隔一夜再来。这天，尚生到一处野外观景，偶然间来到山下一处原来有槲树林子的地方，从那空旷的林子里，走出一个少妇。这少妇也颇有风情韵味，她走近对尚生说："秀才你为什么天天恋着胡家姊妹，还沾沾自喜呢？她们又没有给你一文钱。"说完拿出一贯钱给尚生，说："你先拿着这贯钱回去，买些好酒，我随即就带着些下酒小菜来，和你欢乐。"尚生把钱揣进怀里回家，果然按妇人教的那样买了酒。没一会儿，少妇果然到了，在桌子上放上一只烧鸡，一个咸猪肘，接着抽出自带的小刀把肉切成小块，就给尚生斟酒，与他调笑戏谑，异常欢乐融洽。酒后二人就熄灯上床，极尽欢好，直到天大亮才起床。早上妇人正坐在床头穿鞋，忽然听到有人说话的声音，侧耳仔细听时，那说话人已走入帐幕内，抬头一看，是胡家姊妹。妇人慌慌张张地逃走了，掉了一只鞋在床上。胡家两姐妹骂道："骚狐！怎么敢与人一同睡觉！"边骂边追出去，一会儿后才回来。四姐埋怨尚生说："你怎么不知长进！你同骚狐做了夫妻，我可不能再接近你了！"气愤得要走。尚生惊恐，连连磕头认错，陈述之词悲伤恳切。三姐又在一旁为尚生解围，四姐的怒气才稍稍下去，因而又和之前一样好了。

有一天，一个陕西人，骑着头驴登门拜访尚家。尚父开门后，那人就说："我寻找妖精，已经不是一朝一夕了，近日才得到消息说是在你这里。"尚父因听这人说的话不一般，忙问究竟。那人说："小人每日泛游江湖，四方游历，一年十多个月中就有八九个月远离故乡，以至于妖精趁我不在家，用蛊术杀害了我弟弟。我回来后听说这件事，非常悲伤愤恨，发誓一定要找到妖精除掉。我为这事奔走了几千里路，没有找到妖精一点踪迹。现在发现在你家，如果不剪除妖精，一定也有人继我弟弟之后被害死！"当时尚生与狐女来往密切的事，尚生的父母也略微知道一点，现在听陕西人说后，极为害怕，将他迎进屋，让他作法除妖。陕西人拿出两个瓶子，依次摆放在地上，念了很长段时间咒语，就见四团黑烟分别钻入两个瓶子里。陕西人高兴地说："妖精全家都到了！"接着用猪膀胱封住瓶口，捆得十分牢固。尚父也很高兴，坚持要留陕西人吃饭。尚生却动了恻隐之心，他靠近瓶口偷偷往里看，听见四姐在瓶中说："坐视不救，你为什么这么狠心？"尚生更加动容，急忙去开封口，然而却怎么也解不开陕西人打的结。四姐又说："不用这么麻烦，只要把坛上的大旗放倒，用旗上的针头把猪膀胱刺破，我立即就能出去。"尚生照办，果然见一丝白气从刺的孔里钻出，飞向天空中离开了。陕西人吃完饭后出来，见大旗横倒在地上，大惊说："逃走了！这一定是尚公子干的。"他拿起瓶子摇了摇，侧耳俯听，说："幸好只跑了一个，那个妖精命中不该死，可以赦免她！"于是带上瓶就告辞了。

后来，有一次尚生在田野里，监督佣人割麦子，远远看见四姐坐在树下。尚生连忙走过去，拉着她的手慰问她最近的状况。四姐说："你我自从上次分别已经十年了，现在我的大丹已经炼成，但心里还是没有忘记思念你，所以再来问候一次。"尚生想带她一起回家，四姐说："我已今非昔比了，不可以再沾染红尘，以后一定能再相见的。"说完，她就不见了。

　　又过了二十多年，一日恰逢尚生独自一人在家，看见四姐从门外进来。尚生高兴地和她说话，四姐说："我现在已入了仙籍，本来不应再下凡尘，但感恩你的情谊，特来告知你的去世之期。你可早处理后事，也不要悲伤忧虑，我会度你成为鬼仙，也没有苦难。"说完就离开了。到了四姐说尚生将死的那一天，尚生果然死了。尚生是我朋友李文玉的亲戚，这事李文玉亲自见过。

　　浙江绍兴有个老寡妇，晚上纺线时，忽然有一位少女推开门进来，笑道："老奶奶难道不累吗？"老妇人循声望去，只见少女十八九岁，长得秀气美丽，穿着绚丽多彩的长袍。老妇人惊讶地问："你从何处来的？来干什么？"少女说："可怜你一个老人住着孤独，所以来陪伴你。"老妇人怀疑她是从官宦人家私跑出来的姬妾，便苦苦追问。少女说："奶奶不要害怕，我也是孤苦无依的人，就和您一样。我喜爱您的贞洁，所以特来亲近您。免得咱俩都孤独寂寞，难道不好吗？"老妇人又疑心她是狐，犹豫着不说话。少女竟然大大方方地上了床替她纺线，说："奶奶不要担忧，这类生活我最擅长了，一定不会让您白白给我饭吃。"老妇人见她温柔贤淑惹人怜爱，于是就安心了。

夜深了，少女对老妇人说："我带来的床头被褥，现在还在大门外，麻烦您出去小便时，替我提进来。"老妇人出门来，果然见到一个大包袱。拿进来后，少女解开包袱，把里面的物件铺到床上，不知道是什么品级的绸缎，无比清香滑顺。老妇人也铺开自己的布被，和少女同榻而睡。少女才解开罗衣的衣襟，浓烈的香味儿就布满了屋子。躺在床上，老妇人在心中暗自想到：遇到如此美人，可惜自己不是个男人身子。少女在枕头边笑着说："奶奶七十多了，还在胡思乱想呀？"老妇人说："没有想什么。"少女说："既然没有胡思乱想，怎么想做男人？"老妇人更觉得她是狐了，极为害怕。少女又笑着说："既然有想当男人的心思，为什么又怕我呢？"老妇人更加恐惧，吓得大腿不住地颤抖，连床都晃动了。少女说："唉！这般大的胆子，还想当男人？实话告诉您吧：我真的是狐仙，但不是来祸害您的。只是您要谨慎说话，自然不愁吃穿。"

第二天，老妇人早早起来，在床下跪拜。少女伸出手臂拉她起来，那手臂的皮肤滑腻得就像油脂一样，浑身散发着温热的香气。老妇人一触碰到她的肌肤，觉得自己全身的紧绷皮肤都舒畅了，于是又动了心，开始胡思乱想。少女讥笑她说："老婆子刚没颤抖了，心思又跑到哪儿去了？假如让你真做了男人，一定为情爱而死。"老妇说："如果我真是男人，今天晚上哪还能不死？"从此两人敞开心扉，感情融洽，每日都一块儿纺线。看少女纺的线，均匀细腻有光泽，用那线织出的布，晶莹艳丽像锦缎一样，价钱是平常的三倍。老妇人出门时，会把门反锁上；有人来访问老妇人，就在别的屋子里应酬。所以少女在这里住了半年时间，没人知道。

后来时间长了，老妇渐渐地就把这事泄露给关系好的人。乡里的姊妹们都托老妇人让她们见见少女。少女责备老妇人说："你说话不谨慎，我将不能长久在这里了。"老妇人懊悔自己失言，深切自责。但是请求见少女的人一天天地更多了，甚至有以权势强迫老妇人的。老妇人鼻涕眼泪流了一大把对少女解释，少女说："如果都是些女伴，见她们也没关系；就害怕有举止轻薄的男人，将会被他们轻慢戏弄。"老妇苦苦恳切哀求，少女才答应了。过了几天，乡里来求见的老太太、姑娘媳妇在街道两旁排队烧香。少女厌烦人多杂乱，不论身份贵贱，全都不和她们说话，只静静端坐着，任人朝拜罢了。同乡的年轻男子听说她的美貌，心神魂魄都被牵动了，而老妇人一概拒绝在外。

有个姓费的读书人，是当地的名士，倾尽家财，用重金引诱老妇人，老妇人受不住诱惑答应了为他引见。少女在屋里已经知道了，斥责老妇人说："你出卖我?"老妇伏在地上磕头认错。少女说："你贪恋他给你的赂金，我却被他的痴心感动，可以见一见，但是我们之间的缘分就此尽了。"老妇又俯首磕头。少女约好明天见面。费生听说后，大喜，带着香烛而去，进门后作了深深一个揖。少女隔着帘子与他说话，问："你用光所有家产见我，有什么想和我说的吗?"费生说："实在不敢有别的请求，只因为仅仅听过昭君、西施这样美人的传闻，但没见过。您如果不嫌弃我愚钝，能让我开阔一下眼界，我的愿望就满足了。若说我注定无法一睹顷诚佳人，这不是我想听的。"说完，忽见布帘上映出少女容颜，翠眉朱唇，显露无遗，就好像没有帘子搁在两人之间。费生意乱情迷，心神向往，不知不觉俯身下拜。等拜完起来，只看见厚重的帘子垂在地上，只听见说话声却什么也看不见。一瞬间遗憾惆怅涌上心头，他暗自悔恨刚刚没看一下少女下半身，突然看见帘下一双尖足绣花鞋，那双小脚瘦得还不够一只手握住。费生又拜。帘内少女说："您回去吧，我累了。"老妇把费生请到另一房间，烹水煮茶款待。费生在墙上题了一首《南乡子》词：

隐约画帘前，三寸凌波玉笋尖。点地分明，莲瓣落纤纤，再着重台更可怜。　　花衬凤头弯，入握应知软似绵。但愿化为蝴蝶去裙边，一嗅余香死亦甜。

写完就走了。少女见了词很不高兴，对老妇说："我说我们缘分尽了，现在证明我的话没错。"老妇俯首跪下请罪。少女说："不全是你的错。我偶然因情爱而造成业障，把美丽的容貌显示于人，于是被淫词艳曲玷污亵渎，这都是我咎由自取，跟你没关系。倘若不快些搬走，恐怕在情网中难出来，在灾难中脱不了身了。"于是收拾好包袱离开了。老妇追上去挽留，转瞬间少女已经不见了。

　　益都盆泉有个叫魏运旺的人，以前是世族大家，后来渐渐衰落，不能再供养他读书。魏运旺二十来岁时，荒废了学业，跟随岳父卖酒。有天晚上，他一个人在酒楼上躺着，忽听楼下有脚步声传来。他吓得坐了起来，警惕地听着。脚步声越来越近了，循着梯子上来，一步接着一步越来越响。不一会儿，就看见两个丫鬟挑着灯，已经到了床边。后边有一年轻书生，领着一位女子，微笑着走近。魏运旺十分惊愕，转念一想知道是狐，吓得毛发森然直立，埋着头不敢再看。书生笑道："请您不要胡猜瞎想，舍妹与您有前世的缘分，所以才来侍奉。"魏运旺看那年轻书生穿的是锦绣貂裘，炫彩夺目，不由得自惭形秽，一时不知怎样对答。书生竟然直接带丫鬟走了，并且还留下灯。

魏运旺仔细打量女子，见她衣着鲜艳华丽，像是仙女一般，对她十分倾心。然而自己羞愧得说不出什么戏谑挑逗的话。女子回头笑着对他说："你又不是那啃书卷的文人，为什么要表现得像贫寒失意的读书人一样？"说完，便走近床边，伸手到他的怀中取暖。魏运旺这才有了笑脸，两人一边宽衣解带一边相互调笑，很快便亲热起来。晨钟还没敲响的时候，两个丫鬟就来将女子接走了，订下夜里再次相会的约定。

夜晚，女子果然按约前来，笑道："你这痴郎君是什么福气呀？没有花费一文钱，就得到了如此好的媳妇，还每天晚上自己主动来相会。"魏运旺暗自欢喜没有别人在旁，就摆上酒和她对饮，玩起猜枚的游戏。玩十次女子能赢九次，便笑着说："不如让我来握枚子，你自己来猜猜看，猜对就胜，猜错就败。如果还让我来猜的话，你应该没有赢的时候了。"于是就按她说的办，二人一整晚都玩很高兴。等到要睡觉的时候，女子说："昨天晚上盖的被褥又硬又冷，让人不能忍受。"于是叫丫鬟抱了新的被褥来，放到床上展开铺好，这床绣着花纹的丝绸被子清香无比。很快，两人便解开衣带，相互依偎，口齿之间香气浓烈四射，这真真不输给帝王的温柔乡啊！自此之后，便习以为常。

就这样半年后，魏运旺回了家。一个月亮皎洁的夜晚，他正和妻子在窗下谈话，忽然看见女子穿着华美的衣服，化着美丽的妆容坐在墙头上，用手向他打招呼。魏运旺走近她的身边，女子拉他上去，一同翻墙出去，拉着他的手告别说："今天我要和你告别了。请你送我几步吧，以表示这半年来我们夫妻恩爱的情义。"魏运旺惊问缘故,女子说:"我们的姻缘自有定数,有什么可说的呢?"说着,到了村外,之前跟着她的两个丫鬟各拿着灯在等候。魏运旺送女子到了南山,他们登上到高处以后,就向魏运旺告辞言别。魏运旺留她不住,只好让她离开,自己久久地站在那里彷徨不知所措。远远地看见双灯一闪一闪的,渐渐远地看不见了,才心情郁闷地返回。这夜山头上的灯光,村里的人都看见了。

狐联

　　有一个姓焦的读书人，是章丘县石虹先生的叔伯弟弟，在园子中读书。一天半夜时分，有两个美丽的女子来到他读书的院子，容貌都是绝无仅有的。一个大约是十七八岁，一个大约十四五岁，到焦生屋中，就扶着桌子露出笑颜。焦生看她们来得不知不觉，心里知道是两个狐女，就神情严肃地赶她们出去。年纪稍大的女子说："看你一脸大胡须像铁戟一样粗壮，是个男子，怎么却没有一点阳刚之气？"焦生说："我生平不敢拈花惹草。"女子笑着说："你真是迂腐，你还守着那些腐朽的规矩吗？四周又无鬼神看着，就算有，他们凡事也都拿黑当白，何况床笫间的小事呢？"焦生再次呵斥她们出去。女子知道动摇不了焦生的心思，于是说："你是出了名的文士，我这里有一上联，请你对出下联，你能对出来我就自己离开：'戊戌同体，腹中只欠一点'。"焦生听了，凝神思索了好久也没有想出下联来。女子笑着说："名士原来就仅仅如此呀？我可以代你对上：'己巳连踪，足下何不双挑?'"说完，笑了笑就离开了。这件事是长山李司寇说的。

狐
联

陵县狐

陵县有个李太史，他家每每有瓶器鼎物的古玩摆设，就会不知不觉被移到桌子边沿上，情势危险摇摇欲坠。李太史怀疑是小厮仆人干的，就常怒气冲冲地谴责他们。仆人大呼冤枉，却也不知什么原因让古玩移至桌边。于是为了防止这样的事情，李太史就把存放古玩的屋子严锁了。可锁了门的第二天，古玩又被移至桌边了，李太史知道这件事有怪异，便暗中观察。一天晚上，看见放置古玩的屋里忽然亮得很，非常吃惊，以为是贼，便派两个仆人走近看究竟。只见一只狐狸躺在柜上，光亮从两只眼睛冒出来，把四周照得亮亮的。仆人怕它跑了，就急忙去捉拿。狐狸咬住仆人手腕上的肉想逃跑，仆人忍痛更加抓紧，另一个仆人趁机一齐绑了它。仆人把它抬起来看，狐狸的四条腿都没有骨头，用手戳一戳那腿就像布带子垂着荡荡悠悠的。李太史考虑它通人性，不忍心杀掉。于是用柳筐盖在狐狸上，狐狸出不来，只能顶着筐走。李太史斥责了它的罪过，就把它放了。怪事也就没有了。

狐女

江西九江有个叫伊衮的人。有天晚上，有个女子进屋，与他相好同睡。伊衮心里知道这是狐女，但喜爱她的美丽容貌，偷偷与她交欢，不告诉别人，就算他的父母也不知道。久而久之，伊衮身体憔悴下去，骨瘦如柴。父母穷追不舍问他原因，伊衮才把实情相告。父母得知后，非常忧虑，便让人晚上轮流和伊衮做伴，最终还是不能禁止。伊父就亲自和儿子一块儿睡，狐狸就不来了；如果换个人，狐狸则又来了。伊衮问狐女为什么父亲在她就不来，狐女说："这世间的一般符咒，如何能钳制得了我？但我们狐和你们人一样也是讲伦理纲常的，哪有面对着父亲做淫乱事的呢？"伊父听说后，就日日陪伴儿子睡觉，这才与狐狸断绝了关系。

后来，贼寇祸乱横行，村里的人都逃走了，伊衮一家在混乱中也走散了。他独自跑进昆仑山中，环顾四周，尽是荒凉。天快完全黑了，伊衮心里更加害怕。忽然看见一个女子走来，等她走近一看，正是那个狐女。在兵荒马乱之中，两人相见，都感到欣慰。狐女说："太阳已经向西边落下了，你姑且在这里等等，我去找个好地方，暂时建一个屋子，好让我们躲避虎狼。"于是往北走了几步，蹲在树丛间，不知在干些什么。过了一会儿返回来，拉着伊衮往南边走，大约走了十几步，又拽着他返回来。忽然见千株大树，围绕着一座高大的亭子，铜铸的墙壁，铁打的柱子，亭顶是类似金箔样的东西。走近一看，那墙壁只有跟肩膀高，墙壁四周也没有门窗，墙上密布着坑窝。狐女踏着这些坑翻过墙去，伊衮也跟着她进去。进去后，怀疑这座金属打造的屋子不是靠人力可以造就的，便问这从何而来。狐女笑着说："你就住在这里，明天就可以把它赠给你。金子、铁器各有千万两，你半辈子也吃不完！"说完狐女就要告辞。伊衮一再苦苦挽留，她才留下来，说："我曾经被人厌烦抛弃，已决定永远断绝与人往来不再顾惜，现在又不能自己坚持下去了。"等到第二天醒来时，狐女已经不知什么时候走了。天亮后，伊衮翻墙出来，回头看睡觉的地方，并没看见什么金亭铁屋，只有四枚针插在一个顶针指环上，上面倒扣着个胭脂盒子。千株大树，只是老荆棘丛罢了。

狐女

习训

　　有个掌管学校的训导官，他的耳朵很聋，但和一个狐狸相交很好。狐狸在他耳朵边说话，他才能听见。每每去拜见上司时，都和狐狸一起去，因此，大家都不知道他听力不行。就这样过了五六年，狐狸跟他告别要离开，临走时嘱咐说："你现在就像个木偶，如果没人挑动木偶，那么它脸上的五官便都是废弃的。与其将来因为耳聋受到罪责，不如早早地自求清高，辞官回家。"但训导官贪恋朝廷的俸禄，没有依照狐狸的话那样做。可狐狸走了之后，他答上司的提问时，多次驴唇不对马嘴。提学使想罢免他，训导官又哀求大官们为他婉言说情，才留了下来。

　　有一天，训导官在考场任事，提学使按名册点完名，就退到一旁和训导官们闲坐。各个训导官们都乘机从靴中掏一些考生名籍，呈给提学使，想为他们说人情、走后门。其他训导官都呈完了，提学使笑着问他："怎么单独贵学没有要呈进的？"那个训导官茫然不懂。坐在他旁边的人用胳膊肘捅了捅他，做出手伸到靴子里的姿势示意。训导官那时在替朋友亲戚卖闺房之中行夫妇之事的淫器，就藏在靴子里，随身携带求卖。因为看到学使笑着问他，怀疑是索要这东西，站起来鞠躬回答说："有个卖八钱的是最好的，只是下官不敢呈出来。"满座的人听了暗笑不已。学使呵斥把他赶出去，于是罢了他的官。

异史氏说：这教官某不同流合污，也是个像东汉史弼一样独立不挠的人物。提学使贪图钱财，要求他呈报走后门的人，本就应该把那丑东西呈献给他。教官因为这个原因被罢了官，也是冤枉啊。

朱子青在《耳录》一书中写道：东莱有一个贡生，思维迟钝。在沂水县官学做训导官，性情癫疯痴呆。同行们聚会时，老贡生都默默坐着不说话，坐一会儿后，不知不觉就会五官都动起来，又哭又笑，就像自己身旁没有人一样。如听到别人发出笑声，就立即止住。平常生活享用十分俭陋鄙吝，积攒了一百多两银子，自己埋在书房里，就算他的老婆孩子也不让知道。有一天，老贡生忽然手舞足蹈自己动了起来，一会儿，自言自语道："我这一辈子作恶结怨，忍饥挨饿，好不容易有了些许积蓄，现在都埋在书房里，如果有人知道，该怎么办呢？"像这样重复说了好几次，都没有发觉有一个官学中的仆役在旁边。第二天，老贡生出去了，仆役乘机潜入书房，把银子全部挖出来盗走了。过了两三天，老贡生感觉心神不宁，挖开洞看银子还在不在，发现已经空空如也，他气得捶胸顿足，悔恨地直想死去。教职中的人真是千姿百态啊！

狐入瓶

万村有户姓石的人家，他的媳妇被狐狸精缠上，受其扰害，家里人都很担忧，却苦于没有办法驱除。妇人房门后有个瓶子，每次听见妇人的公公回来，狐狸精就立即逃到那个瓶内藏起来。妇人每次都偷偷看着，久而久之也熟悉了，在心里暗暗计划，也不说话。

有一天，狐狸精又窜入瓶内躲起来，妇人就急忙用棉絮塞住瓶口，把狐狸精连着瓶子放进锅里，烧开锅里的水。瓶子被烫得灼热，狐狸在瓶内大喊："热死了，不要恶作剧！"妇人不说话，依旧添柴加火。狐精在瓶里号叫得更急了，过了很长段时间，就听不到声音了。妇人拔开塞子查看时，只有一堆毛和几点血而已。

遂化署狐

　　山东诸城县有个丘公，在遵化当道员。所住的官署中之前就有很多狐狸，尤其是最后一座楼，那些狐狸都成群结队住在那里，把那座楼当作老窝，还时不时出来祸害人，越是驱逐它们，闹得就更加厉害。凡是之前在此地当官的人，都会给那群狐摆上祭祀的猪羊牛肉，都不敢得罪这些狐。

　　丘公亲自来这里上任后，听说还有供奉狐狸的事，十分震怒。那群狐狸也畏惧丘公这样刚强有气节的性格，有只狐狸就化作一个老妇人去告诉丘公的家仆说："希望禀告大人，不要仇恨我们。给我三天时间，我将带着全家老小避开丘公，搬去别的地方。"丘公听说了，也不发一言。第二天，丘公阅完了兵，告诫士兵先不要解散，让众兵都去把各营的大炮聚集起来，环绕着官署后的那座楼。丘公下令让千门大炮齐发，几丈高的大楼，顷刻之间夷为平地。狐狸的皮肉、沾血的毛，像雨点一样落下。只见烟雾浓浓火药沉沉之中，有一缕白气冒着浓烟一下子飞上天跑了，众人都望着天空说："有只狐逃跑了！"经此一战后，官署中再也没有狐狸出来为非作歹了。

两年之后，丘公派遣干练的仆役送一些银子去京城，计划谋求升迁的事，事还没有办成，就权且把银子藏在衙役家里。忽然有个老头到朝廷鸣冤叫屈，说自己的妻子被人戕害横死，接着又揭发丘公平日里私自削减军粮，挪为己用，用那些克扣下来的钱攀附权贵，现如今那些银子都藏在某人家里，可以派人前去查证。皇帝派人把老头押去一起查验，到衙役家中到处搜查，但怎么都搜不到银子。老头只用一只脚点点地，搜查的人立马就明白了他的意思，把地挖开一看，果真发现有银子，那些银子上都镌刻着"某郡解"三个字。拿出银子后想找老头，却已经踪迹全无。官府拿着乡里的户口名册找寻老头，竟然没有这个人。丘公因此案遭了难。后来才知到那老头就是上次轰楼之下幸存的狐狸。

异史氏说：狐狸祸害人，确实可恨当杀！然而当他们服罪之后释放他们，这样也可以成全我的仁义。丘公可以说是痛恨太过了。但如果是为官勤廉的关西杨震灭狐，那么就算是上百只狐狸也报不了仇了。

凤仙

　　平乐县有个叫刘赤水的人，从小聪明秀雅，十五岁就考入官学读书。他父母早早去世，所以他后来天天无所事事，在外游荡，自暴自弃。他的家庭资产达不到中等水平，但他天性喜欢修饰打扮，家里的床榻被褥等都装扮得精致华美。

　　一天晚上，有人招呼刘赤水喝酒，他走时忘记熄灭蜡烛，喝过几巡酒后，才想起来，急忙跑回家中。到家门口时，忽然听到屋里有人小声说话，他偷偷趴着身子向里看，见一个年轻男子抱着一个漂亮姑娘在床上睡觉。刘赤水的住所靠着一户富贵人家的废宅，宅中本来时常就有很多怪异的事，所以他心里知道这是对狐狸男女，也不害怕，直接进去呵斥道："我的床岂能容他人酣睡！"那两人顿时吓得惊慌失措，连忙抱起衣服光着身子逃走了。两狐逃跑时掉了一条紫色的绢裤，裤带上还系着一个针线包。刘赤水看到后很高兴，又怕他们偷回去，就藏在被子里紧紧抱住。不一会儿，一个头发散乱的婢女从门缝中进来，向刘赤水讨要。刘赤水笑着说要有报酬才还给她，婢女说赠送给他酒，刘赤水不答应；婢女又说赠给他金子，他也不答应。婢女笑着走了。很快又返回来说："我家大姑娘说：如果你赐还东西，就给你找个贤惠美丽的老婆作为报答。"刘赤水问："你家大姑娘是谁？"婢女回答说："我家姓皮，大姑娘小名叫八仙，和她睡在一起的是胡郎。二姑娘叫水仙，嫁给了富川县的丁官人。三姑娘凤仙，比那二位姑娘还要漂亮，看见她的人还没有不满意的。"刘赤水怕她不讲信用，就要求坐在这儿等候好消息。婢女离开一会儿又回来说："大姑娘让我告诉先生：这婚姻大事怎么能一下子就办好呢？刚才跟三姑娘说了这件事，反而遭到她厉声正色的斥骂。需要缓些时日，我们家不是轻易许诺而不守信的人家。"刘赤水才把东西还给了她。

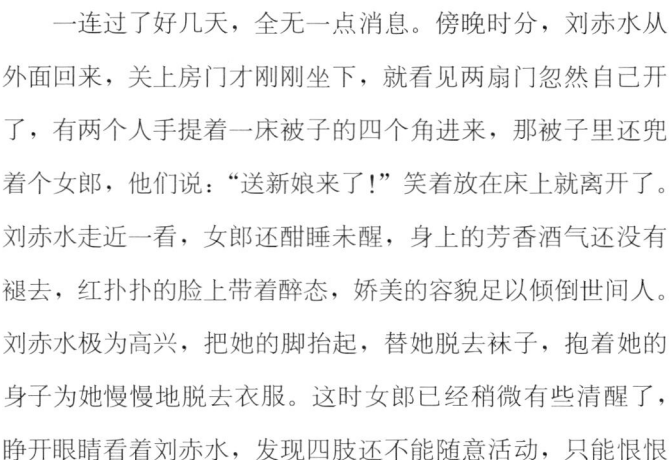

一连过了好几天，全无一点消息。傍晚时分，刘赤水从外面回来，关上房门才刚刚坐下，就看见两扇门忽然自己开了，有两个人手提着一床被子的四个角进来，那被子里还兜着个女郎，他们说："送新娘来了！"笑着放在床上就离开了。刘赤水走近一看，女郎还酣睡未醒，身上的芳香酒气还没有褪去，红扑扑的脸上带着醉态，娇美的容貌足以倾倒世间人。刘赤水极为高兴，把她的脚抬起，替她脱去袜子，抱着她的身子为她慢慢地脱去衣服。这时女郎已经稍微有些清醒了，睁开眼睛看着刘赤水，发现四肢还不能随意活动，只能恨恨地说："八仙这个浪丫头竟然把我卖了！"刘赤水抱着她亲热。女郎嫌他皮肤太凉，微微一笑说："今夕何夕，见此凉人！"刘赤水接出下一句说："子兮子兮，如此凉人何！"于是两人就欢爱起来。完事后，凤仙说："八仙那丫头真无耻，她自己玷污了别人家的床褥，却用我来换她的裤子！我一定要小小报复她一下！"从此凤仙没有一天晚上不来，两人缠绵十分殷勤。

一天晚上，凤仙从袖子中取出一枚金钏说："这是八仙的东西。"又过了几天，凤仙怀里揣着一双绣鞋来了。鞋子上面用金线绣着花纹还嵌着珍珠，工艺精巧绝伦，凤仙特意嘱咐刘赤水拿出去公开宣扬。刘赤水就拿着绣鞋在亲朋好友中夸耀，请求观看绣鞋的人都用钱、酒作为报酬，因此刘赤水就把绣鞋当作一件奇珍异宝收藏着。一天晚上凤仙来了，说了些辞别的话。刘赤水觉得奇怪，问她原因，凤仙回答说："姐姐因为绣鞋的缘故怨恨我，她想带着全家远离这里，杜绝我和你相好。"刘赤水不忍分离，情愿把鞋还给她。凤仙说："不必还她，她正用这个方法来要挟我，如果还给她，就正中了她的计策了。"刘赤水问："你为什么不单独留下来？"凤仙说："我的父母都在远方，把这一家十余口都托付给胡郎照顾，如果我不跟随他们走，恐怕八仙这个长舌妇会颠倒黑白。"从此凤仙就不来了。

过了两年，刘赤水越发思念凤仙。偶然一天，他在路上遇见一个骑着马慢慢走的姑娘，那匹马由一个老仆人拉着缰绳，和他擦肩而过。那女郎回头掀起面纱偷偷看他，他也正好看见女子的艳丽风姿。不一会儿，一个年轻男子从后边过来，刘赤水问他道："这个女子是什么人？看上去好像挺漂亮的。"便极其赞美，年轻男子向他拱手笑道："太过奖了，这就是我的妻子。"刘赤水惶恐羞愧地向他致歉。那位年轻男子说："不妨事，皮氏三姊妹中，你得到的是其中最美的，其余的又哪值得称赞呢？"刘赤水很疑惑他的话，年轻男子说："你不认识偷偷睡在你床上的人了吗？"刘赤水这才醒悟过来，他就是胡郎。于是叙起连襟之谊，相互嘲笑戏谑，十分欢快。胡郎说："岳父母刚刚回来，我们将要去拜见，你愿意和我们同行吗？"刘赤水高兴地答应了，跟着他们进入萦山。

　　山上有本地人过去躲避战乱时居住的宅第，八仙下马先进去了。没一会儿，几个人出来迎接，说道："刘官人也来了。"两人进了门，拜见岳父岳母。有另一位年轻男子已经先在那儿了，他的靴子衣袍都很炫目华美。岳父介绍说："这是富川县的丁女婿。"他们互相拱手致礼后就座。一会儿，行酒上菜络绎不绝，大家谈笑融洽。岳父说："三位女婿都一齐来了，今天可以称得上是难得的聚会。又没有外人在，可以叫女儿们出来，大家团聚一次。"不一会儿，姊妹们都出来了。岳父吩咐仆人摆上座位，各靠着自己的夫婿坐下。八仙见到刘赤水，只是捂着嘴笑，凤仙就和她互相嘲笑戏闹；二姑娘水仙的容貌稍差一点，但是稳重温婉，满座的人都在尽情谈笑，只有她微笑着端酒而已。酒席上人数众多，靴鞋交错摆放，兰麝香气熏人，大家喝得十分高兴。刘赤水看见床头摆着各种乐器，于是拿起一只玉笛，请求让他为岳父吹奏一曲

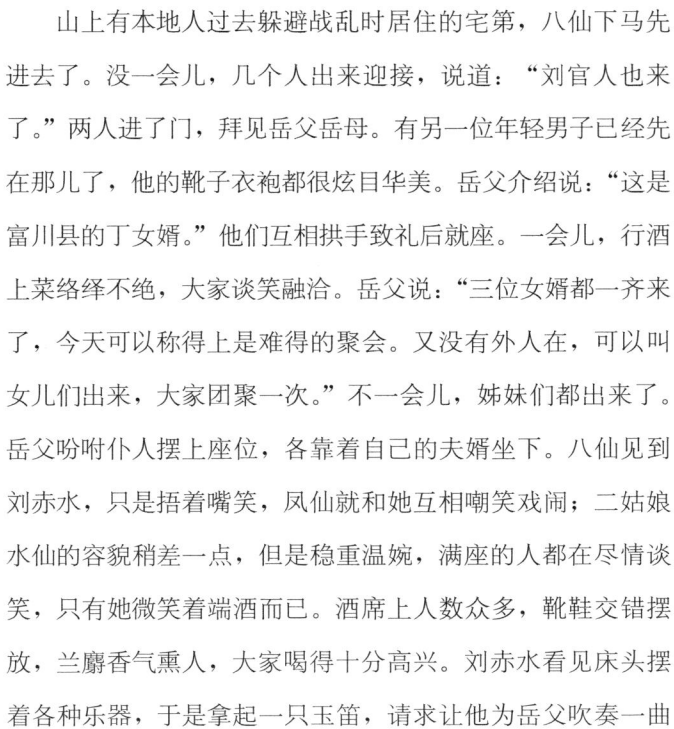

祝寿。岳父很高兴，就叫擅长音律的人各自拿一件乐器献奏。因此在座的所有人都去争着拿乐器，唯独丁婿和凤仙不拿。八仙对凤仙说："丁郎不熟悉音律，倒可以不拿；难道你的手指弯曲不能伸开吗？"便把拍板扔到凤仙怀中。大家便各自演奏起了乐曲，诸般乐器，音响繁杂。岳父高兴地说："这算是极致的天伦之乐了吧！儿女辈都是能歌善舞的，为什么不各展所长？"八仙站起来拉着水仙说："凤仙向来珍视她的歌喉，看得比金子还珍贵，不敢劳烦她，我和水仙两人可以合唱一曲《洛妃》。"两人的歌舞刚结束，正好婢女用金盘端着水果进来，大家看水果长得奇异，都不知道叫什么名字。岳父说："这是我远游时，从真腊国带回来的，叫'田婆罗'。"随手拣了几个送到丁婿面前。凤仙不高兴地说："难道对女婿要以贫富来区别爱憎吗？"岳父尴尬地笑了笑没说什么。八仙替父亲说："爹爹是因为丁郎不是我们同县的人，所以把他算作客人。若是按照长幼排序，难道单凤妹妹有个拳头大的酸女婿吗？"凤仙始终不愉快，解去了华美的衣服首饰等装束，把鼓拍交给婢女，声泪俱下地唱了一折《破窑》。一曲终了，甩袖子径直走了，在座的人都为此不高兴。八仙说："这个丫头和过去一样性情乖戾。"就去追凤仙，不知去哪里了。刘赤水感到很羞愧，也告辞回去了。走到半路，见凤仙一人坐在路旁，招呼他和自己并排而坐，对他说："你是个男子汉大丈夫，不能为在床头陪伴你的妻子争一口气吗？高官俸禄都在书中，希望你好自为之！"抬起脚来说："刚刚跑出门匆匆忙忙的，路上的荆棘刺破了我的鞋子。以前送给你的那绣鞋，带在身边没有？"刘赤水拿出绣鞋，凤仙拿过来换上。刘赤水乞要那破了的旧鞋，凤仙才露出微笑说："你也是个大无赖！几曾见得要把自己枕边人的东西藏在怀里的人？如果你真的爱我，想见我，我倒有一件东西可以送给你。"随即拿出一面镜子交给他说："你想见我，应当从书中去寻找；不然的话，你我见面就遥遥无期了。"说完，就不见了。刘赤水惆怅地回到家中。

回家后，拿出镜子看，见凤仙背着身子站在里面，就像望着相距百步之外的人那样。因而想起了凤仙的叮嘱，就谢绝访客，闭门读书。有一天，刘赤水看镜子，见凤仙忽然露出正面，笑脸盈盈，他便更加珍爱这面镜子。没人在身边时，就拿出镜子，和凤仙对望。一个多月后，读书的昂昂斗志渐渐衰退了，在外游玩常忘回家。回家拿出镜子一看，凤仙的影子面容悲伤好像在哭泣；隔了一天再看，又像开始时那样背对他站着。这时他才明白自己荒废了学业，于是又闭门专心读书，白天黑夜都不停止。一个多月后，镜子中凤仙的影子又面向外了。自从这件事之后刘赤水就用镜子来检验自己是否在专心读书：每每荒废学业，镜中凤仙就面容悲伤；连续几天刻苦攻读，镜中凤仙就面露微笑。于是他把镜子日日夜夜都悬挂在面前，就像面对着老师一样。就这样刘赤水辛苦读了两年书，一举登榜，中了举人，他欣喜地说："现在可以面对我的凤仙了！"一把拿过镜子来看，只见凤仙黛眉弯长，雪牙微露，笑容可掬，就像站在自己面前一样。刘赤水喜爱极了，目不转睛地一直看着。忽然镜子中的凤仙笑着说：

《西厢记》中的'影里情郎，画中爱宠'，说的就是今天这样的情景吧!"刘赤水又惊又喜，环顾四周，凤仙原来已经站在他的身边了。他握住凤仙的手，问候岳父岳母的身体状况。凤仙说："我和你分别后，没有回家去，就藏在一处山洞里，以此略微分担你的辛苦。"

刘赤水去府城赴宴，凤仙请求和他一起去，于是两人同坐一车，但就是别人站在他们对面也看不见凤仙。宴会结束后即将回去之时，凤仙私下与刘赤水商议，对外假装说她是刘赤水在郡中娶的媳妇。凤仙和刘赤水回家后，才开始出来招呼客人，经手管理家务。人们都惊讶她的美貌，却不知道她是狐狸。

刘赤水是富川县令的学生，就想着去拜访老师，途中遇见丁生。丁生十分热情地邀请刘赤水到他家里去做客，对他诚恳有礼招待优厚，并说："岳父岳母最近又迁居别处了，我妻子回家探亲，也快回来了。我要寄信去岳父母家中告诉他们你高中的喜讯，并和他们一起去拜访祝贺。"刘赤水一开始怀疑丁生也是狐狸，等细问了他的宗族身世，才知道他是富川县大商人的儿子。当初，有一次丁生在天快黑了的时候，从郊外的宅子回家，途中遇见水仙独自一人在赶路。丁生见她面容美丽，悄悄地偷瞧她，水仙就请求跟着他一同赶路。丁生高兴万分，载着她回到自己书房里，与她同寝。窗棂缝隙中水仙也可以自由出入，丁生才知道她是狐狸。水仙说："郎君不必多疑，我因为你诚信忠实，所以愿意托付终身。"丁生宠爱她，竟然不再娶亲。

刘赤水回家后，借了富贵人家的一处大宅子，准备给来祝贺的客人居住，把那处宅子打扫得光亮整洁，却苦于没有陈设之物。过了一晚再去看时，屋里的陈设焕然一新。几天之后，果然有三十多个人，带着锦旗、酒礼等物到了，车马盛多杂乱，大街小巷都被挤满了。刘赤水给岳父、丁生、胡郎行了礼，并将他们带入客舍，凤仙迎接母亲和两位姐姐，把她们带到内室里。八仙说："丫头你现在富贵了，不埋怨我这个大媒人了吧？我的金钗和绣鞋是否还在？"凤仙找出来交给了八仙，说："绣鞋还是那双绣鞋，不过已经被千百人看破了。"八仙用绣鞋拍打凤仙的背说："都怪你送给刘郎。"于是把绣鞋扔到火里，祷告说："新时如花开，旧时如花谢。珍重不曾，姮娥来相借。"水仙也接着祷告说："曾经笼玉笋，着出万人称。若使姮娥见，应怜太瘦生。"凤仙边拨火边祷告说："夜夜上青天，一朝去所欢。留得纤纤影，遍与世人看。"于是就把绣鞋烧成的灰堆在盘子中，分成十几份，望见刘赤水来了，就托着盘子送给他。只见绣鞋堆满了盘子，全都和原来那双的样式一样。八仙急忙赶出来，把盘子推落到地上，地上还有一二只绣鞋留存；八仙又伏在地上吹它们，才没有了绣鞋踪迹。第二天，丁生因为回家路途遥远，夫妻二人就先回去了。八仙贪图和妹妹玩闹戏耍，老父及胡郎多次催促她，中午才缓缓从屋里出来，跟众人一起回去了。

当初他们一众人来的时候，所用的仪仗仆从太过气派，来观看的人就像赶集一样。有两贼寇偷偷看到了这样容貌美丽的女人，被美色所迷，心神不能自主，因而谋划在途中打劫。侦察到她们离开了村庄，就尾随而去，相隔不到一箭之地。马车在前面奔跑得很快，强盗们追不上。到了一个地方，道路两边有山崖，车马就走得稍微缓慢了。一个强盗赶上了他们，拿着刀大声吼叫，众多仆人都吓跑了。强盗下马，走向马车掀开车帘，只见个老太婆坐在里面。正怀疑是不是错劫了那两名女郎的母亲，才望向其他地方的时候，就被兵器砍伤了右臂，顷刻间被捆绑了起来。强盗凝神一看，这里的山崖并不是山崖，而是平乐县的城门。车中坐的老妇人是李进士的母亲，正从乡里回来。另一个强盗后面赶到，也被砍伤马腿捉住了。守城门的官兵押着他们送到太守衙门，一道审讯后，强盗们就伏法了。当时有大盗未能捕获，细细审问后，才知道就是这两个人。第二年春天，刘赤水考中了进士。凤仙也怕招惹祸事，所以全部推辞了亲朋好友的祝贺。刘赤水也没有另娶别人。等到了他升任郎官时，才纳了妾，生了两个儿子。

异史氏说：唉！这世间的人情冷暖炎凉，仙人、凡人本来就没有区别啊！"少壮不努力，老大徒伤悲。"可惜没有那争强好胜的美人，愿作一面镜的影子用悲伤欢乐来鼓励鞭策罢了。我希望像恒河沙子那么多的仙人，派遣美女佳人都嫁到人间，那么这贫穷的大海中，就会少一些受苦受难的众生了。

（以上《聊斋志异》）

狐生员劝人修仙

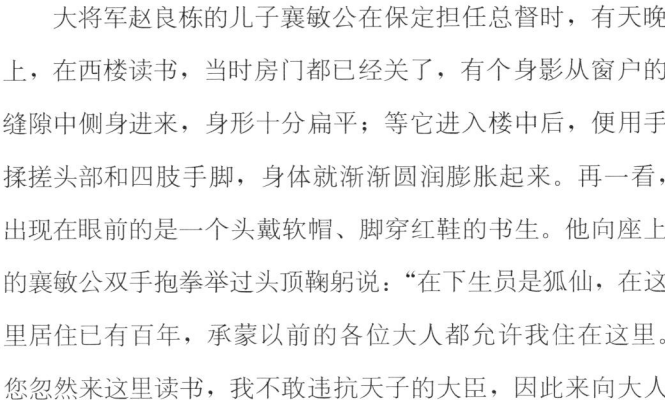

　　大将军赵良栋的儿子襄敏公在保定担任总督时，有天晚上，在西楼读书，当时房门都已经关了，有个身影从窗户的缝隙中侧身进来，身形十分扁平；等它进入楼中后，便用手揉搓头部和四肢手脚，身体就渐渐圆润膨胀起来。再一看，出现在眼前的是一个头戴软帽、脚穿红鞋的书生。他向座上的襄敏公双手抱拳举过头顶鞠躬说："在下生员是狐仙，在这里居住已有百年，承蒙以前的各位大人都允许我住在这里。您忽然来这里读书，我不敢违抗天子的大臣，因此来向大人请示。大人您定要在这里读书的话，我是应该迁往别处去的，但需要三天时间打包行李物品。如果大人怜悯我，容许我在这里有个安身之所，那么就请将房门像平时一样在外面锁住。"襄敏公听后大为惊骇，接着笑道："你是只狐狸而已，怎么也有生员的称呼？"狐生员回答说："群狐承蒙泰山娘娘举行每年一次的考试，将那些通过考试精通文辞义理的狐狸定为生员，没有通过考试的定为野狐。生员可以修学仙道，野狐不准修学仙道。"因此奉劝赵公道："像大人这等贵人，可惜不修学仙道。像我们这些异类，修学仙道是最难的。要先学习人的形态，再学人的语言。要学会人的语言，就要先学会鸟的语言；要学会鸟的语言，又必须学习四海九州全部鸟类的语言；等到把鸟的语言学得没有什么不能说时，才能发出人的声音，最后才能成就人的形体。学完这些就已经要花费五百年的时间了。人修学仙道，要比异类修学仙道少用五百年的苦功。如果是贵人、文人修学仙道，还要比普通人又要省去三百年的苦功。大体上修学仙道的人，要一千年才能成功，这是上天定的规矩。"襄敏公听完狐仙说的话，十分欢喜，于是第二天就将西楼锁住，自己让了出来。

这件事是从镇远太守赵之坛那里听来的，也就是赵大将军的孙子。他还说："我的父亲后悔没有向狐仙问泰山娘娘出什么题目来考狐狸。"

　　杭州有个姓周的书生，跟张天师路过保定，暂住旅店，看见有个美妇人跪在台阶下，好像有所请求。周生问天师："这是怎么回事呢？"张天师说："这是狐狸，向我祈求让她享用人间香火罢了。"周生问："为何不答应呢？"天师说："她修炼有年头了，相当有灵气，如果再让她受人间的香火供奉，恐怕会助长她的气焰，成为人间的祸害。"周生爱她的美貌，就代她说情，请求天师答应。天师说："不好拒绝你的情，只让她受香火供奉三年，不逾期就行。"便画了一道符箓交给狐狸，让她离去。

三年之后，周生落榜，垂头丧气出了京城。路过苏州时，听说上方山某庵的观音极有灵异，心生好奇，就前往祈祷。到得山下，与他一同去祈祷的人让他步行上山，说："这山上的观音很灵，凡是让人用肩抬轿子上山的人，中途必定摔下来。"周生不信，还是坐轿子上山。不到数十步，轿杠果然折断，周生掉落在地。幸好没有受伤，于是只好步行上山。进入庙中，见香火极盛，所谓的观音坐在锦缎做的幔子后面，不许人见。周生问庙中僧人是什么原因，僧人回答说："观音像太过美丽，怕来上香的人会因此生出邪念。"周生一听，非要掀开看看，果见妖娆艳丽非比寻常，与别处寺庙的观音像极为不同。周生谛视一番，感觉似曾相识，许久之后才恍然醒悟：原来正是曾在旅店中见到的狐狸。周生满脸怒气，指着观音像责备道："往日有我说情，你才得到这些香火。你不感谢我的恩情就算了，反而还弄坏了坏我的轿子，这也太没良心了吧？况且天师只答应你受香火供奉三年，现在期限已过，你还留恋不去，难道竟忘了之前的约定吗？"周生话没有说完，观音像便突然倒地碎了。僧人大吃一惊，却也无可奈何，只好等周生离去，再集资为狐狸重新塑像。但从此不再灵验了，庙里的香火也冷清了。

向狐仙学道

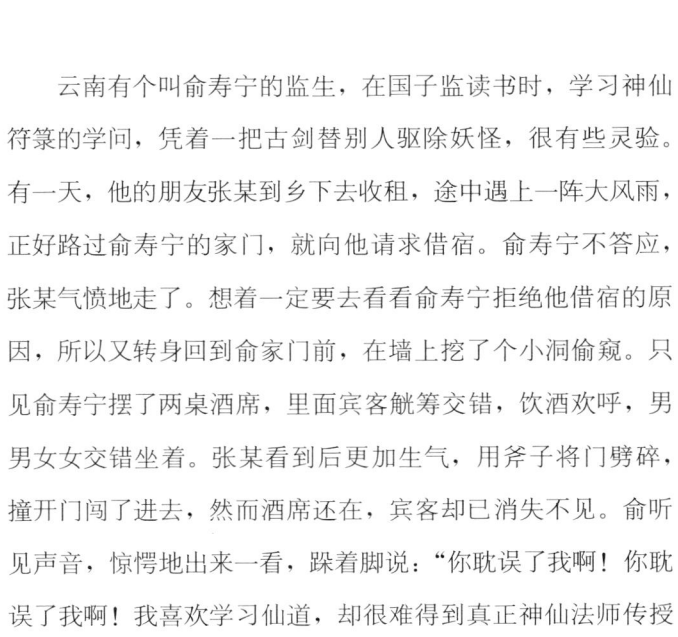

　　云南有个叫俞寿宁的监生，在国子监读书时，学习神仙符箓的学问，凭着一把古剑替别人驱除妖怪，很有些灵验。有一天，他的朋友张某到乡下去收租，途中遇上一阵大风雨，正好路过俞寿宁的家门，就向他请求借宿。俞寿宁不答应，张某气愤地走了。想着一定要去看看俞寿宁拒绝他借宿的原因，所以又转身回到俞家门前，在墙上挖了个小洞偷窥。只见俞寿宁摆了两桌酒席，里面宾客觥筹交错，饮酒欢呼，男男女女交错坐着。张某看到后更加生气，用斧子将门劈碎，撞开门闯了进去，然而酒席还在，宾客却已消失不见。俞听见声音，惊愕地出来一看，跺着脚说："你耽误了我啊！你耽误了我啊！我喜欢学习仙道，却很难得到真正神仙法师传授道法，不得已，只好广邀狐仙聚会，让他们前来交流指点。

我这半年以来，所遇到的男女狐仙很多，有相约做兄弟的、结为夫妇的、做兄妹的，还有很多，难以讲完。今天众多狐仙聚会商议，将要教授我长生不老的秘诀，因此隆重地举行宴会，准备了酒肴相待。还没有谈到关键的法要，就被你撞破了，天机被泄露，导致各位狐仙离去。这难道不是天意吗？前几天紫文真人就说过今天是个破日，聚会必定被凡人冲破，需要改日聚会；但是瑶仙三妹明天将要嫁给某郎，因此权衡之下选择了今天。果然有不利的事情发生，这也是天数。我明天就要走了，将另外选择一个清洁干净的地方聚会群仙，不让别人知道住址。"从此以后俞寿宁在外面云游，不知到哪里去了。

狐祖师

　　盐城村戴家有个女子被妖魅附身，用符咒来镇压，却始终不能禁止；家里人到村子北面的圣帝庙去告状，怪物才销声匿迹。没过多久，有个身穿金甲的战神给她家里托梦说："我是圣帝部下的邹将军。之前，你家里的妖魅是狐狸精，我已经将它斩了，它的同党约好了明天来找我报仇，你们在庙中擂击金鼓来为我助威。"第二天，戴家聚合了一众邻居前往庙堂。听到空中传来战斗的声音，就奋力敲击金钲、铙、鼓等为金甲神助威，果然一会儿就有黑气坠落在庭院里，村前村后落下很多狐狸头。几天后，女子的家人又梦到邹将军来说："我因为杀的狐狸太多，得罪了狐祖师，狐祖师在圣帝前告了我的状。过几天，大帝将来庙堂审理这件事情，请各位父老乡亲合力为我求情。"众人如期前往庙堂，趴在廊下。

到半夜时分，有阵阵响亮繁杂的仙乐传来，有戴着帝王礼帽，穿着华丽朝服的人坐着车辇缓缓而来，四周伴随众多侍卫；后面还跟着一个道士模样的人，浓厚的眉毛里黑白参半，牙齿光洁，两块金字牌写着"狐祖师"，圣帝很恭敬地起身迎接。狐祖师说："小狐狸扰乱世间秩序，论罪该死，但你的部将杀害我的族类太过残酷，罪不可恕。"圣帝应承着答应。村人们看见如此情形，都从廊下走出来，跪在圣帝前替邹将军求情。有个周秀才骂道："老狐狸，胡子都白成这样了，还放纵子孙奸淫别人家妇女，现在还反来向圣帝讨说法，什么'狐祖师'，罪该千刀万剐！"祖师笑着没有发怒，面色淡定地问："在人间惩治奸淫该判什么罪？"周秀才说："杖责。"祖师说："由此可知奸淫不是死罪。我的子孙因为是异类而奸污人类，罪加一等，也不过是充军流配，何至于被斩杀呢？何况邹将军不光斩了我一子，又斩杀了我几十个子孙，这是为什么呢？"周秀才还没来得及回答，就听到庙内传来声音说："圣大帝有令：邹将军痛恨坏事太过严厉，造成杀害太过严重，念他所作所为是为了百姓，是为民除害，判罚他一年的薪俸，调到海州地带任职。"村人们大为欢呼，双手合十，向空中念着佛号散去。

斧断狐尾

河间府有个姓丁的人，不务正业，不谋生计，却以寻花问柳、嬉戏玩闹的邪门歪道为正事。有一次，丁某听说某处有个狐仙擅长迷惑人，就独自前往，投出自己的名帖，说是愿意和狐仙结为兄弟。当天晚上，狐仙果然现出形体，自称"愚兄吴清"，看他年纪五十左右。两人相见就像素来交好一样，凡是丁某所请求的事，"愚兄"必定会帮他办理。丁某每每在人前夸耀，认为和人做朋友不如和狐狸做朋友。

有一天，丁某对吴清说："我想去扬州观赏灯会，你能帮我办到吗？"狐仙说："可以，河间府到扬州中间隔了两千里地，贤弟你穿上我的衣服，闭上眼睛跟我一起走就到了。"丁某按照他说的做，闭上眼睛就感觉自己凭空飞起来了，两只耳朵只听得见风声，片刻之间，就到了扬州。这时有经商的人家正在演戏，丁某与狐仙在空中观看，忽然听到戏场上响起阵阵锣响鼓声，见关公握着单刀走出来。狐仙吓得惊慌失措，丢下丁某就跑了。丁某还没反应过来，浑然不觉，就掉到了宴席上。商人认为丁某是妖物，给他加上刑具押送到江都县衙门。县令对他再三审问，解除嫌疑后才把他发送回原籍。

丁某回来后，见了狐仙埋怨它，狐仙说："愚兄一直以来胆子很小，听到关帝爷即将要出来，所以才跑的；并且偶然想起你嫂子，所以就着急地回来了。"丁某问："嫂子在什么地方？"狐仙回答说："我是狐，怎么能结婚嫁娶呢？不过是迷惑了清白人家的妇人罢了。邻居姓李那户人家的女儿，就是你嫂子。"丁某听了，心神荡漾，请求狐仙让他见见嫂子。狐仙说："这有什么不可以的，但你是人，身体没法进入紧闭的房间。我有个小衣袄，你穿上它，就能从窗户进去，如入无人之境。"丁某穿上小衣袄，竟然真的进入了李家。李家女因为一直以来被狐仙蛊惑，状如白痴，丁某爬上她的床，李家女懵懵懂懂间就与他交欢。李家女被狐仙侵染，原本已经气息微弱了，忽然靠近人的身体，觉得十分痛快，病也渐渐痊愈了。有次丁某来找她时，告诉她自己是人，所以她的病才好了。李家女保守这个隐秘不泄露，但是日子久了逐渐有喜欢丁某讨厌狐仙的意思。

狐仙知道了李家女的想法，就找来丁某对他说："开门揖盗，是我的罪过。近日来你嫂子竟然喜爱贤弟你而憎恶我。贤弟本来就是两次投胎转世都做了人，女子喜爱你也是在情理之中的事，但是如果不是愚兄我的丑陋，也无法衬显贤弟你的英俊。"丁某听说了，更加得意起来。

狐仙嫉妒丁某夺得了李家女的喜爱，就悄悄靠近李家女的床边，把小衣祆拿了回来。丁某在天快亮的时候要钻窗出来时，窗却没开，整个身子一下掉在地上。李家父母听到巨大一声响，吓了一跳，进房看见丁某，以为是妖怪作祟，先给他喷了狗血，又给他泼了屎尿，接着又对他针扎火烤。丁某受尽苦头，告诉李家父母实情，但全家人都不相信。幸好李家女爱他，私底下替他脱罪，说："他也是被狐仙蛊惑罢了，不如送他回家吧！"丁某才得以脱身回家。去找狐仙算账时，狐仙对他避而不见。当天晚上，狐仙写了几个大字贴在丁某房门上："你的行为就好比陈平和嫂私通，活该你有这个报应。从此之后我们不要再往来了，你我兄弟恩断义绝。"

从此以后，丁某也和李家女断绝了来往，但狐仙仍然前去。李家请道士设立道场祈福消灾，也不能禁止狐仙。后来李家女怀孕一胎生了四个儿子，面貌形态都像人类一般，只是屁股后面多了一条尾巴。四个孩子生下来就会走路，并且很懂孝道，有时跟狐仙父亲出来采摘水果蔬菜回去孝顺母亲。有一天，狐仙来找李家女，哭道："我和你的缘分尽了。不久前，泰山娘娘知道我蛊惑妇人，惩罚我修造泰山进香的路，永远不许出泰山之境外。我会把四个孩子都带走。"说着，在袖中拿出一个小斧头交给李家女说："不断掉四个儿子尾巴的话，他们始终修不了人身。你是人类，就替我把他们的尾巴斩断吧。"李家女按照他的话做了，狐仙和四个孩子各自拜别李家女离去了。

猎户除狐

海昌县元化镇上有户家境富裕的人，家中楼上有三间卧房，白日里家里人都在楼下料理家务事。有一天，这家主人的妻子上楼拿衣服，发现楼上的门关得严严实实而且还加了门闩。妻子心想："家里的人都在楼下，是谁把这楼门关了？"便透过木板间的缝隙偷偷往里面看，只见有个男子坐在床上，怀疑他是小偷，于是把家里的人都叫了来一起抓他。那人大声说道："我要搬家到这楼里来，我先来一步，家人在后面走马上就到了，先借你家的床和桌子用一下，剩下的东西会还给你。"之后，从窗户里扔下箱子、盒子，还有些零零散散的东西扔了一地。过了一会儿，就听见楼上传来一群人聚会的说话声，三间卧房里老的小的拥挤纷乱，他们敲着盘子唱道："主人翁，主人翁，千里客来，酒无一钟。"这家人听了害怕，就在庭院中摆了四桌酒。桌上的酒被凭空取上楼，楼上的人吃完，又把酒杯从空中抛下来。

这件事之后，楼上的也没有太过做坏事。这家富人请了道士为他们驱邪除妖，正在房子外面商议定了回来，就听见楼上的人又唱道："狗道，狗道，何人敢到？"第二天，道士来了，正在布置法坛，忽然感觉自己被一个东西吹了一下，跟跟跄跄地跑了出去，只见他带来的所有神像法器都散落在门外。从此之后，这家富人日夜都不得安宁，于是到江西去求张天师替他们除妖，张天师派了一个法官跟他们来了，楼上的妖怪又唱了起来："天师，天师，无计可施。法官，法官，来亦枉然。"不一会儿，法官到了，刚一进门就感觉有人揪着了自己头然后使劲甩了出去，被摔得破了相，衣服也裂开了。法师大感惭愧，说："这怪物道行高，力量大，需要去请谢法官来才可以驱除他们。"谢法官住在长安镇的一个道观中，富人就去迎接。谢法官到后，布置法坛施展法术，楼上的妖怪竟然不唱了，富人家见这场景心里都十分高兴。忽然天空出现一道红光，有一个白胡子老人从空中降落在楼上，大声说："不要怕谢道士，他所施展的法术，我能够破解！"谢法官坐在大厅前嘴里不住地念诵咒语，把钵盂扔到地上，那钵盂在地上飞快转动，在大厅四周盘旋飞动起来，多次想飞上楼，却始终飞不上去。片刻之间，楼上有人摇动起铜铃，声音清脆响亮，钵盂于是掉了下来落在地上，不再转动。谢法官吃惊地说："我已经竭尽全力了，还是不能驱除这些妖怪。"说完拿回钵盂就离开了，此时楼上欢呼雀跃的声音都穿过了围墙外面。楼上的妖怪因此更加猖狂，到处作祟。

像这样持续了半年时间，晚冬有天，下起大雪，门外有十几猎人来借宿，这家富人告诉他们："借宿倒不是什么难事，就害怕你们会被楼上的妖怪打扰。"猎户说："这是群狐狸，我们这些人都是猎狐狸的人，只求一些烧酒让我们痛痛快快地喝醉，自当有机会来报答您的。"这家人立即就为他们买来酒，还把饭菜都准备妥当，房子内外都点上巨大的蜡烛。猎户们喝得酩酊大醉，各自都取出猎枪，装上火药，对着空中一阵开枪，烟尘遮挡了天空，一晚上竟然都在轰响。等到第二天天亮，大雪才停止，猎户们也就离开了。这家人本还担心害怕晚上楼上的妖怪会加倍作祟，但竟然一整夜都很安静。又过了几天，竟然听不到一丁点儿声响了，这才上楼查看，见地板上残留了好多毛，窗户全都是打开的，那群狐狸妖怪都搬走了。

金陵评事街有一户姓张的，他家屋子西边有三间书房，人们都说那里面有吊死鬼，没有人敢去居住，封锁得也十分严实紧密。

一天，有个年轻的读书人，穿戴着华丽的衣服和头冠过来，请求张某收留他在此暂时居住，张某推辞说家里没有空房子了，书生生气地说："你不借给我房子住，我自己也会来住，等我自己来后冒犯到你可不要后悔。"张某听他这么说，心里就知道他是狐仙了，就骗他说："我家西边有三间空出来的书房，可以借给你住。"因为那房子中有吊死鬼，张某私心想，如果让狐仙居住在那里面，就可以替自己驱除吊死鬼了。但是嘴里却没有说让他住的原因。书生听张某这么说，很是高兴，就施礼拜谢走了。

第二天，张某听见西边书房中传来说话谈笑的声音，一连几日都这样，就知道狐仙已经来了，于是每日都准备齐全鸡肉、美酒供养他。还没到半个月，西边书房就寂静无声了，张某怀疑狐仙已经离开了，就想重新将房门封锁上。上楼查看，却只见一只毛色发黄的狐狸，自己吊死在了房梁上。

陈圣涛遇狐

　　浙江绍兴有个叫陈圣涛的贫穷文士，他的妻子死了。有一次，他到扬州游玩，住在天宁寺旁边一座小庙里，庙里的僧人对他很是刻薄。陈圣涛看见小庙里有一座楼一直上锁紧紧关着，就问庙里僧人原因，僧人说："那座楼里有妖怪作祟。"陈圣涛听了，就一定要登楼看个究竟，于是僧人为他开了门。他进去一看，桌子上没有丝毫灰尘，并且还有镜架、梳子等女人用的物品，心里很疑惑，以为僧人在这里面藏了女人，没有说一句话，便出来了。

　　过了几天，陈圣涛抬头时，望见那座楼里有一个美貌妇人依靠着栏杆偷偷看他。陈圣涛也用眼神挑逗她，没想到，妇人直接从楼上起身跳了下来，立刻就到了陈圣涛住的房间。一开始，陈圣涛很害怕，认为她不是人类，那妇人说："我是神仙，你不要害怕，因为我们有前世今生的缘分，所以才来找你的。"陈圣涛听后，殷勤款待了她，两人竟然还做了夫妻。每月月初，妇人就会离开七天，说是自己要到泰山娘娘那里听候差遣。陈圣涛趁妇人离开，就打开她的箱子，里面全是金银珠宝，绚烂夺目，陈圣涛却分毫未取，把箱子像之前一样锁住。等妇人回来，陈生私下对妇人说："我家里十分贫困，而你却有好些剩余的钱，能借给我买些货品做生意吗？"妇人说："你命中注定贫困，不能成为富人，即使去经商也没有好处。但幸好你品行高洁，开了我的箱子，竟然分文未取，也足够让人尊敬了，我可以保你衣食无忧。"从此之后，陈圣涛就不用做饭了，家中事务都让妇人主持。

妇人在陈圣涛家住了一年多，对陈圣涛说："我把自己所有积蓄都拿出来为你买了个立即就可上任的通判官，你赶赴京城衙门就可以选官。我先去京城，办理好房产等你。"陈圣涛说："娘子你去京城，我到哪里可以找到你呢？"妇人说："你一入京城，就到彰义门那里去，我自会派人迎接。"陈圣涛按照她说的办。妇人入京城两个月后，自己也到了，然后走到彰义门。那里果然有个白发老头跪下迎接他，并说："主君您迟来了，娘娘都等您好久了。"便领着陈圣涛到了条买米的集市胡同中，进了一座高墙大院内。进门，就见好几十个丫鬟奴仆跪拜迎接，就如同之前服侍过他一样。陈圣涛也不明白其中的原因。等进了大堂，妇人盛装打扮出来迎接，拉着陈圣涛的手进入内房。陈圣涛问："那些奴仆丫鬟怎么像认识我一样？"妇人回答说："不要大声说，我假借你的外形容貌去官府里买了官，又扮作你的相貌买了府宅立了地契。"于是又暗地里教陈圣涛说："那些丫鬟奴仆这个姓某某，那个叫某某。叫他们干活时一定要像我嘱咐的那样叫，不要让他们起了疑心。"陈圣涛听后，喜不自胜，于是写信通知家里这里的情况。

第二年，陈圣涛的大儿子就来了，他知道父亲已经了续娶了后妈，就进入房内拜见。后母对他比对亲生儿子还要加倍慈爱体恤，大儿子也对后母孝敬不违。妇人说："听说孩儿已经娶了妻子，为什么不带着一起来？明年你们夫妻可以一同随你父亲赴任。"大儿子连连答应，妇人给了大儿子车马费，让他迎接他妻子到京城来一起住。

忽然有一天，大门外有一个年轻男子求见，陈圣涛问他是什么人，少年说："我的母亲在这里。"陈圣涛就问妇人，妇人说："这是我的儿子，是我同我前夫生的。"妇人把少年唤进来让他拜见陈圣涛，并且也参拜了陈圣涛的大儿子，叫大儿子哥哥。在一起住了没多久，妇人告假，不在家，大儿子也外出了，大儿子的妻子王氏正在房间梳妆打扮，少年觑觎嫂子的姿色，就偷偷从窗户进去，一把抱住王氏要和她交欢。王氏不答应，大喊救命。少年害怕，急忙跑了出来。王氏的衣裙却已经被少年撕裂了。大儿子晚上回来，带了几分醉意，见妻子脸色异常，就问她怎么了，王氏就把今天发生的事都告诉了他。大儿子怒不可遏，伸手就拔起放在桌子上的刀，去找少年算账。此时少年已经睡下了，大儿子就在床帐中一通乱砍，之后拿来烛火一照，发现一只狐狸断头死了。

陈圣涛知道了这件事，又惊又怕，生怕妇人告假回来，必定要找他们索命，于是陈氏父子连夜逃回了绍兴。买的官也没去选，身上没拿回来一文钱，还是和之前一样贫穷。

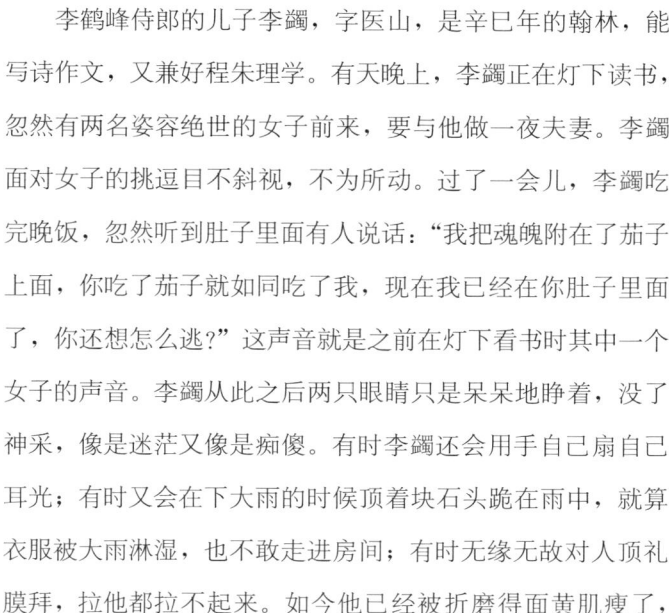
李鹤峰侍郎的儿子李蠋，字医山，是辛巳年的翰林，能写诗作文，又兼好程朱理学。有天晚上，李蠋正在灯下读书，忽然有两名姿容绝世的女子前来，要与他做一夜夫妻。李蠋面对女子的挑逗目不斜视，不为所动。过了一会儿，李蠋吃完晚饭，忽然听到肚子里面有人说话："我把魂魄附在了茄子上面，你吃了茄子就如同吃了我，现在我已经在你肚子里面了，你还想怎么逃？"这声音就是之前在灯下看书时其中一个女子的声音。李蠋从此之后两只眼睛只是呆呆地睁着，没了神采，像是迷茫又像是痴傻。有时李蠋还会用手自己扇自己耳光；有时又会在下大雨的时候顶着块石头跪在雨中，就算衣服被大雨淋湿，也不敢走进房间；有时无缘无故对人顶礼膜拜，拉他都拉不起来。如今他已经被折磨得面黄肌瘦了，体力也日渐不支。狐鬼时常还会借用李灥的手写字，和人应酬对答。

有一天，李灥同年考中进士的蒋士铨去探望，对狐鬼说："你的容貌如此美丽，为什么不来勾引我，却一定要跟随李灥呢？"狐鬼借着李灥的手写了两个字："无缘。"蒋士铨又问："像你这样的绝世美人，为什么要住在肚子里那种脏乱污浊的地方呢？"狐鬼又借着李灥的手写了两个字骂他："下流。"

当时江西巡抚吴公和李灥的父亲李侍郎相交甚好，于是就请人把李灥送到江西，为他请张天师除妖。张天师看了李灥的情况，就在滕王阁上设下法坛，斋戒了三天，念经诵咒了三天，张天师带的法官就举着牌子说："三月十五日拿妖。"临近日期时，前来观看拿妖的人多得围做一团像堵墙一样。张天师上坐，其他法官坐在一旁，让李灥跪下，并让他对着法官张开口。法官伸出两根手指探入他口中，抓住一个东西立马摔了出来。一看是一只像猫大小的狐狸。那狐大声说："我为姐姐探听消息，没想到却被捉住了！姐姐你要谨慎小心不要出来！"李灥肚子里跟着传出声音说："好。"这时大家才知道李灥肚子里还有一只狐妖。张天师把捉住的那只狐妖用符咒封进坛子，丢进大江之中。李灥稍微觉得神志清醒了些，然而肚子里又传出一阵叹息，说："我和你有宿世的冤孽，因为一直找不到，所以才拉着仙姑一起来。没想到反而给她招致灾祸，让我内心不安，我更加不会饶恕你的。"说完，李灥肚子疼痛不止。张天师问法官："李翰林还有救吗？"法官拿出一面镜子，对着李灥的肚子照了照，说："这是李翰林前世所种的冤孽，里面是一只冤鬼，不是妖怪，法术符箓对它没用，没法治了。"张天师只能把这情况告诉吴公，吴公听了也无可奈何，只能把李蠲送回家养病。后来没多久，李蠲就死了。

（以上《子不语》）

忍迷心窍

画皮

　　太原王生，清晨出门，路上遇见一个女子，抱着个包袱，独自匆忙赶路，走得很吃力。王生加快脚步赶上去，原来那是个十六七岁的美貌少女。他心里十分喜爱，就问她："你怎么一大早孤单单地赶路？"女子说："你是过路的人，不能替我分忧解愁，何必劳神相问？"王生说："你有什么忧愁呢？如果我能帮忙，决不推辞。"女子显得很悲伤，说："我父母贪图钱财，把我卖给有钱人家做小老婆。大老婆很妒忌，对我早骂夜打，我实在无法忍受，准备远远地逃走。"王生问："你要逃到哪儿去呢？"女子说："正在奔逃的人，哪有一定的去处。"王生说："我家离这儿不远，就请屈尊前去吧！"女子很高兴，答应了。王生替她拿着包袱，领着她一起回到家里。女子看看屋里没有人，就问："你怎么没有家小？"王生回答说："这是书房。"女子说："这儿挺好的。你要是可怜我，让我活下去，就得保守秘密，不要泄漏出去。"王生答应了她。于是两人就同居了。王生把她藏在密室里，过了好几天也没有人知道。后来，王生对妻子微微露了点口风。他妻子陈氏怀疑那女子是有钱人家的婢妾，劝丈夫把她打发回去，王生不听。

一天，王生偶然来到市上，遇见一个道士。那道士看着王生，露出惊愕的神色，问他："你最近遇到什么怪事没有？"王生回答说："没有。"道士说："看你浑身都被邪气缠绕着，怎么还说没有？"王生又极力辩白。道士便走开了，一边走一边说："鬼迷心窍啊！世上真有死到临头还不醒悟的人！"王生听他说得很奇怪，就有点怀疑那女子。但转念一想，明明是个美女，怎会是妖怪？便认为道士不过是借魇魅害人、驱邪捉鬼那一套来混饭吃的人罢了。不一会儿，王生回到书房门口，发觉大门从里面锁上了，进不去。他心里有些怀疑，不知里面在干什么，就爬过残缺的墙头跳进去。见密室的门也紧闭着，便蹑手蹑脚走过去，从窗缝向里面张望。只见一个狰狞的恶鬼，脸色发青，牙齿尖尖如同锯齿，把一张人皮铺在床上，拿着彩笔在上面描画；一会儿画完了，把笔一丢，拎起人皮，象抖衣服那样抖了抖，往身上一披，顷刻便变成了漂亮女子。王生看到这可怕的情景，吓得半死，像狗一样爬了出来。他急忙去追寻道士，却不知道往哪去了。到处寻踪追迹，最后在野外遇上了，就跪在地上，请求道士救命。道士说："好吧，让我把它赶走。这东西也费尽了苦心，好容易才找到一个替身，我也不忍心伤害它的性命。"说完就把一个蝇拂交给王生，叫他挂在卧室的门上。分手的时候，约定第二天在青帝庙相见。

王生回到家里，不敢再进书房，就睡在里面卧室里，把蝇拂挂在门上。一更左右，听到门外传来一阵沙沙的走路声。王生自己不敢去偷看，就叫妻子去看一下。只见那女子来了，望见蝇拂，不敢进去；站在那里咬牙切齿，好久才离开。过了一会儿，又走回来，骂道，"道士吓唬我。我一直不进去，难道把吃到嘴里的肉又吐出来不成！"说着就把蝇拂扯下来撕碎，撞破房门闯进去，径直登上王生的床铺，撕开他的胸膛，挖出他的心脏，这才走出去了。王生的妻子大喊大叫，惊动了丫鬟，进来点上蜡烛一照，只见王生已经死了，胸口血肉模糊。陈氏很害怕，眼泪直流，却不敢作声。

第二天，陈氏叫弟弟二郎跑去告诉道士。道士一听大怒，说："我本来可怜它，这鬼东西竟敢如此！"立即跟着二郎到王家来。可是那女子已经不知去向。道士抬头向四周望了望，说："幸亏还逃得不远。"接着就问："南边院子是谁的家？"二郎说："是我的住处。"道士说："那恶鬼这会儿正在你家里。"二郎一听怔住了，认为他家里没有。道士问他："你家是否曾有一个陌生人来过？"二郎回答说："我一早就赶到青帝庙，确实不知道，得回去问一问。"二郎去了一会儿，返回来说："果然有此事。早晨来了一个老太婆，要为我家做仆人，干家务事，我妻子把她留下了，眼下还在我家呢。"道士说："就是这东西了。"于是和二郎一起来到南院。道士手拿木剑，站在院子中心，大喝一声："孽鬼！快把蝇拂还给我！"老太婆在屋里吓得惊慌失措，脸色霎时惨白，冲出屋门就想逃走。道士追上去，对着她就是一剑。老太婆倒在地上，人皮哗啦一声脱落下来，变成了一个恶鬼，躺在地上像猪那样号叫。道士用木剑砍下它的脑袋，它的身体化作浓烟，在地上环绕一圈后团成一堆。道士拿出一个葫芦，拔掉塞子，搁在浓烟里，只听得飑飑作声，像是有人用嘴吸气，转眼间，浓烟就被吸尽了。道士塞好葫芦口，放进布袋里。大家一起看那张人皮，有眉有眼，有手有脚，样样齐全。道士把它卷起来，发出像卷画轴一样的响声，也把它装进布袋里，就跟大家告别，准备走了。陈氏在门口迎着给道士叩头，哭哭啼啼向他哀求起死回生的办法。道士推辞说没有这种本领。陈氏更加悲伤，跪在地上不肯起来。道士沉思了一会儿说："我的法术浅薄，实在不能起死回生。我给你推荐一个人，或许能够做到，去求他一定会有效果。"陈氏问："是哪一位？"道士说："市上有个疯疯癫癫的人，时常躺在粪土里。你去试试看，给他叩头，并哀求他。如果他疯狂地羞辱夫人，夫人可不要恼他。"二郎素来也知道有这么个人，就告别了道士，和嫂子一道去寻找。

到了市上，只见一个乞丐在路上疯疯癫癫地唱着歌，鼻涕拖了三尺长，脏得叫人不敢靠近。陈氏跪下去，用两膝走到他面前。乞丐笑着说："小娘子爱上我了吗？"陈氏向他诉说了来意。他又大笑道："人人可以做丈夫，何必救活他？"陈氏一再苦苦哀求。他就说："奇怪啊！人死了却求我来把他救活，我是阎罗王吗?"说完就恼怒地用棍子打陈氏。陈氏忍着疼痛让他打，市上看热闹的人越聚越多，围得像一堵墙。乞丐连痰带吐沫，咯出满满一大把，伸到陈氏嘴边说："把它吃下去!"陈氏满脸涨得通红，露出为难的神色，但想到道士的嘱咐，就硬着头皮吃了下去，只觉得像一团发硬的棉絮，进了喉咙就被卡住了。硬咽下去，就纠结在胸间。乞丐大笑着说："小娘子爱上我啦!"说完就走，头也不回。陈氏在后面跟着，见他进了一座庙里，忙追上去要再向他哀求，却不见了他的踪影；庙前庙后连隐秘之处都搜遍了，连一点影子也没有，只好又羞又恨地回到家里。她既哀悼丈夫的惨死，又悔恨吃痰所受的羞辱，直哭得前俯后仰，但愿自己也立即死去。正要揩干血污，收殓尸体，家人都站着呆望，谁也不敢走近。陈氏抱着尸体，把肠子收拾进去，一边整理一边痛哭。哭到最伤心时，声音都嘶哑了。猛然间想要呕吐，只觉得停留在胸中的那团疙瘩，突然冲出来，还来不及转过头去，已经落到了尸体的胸腔里。她吃了一惊，仔细一看，原来是一颗人心。那颗心在胸腔里扑扑地跳动，热气腾腾像冒烟一样。她非常惊异，急忙用两只手把胸腔合拢，使尽力气把它紧紧地抱合在一起；稍一松手，就有一股热气从裂缝冒出来。于是她撕下一块绸子，急急忙忙把尸身的胸腔扎紧。用手抚摸着尸体，渐渐有些温热了，又给他盖好被子。半夜里掀开被子看看，鼻孔里已有了气息。天亮时，王生居然活了过来。他说："恍恍惚惚，好像做了一场大梦，只是觉得肚子隐隐作痛罢了。"看看那被撕裂的地方，结的痂像铜钱那么厚。不久

画
皮

也就痊愈了。

异史氏说：世上的人真是愚蠢啊！明明是妖怪，却认为是美人。愚蠢的人真是沉迷不悟啊！明明是忠言，却认为是胡说。不过，贪恋别人的美貌而千方百计把她弄到手，那么他的妻子也得心甘情愿吃别人的痰唾了。天理是善于报应的，只是愚蠢而又沉迷不悟的人不觉醒罢了。真是可悲呀！

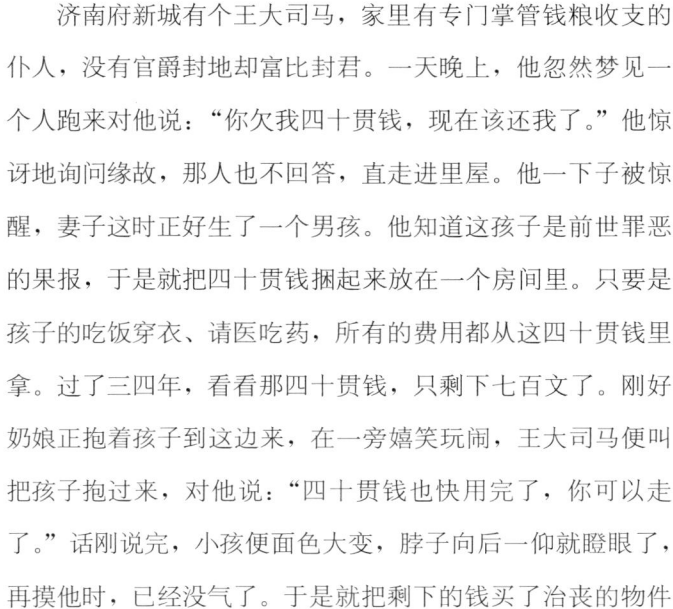

　　济南府新城有个王大司马，家里有专门掌管钱粮收支的仆人，没有官爵封地却富比封君。一天晚上，他忽然梦见一个人跑来对他说："你欠我四十贯钱，现在该还我了。"他惊讶地询问缘故，那人也不回答，直走进里屋。他一下子被惊醒，妻子这时正好生了一个男孩。他知道这孩子是前世罪恶的果报，于是就把四十贯钱捆起来放在一个房间里。只要是孩子的吃饭穿衣、请医吃药，所有的费用都从这四十贯钱里拿。过了三四年，看看那四十贯钱，只剩下七百文了。刚好奶娘正抱着孩子到这边来，在一旁嬉笑玩闹，王大司马便叫把孩子抱过来，对他说："四十贯钱也快用完了，你可以走了。"话刚说完，小孩便面色大变，脖子向后一仰就瞪眼了，再摸他时，已经没气了。于是就把剩下的钱买了治丧的物件把小孩埋了。

这件事，对人有所亏欠的人可以引以为戒。从前有个老来无子的人，询问高僧为什么他没有孩子，高僧回答说："你不欠人家的，人家也不欠你的，哪能得孩子？"大概生下聪明懂事的孩子，他就是来报恩的；生下蛮横偏执的孩子，他就是来讨账的。所以生死由命，生了孩子的不要过于欢喜，孩子死了也不要过于悲哀。

温如春是陕西的一个世家子弟，年少时就爱琴成僻，就
算是出门在外，也不曾有片刻离开琴。有一次，他到山西去，
途中经过一座古寺，就把马系在寺门外，自己进去稍事休息。
走进寺门，看见一个穿着布袍的道士，双腿交叠坐在走廊里，
把竹杖倚靠在墙上，身上还带着一个用花布袋子装着的古琴。
温如春看见这琴，就触动了自己的爱好，因此问道："您也擅
长弹琴吗？"道士回答说："只是不能精通，愿意向擅长弹奏
的人学习。"于是就把古琴拿出布袋子递给温如春。温如春接
过来仔细一看，那古琴的漆纹极精妙，稍微勾拨琴弦一下，
声音异常清响动听。温如春高兴地为道士弹奏了一首短小的
曲子，道士只是微微笑了笑，似乎并不满意。温如春于是就
用尽全力，把自己擅长的曲目弹奏了一番。道士敷衍地笑着

说："也算不错，也算不错！但是这技艺是不足以做贫道师傅！"温如春认为他夸大其词，就转手请他弹几曲。道士接过琴，放在膝上，才轻轻拨动几下，温如春就觉得像是温和的风徐徐吹来；又过一会儿，百鸟都成群结队地围集过来，庭院的树上都落满了。温如春大为惊讶，就拜求道士传授琴技。道士于是重新弹了几遍那首曲子。温如春侧耳聆听，用心地记，才稍微领会了曲子的节奏。道士让他试着弹一下，指点纠正不合节奏之处，然后说："从此之后，这人间你就没有对手了！"温如春从此用心学习，于是练就了这项绝技。

之后，温如春起身回家，在离家几十里时，太阳已下山了，又下起暴雨，一时找不到住处。四处张望，看见路旁有个小村庄，就急忙跑去。手足无措之间也顾不上谨慎选择，就见有一个门户开着，便急匆匆地跑进去。进了屋子大堂，寂静无人。不一会儿，有一个女子出来了，大约十七八岁的样子，容貌堪比天仙，抬头见有生人，吓得退回内房去了。温如春当时还未曾娶亲，就对这姑娘顿起爱慕之情。这时，一位老太婆出来问他是谁。温如春道出了自己的姓名，还请求借宿。老太婆说："借宿倒是不妨事，只是我这里缺少床铺，如果不嫌委屈自己，便可以用草铺地代床。"过了一会儿，老太婆拿来蜡烛，替温如春把草展开铺在地上，十分热情。温如春问她姓什么，她回答说："姓赵。"接着又问："刚才那位姑娘是什么人？"老太婆说："她叫宦娘，是我的侄女儿。"温如春说："我不自量，欲攀附高门，想和你们结为姻亲，怎么样？"老太婆皱起眉头说："这件事不敢答应你。"温如春忙问她原因，老太婆只说有难言之隐。温如春怅然若失，只好作罢。老太婆走了之后，他看到地上铺的草腐烂潮湿，不能作为睡觉的地方，于是端坐在那里弹琴，用来消磨漫漫长夜。雨稍微停一阵后，温如春顶着夜色回家了。

　　县里有个退隐在家的部郎葛公，喜爱文士。有一次，温如春去拜访他，受命弹琴。温如春弹琴时，帘幕后隐隐约约有女眷在偷听。忽然，一阵风吹来，帘子被吹开了，只见里面有一个已经及笄的姑娘，容颜绝世。原来葛公有个女儿，小名唤作良工，擅长写词作赋，在当地很有名气。温如春动了心，回到家中跟母亲说了，母亲便请了媒人去说亲。但是葛公因为温家家势衰微，就没有答应。但良工自从听了温如春的琴声后，就芳心暗许，时常期望着能再次聆听那美妙琴声。然而温如春因为亲事不成，愿望不遂，心情沮丧，葛家的大门再也没有他的踪影了。一天，良工在花园里拾到了一张旧信笺，上面写着一首题为《惜余春》的词："因恨成痴，转思作想，日日为情颠倒。海棠带醉，杨柳伤春，同是一般怀抱。甚得新愁旧愁，铲尽还生，便如青草。自别离，只在奈何天里，度将昏晓。今日个蹙损春山，望穿秋水，道弃已拼弃了！芳衾妒梦，玉漏惊魂，要睡何能睡好？漫说长宵似年，侬视一年，比更犹少：过三更已是三年，更有何人不老！"

　　良工把这首词吟诵了好几遍，心里十分喜欢，便把信笺揣入怀中，带回屋，拿出锦绣做的信笺，把原来的词端端正正地抄了一遍，放在书案上。过了段时间后，再次寻它，却找不到了，良工心想也许被风吹走了。正巧，葛公从良工闺房门口经过，捡到那首词，以为是良工所作，厌恶词句轻佻不正经，就将词烧了，但是又不好明讲出来，就想着赶快把良工嫁出去。这时，临县刘布政家的公子正好派人来提亲，葛公心里很高兴，但还想亲眼看看人品相貌。刘公子衣着华服来到葛家，仪态端庄，容貌秀美，葛公非常喜欢，款待刘公子的筵席准备得十分优厚。等到刘公子告别之后，他的座位下留下一只绣花女鞋。葛公心里顿时憎恶刘公子品行轻薄，于是叫媒人来，将这件事全部告诉了媒人。刘公子极力为自己辩解污名，葛公不听，最终拒绝了刘公子的求亲。

葛公有一种绿菊花的种子，自己私藏着不外传。良工养了株绿菊花在她的闺房里。与此同时，温如春庭院里的菊花忽然有一两株变成了绿色，朋友们听说了这件事，就登门拜访前来观赏，温如春也将其视作珍宝。一天，大清早温如春就跑去看菊花，在花畦边拾到一封写着《惜余春》词的信笺。温如春反复读了几遍，不知道这是从哪里来的。又因为词以"春"名，而"春"恰是自己的名字，就更加疑惑了，便在书桌上详细加红黄评点，评语写得轻薄放荡。恰好葛公听说温如春种的菊花变成了绿色，十分惊讶，便亲自拜访温如春的书房，看见桌上放的词，展开信笺便读。温如春因为自己的评语写得放荡，便夺过来揉搓成团。葛公只看到一两句，认出是在良工闺房门口所拾到的那首词，心中大疑；并且怀疑温如春的绿菊种子，也是良工赠送的。葛公回家后把心中猜想告诉了给夫人，叫夫人逼问审询良工。良工哭得死去活来，然而这事没法验证，毫无证据。夫人也恐怕这事越闹越大，盘算着不如将女儿嫁给温生。葛公无奈赞同了，将此意转告温如春，温如春大喜。

这天，温如春做东请客来参加绿菊宴，并在宴席间焚香弹琴，直到夜深才结束。等到回房睡下后，书童听见书房里的琴自己弹奏起来。初时，以为是其他仆人在戏弄他；后来发现并不是人在弹奏，这才向主人报告。温如春亲自去察看，果然书童没有胡说，听那琴声生硬而不流畅，像是想效仿自己的弹奏却没有学会。温如春点起蜡烛，突然闯进去，房里却空无一人。温如春带着琴回自己卧室，一夜琴都很安静。温如春猜想是狐仙弹奏的，知道它的愿望是拜入自己门下学习弹琴。于是他就每晚为狐仙弹奏一曲，放了一具琴任凭它弹，自己每晚都躲在暗处偷听弹得怎么样。到了第六七个夜晚，那琴弹奏的声音终于成了一首曲子，可以听上一听了。

温如春迎娶良工回来之后，两人各自都谈起过去那篇《惜余春》词，这才知晓他们所以能够成亲的原因，但是却始终不知道那首词是来自哪里。良工听说琴能自己弹奏的异事，就去听那琴声，说："这不是狐在弹奏，所弹曲调凄切痛楚，有鬼声。"温如春不是很信，良工就说："我家有面古镜，可照出鬼怪的原形。"第二天便派人去取了来，等琴自己弹起来时，温如春握着镜子突然进了书房，用烛火一照，果然在房间里照见个女子。她仓皇无措地躲在房间角落，却不能再藏住身了。温如春仔细端详她，竟是从前避雨时遇见的那位赵宦娘。温如春大惊，就追问她。宦娘眼眶含泪说："替你们做媒人，也算是有恩吧，为什么这样苦苦逼我呢？"温如春收起

宦娘

镜子，和宦娘约定好，让她不要躲避，宦娘答应了。温如春这才把古镜收进镜袋。宦娘离温如春远远地坐着，说："我是太守的女儿，死了已经一百年了。年少时就喜欢琴、筝，筝已经通晓一些，独琴技没有得正统乐师传授，在九泉之下仍感十分遗憾。那次你在我家借宿时，得以听到你的琴声，心向往之。我又恨自己是个已死之人，就是结成伴侣，也不能伺候你起居生活，所以暗地里撮合你们结为良缘，以此来报答你对我的眷恋之情。刘公子遗留下的女鞋，以及《惜余春》词，都是我做的，我报答你的教琴之恩不可说不劳心劳力了。"温如春夫妇听后，双双感激地拜谢她。宦娘又说："你的琴艺，我想着已经学会一大半了，但还没有完全掌握其中的神韵和道理，请你再为我弹一次吧！"温如春按照她的请求，为她弹奏了一曲，又详细指明技法。宦娘听后大为喜悦，说："我已经能完全领会技艺了！"于是起身要告辞。良工本来就喜欢弹筝，听说宦娘擅长弹筝，就诚心想聆听宦娘所弹的曲子。宦娘没有推辞，她所演奏的乐调、曲谱都不是凡间所能演奏的。良工跟随着曲子不由地打起拍子，转而请求她传授技艺。宦娘执笔写下了十八章曲谱后，又起身告别，温如春夫妇苦苦挽留。宦娘神情凄凉地说："你们已结为琴瑟之好，互为知己，感情深厚，我这个薄命的人哪有这样的福气！如果有缘，来世可以相见。"于是她拿出一卷画像给温如春，说："这是我的肖像，若是你不忘媒人，就挂在卧室里，高兴的时候，点上一炷香，对着画像演奏一曲，那我就如同亲自领受了！"说罢，宦娘走出房门，消失不见了。

顺治年间谢迁叛乱时，官员的住宅都变成了"贼窝"，学使王七襄的府宅里盗贼聚集得尤其多。破城后，官兵涌入城中，彻底清除那些盗贼，尸体布满了台阶，鲜血漫过大门台阶而流了出去。王学使随后进城，回到家宅，命人将尸体一具一具地抬出去，把鲜血留下的血迹清洗干净，然后才住下。但是自此之后时常大白天就能见到鬼，夜晚更是床下鬼火乱飞，墙角还传来阵阵鬼哭，府宅不宁。

有一天，有个叫王皥迪的读书人，到王学使家借住。半夜听到床底有人小声连连叫道："皥迪！皥迪！"过了段时间，声音逐渐大了起来，还说："我死得好苦呀！"随后那声音就哭起来，接着满院子里都传来哭声。王学使听见后，拿着宝剑就到王生屋里，大声说："你们不认识我王学院吗？"只听见众鬼阵阵讥笑，对他嗤之以鼻。王学使无可奈何，只得设了一场大法会，诵经设斋，礼佛拜忏，超度亡灵，命和尚、道士念经超度。夜里还专门为群鬼做了饭，将其抛到院子里。这时就见院子里鬼火四飞，从地下冒出来。

当初，有一个为王学使看守大门的人也姓王，他病得很重，昏迷了几天，不知人事了。闹鬼的这天晚上，他忽然伸了伸身子，像是醒过来了。他老婆看他几天没有吃东西，就给他端来饭，他却说："刚才主人不知道为了什么，在院子里施舍斋饭，我也跟着大伙一块儿吃，吃完才刚刚回来，所以不觉得饿。"从此之后，那些鬼哭、磷火都不见了。难道那些道士用钹铙钟鼓等法器奏的乐，和尚诵经念法超度，施舍些饭食，就果真灵验吗？

异史氏说：那些邪物鬼怪，只有崇高的德行才可以消除。当时攻城，王学使正气势烜赫，别人听到他中气十足的声音都吓得腿脚战栗。可是，鬼却嘲弄侮辱他。想必是这些鬼物一早就知道到他不得善终吧？我在此广告天下的大人、先生们：用人脸尚且吓不到鬼，就请不要用鬼脸来吓人了吧！

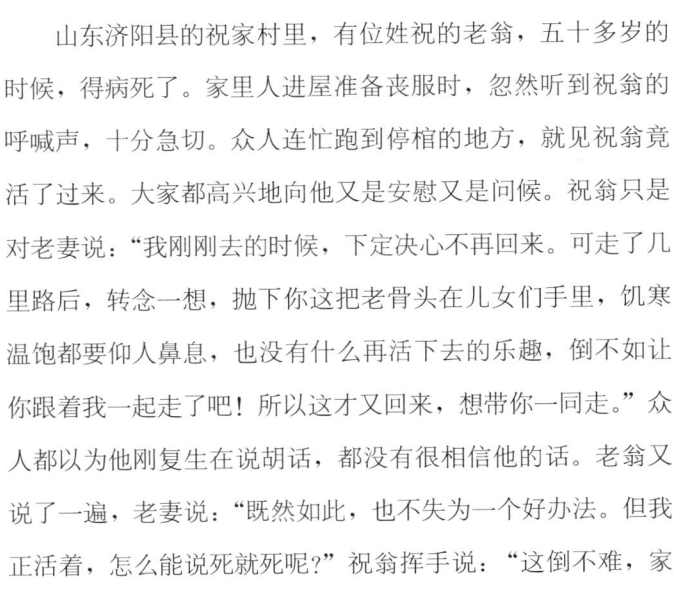

　　山东济阳县的祝家村里，有位姓祝的老翁，五十多岁的时候，得病死了。家里人进屋准备丧服时，忽然听到祝翁的呼喊声，十分急切。众人连忙跑到停棺的地方，就见祝翁竟活了过来。大家都高兴地向他又是安慰又是问候。祝翁只是对老妻说："我刚刚去的时候，下定决心不再回来。可走了几里路后，转念一想，抛下你这把老骨头在儿女们手里，饥寒温饱都要仰人鼻息，也没有什么再活下去的乐趣，倒不如让你跟着我一起走了吧！所以这才又回来，想带你一同走。"众人都以为他刚复生在说胡话，都没有很相信他的话。老翁又说了一遍，老妻说："既然如此，也不失为一个好办法。但我正活着，怎么能说死就死呢？"祝翁挥手说："这倒不难，家里的琐碎俗务，可赶快去处理完。"老妻只笑不走，祝翁又催她。她才走出门去，拖延了几刻钟，回来哄他说："一切杂事都处理妥当了。"祝翁又让她快去打扮一下。老妻又拖着不去，他催促得更加急了。老妻不忍心违拗他的意愿，于是穿上裙子、化好妆出来。一屋子闺女媳妇们都在偷笑。祝翁躺下把头往枕一边移了一点，用手拍着身边的位子，让老妻躺在他旁边的空位上。老妻说："儿子、女儿都在这里，咱双双直挺挺地躺卧，像什么样子？"祝翁着急地用手捶床说："我们老夫妻一块儿死，有什么可笑的！"儿女们见祝翁焦躁难耐，就一起劝老妻姑且照他的意愿办。老妻听了就按祝翁所说和他枕一个枕头躺下了，家人们又都笑了起来。过了一会儿，再一看，见老妪忽然收敛了笑容，又渐渐合上了双眼，过了好久也不再发出声音，就像睡熟了一样。众人这才走近察看，见她肌肤已经冰凉，鼻子也没有了呼吸。试祝翁也是如此。大家这才惊讶、悲痛起来。

康熙二十一年，祝翁的弟媳被毕刺史家里雇佣，这事她一板一眼讲得很清楚。

异史氏说：祝翁在世时，平日里难道有什么不同于其他人的美好德行吗？黄泉路茫茫无际，任由他来去自如，奇哉怪也！况且想自己老妻和他一起死，就叫她一起去，何其悠闲啊！人在病危之际，所最不忍与之诀别的，就是自己床头的老伴儿啊。如果可以推广祝老头的法术，那么过去那些临死之际犹念念不忘妻妾的事就不会再存在了。

明朝嘉庆年间，有个叫石茂华的尚书是青州人，当他还是秀才时，青州城门外有个大水塘，即使长时间没有雨水，塘里的水也不会干涸。有一次，县里逮捕了几十名盗寇，把他们押往水塘边上行刑，从此之后，这些鬼就聚集在一起为害百姓，凡是从塘边经过的人就会被他们拖入水中。

有一天，某甲正遭受众鬼围困，处于厄境之中，忽然听到那群鬼仓皇逃窜着说："石尚书来了！"没多会儿，石公果然来到，某甲向他讲述事情经过并状告那些鬼。石公听后，就用石灰粉在墙壁上写道："石某为禁鬼害特告：察知你们这群鬼心地不良，图谋不轨，引起天怒人怨，所以才招致上天雷霆之怒，导致刀斧加颈。你们应去掉害人的心肠，忏悔赎罪，或许能洗去你们骷髅上的罪孽污血，脱离这无边苦海。

你等活着的时候已经遭受了应得的刑罚，死后竟还聚集在这里作恶。张狂游戏，披发成群，徘徊前后，拍着胸脯，为非作歹。用黄泥塞住耳朵，逞鬼身作凶恶之事；即使在大白天也兴妖作怪，几乎断绝了行人道路！你们这群鬼只能待在阴间、坟堆等地，那坟堆三尺外的地方，就是由人管辖的，这朗朗乾坤之间岂能任由你们胡作非为？见此告示后，你们就应该各自消失得无影无踪，不要继续作恶。无定河边的尸骨，就安静等待这轮回转世；金闺梦里的鬼魂，或许能早日踏上故乡的土地。如果痴心不改，重蹈覆辙，一定会留下悔恨！"

从此之后，鬼害就绝迹了，水塘里的水也随即干涸了。

秀才杜九畹的妻子得了病，正好遇到九月九日重阳节，杜秀才的朋友邀请他一起登山参加茱萸酒会。这天他清早起床，梳洗完毕后，告诉妻子他要去的地方，穿好衣服、戴好帽子就要出门。忽然看见妻子神志不清，嘴里不住地叽叽咕咕，像是在和人说话。杜九畹感到奇怪，靠近床边问躺在床上的妻子。妻子就叫他"儿子"。家里的仆人心里知道这不正常。当时杜九畹母亲的棺材还未入葬，都怀疑是他母亲的鬼魂依附到妻子身上了。杜九畹祷告说："莫非您是我的母亲吗？"妻子骂道："畜生，为什么连你父亲都不认识了？"杜九畹说："既然是我父亲，为什么还要回家来在您的儿媳身上作祟呢？"妻子叫着他的乳名说："我是专为儿媳的事来的，为什么反要怨恨我呢？儿媳本应立即死去的，有四个人来拘拿她的魂魄，为首的是张怀玉。我好话说尽，万般哀求他放过儿媳，他刚刚才答应了我。我许下些小礼送他们，让他们得些便宜，现在就该给他们。"杜九畹按照吩咐，在房门外烧了纸钱。妻子又说："那四个人收了礼已经走了，他们不忍心驳我这老头的面子；三天后，应当要置办酒席酬谢他们。你母亲老了，老态龙钟不能处理好家庭饮食的事，到时候，姑且麻烦儿媳去准备饭食。"杜九畹说："幽冥和阳界不在一路，怎么能代为做饭？希望父亲原谅。"妻子说："儿子不要怕，就去去而已，完事就会马上回来。这也是为她自己办事，一定不能怕辛累。"说完就昏然不醒，过了好一会儿才苏醒过来。杜九畹问她记不记得说过什么话，她茫然无知，没有一点记忆，只是说："刚才看见有四个人来，要捉我去。幸有公公为我哀求请免，并解开钱袋贿赂他们，他们才走。我见公公装钱的袋子里还剩下了两锭银子，就想偷拿一锭来，用作吃饭的花销。阿翁悄悄看见了，斥责我说：'你想干什么！这东西岂是你可以用的？'我才收回手不敢动。"杜九畹想着妻子在病危之中，对她的话半信半疑。

三天之后，杜九畹正和妻子在谈笑时，妻子忽然直瞪着他看了很长时间，说："你的媳妇真是贪婪，上次看见我有白银，就生了非分的企图，这大概是贫困的缘故，也不足为怪。现在将要让儿媳随我去，替我料理厨房的事务，不用担忧。"话刚说完，她就突然昏死过去。大约过了半天，才苏醒，告诉杜九畹说："刚才阿翁叫我去，对我说：'你不用亲自下厨，我这儿做菜煮饭都有其他人干，你只要一直坐在那里指挥就足够了。我们幽冥地界喜欢把食物装得丰满，所有的食物都要盛得满溢到器皿以外，千万要记住。'我答应了。到了厨房里，看见有两个妇人用刀在砧板上切东西，她们都穿着天青色的披肩，边缘绣着绿边。她们称呼我嫂子。每当把菜肴盛到器皿中时，她们必定会请我过去看看。之前要捉拿我的那四个人都在筵席中。把菜肴都端了上去后，酒也全部准备好了，公公才让我回来。"杜九畹惊愕异常，经常说给朋友们听。

刘夫人

　　河南彰德府有一位姓廉的书生，自小勤学好问，然而父亲老早就去世了，家里十分贫穷。有一天，廉生外出，傍晚时才走到回家路的一半。途中经过一个村子，有位老妇人走过来对他说：“廉公子干什么去呀？是不是太晚了？”廉生正在惊慌害怕，来不及问她是谁，便请求借张床榻休息一晚。老妇人就领着他走去，进入一间高大的府第。进门后，看见有两个丫鬟打着灯笼，引导着一位妇人出来，大约四十多岁的样子，行为举止有贵族大家风度。老妇人迎上前去说：“廉公子到了。”廉生连忙上前施礼拜见，妇人高兴地说：“公子器宇不凡，岂会只是做个财主！”随即摆设筵席，妇人坐在一侧相陪，很是殷勤地频频劝饮，而她自己举着酒杯却未曾饮酒，拿着筷子却也未曾吃菜。廉生心里又惶恐又疑惑，多次询问她的家世。妇人笑道："再饮完三杯酒，我就告诉公子。"廉生照着她的话做了。妇人就说："我去世的丈夫姓刘，客居江西，因为遭遇变故，突然去世。留下我这未亡人独自住在这荒僻的地方，家业也就日益凋零败落。即使有两个孙子，他们不是凶顽就是无能，都不堪委任。公子虽然不和我们同姓，但也是三代之中的骨肉至亲。而且你生性纯良朴实，所以我才厚着脸皮和你相见。没有别的事情麻烦你，我稍稍存有几两银子，想请公子拿着到江湖上做个买卖，让我可以分得一些赚来的钱，也比那些只知埋头苦读的读书人苦读清贫而死好多了。"廉生推辞说自己年轻又只知道读书，恐怕会辜负她的重托。刘夫人说："若你果有读书的志向，就首先要谋生。公子耳聪目明，干什么不可以？"于是派丫鬟取银子出来，交付给廉生八百多两。廉生惶恐，一再推辞。刘夫人说："我也知道公子不习惯做生意，只管放手试一试，应当没有不顺利的事。"廉生顾虑这么多钱不是一个人可以胜任的，打算找一个经商的伙伴。刘夫人说："不必，只找一个朴实谨慎、懂得商务的仆人，为公子服役就足够了。"于是她伸出纤长的手指掐算了一卦说："找一个姓伍的吉利。"就命令仆人备好马，在袋子里装好银子，送廉生出发，说："到了快过年的时候，我洗干净酒杯茶盏，恭候公子，为你接风洗尘。"又转头对仆人说："这匹马调理得驯良了，可以乘骑，就送给公子吧，不用再牵回来了。"廉生回到家，才四更天，仆人把马拴好就自己离开了。

第二天，廉生四处寻找伙计，果然找到一个姓伍的人，于是用高价招聘了他。那姓伍的长年在外，习惯经商，又为人耿直固执，凡事都办得认真仔细。廉生把做生意的本钱全托付给他。两人去往荆襄一带经商，一年到底了才得以回来，共计获得三倍的利润。廉生因为得到姓伍的伙计出力帮助很多，在日常给的工钱之外，另又给了他一些赏赐，商议着把给伍的赏钱杂分到其他账目支出内，不让刘夫人知道。他们才刚回家，刘夫人就已经派人来迎请了，于是他们就与来人一起去刘夫人家。一进门，就见大堂上已经摆好了丰盛的筵席。刘夫人出来，慰问廉生劳累辛苦，关心无所不至。廉生交纳钱财完毕，就把账簿呈给刘夫人，刘夫人没看放在一边。不一会儿都入了席，还伴随有管弦歌舞。在外屋也给姓伍的伙计赐了酒席，让他尽情畅饮，喝醉才回去。因为廉生还没有家室，便留在刘夫人家里守岁过年。第二天，廉生又要求刘夫人检查盘点账目，刘夫人笑着说："以后不需要这样了，我早已把账目计算好了。"于是拿出一本账簿给廉生看，登记得十分全面，连他赠给仆人的赏钱，也记载在上面。廉生吃惊地说："夫人真是神仙啊！"就这样过了几天，刘夫人给他安排的衣食住行都十分丰盛，就跟对待自己的子侄一样。

一天，刘夫人在堂上摆设酒席，一桌朝东面，一桌朝南面，堂下还有一桌朝的是西面。刘夫人对廉生说："明天财星照临，是做生意的吉兆，最适于远行。今天为你们主仆简单设宴钱行，用来壮大你们出行的气势。"一会儿后，刘夫人把姓伍的伙计也叫到面前，给他在堂下赐座。一时间，锣鼓喧天，一名女优呈上曲目单，廉生让她唱了出《陶朱富》。刘夫人笑着说："这是个预兆，你一定能得到个像西施一样美貌的贤内助。"宴会结束以后，刘夫人仍把全部资财交给廉生，说："此次出门，不可计算时间长短，没有赚得数万的巨大利润不要回来。我与公子所能凭借的都只是福气和命运，所信托的都是掏心掏肺的人，你们也不必劳费心思去记账了，你们在远方做生意所得盈亏，我自然知道。"廉生应承着告辞出来。他们俩到两淮之地去做生意，成功当上了盐商。过了一年，利润又获得好几倍。然而廉生喜爱读书，在生意往来之时，也不忘记书本，所一起游玩的人也都是文士。既然获得的利润已经够多了，廉生就暗自想着不干了。渐渐地卸掉了身上的重担，把经商的重任全交给了姓伍的伙计。

桃源县有个姓薛的书生与廉生交情最好。有天，廉生恰好路过桃源县，便去拜访他，可薛家全家都到别的宅院去了。天黑了他没有借宿的地方，又没有时间再到别的地方去，看门人就请他进去了，为他打扫了一间房，并做饭招待他。廉生详细打听他主人的近况，原来是因为这时正谣传朝廷要选良家女子，去犒赏守边疆军人，民间听到传言后，便骚动起来。听说有年轻人没有娶妻的，便也不请媒人，不订婚约，直接就把女儿送到家里去，以至于有人一晚上就得到两个媳妇。薛生也在最近和一大姓人家的女儿结了婚，恐怕结婚时车马喧哗，被县令知道，所以暂时迁到乡下去了。初更将尽的时候，廉生正在铺整床榻准备要睡觉，忽然听见有好几个人推门进来。守门的人不知说了什么，只听见一个人说："相公既然不在家，屋里拿着烛火的是谁?"守门人回答："是廉公子，一位远道而来的客人。"过一会儿，问话的人已经进屋了，这人穿戴的衣袍、帽子都很整洁华丽，向廉生略拱了拱手，就询问他的家族背景。廉生告诉了他，他高兴地说："我们是同乡呢，你岳父家姓什么？"廉生回答说："未曾娶亲。"这人更加高兴，跑出去急忙招呼来一位少年，和他一同进来。少年很恭敬地与廉生见礼，突然说道："实话告诉公子，我们姓慕，今天晚上来，是为了把我妹妹送来嫁给薛官人，到了这里才知道薛官人不在。正进退两难之际，正好遇见了公子，这难道不是天数吗？"廉生还没有完了解这两人，所以犹豫着不敢答应。慕生竟然不听他说些什么，急忙招呼送妹妹的人。不一会儿，两个老妇人扶着一位少女进来，把她扶到廉生床上。廉生斜眼偷看，少女十五六岁，容貌美丽无双。廉生很高兴，这才端整衣帽向慕生施了个大礼，又嘱咐守门人跑去买酒，稍表殷勤相待之意。慕生说："我先祖是彰德府人，母亲一族也是世代的官宦人家，如今衰落了。听说外祖父留下了两个孙子，不知道家境情况如何了。"廉生问："你外祖父叫什么？"慕生说："外祖父姓刘，字晖若，听说府宅在郡城北面三十里的地方。"廉生说："我是郡城东南方向的人，离郡城北还很远，我年纪还小，所结交的人不多。郡城中姓刘的人最多，只知郡城北面有个叫刘荆卿的，也是一位文士，不曾仔细打听是不是你们的亲戚，但他家已经很穷了。"慕生说："我家的祖坟还在彰德府，每每想扶父母的棺木回故乡安葬，因为路费不足，所以还拖着没办。现在妹子和你成了亲，跟随你而去，我们回去的想法就更加坚决了。"

廉生听后，没有丝毫犹豫就说包在他身上。慕家兄弟都非常高兴，酒过数巡，就告辞了。廉生遣散仆人，移走烛火，然后享受洞房花烛夜，欢爱之乐没法用语言表达。

第二天，薛生已经知道了这事，就赶紧回城，打扫出另一个院落作为廉生居住之地。廉生回到两淮，移交盘点完后，留姓伍的伙计在店铺里看管，自己则装上财物返回桃源县，同慕家兄弟移出岳父母的遗骨，带着两家的家产及老小，一起回到彰德。回家之后，一切安置妥当后，廉生便装好银子去拜访刘夫人。没想到以前送他的那个仆人已经在路途中等候他了，廉生就跟着他一起走。刘夫人出来迎接，面色喜悦地说道："陶朱公载着西施回来了。上次你来还是客人，今天来就是我的外孙女婿了。"说着摆下酒宴为他接风洗尘，对廉生亲爱更胜往昔。廉生佩服刘夫人有预知的本事，就问："夫人与我岳母是什么亲戚？"刘夫人说："不必问，等时间长了你自然会知道的。"于是刘夫人把银子全部堆放在桌子上，分成五等份，自己拿了两份，说："我拿银子也没有地方用，只不过接济一下我的长孙罢了。"廉生因为银子太多，推辞不肯接受。刘夫人面色凄切地说："我们家已经凋零败落了，院子中种植的树木被人砍去当柴烧了，孙子们离这儿也挺远，门院萧瑟冷清，麻烦公子替我们整理装修一番。"廉生答应了，但是只肯拿一半银子。刘夫人固执地非要廉生都收下。刘夫人送他出门后，流着泪回去了。廉生正在疑惑怪异时，回头看了一眼先前的大宅邸，突然就变成了一片坟地，这才明白刘夫人就是妻子的外祖母。回家后，廉生买了一顷墓田，经过培土植树，墓田十分壮观。刘夫人有两个孙子，长孙就是之前所说的刘荆卿，小孙子名叫玉卿，是个整天喝酒赌博的无赖，弟兄俩都很贫穷。俩兄弟去拜访廉生，感谢他为他们整修祖坟，廉生给他们两个都送了一份厚厚的大礼。从此交往最为密切。

一次，廉生跟他们聊到经商的原因。玉卿心里暗自想家中祖坟里原来留有这么多银子，晚上时，便联合几个赌徒，挖坟搜索银子。剖开祖父母的棺材露出了尸体，竟然没有获得一点银子，很失望地散去了。廉生知道坟墓被掘的事，便将这事告知荆卿。荆卿去拜访廉生，约他一起到墓地查验。进墓室中，就见桌案上堆放着满满的银子，之前刘夫人所分的银子都在那里。荆卿想和廉生一起分了银子，廉生说："夫人原本就是留在这儿等待赠给你的。"荆卿于是用袋子装着银子回家了，并将祖坟被挖的事告上了官府。官府查访缉拿很严，后来有人在卖坟中的玉簪，被官府抓获了，经审讯党羽，才知道玉卿是带头的人。县令要把玉卿砍头，荆卿代他哀求，才仅仅免了死刑。两家一起将坟墓内外修缮得比以前更为坚固华美。自此之后，廉生和刘荆卿都富裕了，只有刘玉卿还像以前一样贫困。廉生和荆卿常常给他些吃饭穿衣的资助，但是最终不够他赌博挥霍的。

有天晚上，有强盗闯入廉生家，抓住廉生索要银子。廉生所有的银子，都按一千五百两铸成了银锭，无奈拿出来，强盗拿了两个。这时只有刘夫人送的那匹马在马厩里，强盗用它驮着银子离去，逼着廉生送他们到村野，才放了他。村里众人看见强盗拿的火把不远，就叫喊着去追赶，强盗吓得急忙跑了。众人一起追到一看，银子被扔在路边，那匹马已经倒地化为灰烬。廉生这才知道这马也是匹鬼马。这天夜里只丢失了一枚金钏。原来，强盗抓住廉生的妻子，看她长得貌美，就想就近找个地方奸污她，其中有个戴面具的强盗拼力呵阻了他们，听那声音好像是玉卿。强盗们放开廉生的妻子，脱下她手腕上的金钏就走了。廉生因此疑心那强盗是玉卿，然而心里还是默默感谢他。后来有个强盗把金钏作为赌资，被捕快抓获，追捕他的同党，果然有玉卿。县令极为愤怒，玉卿备受楚毒。荆卿与廉生商议，想用重金赎买玉卿的性命，他们谋划的事情还没有办成，玉卿就已经死了。廉生还经常接济玉卿的妻儿。

后来廉生中了举人，家中几代都是富贵人家。唉！"贪"字的字形，十分接近"贫"字。像玉卿这样的人，可以当作一面镜子观察自己的行为啊。

聂小倩

　　浙江有个叫宁采臣的人，性情慷慨豪爽，品行端正，谨言慎行，自尊自重。每每他与人交谈都说，自己生平不会纳妾外遇。一次，他恰好要去金华山办事，走到城北郊外，路过一座寺院，便卸下行李，顺便到寺里看看。他在寺中随意观看，见这寺庙殿宇修得壮观富丽，但院中却长满了蒿草，足足有人那么高，似乎很久没人走动了。寺庙殿宇东西两侧的僧侣住房，门都是虚掩着的，只有南面一间小房，铁锁像是新换的。再看正殿东面，长着一簇高高翠竹，台阶下边有一个巨大的水池，池中长着的野生莲藕，正盛开着荷花，环境很幽静。宁采臣见了，很喜欢这里的幽静。当时，正值朝廷派主考官到金华开考，来金华赶考的人很多，城里房价猛涨，宁采臣便想停留此处，权当住宿之地。于是，便在寺中散步，等主持和尚回来。到太阳快要落山的时候，见一个像读书人的男子回到寺中，径直走到南面那间小房前。采臣走上前去，与秀才相见，并告知他想在这里住宿。那秀才道："这寺院没主人，我也是暂住。您如不嫌荒凉冷清，不妨住下来，我早晚也好向您请教一二，十分荣幸。"采臣也十分高兴，便将一间厢房打扫了一下，抱来一大捆稻草，铺在地上，权作床铺，又架起一块木板，当作桌子，打算在这里多住一段时间。

到了晚上，明月高高悬挂在夜空，光洁而美丽，月光如水般清冷。宁采臣和那书生在大殿廊下，促膝闲谈。书生先开口介绍自己："我姓燕，表字赤霞。"宁采臣心中以为他是赶考的秀才，可听他口音，不像浙江人，就询问他的籍贯，书生说："我是陕西人。"交谈中，采臣觉得他是一个诚恳朴实的人，谈得很是投机。一直到两人言辞说尽，才各自回房歇息。采臣因初来乍到，躺在床上，久久不能入睡。半夜时分，忽听屋子北面有人低声说话。采臣起身，爬到北墙石窗上窥视。原来短墙外是一个小院子，院中有一个四十来岁的妇人，还有一个身着一件褪色红衣服的老婆子，那婆子头上还插着一把尺来长的银梳，皮肤黑皱，瘦小驼背，看起来很衰老。两人在月光下交谈，只听那妇人道："小倩干什么去了，为什么这么久了还不来？"老婆子道："大约今晚要来。"妇人道："她是不是向姥姥您说过什么怨恨的话？"老婆子道："没听说过，不过，她总是皱着眉头，好像有点不开心。"妇人道："这丫头，不识抬举，以后对她不能太客气了。"话还没说完，一个十八九岁的姑娘，走了进来。月光下，那姑娘的体态姿容，艳丽无双。老婆子笑嘻嘻地道："我们正说你呢，你不声不响地来了，亏我没说你的坏话，不然，该骂我们了。"接着又说："小娘子这容貌真像是画里面的人，我要是男人，早被你将魂儿勾走了。"姑娘回答说："姥姥不夸我，还有谁夸我。"采臣见那妇人和姑娘凑在一起，低声说着什么，以为是邻人眷属在闲谈，便无心再听，回屋歇息，过了好一阵，才听不到声音了。

采臣迷迷糊糊正要入睡，忽觉得有人走进屋来。他急忙坐起身，借月色四下环顾，原来是刚才在北院看到的那位姑娘。采臣问："姑娘深夜到此，不知何干？"姑娘道："我因迟迟不能入睡，今夜月色如此美好，想与君共度良宵。"采臣正色道："姑娘如此说来，便有失廉耻了。你身为女子，须防别人流言蜚语；我身为男子，也不能让别人议短论长。要是一失足，便丧尽廉耻了。"谁知那姑娘竟毫无顾忌，将一双美目，直来看他，对他道："相公何须这么多的顾忌，深夜有谁知道？我一个人孤孤单单，实在想找一人相伴；相公值此良辰美景，想必也孤寂难熬。"采臣听了，呵斥道："你怎么心存此念？若要人不知，除非己莫为。快走，快走！"那姑娘挨到床边，仍不肯走，采臣怒声呵斥道："快滚出去，要不然，我便要叫人了，让南屋那秀才听到，你颜面何在？"那姑娘听到"南屋秀才"几个字，便退出门去，走到门口，又折回来，拿了一锭黄金，放在采臣被褥上。采臣见了，拿起来往门外一扬，愤然作色道："不义之财，岂能让它玷污我的口袋！快滚！"那姑娘受了这番训骂，终于面露惭愧之色，捡起黄金，退了出去。一边走，一边自言自语道："这人真是铁石心肠，一点都不懂得怜香惜玉。"

天明之后，有一个兰溪县的秀才，带着一个仆人也到这里等待考试。他前来寺院借宿，寄居在东厢房里，可到了夜里，秀才突然死了。众人非常惊讶，细细查看，见那秀才的脚掌心，有一个小孔，像是被锥子刺的，小孔内还流着细细的鲜血。大家都不明白他死去的原因。隔了一夜，那仆人也死了，症状和主人一样。傍晚，姓燕的从外面回来，采臣便将主仆二人暴死的情状对他说了。燕生认为是魑魅魍魉把这对主仆杀害的。采臣素来刚直无畏，也没将此事放在心上。

半夜，那姑娘又来了，却一改前夜妖冶之态，不待采臣开口，很敬重地对采臣道："小女子见过的人也不算少，但没见过像您这样刚强正直的。我敬佩您是一位真君子，不想骗您了。我姓聂，叫小倩，十八岁便短命死了，葬在这寺院旁边，一直受妖魔威胁，被迫替她们干些下流的勾当，含羞忍辱地去引诱男人。这实在不是我愿意干的。现在，这寺里除了您，再没有可杀害的人了，恐怕妖魔会派夜叉来害您。我佩服您的为人，特将实情相告。"采臣大为震惊，不禁害怕起来，便向小倩请教避害之方。小倩道："您搬到姓燕的书生房里去，和他住在一起，便可平安无事了。"采臣很奇怪，问道："何以搬到他房内便可避害？"小倩道："他是一个有法术的奇人，我们不敢接近他。"采臣又问："你们究竟用什么法子伤害人呢？"小倩道："不论何人，只要他好色，与我亲近，我暗中拿锥子刺他的脚心，他立刻便昏死过去。我趁机从锥孔内制取他的鲜血，送给妖魔去喝。如果他不好色，我就用金锭去引诱他，那金锭其实不是金子，而是罗刹鬼的骨头，谁要是爱财，将它留在身上，它就会将那个人的心肝取去。女色和金子，都迎合了世人爱好。"采臣很感激小倩的情意，并问她妖魔会在什么时候来害他。小倩很诚实地答道："妖魔已决定，在明天黑夜下手。"说完，便向采臣告别。临行，又哭泣着对采臣道："我不幸掉进无边的苦海，虽想上岸，也无能为力。您这样诚实耿直，必定是个有义气的人，定能救我脱离苦海。您如将我的尸骨葬到一个安稳的地方，使我不再受妖魔的侵扰，我将感谢您的再造之恩。"采臣本来是一个豪爽之人，见姑娘说得恳切，便一口应允了，问她尸骨葬在何处，小倩道："我尸骨埋在寺院北边，您只要找到一棵有乌鸦窝的白杨树，树下便是我的葬身之地了。"小倩说完，走出门去，一晃便不见了。

第二天采臣怕燕赤霞外出不归，便早早去拜访邀他同游。正午时分，又备了酒饭，端到赤霞屋里与他同饮，边饮边谈，这期间宁采臣一直留心观察燕赤霞，两人喝酒直到黄昏才散。傍晚，采臣请求和他同住一间房子。赤霞却说他性子孤僻喜欢清静，推辞了。采臣却不顾赤霞反对，硬将被褥搬了来。燕赤霞没法，只好挪动床铺，让出一块地方，给采臣搭了一个铺位。临睡前，燕赤霞嘱咐采臣道："我知道你是一个刚强直爽的好汉，也很钦佩你。不过，我有一点私事，一时也难以对你说得明白，只有一事，要特别向你交代一下：千万不要翻动我的箱子和包袱，否则，对你我都不利。"采臣郑重承诺，燕赤霞便将一个箱子放在窗台上，上床去睡觉。躺下不一会，鼾声大作。采臣因心中有事，翻来覆去怎么也睡不着。大约一更时分，采臣觉得窗外隐隐约约有人影晃动。不一会儿，只见那人影走到窗前，正向屋内张望，两只眼睛，火一样闪闪发光。采臣非常害怕，正想叫醒赤霞，忽见一道白光，从箱内冲出，直向窗外射去，窗上石棂也被撞断了，接着，那白光又折回箱子，来去有如闪电。燕赤霞也被惊醒起身，采臣假装睡着了，眯缝着两眼偷看。只见燕赤霞下了床，走到窗前打开箱子，从中取出一件东西。那东西闪烁着晶莹的白光，长约二寸，宽如韭叶。燕赤霞拿在手里，对着月光又看又嗅，好半天才一层一层地将它紧紧包裹起来，仍旧放回箱子里，自言自语道："是个什么妖魔，如此胆大，将我的箱子也弄坏了！"说罢，仍旧上床睡觉。采臣觉得奇怪，便爬起来问他。赤霞诚恳地道："既然你把我当知己，我也不再瞒你。我是一个剑客，箱子里藏的是练成的宝剑。刚才要不是被窗上石棂挡着，那妖魔肯定当场被杀死了。不过，他虽侥幸逃脱，也受了重伤，因我刚才嗅到剑上还有妖气。"采臣想看一看，赤霞爽快地将剑取出来给他看。原来是一柄白光闪闪、锋利无比的小宝剑。自此，他对赤霞更加敬重了。

第二天早上起来，采臣看了一眼窗外，发现有血的痕迹。采臣想起聂小倩的嘱托，于是到寺院北边去寻她的坟墓。走到寺院北面，但见荒凉野地，坟堆累累，果然有一株白杨树，上有乌鸦窝。采臣想好怎么办后，便收拾行装，准备回家。

赤霞为他饯别设下帐幕，祭祀路神。二人依依惜别，道不尽友情。酒罢，赤霞取出一个破皮袋赠给采臣，并道："这原是装宝剑的袋子，你将它带在身边，妖魔鬼怪便不敢靠近你了。"采臣想请求赤霞传授剑术，赤霞道："像你这样讲信义、刚强正直的人，原本可以学会这门法术。但看你命相，还属富贵中人，不是干我们这一行的。"采臣只好作罢，于是假说自己有个妹妹葬在此地，要将她的尸骨用衣布收敛好，带回去安葬。便告别赤霞，到墓地挖出小倩的尸骨，将其包好，雇用一条船，运载回家。

采臣的书斋靠近郊外，于是便在书斋旁边为小倩修了一座坟墓，将小倩的骨头埋葬在那里，祝祷道："我可怜你孤魂寂寞，将你安葬在我住室附近。这样，无论你发出什么声音，我都能听到，妖魔便不敢再来欺负你了。今天，奠祭你的菜肴并不丰盛，只是表达我一点心意罢了，请你不要嫌弃。"祝祷完了，收拾好祭品便往回走。正走着，忽听背后有人喊道："慢点儿，等我一道走!"采臣回头一看，原来是聂小倩跟来了。小倩向采臣致谢道："您这么守信用、重义气，尽心帮助我，我便是为您死上十次，也报不了恩情，请准许我随你回家，让我拜见公公婆婆，即使把我当作偏室或是丫鬟使女，我也愿意。"采臣一边听，一边端详小倩，觉得她在阳光照耀之下，红润的皮肤有如流霞，显得更加美丽，便和她一同回到家中。

采臣先将小倩领进书房，然后到正房去禀告母亲。母亲一听，又惊又怕。当时采臣的妻子正卧病在床，母亲担心会引起病人的惊恐，告诫儿子不要对媳妇提起此事。正说着，小倩已轻轻走进门来，跪拜在地下。采臣道："这便是小倩。"母亲惊慌失措，不知如何是好。小倩很诚恳地向母亲道："孩儿孤苦伶仃一个人，幸赖公子照顾，才不致遭受强暴欺侮。我愿侍候公子一辈子，报答他的恩情。"宁母见小倩态度和善，身材苗条，面貌美丽，很是引人怜爱，这才敢和她说话，道："姑娘看重我儿，老身我欢喜不尽。可是，我只有这么一根独苗，要靠他传宗接代，实在不敢让他和一个鬼魂结合。"小倩恳求道："我没任何加害公子之心。母亲既不肯相信我，请准许我将公子当作哥哥来看待，这样，我也有机会早晚服侍父母，报答公子的恩情。"宁母见她诚心，便答应了。小倩请求拜见嫂嫂，宁母借口儿媳生病，婉言推辞了。小倩便走进厨房，替母亲料理饭菜。她端茶倒水，里外洒扫，像在自己家中一样。到天黑，宁母害怕起来，催她快回去睡，却没有为她准备床铺。小倩暗知宁母的担心，径自回去了。小倩经过采臣书房，想进去，到门前又退回，在门外踱来踱去，好像遇到了什么骇人的东西。采臣见了，便喊她进来。小倩畏畏缩缩道："你房中有一股剑气，好怕人。前几天路上，不敢露面奉陪，也是因为这缘故。"采臣这才想起赤霞所赠剑袋，便将它取下挂到别的屋子里。小倩这才走进去，可坐下半天，一言不发。呆了好大一阵，小倩问采臣道："你夜间读书吗？我幼年时念过佛教的《楞严经》，现已忘了大半，请给我一本，夜间闲暇时也好向你求教。"采臣便找了一本《楞严经》给小倩。小倩接书在手，既不诵读，也不说话，呆呆地坐着，到三更天了，还不肯离开。采臣见夜深了，便催她回去睡觉。小倩愁眉苦脸道："我这个外乡孤魂，很怕荒野坟墓。"采臣无可奈何，便道："这屋里只有一张床。我们是兄妹，应避避嫌才好。"小倩这才慢慢站起，难过得要哭出来，勉强抬起脚，又怕跨出去。她慢吞吞地磨蹭了好久，才跨出门去，可一跨出门槛，便马上不见了。采臣很可怜她，想喊她回来，但又怕母亲责怪，心中很不是滋味。

之后，每天只要天一亮，小倩便来，先向母亲问安，又端来洗脸水，照料母亲梳洗，然后去做其他家务。无论什么活儿，都做得妥妥帖帖，很合母亲心意。到黄昏，便告别母亲，到采臣书房，靠近烛光念经，觉察采臣要睡了，方凄凄惶惶离去。自采臣妻子卧床不起，母亲既要料理家务，又要侍候病人，昼夜操劳，常常累得腰酸腿困。小倩来后，一切都替母亲办好了，母亲心里感激，相处日子长了，便渐渐忘了小倩是个女鬼，对她如同亲生女儿一般。到了夜里，也不忍让她离去，便留下与自己一处睡。小倩初来时，并不吃饭，半年以后，渐渐吃些稀粥。母子俩对她很爱护，谁也不愿意再说她是鬼，外人也分不清她是人是鬼。没隔多久，采臣妻子死了，母亲暗中有续娶小倩的心事，但又觉得她终究是个鬼，担心对儿子不利。小倩觉察到母亲心事，瞅了个空儿，对母亲道："我在这里已一年多了，母亲应了解我心思。我因不愿随妖魔去祸害人，才随公子来到这里，公子对我恩深似海，我岂能加害于他？我心里没别的想法，只不过是佩服公子为人光明磊落，想借助他的才德，依托他三年五载，取得一个封号，使我这个九泉之下的人也能得到一些光彩。"母亲知道小倩确实没有恶意，又担心她不能生孩子，误了传宗接代的大事。小倩道："子女是天赐的，您儿子一生正直，必有善报，他命里注定有三个儿子，不会因我是鬼妻便不生孩子的。"母亲被说服了，便和儿子商议，娶她做媳妇，采臣很高兴地同意了，便选定日子，举行婚礼。

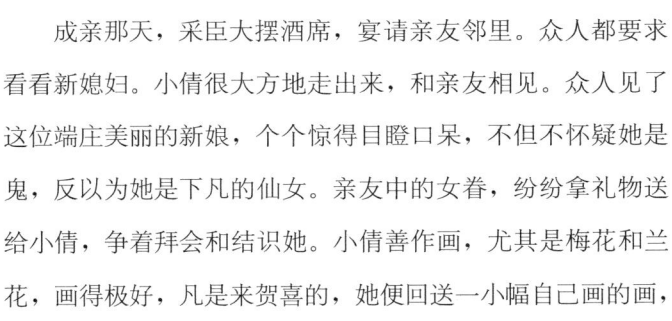

成亲那天，采臣大摆酒席，宴请亲友邻里。众人都要求看看新媳妇。小倩很大方地走出来，和亲友相见。众人见了这位端庄美丽的新娘，个个惊得目瞪口呆，不但不怀疑她是鬼，反以为她是下凡的仙女。亲友中的女眷，纷纷拿礼物送给小倩，争着拜会和结识她。小倩善作画，尤其是梅花和兰花，画得极好，凡是来贺喜的，她便回送一小幅自己画的画，以示感谢。得到画的人，都用好几层布包起，当珍宝收藏。

一天，小倩把头探出窗外，似乎在想些什么，忧心忡忡的样子。忽然转头对采臣道："那皮袋子在哪里?"采臣道："因你怕它，我将它放到别的屋子了。"小倩道："我受生人气熏陶已很久了，应当不再怕它了。你可将它拿回来，挂在床头。"采臣问她为何要这样做，小倩惆怅道："这三天来，我心神不宁，没有片刻安宁。我担心金华那两个妖魔恨我远逃，恐怕早晚会找上门来。"采臣听后，立即将剑袋取来。小倩拿在手中，反复细看，口中喃喃道："这是剑仙用以装人头的袋子，破成这个样子，不知杀了多少个坏人！我今日见它，犹起一身鸡皮疙瘩。"采臣按小倩的意思，将剑袋挂在床边。第二天，小倩又叫采臣把剑袋移到门上挂着。到了夜晚，小倩高烧明烛，要采臣不要睡觉。深夜，忽然有一个东西像飞鸟一样从高处跌落下来，吓得小倩赶紧躲进帷幕里。采臣壮着胆子向门外一看，只见一个像夜叉的怪物，目如闪电，吐着血红的长舌，眼睛里闪烁着电光张牙舞爪向屋内扑来。走到门前，便站住不动了，来来回回在门口徘徊了很久，小心翼翼地慢慢靠近剑袋，伸出爪子把剑带从门上摘了下来，似乎想将剑袋撕烂。这时，那袋子忽然发出"格"的一声响，突然变得像两个箩筐那样大，恍惚间看见袋子里出现了另一个鬼物，它突出半个身子，长臂一伸，便将夜叉抓了进去。再一会儿，静悄悄的，一点声音也听不到了，剑袋便恢复原来大小。采臣惊得目瞪口呆。小倩也从幕后出来，高兴地喊道："没事了！"于是和采臣一起往剑袋里面看去，但见里边只装了几杯清水而已。

　　几年后，采臣果然考中了进士，小倩为他生下一男孩。后来，采臣又纳了妾，小倩和妾氏又各生下一男孩。三个儿子长大之后，都考中进士，而且为官声誉很好。

　　江南有个姓梅的举人，名叫耦长，他讲起他的一个同乡
孙公，在德州做官的时候，审问的一桩奇案：开始，有个村
民为儿子娶媳妇，新媳妇过门，村里的亲戚乡亲都来庆贺。
喜酒喝到一更多天的时候，新郎出门，看到新娘子穿着耀眼
的衣服，接着就转向屋后。新郎有些疑惑，就跟在她后面。
屋宅后面是一条长长的小溪，上面架着一座小桥可以供人往
来。新郎见新娘子走上桥，渡过了小溪，径直走去，越发疑
惑不解，在后面喊她，她也不回答。新娘在桥那边远远地摇
手招呼新郎，新郎趁她招手的停当急忙赶过去，明明相距也
就差不多一尺多远，但就是一直碰不到她。新郎跟着她走了
好几里路，到了一个村子里，新娘才站住，对夫婿说："我在
你家太寂寞了，我住不习惯，请夫君暂且住我家几天，咱们

再一起回家省亲。"说完，就从袖子里抽出一根簪子敲门，门吱呀一声就开了，出来个女僮迎接。新娘先进去了，新郎不得已只好跟着她进去。一进门，岳父岳母都在堂上坐着。他们对女婿说："女儿从小娇生惯养，从来不曾离开过我们，现在忽然离去，心里自然很难过。今天和你一起回来，我们的牵挂也就放下了，心里很宽慰。住几天，就送你们回去。"于是叫丫鬟为他们收拾好屋子，把被褥准备齐全，两人就住下了。

喜宴上的客人见新郎出去了很久都不回来，就出去找他。新房里只有新娘子，却不知道新郎到哪里去了。因此大家就四处问访，却没有丝毫的消息。公公、婆婆泪流满面，说他一定是死了，才会不知所踪。将近半年后，新媳妇的娘家心疼女儿没有配偶，于是就请新郎的父母商量，打算让女儿改嫁。新郎父母听到这话，更加悲伤，说："我儿子的尸骨衣物都没找到，怎么能证明他死了呢？纵然他死了，满一年再嫁，也不晚呀！你们为什么这么着急呢？"新娘父亲因此更加怨恨上了新郎家，把新郎父母告上了衙门。孙公听说了这件事情，觉得怪异又疑惑，不知道从什么地方着手，暂且判了女家等待三年。案卷存档后就把人遣走了。

新郎住在另一个新娘家，全家人也都对他十分厚待。可是每次与媳妇商议回家的事情，她总是口头上答应，却一直拖延不肯动身。就这样一日推一日，就住了半年多，新郎心里越发疑惑，每天焦虑忧愁，不得心安。想自己单独回家一趟，但媳妇坚持要他留下。一天，她们全家都惊惧惶恐，似乎有什么灾难快要发生。新娘父母慌忙仓促地对女婿说："本来打算这三两日内就送你们夫妇二人一起回家，没想到行李物品还没有准备齐全，忽然碰到忧患。没办法，就先送你一人回去吧。"说完，于是把新郎送出门来，转身就着急忙慌地回去了，应付十分草草。新郎正要找路行走，回头一看之前住的房院都没有了，只看见一个高高耸起的坟墓，吓得他惊慌失措，急急忙忙找路回家。回到家后，从头到尾仔细说了事情的始末，并到官府与孙公说明情况。孙公传新娘的父亲到案，令他送女儿回婆家，才正式合婚。

山东莱芜有个名叫李中之的秀才，秉性刚直不阿。每过几天，就会昏死过去，身体也会像尸体一样僵硬，三四天后才醒过来。有人问他昏死后都见到了什么，他就隐瞒不说，没有丝毫泄露。当时与他同乡的有个张生，也几天就会昏死一次，张生对人说："李中之原来是阎罗王。我到了阴曹地府，也是他属下的办事人员。"张生言之凿凿，就连阎罗门殿所书写的对联，他都能全部背诵出来。

有人问："李中之昨天去阴曹地府有什么事？"张生说："不能都告诉你，只能说他提审了曹操，还杖打了他二十下。"

异史氏说：曹阿瞒这个案子，想来已经更换了数十任阎罗王审理了吧。阴曹地府处罚他转生为畜生或者在剑山受酷刑，种种章程都很明确。曹操罪恶昭彰，量罪用刑并不费难；

可是几千年过去都没能判决出结果，这是为什么呢？难不成是因为快要被执行死刑的罪犯，都想要赶紧死掉，免得等死受苦，所以让曹操求死也不能够么？太奇怪了！

哎尼

　　沈麟生说：他有个朋友某翁，在夏天炎热的正午睡觉，迷迷糊糊中，看见一个女子掀开房帘进了屋，用白布裹着头，身上穿着丧服，径直向内屋走去。老翁怀疑是邻居家妇女来找自己妻子，可转念一想，哪有突然穿着丧服到人家里去的？老翁正在疑惑间，那女子就已经从里屋走出来了。老翁仔细审视那女子，大约三十多岁年纪，脸又黄又肿，眉眼一直皱着露出愁苦的样子，神情让人害怕。

　　女子在屋里徘徊着不离开，渐渐靠近老翁的床前。老翁于是假装睡着，看那女子到底要做什么。没多久，女子提起衣裙爬上床，压在老翁肚子上，老翁觉得自己身上似乎被压了有几百斤的重担。心里即使什么都明白，但想伸伸手，手却像被捆绑着不能动；想抬抬脚，脚就像麻痹了一样不能动。

他急得想要呼喊求救，却苦于发不出声来。接着，女子用嘴靠近他的腮、鼻、眉、额，都嗅了一遍。女子的嘴碰到老翁时，老翁觉得其凉如冰，寒气透骨。老翁窘困难当，急不可耐时，突然想到一计，等她嗅到下巴至两腮之间时，趁她不备，狠狠咬她一口。一会儿后，果然嗅到腮边，老翁趁这机会猛力咬住她的颧骨，牙齿都咬进了肉里。女子吃疼，站起来想离开，边挣扎边哭叫。老翁咬得更加用力，只觉得血水流过他的面颊，浸湿了枕头。

正在双方苦苦挣扎时，听到院子外忽然传来妻子的声音，老翁急忙喊着："有鬼！"这一松口，那女子已经飘走了。妻子急忙跑进屋中，没看见什么鬼，笑他误把噩梦中的鬼当真了。老翁跟妻子仔仔细细地说了这件怪事，并说有枕头上的血迹为证。妻子和他一同查看，果然有像屋顶上漏下的水一样暗褐色的东西，淌湿了枕头，浸染了席子。趴下一闻，异常腥臭。老翁恶心得大吐，过了好几天，口中尚且还残余着臭味。

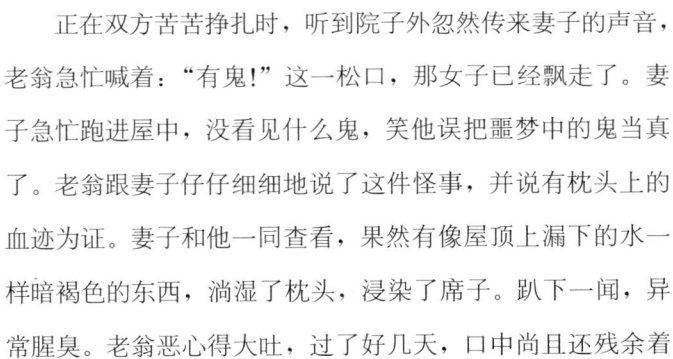

忍净

　　有一次一个姓李的人他白天在床上躺着，看见一个妇人直接从墙里走了出来，披头散发，像个乱草筐，头发向前垂着挡住了脸。待她走到床边时，才用手把面前的头发分向两边，把脸露了出来，又胖又黑，奇丑无比。李某吓得大惊失色，起床想要逃跑。妇人突然爬上床，使劲抱住他的头，便与他双唇相对。妇人用舌头把唾液度到他嘴中，那唾液凉得就像冰块一般，慢慢流进了喉咙。李某不想咽下去，但又不能呼吸，咽了下去，那东西又稠又黏塞住了喉咙。李某才喘了一口气，嘴中又被堵得满满当当，气急得喘不上时，又只得咽一口。就这样反复多次，憋得他不能再继续忍受下去了。听到门外传来有人走路的声音，妇人才放开抓住李某头的手离去。从那件事之后，李某的肚腹胀得很厉害，喘气都很困难，几十天都吃不下饭。有人告诉他喝参芦汤能治病，他喝后就吐出像鸡蛋清一样的黏液，病这才好了。

鬼津

李伯言

　　山东沂水县有个叫李伯言的书生，为人刚正不阿，对人肝胆相照。有次，他忽然得了重病，家人给他吃药，李伯言阻止他们说："我的病不是用药可以医治好的！阴曹地府里阎王的职位暂时空缺，要我暂且去代掌官印。我死后不要埋我，等着我复生。"这天，他果然死了。

　　一队骑马的侍从引着李伯言的魂魄，进入一所宫殿。侍从们向他献上阎罗王的冠服。吏役敬候在两旁，气氛非常庄严。桌案上的卷簿已经堆了厚厚一叠，李伯言便拿起卷宗审案。经手的第一件案宗记录的是江南某人，经查这人一生共奸淫良家妇女八十二人。提江南某人来审问，证据具在，没有诬妄。李伯言说："按照阴间的律法，应受炮烙之刑。"说完，就见大堂中立着根铜柱，八九尺来高，粗如双手一抱。

铜柱子是中空的，在里面烧着热炭，把铜柱烧得里外通红。一群鬼卒们用铁蒺藜在后面鞭打那人，逼他爬上铜柱。那人被逼无法，只得双手抱柱双腿盘柱一点点往上移动。那人刚爬到铜柱顶端，铜柱内的浓烟就飞腾而出，就像大山崩塌般发出轰的一声，如爆竹般响亮，惊得那人立刻从顶上摔了下来，身体抱成团趴在地下。等他刚苏醒过来，鬼卒又打他，逼他再爬上去，等爬到顶后又像之前摔下来。反复三次坠落，最后一次落下时那人落在地上变成一团黑烟散去，不能再聚积成人形了。

又一件案子，记载的是李伯言同县的王某，被奴婢的父亲告他强取豪夺自己的亲生女儿，而这王某是李伯言的亲家。之前，有人在卖奴婢，王某知道那奴婢不是通过正当手段得来的，但贪图她价格便宜，于是买下了。不久，王某得重病突然死去。隔一天后，王某的朋友周生在路途上遇到他，知道王某已死，遇到的是鬼，吓得他连忙跑回自己的书斋，王某也跟着他进去了。周生害怕地祷告，问他想干什么。王某说："麻烦你替我作证，跟我去阴间一趟！"周生又惊又怕问："什么事？"王某说："我家那个奴婢，我是实实在在出钱买的，如今我被那婢女的父亲误告，这件事你亲眼见过，所以只借重你一句诚信之言，证明我被人诬告，就没有其他的事了。"周生坚持拒绝。王某出去说："恐怕由不得你不去！"不久，周生果然死了，跟着王某一同去阎王殿受审。李伯言看见亲家王某，心里暗暗产生了偏袒的心思。就在这心思出现时，忽然看见大殿上顿时生了火，火焰汹汹地烧着屋梁。李伯言吃了一惊，警惕地侧身站着。一个府吏急忙进来告诉他说："阴间和人世不相同，就算一点私心念头都不可以有。您快打消别的念头，那火就自己熄灭了！"李伯言忙收敛心神，使自己的私念消除，火光一下就没了。于是接着审案。王某与奴婢的父亲苦苦争执，李伯言审问周生，周生实话说了。李伯言以王某明知故犯之罪，判处笞刑。打完，派人把他们都送返阳。周生与王某都在三天后醒了过来。

李伯言看案子已经审理完了，就坐着车返回来。路途中见有好几百缺头断足的鬼，跪在他马车前面的地上哭泣。李伯言把车子停下仔细询问原因，那些鬼说他们都是些死在异乡的鬼，魂魄想踏上故乡的土地，又怕沿途关口被阻，所以乞求阎王颁发个通行凭证。李伯言说："我只代管官印三天，现在已经卸任了，怎么为你们出力呢？"众鬼说："南村有个姓胡的书生，将要建一个诵经礼拜的法会，您替我们嘱托他，就可以了。"李伯言答应下来。到家后，群鬼随从都回阴间了，李伯言醒了过来。

胡生，字水心，跟李伯言交好，听说李伯言复活了，便到李家来拜访他，顺便探望病情。李伯言见到他后，突然问："什么时候起法坛，祭祀神灵？"胡生吃惊地回答："战争之后，看战地满目疮痍，我妻子儿女得以苟全性命，过去我跟妻子谈起过这个心愿，但还没跟其他任何人说。你从什么地方知道的？"李伯言把途中遇见众鬼的事全都告诉了他。胡生叹息说："没想到只是在卧室说的一句话，竟都能传播到阴间，真是可怕啊！"于是恭敬地答应而去。第二天，李伯言去拜访王某。王某还疲惫地卧床休息，看见李伯言来了，便露出庄严恭敬的样子，再三感谢他的庇护。李伯言说："阴司里的法律不能徇私。如今你的伤好了吗?"王某说："没有什么其他病痛，只是被杖打的地方化了脓。"又过了二十多天，王某才好，屁股上腐烂的肉脱落了下来，只留下一片像是棍伤的疤痕。

异史氏说：阴间的刑罚比阳世要惨烈，阴司对官吏执法的要求也比阳间要严苛。但是说情徇私都不行，所以受到严酷刑罚的人也就没有怨言。谁说阴间暗无天日？只是恨没有那么一把火烧掉这阳间挨着百姓的公堂。

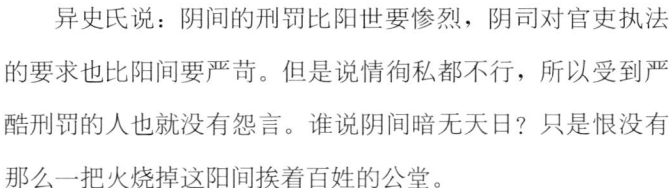

留罗刹

　　某个巡抚的父亲，早年在南方做总督之职，去世已经很久了。一天晚上在睡梦中，巡抚梦见父亲表情极度悲痛，对他说："我生前没多少罪恶，只有所属镇的军队五百人，不应当调遣而错调遣了，他们在途中遇上海盗，全军被害。现今他们写了讼状告到阎王那里，地狱的处罚十分残酷歹毒，实在叫人害怕。阎王不是别人，正是明天来的那个经历，他会押送粮草到这里，这个人姓魏。你务必为我向他求情，不要忘了啊！"巡抚被惊醒，感到很奇怪，但并不是很相信这是真的。随即又睡着了，又梦见父亲来责备他说："你父亲遭遇危难，你竟然不把这事刻进心里，还把这当作妖梦放任不管吗？"巡抚大惊，越加感到奇异。

　　第二天，巡抚留心查看名册，果然有个魏经历，转运粮草刚刚到此，巡抚立刻传话叫他进来。经历官位不及巡抚，不敢坐。巡抚叫两人把他按到座上，随后起身参拜，如同上朝参见皇帝的礼节一样。叩拜完毕，直挺挺地跪在地上，两眼垂泪，把梦中的事向魏经历说了。魏经历不承认自己是阎王，巡抚就趴在地上不起来。魏经历才说："是的！大概有这么回事。但是阴曹地府的法律，不像阳间这样糊涂，可以徇私舞弊，恐怕我无能为力。"巡抚更加恳切哀求他。魏经历无可奈何，就答应了。巡抚又请求他迅速办理，魏经历反复筹划，考虑没有个安静的地方处理这事。巡抚说可以把接待宾客的公馆为他清扫出来。魏经历同意了，巡抚才从地上站起来，又请求偷偷看一眼审理的场景。魏经历不同意，巡抚几次三番苦苦请求，魏经历被缠得不行，才勉强答应他去，嘱咐他说："到了那里不要出声。阴间刑罚虽然残忍，却与阳间不同，一处治就像死了，其实没死，如果你看见了什么，千万不要惊怪。"

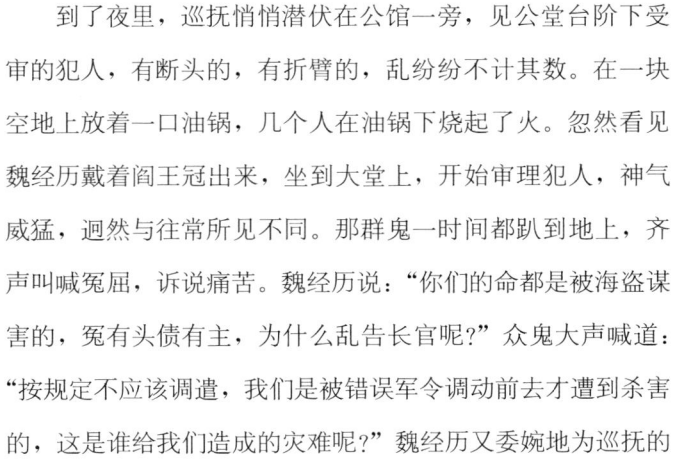

到了夜里，巡抚悄悄潜伏在公馆一旁，见公堂台阶下受审的犯人，有断头的，有折臂的，乱纷纷不计其数。在一块空地上放着一口油锅，几个人在油锅下烧起了火。忽然看见魏经历戴着阎王冠出来，坐到大堂上，开始审理犯人，神气威猛，迥然与往常所见不同。那群鬼一时间都趴到地上，齐声叫喊冤屈，诉说痛苦。魏经历说："你们的命都是被海盗谋害的，冤有头债有主，为什么乱告长官呢？"众鬼大声喊道："按规定不应该调遣，我们是被错误军令调动前去才遭到杀害的，这是谁给我们造成的灾难呢？"魏经历又委婉地为巡抚的父亲开脱罪名。众鬼大声叫冤，声音喧杂纷扰。魏经历于是叫鬼卒说："可将那个官放到油锅炸一下，于理也是应当的。"看魏经历的用意，似乎想借此平息一下众鬼的怨愤。随即就有一个长着牛头的鬼差把巡抚父亲捉来，用锋利的钢叉把他插着，放入油锅。巡抚见此情景，心里悲痛，无法忍受，不觉失声发出一声惨嚎。一瞬间，中庭寂然无声，所有的一切都不见了。巡抚惊叹不已，悄悄地回去了。第二天天亮之后，巡抚去看魏经历，见他已经死在公馆里。

一个姓姜的部郎在陕西有一宅邸，里面鬼怪妖魅很多，经常出来迷惑人，所以姜部郎全家都搬走了。留下一个仆人看守宅院，但是时间不长仆人就死了。换了很多次仆人，但都死掉了，姜部郎只好把宅子废弃掉。

乡里有个姓陶名望三的书生，素来洒脱不羁，喜欢狎妓，酒喝得差不多完了就离去。朋友中有人故意让妓女去诱惑他，他也笑着接纳，不予拒绝，但是实际上一晚上都没有和女子沾染。陶望三晚上经常住在姜部郎家，有婢女夜晚私自来找他，也被他坚决拒接，没有丝毫慌乱之色，姜部郎因此十分器重他。

陶三望家里极其贫穷，并且有妻子去世的伤痛。望三有几间茅屋，夏季时又湿又热很难忍受，因此请求姜部郎，借用他废弃的宅子。姜部郎因为那个废宅凶险的原因，拒绝了望三，望三因此写了篇《续无鬼论》献给部郎，并且说道："鬼能干什么呢！"姜部郎见他请求很坚决，便答应了。

陶生于是就去清理废宅。天色微暗，书生把书放在那里，返回取其他的东西。回来看时书已经消失了，望三很奇怪，便在床上仰卧着，安静地等待着鬼宅的变化。过了大约一顿饭的时间，听到走路的声音，斜眼偷窥，见有两个女子从房间里出来，把不见的书放还到桌案上。这两个女子，一个二十来岁，另一个十七八岁，都有姣好的面貌。二人徘徊床前，笑着相互看了一眼。陶生静默不动。年长的一个抬起一只脚端陶生的肚子，年纪小的在一旁捂着口偷笑。陶生感觉心思乱了起来，好像不能控制住自己的欲望，急忙收摄心神，端正欲念，最终什么都不理会。那女子靠近陶生用左手玩弄着陶生的胡子，右手轻轻拍打他的脸颊，发出一点点声响，年纪小的女子笑得更加厉害了。

陶生突然起来，大声呵斥道："区区鬼怪怎么如此放肆！"两个女子惊骇地跑开了。陶生担心夜晚还会遭受这样的痛苦，想要搬回以前的茅屋，又怕因为从前《续无鬼论》的言语被耻笑。于是便挑灯读书。黑暗里鬼影重重，陶生只顾看书，根本不看周围。将近半夜，才熄蜡烛睡觉。刚刚合眼，就感觉有人用很细的东西穿入鼻孔，奇痒难耐，打了个大喷嚏，这时候听到暗处有隐隐的笑声。陶生没有作声，假装睡觉等着她们。一会儿，看见一女子用纸条拈成了个细棍，屈身轻步，悄悄走过来。陶生愤怒地起来大骂，那女子飘着逃走了。

于是睡下，又被那女子用小纸棒拨弄耳朵。一晚上都在遭受她们的骚扰，陶生苦不堪言。鸡打鸣后，才没了动静，陶生才睡着。整个白日都没有看到这两个女子的影踪。

太阳落下去，那两个女子又恍惚出现了。陶生于是夜里做饭，准备熬到天亮。年长的女子慢慢弯曲手臂趴在桌子上，看着陶生读书，接着就挡住书，不让他看。陶生非常气愤，要捉她，女子立刻就飘走；过一会，又接着用手遮挡。陶生只好用手按着书读。年纪小的女子就偷偷躲在陶生脑袋后面，双手捂住他的眼睛，一转头就离开了，远远地站在别处笑。陶生指着她骂道："小鬼头！让我捉到你们的话，全都杀掉！"两个女子一点也没有害怕的意思。因此陶生用戏弄的语气说："男欢女爱的事，我一点都不了解，你们俩纠缠我有什么用呢？"二位女子听到陶生的话，微笑不语，转身双双走向灶台，拾柴火的拾柴火，淘米的淘米，为陶生烧火做饭。陶生回头看到两位女子夸奖道："两位姑娘这样的行为，不比胡闹强多了吗？"片刻粥熟，两人争着把羹匙、筷子、碗在桌上摆好。陶生叹道："感谢二位对我的照顾，真是不知道怎么才能报答你们。"两个女子笑着说："饭里掺杂了砒霜和鸩毒。"陶生道："我和你们从来没有什么恩怨，哪里值得你们这样加害呢？"于是，吃光了饭，又要去盛，两个姑娘争着为陶生盛饭。陶生开怀而笑，渐渐习惯了。

日子久了，互相都熟悉了，三人坐在一处倾心而谈，陶生问两人的姓名。年纪大些的说："我叫秋容，姓乔，那个小女子是阮家的小谢。"陶生又继续追问她们的来历，小谢笑

小
谢

257

道："傻子！你尚且不敢和我们亲近，谁要你问我们的门？难道要娶我们？"陶生严肃道："与两位美人终日相对，我又不是草木，怎么独独没有情感？但是，你们两人有阴间的冥气，我如果吸入了这冥气就会死。如果你们和我同住不高兴，可以走；高兴和我同在一个屋檐下生活，安分些可好？如果你们不爱我，就没有必要让两位佳人受到玷污；如果你们真的爱我，为什么一定要我这狂妄的陶生死呢？"两女子互相看了看彼此，有些动容，从这以后基本不怎么戏谑陶生了。但是，还是时不时把手伸在陶生怀里，或者就是猛的扒一下陶生的裤子，不过这时候的陶生也不怎么在意了。

一天，陶生抄书未完就因为有事出去了，回来的时候，看到小谢趴在书案上，正执笔替他抄书呢。小谢看到陶生回来了，放下笔，斜看着他笑。陶生走近一看，虽然字迹拙劣全无书法可言，但是行列工整，疏密有度。陶生称赞她道："你真是高雅的人！如果你喜欢写字，我来教你。"于是拥小谢入怀，把着她的手在纸上书画。恰巧这时候秋容从外面回来，突然看到两人如此亲密，脸色瞬间就变了，心里涌起嫉妒的情绪。小谢笑道："我小时曾经和我的父亲学过写字，但是太久没有动笔，所以如今写出来的字如同在梦寐中所作一般。"秋容没有说话。陶生知道秋容的意思，只装做什么都不知道，于是同样抱秋容入怀，给她笔，说："我看你的字写的如何？"写了几个字，陶生便赞道："秋娘你的笔锋当真是雄健有力啊！"秋容才面露喜色。陶生于是折了两页书作为范本，让两位姑娘分别临摹，自己另挑一灯读书。陶生内心窃喜他们三人各有所事，不相侵扰。两女子抄完后，双双恭敬地站在几案前，等待着陶生评判。秋容从来没有读过书、写过字，抄写的字如同涂鸦不可辨认。评判之后，秋容自己知道字写得实在不如小谢，面有惭色，陶生夸奖宽慰她，才让她又有欢颜。两位女子由此都把陶生当作老师一样服侍，陶生坐着的时候给他抓背，躺着时为他按大腿，不但不敢捉弄陶生，还都争相献媚于他。过了一个月，小谢写的字居然已经端正好看了，陶生偶尔称赞小谢，秋容大感惭愧，脸上搽的粉和眉上涂的黛，随着泪水流下，像水流一般，泪痕像丝线一般。陶生百般安慰劝解，秋容才不哭了。陶生教两人读书，她们都聪颖异常，悟性超群，文章讲解过一遍，便不用再问。与陶生竞赛读书，时常到深夜。后来，小谢又把她的弟弟三郎带来，拜在陶生的门下。三郎大概十五六岁，长得秀美，仪表堂堂。三郎用一柄金如意作为拜师礼。陶生让三郎和秋容读同一本书。自此，鬼宅满堂读书声，就像陶生在这儿开设了所"鬼学堂"一般。

姜部郎听到这个消息十分高兴，按时给陶生薪水作为资助。数月之后，秋容与三郎的水平都能作诗了，时常相互吟诗作对。小谢偷偷叮嘱陶生不要教秋容，陶生答应了；秋容也同样偷偷叮嘱陶生别教小谢，陶生同样应允。

一天，陶生将要赶赴科举考试，两女子流着眼泪与他分别。三郎道："先生这次可借口生病了，不参加考试；否则，恐怕路上有不好的事情发生。"陶生认为装病而不参加考试是很耻辱的行为，坚持要上路。之前，陶生因为喜好用诗词来

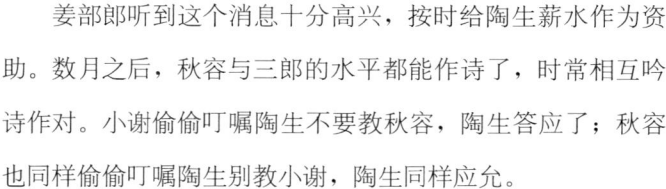

讽刺讥笑社会上的不良现象，得罪了地方权贵，这些权贵每日想着谋害他。他们背地里贿赂学使，对陶生的品行加以诬陷诋毁，陶生因此被囚禁狱中。带的盘缠很快用尽，只能向狱中的囚犯讨吃的，他认为如此下去活下来的希望十分渺茫。忽然有一个人飘了进来，正是秋容，她给陶生带来饭食。面对陶生，秋容悲伤哽咽，说道："三郎担心您有凶事，如今果然没有说错。三郎和我一起来了，他已经去找部院为你申辩了。"几句话说完秋容就走了，没有人看见。过了一天，部院出行，三郎当街大声叫屈，部院便受理了他的诉状。秋容又入狱告诉陶生情况，又返身去探听三郎消息，三天没有返回。陶生是又愁又饿又无可奈何，当真是度日如年。忽然小谢到了，悲痛欲绝，说："秋容在回去的路上，经过城隍祠，被城隍祠西廊的黑判官强行抓去，逼迫她当自己的侍妾。秋容不从，也被囚禁起来。我奔走数百里，走路走得精力消耗殆尽；走到城北的时候，被老荆棘扎穿了我的脚心，痛彻骨髓，恐怕不能再来看你了。"于是给陶生看了自己的脚，血已经殷透了鞋袜。小谢拿出黄金三两，跛着脚消失了。

部院审问三郎，发现他和陶生从来没有任何关系，属于无故代他人控诉，部院刚要杖责他，他扑地突然消失了。部院十分诧异。于是仔细查看他的状子，发现状子写得真切感人。于是提审陶生，当面审问，问陶生："三郎是什么人？"陶生装作不知。部院暗自猜想陶生应该是被冤枉的，便下令释放了他。

陶生回到废宅，到了晚上竟然没有一个人。夜更深的时候，小谢才出现，凄惨地说："三郎在部院被审的时候，被廨神押赴地府；冥王因为三郎义气深长的缘故，让他托生到富贵人家去了。秋容长期被幽禁，我写了状子到城隍，又被阻挡不能进去，该怎么办啊？"陶生气愤道："黑老魅怎么敢如此！我明日打倒他的金身，把它践踏成泥土，数落城隍罪过，并且责骂他。手下官吏这般强横暴虐，他还在醉梦中呢！"陶生和小谢都悲愤不已，不知不觉四更将过去了，秋容忽然飘然而至。陶生和小谢两人又惊又喜，急忙问她缘由。秋容泪流着叹道："如今我为陶郎经受了万般苦啊！判官每天都拿着刀和棍棒逼迫我，今晚忽然放我回来，说：'我没有其他意思，只是因为爱你的缘故；既然你不愿，所以不曾污玷你。麻烦你告知陶秋曹，还请他不要责难我。'"陶生听说颇为高兴，愿意与二女同寝，道："今天我愿意为你们而死。"二女感伤道："一向受你的开导，知道了些道义，怎么忍心爱你而让你死呢？"两人执意不愿。小谢和秋容抱在一起相互安慰，二人均知对方对陶生的感情都如同夫妻一般。二女因为这次磨难的缘故，相互的妒念全部消除了。

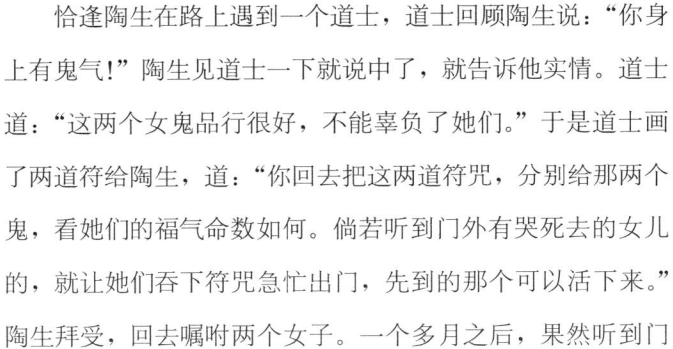

恰逢陶生在路上遇到一个道士，道士回顾陶生说："你身上有鬼气！"陶生见道士一下就说中了，就告诉他实情。道士道："这两个女鬼品行很好，不能辜负了她们。"于是道士画了两道符给陶生，道："你回去把这两道符咒，分别给那两个鬼，看她们的福气命数如何。倘若听到门外有哭死去的女儿的，就让她们吞下符咒急忙出门，先到的那个可以活下来。"陶生拜受，回去嘱咐两个女子。一个多月之后，果然听到门外有痛哭女儿送葬的，二女争相奔赴出去。小谢慌忙之中，忘记吞下那道符。秋容径直出去，扑入棺椁就消失了；小谢没法进入棺材，悲痛号哭就返回了。陶生出来查看，原来是当地姓郝的大户人家给女儿出殡。送葬的人群都看见一个女子进入棺材里，正都惊讶疑惑。片刻后，听到棺材中有声音，众人都把抬棺材的木棒从肩上放下来，开棺检验，发现女子已经苏醒。因此队伍暂时停在陶生的房舍外，轮流守着她。那小姐忽然睁开眼问陶生在哪，郝员外细问不已，那女子回答道："我不是你的女儿。"于是把事情经过告诉了员外。郝员外不是很相信，想把死里复生的女儿带回去，然而女子不愿意，径直走进了陶生的书斋，卧床不起。郝员外承认了陶生做女婿，之后才离开。陶生看那小姐，面庞已非秋容之面庞，然而容光艳丽不输秋容，陶生十分高兴，情谊真切，叙述生平。忽然听到呜呜的鬼哭声音，正是小谢在暗处哭。二人心里十分可怜她。小谢的襟袖都被泪水沾湿，临近天亮才离去。

天亮后，郝员外派婢女、老妈子把嫁妆全部送来了，俨然和陶生以翁婿相称了。晚上二人进入房间，小谢又在痛哭，这样过了六七个晚上，夫妻二人都有些动容，也不能行夫妻之礼。陶生心绪忧愁没有计策帮助小谢，秋容道："那个道士是个仙人，再去求他，或许他可怜小谢，会再次相救。"陶生同意了。追寻道士的踪迹，跪伏地上，陈述自己的情况。道士坚持说："没有办法了。"陶生哀痛不绝。道士笑道："你这个痴人真是好缠人！命中与你有缘，我就竭力而为吧。"于是陪陶生回到家，要了间安静的屋子，关门打坐，嘱咐切勿打扰相问。一连十余日，道士不吃不喝。陶生、秋容偷偷窥探，见他闭着眼睛好像睡着一般。一天清晨，有一位少女掀帘进屋，眼睛闪烁着神采，光艳照人，微笑说："我连日赶路，快累死了！被你这陶生纠缠得没办法，跑到百里之外，才寻觅得这么一副好身躯，我老道用自己把她给你载回来了。等那个小鬼再来，把这身躯给她就好了。"到了晚上，小谢来了，那女子马上起身，迎着小谢抱过去，自然合为一体，倒地僵卧不起。道士自己从屋子里出来，向陶生拱了拱手，便径自走了，陶生拜谢送走道士，等到回屋，小谢已经苏醒。陶生扶她上床，身体和呼吸都渐渐复苏。小谢只是抱着自己的脚呻吟，说双脚和双腿万分酸疼。数日之后，才能下床走路。

后来，陶生应试，得中进士。与他同届录取的人中有个叫蔡子经的进士，因为办事路过陶生家，陶生留他住了几日。小谢从邻居家回来，蔡子经远远地望着，快步走近，小谢一侧身进屋回避了，心里暗暗因为蔡子经的轻薄行为而生气。蔡子经找到陶生说："有件事，匪夷所思，甚至有点骇人听闻，不知道可以告诉你不？"陶生问什么事，蔡子经回答道："三年前，我的小妹夭折，停尸刚刚两夜，她的尸首就不见了，至今让人疑惑。刚刚见到夫人，与我小妹容貌何其相像！"陶生笑言："我内人是个粗鄙浅陋的人，怎么能和您的妹妹相比呢？不过我们既然是同科，情意如此深切，有什么妨碍让妻子出来相见呢？"陶生于是入内室，让小谢身穿丧装出来。蔡子经大惊道："这真的是我妹妹啊！"泣不成声。陶生便把事情的始末告诉了他。蔡子经大喜道："妹子没死，我得赶快回去宽慰家母！"于是回去了。过了几日，蔡子经全家都来到陶生这。后来，他家和陶生的往来如同郝员外一般亲近。

异史氏说：当世少有的美人，想找一个也难啊，怎么这么容易就得到两个呢！这事千古以来只有这么一件，只有不与女子私下苟合的人才能遇到啊。那个道士真是仙人吗？为什么他的本事那么神奇呢？如果有他这种本事，丑陋的鬼也可以交结为友啊！

泥
鬼

　　我家乡的唐济武太史，几岁的时候，和一个表亲到寺院中玩耍。太史童年洒脱不羁，胆子很大。他看见堂屋周围的走廊中的泥鬼，睁着一双琉璃眼，眼球发出巨大的光芒，十分喜欢，便偷偷地用手指把泥鬼眼眶里的琉璃眼球挖了出来，藏到怀里回了家。刚刚回家，那位和他一起去的表亲就突然得了大病，不能说话，突然之间又站起来厉声说："为什么挖去我的眼睛！"吵闹个不停。众人都不知他在说什么，太史才讲了他挖眼睛的事。家中人听后赶快祷告说："孩子年幼无知，不知所谓，玩笑之间伤害了您的眼睛，我们马上就去奉还给你。"那位表亲才大声说："既然如此，我就走了！"说完就仆倒在地，昏了过去。过了很久，他才慢慢睁开眼睛。家人问是否记得刚刚他说了些什么，他茫然不知。于是家人连忙将琉璃眼球送还寺院，安到泥鬼的眼眶中。

异史氏说：登堂入室索要眼睛，一个泥做的偶像为何如此灵异呢？但太史挖他的眼睛，为什么却迁怒和他一起去玩耍的表亲呢？大概是因为唐太史有翰林之贵，而且性情刚直吧，看他因上书论政而辞官归隐，神灵都要忌惮，何况一个泥鬼呢！

　　李司鉴，是河北永年县的举人。他在康熙四年九月二十八日，打死了妻子李氏。地方上的官员将这个案子上报广平府，广平府派官员行临永年县调查审理。李司鉴到县府门前时，忽然就从街旁卖肉的架子下夺过一把切肉的刀，向城隍庙方向飞奔。跑入城隍庙后，他就爬上戏台，对着神像跪下，自己忏悔道："天神责怪我不应该听信奸邪小人的话，在乡村邻里间颠倒是非，惩罚我割掉耳朵。"便把左耳割下来，抛到台下。又继续说："天神责怪我不应该骗人银钱，惩罚我剁手指。"于是将左指剁了。又说："天神责怪我不该奸淫妇女，惩罚我自行阉割。"随后就自阉，顿时昏死在地上。

　　这时总督朱云门已奉旨将李司鉴革职彻查，而李司鉴已被阴司惩处身死了。

酆都御史

　　四川酆都县城外有个洞，深不可测，相传是阎罗王所管理的地方。它里面所有惩处罪人的工具，都是借助人来制造的。脚镣和手铐腐朽了，就扔在洞口，地方县令马上就用新的替换，放在洞口用于替换的刑具，过一夜就不知去向了。有关洞内供应开支的专项费用已经列入附加税内征收报销。

　　明朝有个华公，是御史行台，他到酆都巡查时，听到了这样的传闻，不相信是真的，想进洞去弄个明白。众人都阻止他，说不行，但华公固执不听。他手里拿着蜡烛就进去了，让两个衙役在后面跟随着。走了一里多路后，蜡烛突然灭了。华公一看前面台阶宽阔明朗，十多间大殿显现出来，里面列排坐着尊官，他们穿着袍服，手里拿着笏板，很庄重威严的样子，只是在东边的第一个座位上没人坐。尊官们看见华公到了，都起身下台阶来迎接，笑迎道："回来了么？分别以后过得怎么样啊？"华公问："这是什么地方？"尊官说："这是阴曹地府。"华公十分惊讶，就要走。尊官指着空座位说："这就是给你留的座位，怎么可以又回去？"华公更加害怕，一再请求宽恕。尊官说："这是你的定数啊！如何可以逃脱。"于是拿出一卷簿子给他看，上面写着："某月某日，某以肉身回归阴曹地府。"华公看了，吓得浑身颤抖，像被泼了冰水一样。想起母亲年老孩子年幼，伤心得流下了眼泪。不一会儿，有个穿着金甲的神人，手里捧着黄色绢帛书来到。群官向他拜舞，神人打开帛书宣读，读完后，祝贺华公说："你有重返阳间的机会了。"华公惊喜地问原因。神人说："刚才接到阎罗帝的诏书，要大赦幽冥，可以为你援引前例，委曲折免罪过。"于是为华公指示出来的道路。走了几步以后，周围漆黑一片，分不清哪里是路。华公非常窘迫为难。忽然一位神将走了过来，神将气度不凡，精神饱满，红脸长须，身上发出耀眼的光芒，射出数尺以外。华公迎拜并哀求他，神人说："诵唱佛经，就可以出去。"说完就走。

华公心想，很多佛经都没读过，只有《金刚经》还曾读过。于是双手合十诵唱，立刻觉得有一条如细线的光，照着前面的路。忽然遗忘了一句，眼前立即就黑了；镇静下来思考一会儿，再诵唱时就再一次有了光亮，这才出得洞来。而那两个随从的衙役，就不知道哪里去了。

忌妻

　　山东泰安有个叫聂鹏云的，和妻子感情很深，十分融洽。不料妻子不幸染病去世，聂鹏云坐卧难耐，悲伤哀悼，整日失魂落魄。有天晚上，他独自坐在屋里，忽然看见妻子推开门进来。他又惊又喜，问："你怎么回来了？"妻子笑着说："我已经成为鬼魂，感念你对我的真情厚义，日日哀悼感伤，就哀告冥间的主管人，请求他允许我来阳世，暂时与你相会。"聂鹏云非常高兴，拉着妻子上床同枕而眠，一切都和之前没什么不一样。从此披星戴月地来走，一年多后，聂鹏云也不再说要续娶妻子。族中叔伯兄弟担心他断绝宗嗣，私下在族中商议要劝聂鹏云再娶。聂鹏云听了族人的话，给一个清白人家的女儿下了聘礼。但他怕鬼妻不高兴，就没告诉她。没过多久，迎亲的日子日渐逼近，鬼妻知道了情况，责备他说："我因为你对我的情义，所以才甘愿冒被阴间谴责的风险来前来和你相会；如今盟誓不能终守，所谓专心深情就是这样的吗？"聂鹏云告诉鬼妻是宗族的意思。鬼妻还是不高兴，拒绝了聂鹏云决绝地走了。聂鹏云虽然怜爱鬼妻，但是思量之下有所得，也没太过在意。

等到聂鹏云和新娘新婚之夜，夫妇两人都睡下后，鬼妻突然来了，靠近床边用指甲抓醒新妇，大骂道："你如何能够霸占我的床！"新妇被打醒吃了一惊，随即起身就和她扭打在一起。聂鹏云光着身子战战兢兢地蹲在床上，不敢表示偏袒哪一方。过了一会儿，响起鸡叫，鬼妻才走了。新妇怀疑聂鹏云的妻子原本就并没有死，对丈夫说他骗了自己，把绳子投过房梁想上吊自尽。聂鹏云对她详细讲述了事情原委，新妇才知道昨天晚上的是鬼。太阳下山后鬼妻又来了，新妇害怕地躲开。鬼妻也不和聂鹏云一起睡觉，只用手指掐他的肌肤皮肉，之后，对着蜡烛一脸怒气地看着他，一句话也不说。一连好几天鬼妻都如此，聂鹏云很是担忧。邻村有擅用巫术驱鬼的人，替他把桃木削成小木桩插在她坟的四角上，鬼妻才没来了。

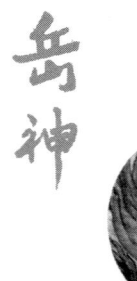

　　江苏扬州有一位提同知，有天晚上梦见岳神召见他。同知见岳神说话愤怒，神情带有怒色，抬起头看见有个人侍奉在岳神身侧，稍稍婉言劝解岳神替他求情。同知醒后心里压不下这口气，于是早早去岳神庙，在心中默默地祈祷。完事后出来，看见药铺子里有个人，极像他在梦中所见岳神身侧的那个人。他立马跑上去询问，才知那人是医生。等同知回家后，忽然生了场重病，想起那名医生，特地派人去请他。医生来后，看了他的病情，开了药方配制成药物，天快黑的时候同知吃了下去，可到半夜就死了。有人说：阎罗王和泰山天子每天派出侍奉他们的男男女女十万八千多人，分布到天下当巫医，人们称他们"勾魂使者"。所以，要用药的人不能不谨慎些呀。

瑞云

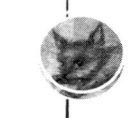

　　有个姓范的书生，晚上在一家客店里住宿。吃完晚饭后，他没有吹灭蜡烛，就让烛火亮着，躺在床上闭着眼睛小睡。忽然一个丫鬟走了进来，将衣物包扎好放在椅子上，把梳妆镜匣和化妆用品，一一摆放在床头的桌子上，才离开了。一会儿之后，一个年轻妇人从房里走了出来，打开化妆盒子和镜匣，对着镜子梳头化妆。发髻梳理完，簪花插戴好，又看着镜子里面自己的影子，来来回回看了很久。之前的丫鬟又进来，端来洗手的盆子给妇人洗手。妇人洗完之后，丫鬟又捧上擦拭手的巾帕，等妇人整理完毕，丫鬟就把洗手的热水端走了。妇人解开装着衣服的包袱，取出下裙和披肩，流光溢彩，全是新衣服，穿上身，整理衣襟，提提衣领，装扮得十分周全。范生静静地看着她打扮，没说一句话，心中却是又疑惑又奇怪，想来一定是个与人私奔的妇人，装束整齐去和人私会。妇人照着镜子装扮完毕，就拿出一条长的带子，把带子抛过房梁，带子两端挽了个结。范生十分惊讶，接着妇人神色淡定地抬起双脚，把脖子伸过带子要上吊。脖子才碰到带子，双眼立即就紧闭，眉毛紧跟着竖起来，舌头伸出嘴外两寸多长，脸的颜色变得像鬼一样惨白悲苦。范生吓得慌忙跑出门，大声呼叫旅店的主人。店主去察看时，少妇的身影已经渺茫无迹了。店主说："过去我的儿媳就是在这里上吊自杀的，难道是她吗？"

唉，真是奇怪啊！人既然都死了还重复一遍她生前死的经过，这该怎么说呢？

异史氏说：被冤枉到了极致才会做到自杀这样的地步，苦啊！但是之前做人时经历的事情却忘记了，后来做了鬼也没有知觉，而最让她难以忍受的是装扮自己和结上吊的带子时的场景，所以死后顿时之间就忘记了其他事情，而独独对于将死前的情景，还要一一重复，是她自己最不能忘记的事情。

　　静海有个姓邵的读书人，家里很贫穷。母亲过生日，他在庭院里备好酒肉，等祭祀跪拜完毕，看见供桌上的肉菜都空了。邵生大惊失色，赶紧告诉母亲。母亲则怀疑他没钱买供品祝寿，所以骗她。邵生没办法自证清白，只好不发一言。没多久，学使来到静海，邵生苦于没有钱财做路费，只得借钱去参加考试。途中遇到个人，伏在道路左边等候他，并殷勤邀请他去做客。邵生见他态度热情，就跟他去了。到那之后，一看大殿阁楼远接街路。进门后，见一个大王装扮的人坐在大殿上，邵生俯首跪拜，大王和颜悦色地叫他坐下，随即命人给他摆好宴席，说："之前路过贵府，奴仆们饥渴难耐，吃了你准备的丰盛酒菜。"邵生愕然不解，大王又说："我是十殿阎罗之一的忤官王。你不记得你母亲过生日的事了吗?"邵生这才明白。酒宴结束,大王拿出白银一包说:"吃了你的猪蹄,就用这个简单报答吧。"邵生接过出来后,之前所见宫殿人群转眼之间都渺然无迹。只有几棵大树萧瑟立在道旁。一看送他的东西,都是真金白银,一称有五两重。考试结束,只消费了一半,还能揣着剩下的银子回去侍奉母亲。

山东长清有个人，靠买卖布匹讨生活，在外住在泰安。听说有算命先生精通星命运数，就去拜访他询问吉凶。算命先生给他推演了命数，说："你的命中有大凶之兆，还是赶快回家吧！"他听了很害怕，急忙装好财物向北返回长清老家。

回家路上，他遇到一个穿着短衣的人，像是差役。两人逐渐聊起天来，十分投机，互相引为知己。他多次去集市上买回来酒菜，都叫短衣人一起吃菜喝酒，短衣人对他十分感激。布客问他要办什么事，短衣人回答说："要去长清县捉拿人。"布客问他："你要捉拿的是什么人？"短衣人拿出文牒，示意让布客自己看。布客打开一看，上面第一个姓名就是自己的名字，害怕地说："我犯了什么事，要捉拿我？"短衣人说："我不是阳世的人，我是蒿里山的衙役，山中有掌管人世间生死祸福的十殿阎王，他们属下有七十五司，而我就属于其中主管生死轮回的东四司。想来是你阳寿已尽。"布客瞬间吓得哭了出来，向短衣人求救。短衣人说："我无能为力。但这文牒上的人名很多，拘齐还需有些日子。你赶快回去吧，料理一下身后事，我最后再来招你的魂魄，这就算是报答你对我的交好之恩了。"没多久，两人赶路到一条河边，连接两岸的桥却断了，过路的人都艰难地涉水过河。短衣人说："你即将要死了，一文钱也带不走。请你修桥开路，以方便来往的路人吧。即使要花很多钱，但对你未必没有一点好处！"布客点头答应。

布客回家后，告诉妻子替自己准备棺材之类的葬物，定好日期集合工匠修建桥梁。过了很长一段时间，短衣鬼衙竟然还没来，布客心里暗暗疑惑起来。有一天，短衣鬼衙忽然来了，说："我已经将你建桥修路的善事报给城隍，城隍又转报给阴间，说这件善事可以延长你的寿命。现在你的名字已经从文牒上消除了，我专门来复命。"布客喜不自胜，连连道谢。

之后，布客再到泰山时，不忘短衣鬼衙的恩德，将身上携带着纸钱都恭敬地烧给他，喊着他的名字祭奠。完事后，布客出来，见短衣鬼衙突然急急忙忙地跑了来，说："你几乎害死我了！刚才司君正亲自处理公务，幸好他没听见什么！要是听见了都不知道该怎么办！"说完，送布客走了几步，又说："之后不要再来了。如果我要去北方办事，自然会绕道去拜访你的。"于是告辞走了。

有个姓刘的孝廉，他能记得自己前世发生的事情。他和我已经故去了的同族兄长蒲兆昌是同年，曾清楚地谈论前世的事情，好像一切都历历在目。

他说自己有一世是个乡绅，所作所为有很多污点，活到六十二岁才死。他第一次见到阎王时，阎王用招待乡中老人的礼节来招待他，赐给他座位，还给他倒茶喝。他偷偷瞥了一眼阎王的杯中，那茶水清澈明亮，而低头一看自己的杯中，茶水却像没有过滤的酒一样浑浊。于是他心里暗暗揣测这难道就是传说中的那个迷魂汤吗？他趁这阎王看别的地方时，悄悄将杯中的茶水沿着桌角倒下，让茶水顺着桌腿慢慢流下去，假装自己喝完。过了一会儿，阎王查了记载他前生罪恶的簿籍，大怒，命令一群鬼把他拉下去，罚他下辈子做马。

阎王一声令下，立即就有恶鬼将把他捆绑着带走了。恶鬼把他拉到一家大门前，却见门槛太高，无法跨越。正彳亍时，恶鬼拿着鞭子用力抽打他，他疼痛难忍，以至于栽倒了。当他再次环顾四周时，发现自己已经在马圈里了，只听见有人说："黑马生小马驹了，是匹公马。"他心里十分清楚自己遭遇了什么，可却说不出话来。他刚刚出生，肚子太饿了，逼不得已，就靠近母马来吃奶。四五年后，他长成一匹高大修长的大马。他特别害怕被抽打，一看见马鞭就惊恐逃窜。每次主人骑他，就一定会给他佩戴上马鞍和障泥，慢慢拉住辔嚼，痛苦还能忍受。只是每当仆人、马夫骑他时，就不会给他佩戴鞍辔，而是用两脚脚踝猛地夹击马腹，那疼痛无法言表，痛彻心扉。他于是非常气愤，故意绝食，三天之后就死了。

他再次到了阴间，阎王查看他的罪行簿，发现他罪罚期限未满，呵责他蓄意逃避惩罚，于是把他的马皮剥掉，罚他做狗。一听要做狗，他就十分懊丧，不愿意去。一群鬼把他一顿乱打，他痛极了逃窜到荒郊野外。他自己心想着这样的日子还不如去死，于是气愤不过一猛子栽下了悬崖。他摔倒在地爬不起来，等抬头看向四周，则已经趴在狗窝里了，母狗正添着他的头和身子，爱抚他喂养他。他这才明白自己已经再次生在阳世上了。稍稍长大一点，看见粪便尿液之类也知道很污秽，但是闻着却觉得很香，但他决心不去吃那些东西。他做狗做了一年，时常气愤得想去死，又害怕阎王怪罪他有意逃避。然而主人又一直圈养着他，不肯杀他，于是他故意咬了主人一口，把主人大腿上的一块肉都咬掉了，主人大发雷霆，一顿乱棒将他打死，合了他的意。

当他第三次来到阴间，阎王审问他的罪状，憎恨他是条胡乱咬人的疯狗，于是叫恶鬼打他数百鞭，再将他贬成蛇。他再次醒来，困在阴暗的房间，四周暗黑无比，看不见太阳。他心里十分烦闷，就沿着墙壁往上爬，终于发现一个洞口，就钻了出去。出来后一看，自己趴在一处茂密的草丛中，居然成了一条蛇。他发誓这一世绝不伤害生灵，饿了就吃树上的果子。就这样一年多后，他经常想自杀不行，因害人而被杀死也不行，想找到一个死掉而不会有责罚的好计策却找不到。有天，他正悠然地躺在草丛里，听到有车马急速行驶过来的声音，他于是赶紧爬出草丛挡在路中，马车急速而过，他瞬间被压断成两截。

阎王惊讶他来得太快，他就跪在地上说明缘由。阎王得知他是没犯过错而被杀死的，就原谅了他，准许他赎罪的期限满了让他再次投胎做人，这就是刘举人。刘举人生下来就会说话，凡是读过的书就能背诵，在辛酉年间考取了举人。他每每见人骑马就会劝告别人：骑马时一定要放上厚厚的障泥，用腿夹击马腹这种行为简直比用鞭子抽更可怕。

异史氏说：披毛戴角的禽兽中，说不定就有王侯大官，按照这样推断，那些王侯大官之中，未必没有披毛戴角的禽兽。所以无钱无权的人做善事，就想有心求花而栽树；那些达官显贵做善事，就像已经有了花儿而精心培养其根基。树种好了花朵可以长大，根基培育好了花朵可以持久。如果不这样，就会成为马去拉沉重的货物，忍受束缚控制；再不然，那便做狗去吃粪喝尿，受人宰割；还不然的话，就要披上鳞片为蛇，葬身鹳鹤之腹。

（以上《聊斋志异》）

算命先生鬼

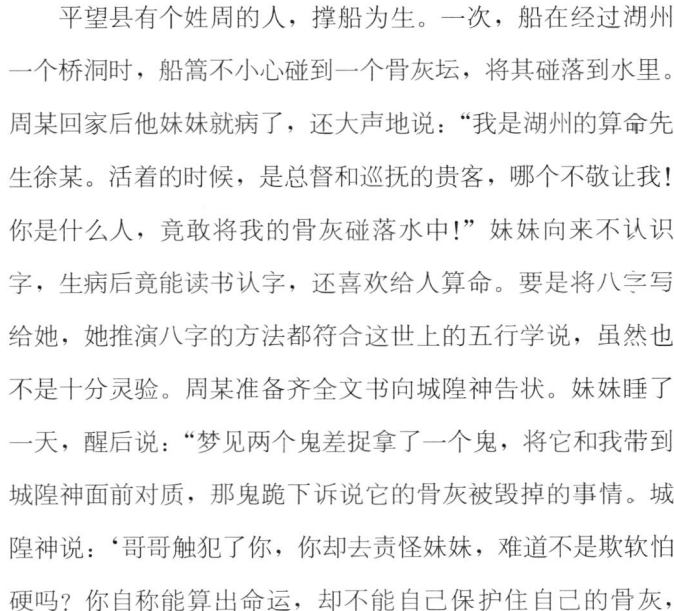

　　平望县有个姓周的人，撑船为生。一次，船在经过湖州一个桥洞时，船篙不小心碰到一个骨灰坛，将其碰落到水里。周某回家后他妹妹就病了，还大声地说："我是湖州的算命先生徐某。活着的时候，是总督和巡抚的贵客，哪个不敬让我！你是什么人，竟敢将我的骨灰碰落水中！"妹妹向来不认识字，生病后竟能读书认字，还喜欢给人算命。要是将八字写给她，她推演八字的方法都符合这世上的五行学说，虽然也不是十分灵验。周某准备齐全文书向城隍神告状。妹妹睡了一天，醒后说："梦见两个鬼差捉拿了一个鬼，将它和我带到城隍神面前对质，那鬼跪下诉说它的骨灰被毁掉的事情。城隍神说：'哥哥触犯了你，你却去责怪妹妹，难道不是欺软怕硬吗？你自称能算出命运，却不能自己保护住自己的骨灰，可知你的算法并不灵验。你在生前用假话不知道欺骗别人多少财物！打你二十大板，押往湖州。'"从这件事后，周的妹妹不再认识字，也不能算命了。

尸行诉冤

　　常州西乡有个姓顾的人，有天傍晚，他在城外赶路，途中在一座古庙中借了间房休息。庙里的僧人说："今天晚上要给某家举办丧事，庙中的师父徒弟们全都去了，所以庙里没有人，您替我们照看下庙宇。"顾某答应了，替他们关好庙门，熄灭了灯火就睡觉了。

　　到三更的时候，忽然听到有人撞门，声音极为猛烈。顾某大声问："是什么人？"外面回应道："我叫沈定兰。"沈定兰是顾某以前交的朋友，已经是死了十年的人。顾某大为害怕，不肯开门。门外大声叫道："你不要害怕，我是有事情来拜托公子的。如果你一直不开门，我已经是鬼了，难道不能冲开门直接进来吗？之所以叫你自己开门，正是按照平常的情理来做事，你我之间还存着故人的情分啊。"顾某没办法，只得为他打开门锁，只听咻的一声，像是有人倒在地上。顾某吓得手忙脚乱，颤颤抖抖地举起蜡烛想看看。忽然在地上的人又大叫道："我不是沈定兰，我本是主人家最近才死的李某。我被奸妇下毒害死，因此假托沈定兰的名号，请求你帮我申冤。"顾某说："我不是做官的人，你的冤屈怎么能替你申呢?"鬼说："我尸体的伤痕可以检验。"问："你尸体在什么地方?"鬼说："你用灯光照着就可以看见。但是见了灯，我就不能说话了。"

正在仓促之间，外面响起一阵敲门声，人声嘈杂，数量众多，顾某出来迎接，众僧人回到庙里，每个人都是一副恐惧的表情，说："正在诵读经文给尸体送行时，尸体却消失不见了，因此只能各自作罢回来了。"顾某告诉他们刚才发生的事情，一同举着火炬照看尸体，只见一个七窍流血的人倒在地上。第二天，就一同去官府报案，为他调查申冤。

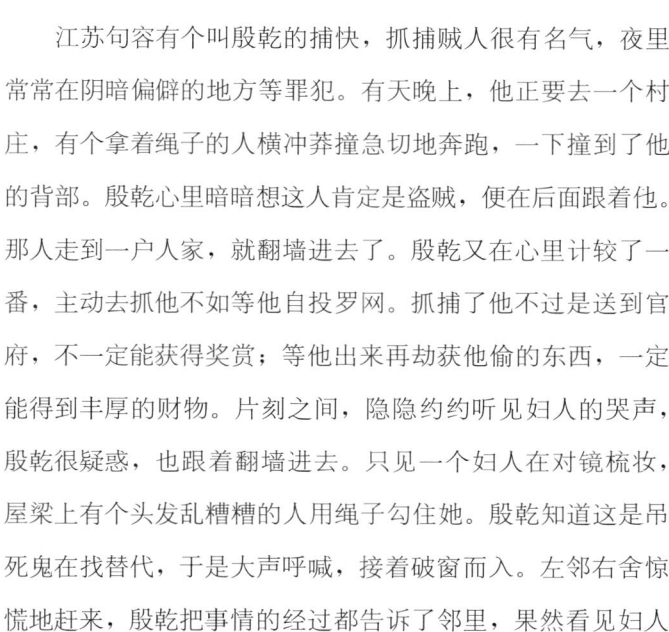

　　江苏句容有个叫殷乾的捕快，抓捕贼人很有名气，夜里常常在阴暗偏僻的地方等罪犯。有天晚上，他正要去一个村庄，有个拿着绳子的人横冲莽撞急切地奔跑，一下撞到了他的背部。殷乾心里暗暗想这人肯定是盗贼，便在后面跟着他。那人走到一户人家，就翻墙进去了。殷乾又在心里计较了一番，主动去抓他不如等他自投罗网。抓捕了他不过是送到官府，不一定能获得奖赏；等他出来再劫获他偷的东西，一定能得到丰厚的财物。片刻之间，隐隐约约听见妇人的哭声，殷乾很疑惑，也跟着翻墙进去。只见一个妇人在对镜梳妆，屋梁上有个头发乱糟糟的人用绳子勾住她。殷乾知道这是吊死鬼在找替代，于是大声呼喊，接着破窗而入。左邻右舍惊慌地赶来，殷乾把事情的经过都告诉了邻里，果然看见妇人吊在屋梁上，赶紧将她救下。妇人的公公婆婆都来表示感谢，准备了酒菜款待他。

宴席散后，殷乾从原路回家。当时天还没有亮，忽然听见背后有簌簌声，殷乾回头一看，原来是拿绳子的那个鬼。鬼骂道："我自己找妇人作替代，关你什么事？你却来破坏我的好事！"说着就用双手来掐他。殷乾向来胆子很大，就与鬼对打，他的拳头所打到的地方冰冷而腥臭。天渐渐地亮了，拿绳子鬼的气力也渐渐疲软，殷乾则越斗越勇，抱着那鬼不松手。有过路的人看见殷乾手里抱着一节朽败了的木头，嘴里还在不住地大骂，路人走上前仔细听他在骂什么，殷乾这才犹如大梦初醒，朽木也落到地上。殷乾大怒地说："鬼附在这根木头上，我不会放过这根木头！"于是拿钉子把朽木钉在庭前的柱子上，每天夜里都能听到鬼的悲伤哭泣，声音十分悲痛。

过了几个夜晚，鬼的同伴来了，有陪鬼说话的、安抚慰问的、代替鬼向殷乾求情的，那些鬼发出的声音凄切尖细就像小儿啼哭一样，殷乾都不理会。听到其中有一个鬼说："所幸主人只是用钉子钉住你，如果用绳子捆住你，那么你就会更加痛苦。"那群鬼吵闹着说："别说，别说，恐怕这秘密泄露，被殷乾学去来惩治他。"第二天，殷乾就按照那群鬼所说，把钉住鬼的钉子换成了绳子。到了晚上，不再听到鬼的哭泣声。天亮的时候去看朽木，那鬼竟然已经逃走了。

洗紫河车

四川酆都有个叫丁恺的衙门差役，奉命将一封文书送送到夔州。途中经过鬼门关，看见前面竖着块石碑，上面写着"阴阳界"三个字。丁恺走到石碑下，研究观看了好一阵子，不知不觉间已经过了石碑划的界线。等他反应过来想返回时，已经不知道自己身在何处，迷失了道路，迫不得已，只好随便四处走走。走着走着，到了一间古老的庙宇，进去一看，庙中塑的神像上面的油漆都已经因为年久失修而掉落了，神像旁边的牛头鬼的雕像上扑满了灰尘，结满了蛛网立在那里。丁恺可怜这庙中没有僧侣，就用自己的袖子抹去了牛头鬼神像上的蛛网和灰尘。

丁恺接着又向前走了大概有两里路的样子，突然听见有河水流动的声音。向前一看，前方横着条长长的河，有一个妇人在河水边洗着菜，菜的颜色特别紫，枝叶交叉叠错得像芙蓉花一样。丁恺慢慢上前仔细打量那妇人，原来是自己已经死去的妻子。妻子看见丁恺大吃一惊，道："你怎么到这里来了？这不是人间。"丁恺就把到这里的始末都告诉了妻子，又问妻子："你现在住在什么地方？刚刚洗的是什么菜呢？"妻子回答说："我死后嫁给了阎罗王的差役牛头鬼，现在家住在河西边的槐树下，所洗的就人间的胞胎，俗名叫'紫河车'。如果这紫河车被洗上十次，那生出来的孩子就会长得清新精致并且是个贵人；如果洗两三次，那么生出来的孩子就是普通的一般人；要是不洗的话，那么生出来的就是一个糊涂愚蠢、满身污浊肮脏的人。阎罗王把这件事分别交给各牛头鬼来管理，所以我在这里代替我的丈夫来洗它。"丁恺又问妻子："是否可以让我返还阳世？"妻子回答说："等我丈夫回来后，我再和他商量。只是我既是你在阳间的妻子，又是牛头在阴间的妻子，新丈夫和旧丈夫相见，觉得特别羞于开口。"说完，亡妻邀请丁恺到她家中做客，闲谈些家里的事，询问阳间的亲朋好友现在过得如何。

过了一会儿，外面有人敲门，丁恺很恐惧，就趴在床下躲了起来。妻子去开门，是牛头鬼回来了。进来后，牛头鬼把牛头取了下来扔在桌子上，原来牛头只是一个假面具，取下面具后，牛头鬼的眉眼带笑，就像平常人一样。他对妻子说："太累了，今天阎王审了几十宗大案，脚跟站得又酸又痛，你去给我倒杯酒来喝。"过了一会儿，慢慢察觉到不对劲，惊讶地说："有生人的气味！"说着，边闻边找，妻子推测不能隐藏了，就把躲在床底的丁恺拉出来，跪下磕头告诉牛头鬼事情始末，代为求情放他一条生路。牛头鬼说："这个人我会救的，不仅仅因为你的原因，他实在是对我有恩。我的塑像在庙中，满面灰尘，是这个人为我擦拭干净的，他是一个心地善良的人。只是不知道他还有多少阳寿，等我明天到判官那里去偷偷查看阳寿典册，自然就会清楚了。"便叫丁恺坐下，三人一起喝酒。有肉菜端上来后，丁恺举起筷子要挑菜吃，牛头鬼和妻子急忙夺下，道："鬼酒可以喝，不妨事，但鬼肉就不能吃。如果吃了，就要一直留在阴间了。"

第二天，牛头鬼早早出去，等到天快黑的时候才回来，面露喜色祝贺丁恺说："我查看阴间的阳寿簿册，你的阳寿还没完，更高兴的是我有趟差事要出关，正好可以送你出这阴司地界。"说完，牛头鬼手里拿出一块红色的发臭腐烂的肉，说："这东西送给你，卖了它可以发大财。"丁恺问他原因，牛头鬼回答说："此是河南的一个富人张某背上的肉。张某做了件坏事，阎王把他捉了来，用钩子钩在他背上判他上铁锥山，半夜时钩子钩得他背上的那块肉腐烂了，他就趁机逃了。现在他在阳间背上生了烂疮，找遍了医生都治不好。你把肉研碎了敷在他背上就能好，到时他一定会重重酬谢你。"丁恺听后急忙拜谢，并用纸包起这肉藏在身上。之后和牛头鬼一同出关，出关后牛头鬼立即不见了。

丁恺到了河南，果有个姓张的人患有背疮，丁恺用牛头鬼教的方法医治好了张某，得到了五百两的赏金。

治鬼二妙

娄真人劝慰人们遇到鬼不要害怕，要用气去吹它，以无形对付无形。鬼最害怕的是阳气，比刀枪棍棒还管用。张岂石先生说："看见鬼不要害怕，要鼓起勇气与他搏斗，争斗胜了当然是一件好事；争斗败了，大不了我同他一样变成鬼，更没什么可怕的了。"

灵璧女借尸还魂

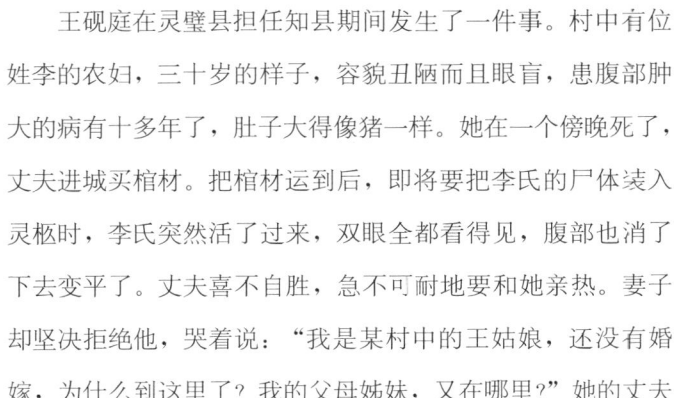

　　王砚庭在灵璧县担任知县期间发生了一件事。村中有位姓李的农妇，三十岁的样子，容貌丑陋而且眼盲，患腹部肿大的病有十多年了，肚子大得像猪一样。她在一个傍晚死了，丈夫进城买棺材。把棺材运到后，即将要把李氏的尸体装入灵柩时，李氏突然活了过来，双眼全都看得见，腹部也消了下去变平了。丈夫喜不自胜，急不可耐地要和她亲热。妻子却坚决拒绝他，哭着说："我是某村中的王姑娘，还没有婚嫁，为什么到这里了？我的父母姊妹，又在哪里？"她的丈夫大吃一惊，急忙到某村去访问。只见某家全家人都在哭这家的幼女，而那幼女早夭尸体都已经埋葬了。丈夫于是把发生的事一说，她的父母狂奔而至。妇人见后哭着抱住他们，详述一生的经历，每件事情都相符。她的未婚夫家也来看望，妇人羞涩不已，红着脸见了面。之后两家人争这个妇人，告到官府。王砚庭好意为他们撮合，将妇人判给村农。这是乾隆二十一年的事。

掠剩鬼

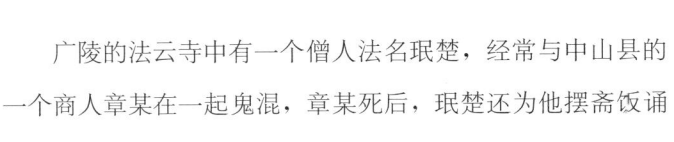

　　广陵的法云寺中有一个僧人法名珉楚，经常与中山县的一个商人章某在一起鬼混，章某死后，珉楚还为他摆斋饭诵佛经。

　　几个月后，珉楚忽然在市集中碰到章某。珉楚这时还没吃饭，章某立即邀请他一起进了家饭店，为他买了胡饼。吃完后，珉楚问章某说："你不是已经死了吗，怎么还会在这里?"章某回答说："我因为犯了些小罪没有被赦免，现在被分配到扬州来做掠剩鬼。"珉楚问："什么叫作掠剩鬼?"章某说："但凡是官差商贩所得的利润都是有定数的，超过这个定数得到的利润就是剩余的钱，我就会去掠取过来，现在人间像我这样的掠剩鬼有很多。"就指着路上来往的人说："某某都是。"没一会儿，有一个僧人经过，章某指着他说："这个僧人也是。"于是向过路的那个僧人招呼了一下示意他过来。那僧人到了,章某和他交谈了很久,之后那个僧人也不见了。珉楚和章某一起向南边走,途中遇见一个妇人在卖花,章某说:"这个妇人也是鬼,她所卖的花也都是鬼所用的,人间的人没法用。"章某拿出几个钱买了那妇人的花,送给珉楚,并说:"凡是看到这个花笑的都是鬼。"说完,就跟珉楚告别离开了。珉楚看那花甚是娇艳美丽,但是却很重。珉楚便昏昏沉沉地回到寺庙,路上的行人看见花有很多都在笑。珉楚到了法云寺北门,想着:我今天和鬼一起游玩,现在手里又拿着鬼花,感觉特别不吉利。于是就把花扔到了寺门前的水沟中,还溅起了水花,发出响亮的声音。

回去后,同院的人察觉他脸色十分不正常,以为他中了魔怔,争着拿汤药来救他。过了很久,珉楚才苏醒过来,把自己那天的经历都仔细告诉了众僧。于是大家便陪他一起又去看那束花,竟然是一只死人的手。

（以上《子不语》）

兴妖作怪

促织即蟋蟀，也叫蛐蛐。明朝宣德年间，皇宫里时兴斗蟋蟀，每年都向民间征收蟋蟀。这种小虫本来不是陕西的特产，可是有一个华阴县官想要巴结上司，特意进贡了一头蟋蟀，让它试斗一下，还相当厉害，因此朝廷就责令华阴县每年都必须进贡。县官责成里正征收。于是市镇上那些游手好闲之徒，得到好的蟋蟀就用笼子养起来，抬高它的价格，当成牟利的奇货。乡里的差役狡猾奸诈，便借着这个名目按人口摊派费用，每要求进贡一只蟋蟀，总要有好几户人倾家荡产。

华阴县有个叫成名的人，读书想考秀才，老是考不上。他为人迂腐，口齿迟钝，所以被狡猾的差役上报充当里正这个差使，他想尽办法也摆脱不了。不到一年，微薄的家产因接连赔偿而赔得精光。偏偏又碰上征收蟋蟀，成名不敢按人口摊派费用，自己又无钱可垫，忧愁烦闷，急得要上吊。妻子说："寻死有什么用处？倒不如自己去捉捉看，也许碰巧能有点收获。"成名觉得这话说得在理。从此就起早贪黑，提着竹筒和铜丝笼子，在破墙和草丛中，见石缝就掏，见土洞就挖，什么办法都用上了，终究一无所获。即使逮到两三头，又低劣瘦弱，不合进贡规格。县官限时限刻，严紧追逼，十几天工夫，他就挨了上百下板子，两条大腿被打得脓血淋漓，连蟋蟀也不能去捉了。躺在床上翻来覆去，只想自杀。

这时候，村里来了一个驼背的巫婆，说是能够请神算命。成名的妻子就拿了钱去求她占卦。到那里一看，只见巫婆门口挤满了人，既有满头白发的老太婆，也有穿红衫的小姑娘。她挤进屋内，看见密室的门上挂着帘子，帘外摆着烧香的小桌。求卦的人烧上一炷香，插在香炉里，跪在地下磕头。巫婆坐在一旁向着天空替他们祈祷，嘴唇一张一合，不知念叨些什么，大家都恭恭敬敬地站在那里听着。一会儿，从帘子里扔出一张纸，上面写的都是问卦人心里想问的事情，没有丝毫差错。成名的妻子把钱放在香桌上，也像前面的人一样烧香跪拜。约一顿饭工夫，帘子一动，也扔出来一张纸。捡起来一看，纸上没有字，只是一幅画：当中画着一座大殿，好像是寺庙，后面小山下乱堆着许多奇形怪状的石头，还长着一丛丛荆棘，一只青麻头蟋蟀就躲藏在那里，旁边有一只癞蛤蟆，像要跳起来的样子。她仔细察看研究，也看不明白。但是看到蟋蟀，暗合自己的心意，就把纸折起折好，回家给成名看。成名翻来覆去想了半天，心想：这莫非是指点我捉蟋蟀的地方不成？又仔细看了看景物的形状，和村东的大佛寺十分相似。于是，他忍痛起床，拄了拐杖，拿着图纸，来到大佛寺后面。那里有一座隆起的古坟，顺着古坟走，见蹲在地上的石头，一块挨一块，像鱼鳞似的，简直和图画中的景物一模一样。于是在杂草丛中侧耳细听，慢慢地往前搜索，像在寻找小针那样。可是寻得心竭力衰，眼花耳鸣，根本没有蟋蟀的影子和声音。他还是不停地向幽深处搜寻。忽然一只癞蛤蟆跳出来逃走了，成名越发感到惊讶，急忙追赶。蛤蟆钻进草丛里，他拨开草丛，追随蛤蟆的踪迹往前寻找，只见一头蟋蟀趴在荆棘根底处。他急忙伸手去扑，蟋蟀钻进石洞里。他用细草去拨，拨不出来。把竹筒里的水灌进去，蟋蟀才跳了出来，姿态极为雄健俊美。他追上去把它抓住了。仔细一看，个头大，尾巴长，颈背脊青，羽翅金黄，成名高兴万分，忙把蟋蟀装进笼里带回家中。全家都欢庆祝贺，即使得了价值连城的大美玉也没这么高兴。成名把它养在盆子里，用蟹肉和栗子仁做饲料，爱护备至，只等限期一到，就送官府交差。

　　成名有个九岁的儿子，看父亲不在家，就偷偷地揭开盆子盖看蟋蟀。不料那蟋蟀一下子蹦了出来，跳得很快，小孩怎么也捉不着。等到扑到手，蟋蟀已经腿断肚子破，挣扎几下就死了。孩子吓坏了，哭着去告诉母亲，母亲一听，吓得脸色灰白，大骂道："你这个祸种！死到临头了！你爹回来，看他跟你怎样算账！"小孩哭着跑出去了。不久，成名回来

了，听妻子一说，好像冰雪从头顶上浇下来。他怒气冲冲地去找儿子，到处都不见踪影，不知跑到什么地方去了。一会儿在井里捞到孩子的尸体，成各满腔愤怒化为悲痛，呼天抢地，哭得死去活来。夫妻俩对墙发呆，草屋里不见炊烟，相对无话，再也没有生活的依托。

天快黑了，成名拿草席包裹儿子去埋葬。到尸体跟前一摸，还有一丝微弱的气息。他一阵惊喜，忙把孩子抱到床上，等到半夜，孩子重又苏醒过来。夫妻二人心里稍微有些安慰。但是孩子的眼神痴呆，迷迷糊糊地只想睡觉。成名回头看到蟋蟀笼子空了，又感到非常绝望，气得说不出话，也就无心再顾孩子的死活了。从黄昏到天亮，愁得一夜没合上眼。

太阳已经高照，成名还直挺挺地躺在床上发愁。忽然听到门外传来蟋蟀的叫声，他吃惊地爬起来窥探，那头蟋蟀仿佛还活着。他很高兴，连忙去捕捉，那蟋蟀一叫就跳走了，跳得非常快。成名用巴掌盖住它，觉得手心空无一物。但是手刚刚抬起来，它又一下子跳得老远。他急忙追上去，拐过墙角，却不知去向。他走来走去，四处探望，看见蟋蟀趴在墙壁上。仔细一看，个儿短小，全身黑里透红，转眼已不是刚才看见的那一头了。成名因为它个头小，觉得不中用，依旧四处徘徊，东找西看，专找刚才追逐的那一头。不料墙上的小蟋蟀忽然一跳，落在他的衣襟袖子间。仔细一看，样子像个蝼蛄，梅花翅膀，方头长腿，神态好像不错，便高兴地把它收进笼子。即将奉献县衙，又提心吊胆，唯恐不中上司的心意，就想让它斗一斗，试试看到底行不行。

村里有个喜欢多事的青年养了一头蟋蟀，给它起名叫"蟹壳青"，天天和一些年轻人蓄养的蟋蟀相斗，每战必胜。他以为奇货可居，想靠它牟取暴利。因为要价很高，卖不出去。他听说成名捉了一只蟋蟀，便直接找上门来。看到成名所养的蟋蟀，便捂着嘴直笑，就把自己的"蟹壳青"放进笼子里。成名见他的蟋蟀身长体壮，更增加了几分惭愧，不敢跟他较量。这青年坚持要比一比。成名转念一想，养这种低劣的孬种，终究没什么用处，不如让它斗一斗，博得一笑算了。因而把两只蟋蟀一起放进斗盆里。小蟋蟀蹲在一旁一动也不动，呆若木鸡，年轻人又大笑。试着用猪鬃毛撩拨它的触须，依然不动，年轻人又一阵大笑。几经撩拨，小蟋蟀勃然大怒，直向大蟋蟀扑去，于是两头蟋蟀相互跳跃搏击，精神抖擞地鸣叫着。一会儿，只见小蟋蟀突然跃起，张开尾巴，竖起触须，一口咬住大蟋蟀的脖子不放，年轻人大吃一惊，急忙使两只蟋蟀停止了搏斗。这时小蟋蟀支起翅膀，得意地鸣叫，好像在向主人报捷似的。成名看了高兴万分。

正当一起玩赏时，突然闯来一只大公鸡，径直把嘴伸进斗盆里啄蟋蟀。成名吓得呆立一边大声惊叫。幸好没啄中，蟋蟀跳出一尺多远。公鸡凶猛地赶过去，追逼蟋蟀，蟋蟀已落在公鸡的爪下了。成名惊慌失措，不知怎样救出蟋蟀，急得直跺脚，脸色发白。眨眼间却见公鸡伸着脖子，摇动着头，翅膀直扑挞。低头一看，原来蟋蟀叮在鸡冠上，死命咬住不放。成名心里更是又惊又喜，双手捧起蟋蟀放进笼子里。

第二天呈献给县官。县官看它太小，气呼呼地把成名大声训斥了一顿。成名陈述了小蟋蟀的奇异本领，县官不信，就试着和别的蟋蟀斗，果然所向无敌；又试着去斗大公鸡，果真和成名说的一样。于是才奖赏了成名，把小蟋蟀献给巡抚。巡抚非常高兴，就用金笼子装着，进贡给皇帝，并在奏章中详述它的本领。进到皇宫以后，将天下进贡的蝴蝶、螳螂、油利挞、青丝额等一切奇形怪状的蟋蟀，全都拿来和小蟋蟀比斗，没有一只能占它的上风。每当小蟋蟀听到琴瑟的乐声，就应着节拍翩翩起舞。人们更感到它的神奇。皇帝格外高兴，大加赞赏，颁发诏书，赐给巡抚大臣名马和锦缎。巡抚没有忘记好运的来由，过了不久，那个县官就以政绩"卓异"得到升官的推荐。县官兴高采烈，免除了成名的里正职务，又嘱咐学使，让他当了秀才。

一年多以后，成名的儿子精神复原了。对人说自己曾经变成一只蟋蟀，轻巧敏捷，善于搏斗，现在才苏醒过来。巡抚也给成名以重赏。没过几年，他家里的田地就上了百顷，楼阁亭台数不清，牛羊成群，少说也有几百头。一出门，身穿名贵皮衣，骑着豪华骏马，派头胜过官僚世家。

异史氏说：皇帝偶然需要一种东西，未必不过后就忘了；但是那些奉命操办的官吏，却立即制订必须按时供给的条例。加上官吏的贪婪暴虐，逼得百姓典妻卖儿，即使这样，也难以应付官吏无休无止的征敛。所以皇帝每迈出半步，都关系到老百姓的命运，万万不可疏忽。唯独成名这个人，因受官吏的催逼勒索而穷困，却由于献了蟋蟀而致富，裘衣骏马，得意扬扬。当他做里正遭受斥责和挨打时，哪会想到自己有这一天呢？老天爷对老实厚道的人总是给予好报酬，于是使巡抚、县官，一并受到蟋蟀的恩泽。曾听人说过："一人得道升天，家里的鸡狗也都跟着成仙。"果真是这样！

瞳人语

　　长安有个叫方栋的读书人，颇有才名，但行为轻佻，不守礼节，每在道路上见到在外游玩的女子，就无礼轻薄地跟在女子后面。

　　清明节的前一天，方栋偶然到郊野散步，看见一辆装着大红车帘和绣花车帷的小车，车后还有几个骑马的侍女跟随，其中一个侍女，骑一匹小马，姿容绝美。方栋见了，便稍稍向前窥视，看见车的帷幔没有拉上，里面坐着一位十六岁大的女子，衣着艳丽，风华绝代，是他生平从未见过的。方栋目眩神移，神魂颠倒，跟着车子，一个劲地盯着那女子看，舍不得离开，一会跑到车前，一会跑到车后，不知不觉，便随车跑出数里之遥。忽然听见车内女子叫侍女到车边，道："替我把车帘放下！不知哪来的狂妄男子，多次来偷看！"侍女放下车帘，转过头，愤怒地看着方栋道："这是芙蓉城七郎的新娘回娘家，不是乡下娘子，怎可由秀才随便看的！"说完，就从车道上抓起一把土，朝方栋劈头盖脸地撒来。方栋双眼立刻被灰尘迷住，等他擦了眼睛再看，车马已经走很远了。

方栋又惊又疑，回到家里，总觉眼睛不舒服，叫人掰开眼皮一看，但见眼球上生出一小块眼翳。过了一晚，愈发严重，眼泪不止地簌簌流下来，那眼翳渐渐大了起来，几日后竟长至铜钱厚。右眼长出螺旋状的肉块，各种药材也没办法医治。方栋心中懊悔苦闷不已，反省自身行为，感到十分悔恨。听说念诵《光明经》可消除灾难，就手拿一卷，请人教他念诵。方栋刚念《光明经》的时候，内心烦躁不安。久而久之，便渐渐安定下来，早晚无事，就盘腿坐着念珠，默诵经文。这样坚持了一年，各种杂念慢慢也就消失了。忽听左眼里有像苍蝇飞动声般大的声音，道："黑漆漆的，真叫人难受！"右眼中有声音答道："可以一同出去游玩一会儿，出出这口闷气。"方栋渐渐觉两个鼻孔里痒痒的，好像有东西从里面钻出来，离开鼻孔走了。过了一阵子才回来，重新顺着鼻孔，又爬回眼里。它们又道："哎！好久没到花园去，想不到珍珠兰都枯死了！"方栋平日里喜欢兰花，在花园里种植了不少，经常亲自浇灌料理，自从双目失明之后，搁置了很久都没有过问了。听说珍珠兰死了，方栋便问妻子："兰花为什么憔悴枯死了？"妻子问他怎么知道的，方栋便将眼睛里有人说话的事告诉了妻子。妻子跑到花园查验，珍珠兰果真干枯了！

妻子感到特别奇怪，便悄悄藏在房中等着。只见两个豆粒大的小人，从丈夫鼻孔里钻了出来，转转悠悠地竟然出门去了。渐渐走远了，便看不见他们在哪了。过了一阵，又手拉手地飞回来，落在丈夫脸上，像蜂蚁入穴一样。像这样出出进进两三日后，又听见左眼里有声音说道："道路弯弯曲曲的，进出太不方便了，咱们干脆开个门吧！"右眼答道："我这边墙壁太厚，要开门谈何容易！"左眼道："那就让我来试试，如开得成，咱们合走一道门好了！"方栋接着觉得左眼隐约好像被什么抓破了，过了一会儿，方栋睁开眼，居然隐隐约约可看到几样东西了！方栋很高兴地告诉妻子。妻子仔细查看，只见左眼上那块铜钱厚的眼翳，破了一个半个胡椒大小的洞，黑黝黝的瞳孔，射出光亮来。过了一夜，左眼眼翳全消退了，细看，竟然有两个瞳仁。只是右眼那块赘肉依然如故。这才知道两个瞳仁合在一个眼眶了。方栋虽然瞎了一只眼，但看东西比原来两只眼睛更好了。从此，方栋无论做什么事，言谈举止都格外检点，乡亲们都称赞他品德好。

异史氏说：乡里有个读书人和两个朋友在途中，远远看见一个少妇在前面骑着毛驴，戏谑吟唱道："有美人兮！"回头看两个朋友说："追她！"三人相视一笑跟随其后。等到追上一看，是他的儿媳，心里很羞愧丧气，不再说话。朋友假装不知道，评头论足十分猥亵。那读书人很尴尬忸怩，支支吾吾地说："这是我长子媳妇啊！"于是各自偷笑而止。轻薄的人往往自取其辱，真是很可笑啊！至于双眼被迷失明，又是鬼神的惨痛报应了。芙蓉城主，不知道是何处神祇，莫不是菩萨现身？眼睛里的小人可以另劈开一个小门，犯了错误，鬼神虽然凶恶，又何尝不允许别人改过自新呢！

竹青

　　湖南有个鱼客，忘了他的原籍是哪里。他家里贫穷，科举落榜回来的路上，钱财用光了。鱼客认为乞讨是件很羞耻的事情，饿得不行了，就暂时到吴王庙中歇息，跪拜神像祈求保佑。

　　鱼客拜完出来躺在廊下，忽然有一个人引领他去见吴王。那人跪下陈述说："黑衣队还缺一名士兵，可以让这个人填补空缺。"吴王说："可以。"随即给了鱼客一身黑衣服。鱼客穿上后，瞬间变成乌鸦，振动着翅膀飞了出去。见乌鸦们都聚集在一起，鱼客就跟着它们一块儿飞走了。它们分别抱团集中落在船的帆和桅杆上，船上的旅客争着把肉抛向空中，乌鸦成群飞起来在空中接着吃。鱼客也学着这样做，一会儿就吃饱了。他飞到树梢上，觉得很得意。过了两三天，吴王可怜他没有配偶，许配他一只雌乌鸦，叫作"竹青"，它们相处得很恩爱。鱼客每次去接食物吃，总是不够机警。竹青一直劝他，鱼客最终也没有听。一天，有队满族兵经过，用弹弓射中了鱼客的胸膛。幸亏竹青衔着它飞走了，才没被捉去。这群乌鸦很愤怒，鼓动起翅膀扇起波涛，浪涛汹涌，船全被掀翻了。竹青仍然带食物来喂鱼客。鱼客伤得很重，一天过完就死了。鱼客忽然像从梦中醒来，见自己仍然躺在庙中。起初，居住在这里的人看见鱼客死了，不知他是谁，摸他的身体还未冷，所以就让人不定时来照看他。这时，人们向鱼客询问了缘故，凑了些钱送他回家。

　　三年后，鱼客又经过以前的地方，到庙中参拜吴王，摆设了食物，呼唤乌鸦下来一齐吃，祷告说："竹青如果在的话，请留下来别走。"吃完以后，乌鸦们都飞走了。后来，鱼客乡试中举，再次来拜谒吴王庙，供奉猪、羊。供完以后，于是准备盛大宴席来宴请乌鸦朋友，再次希望竹青留下。这天晚上，鱼客在湖边的村庄住下，拿着蜡烛正坐着，忽然桌子前面像有只飞鸟飘扬掉落。鱼客过去看，原来是个二十来岁的貌美女子。这女子微笑着说："别来无恙吧?"鱼客吃惊地问她是谁，女子说："你不认识竹青了吗?"鱼客很高兴，问她从哪里来。竹青说："我如今是汉江的神女，返回故乡的时间很少。之前，乌鸦使者两次跟我说起你的情谊，所以特地来与你相会。"鱼客更加兴奋感动，就像分别很久的夫妻，非常爱恋。鱼客要带着竹青一同到南方去，竹青想邀请鱼客一块儿到西边去，最后也没定下去哪里。第二天，鱼客刚刚睡醒，竹青就已经起来了。他睁开眼，看见高堂之中陈设了一支巨大的蜡烛，光亮非常，竟然不是在船上！他吃惊地起身问："这是什么地方？"竹青笑着说："这是汉阳啊，我家就是你家，为什么一定要到南方去呢！"天渐渐亮了，丫鬟婆子们纷纷过来侍候，美酒和烤肉也已经端进来，并在宽大的床上摆放一张矮桌，供夫妇两人对饮。鱼客问："我的仆人在哪里？"竹青回答说："在船上。"鱼客忧虑船主不会久等，竹青说："不妨事，我会帮你酬报他的。"于是二人日夜吃喝谈笑，鱼客高兴得忘了回去。

船主从梦中醒来，突然发现是在汉阳，感到十分惊奇。仆人寻访主人鱼客，没有一点音信。船主想到其他地方去，然而缆绳又解不开，于是只好和仆人一同守着船。过了两个多月，鱼客忽然想起回家，对竹青说："我在这里和亲戚朋友断绝了来往，况且你与我名义上是夫妻，然而连我家门都不认识，怎么行呢？"竹青说："不要说我不能去；就是去，你家里已经有了妻子，你将如何来安置我呢？不如放我住在这里，作为你的另外一个家。"鱼客遗憾路途遥远，不能时时来往。竹青拿出一件黑衣服来，说："你以前穿过的旧衣服还在，如果想我时，穿上这件衣服就来了。到了这里，我再为你把衣服脱下。"于是，竹青大摆奇珍美味，给鱼客饯别。鱼客喝醉睡着了。醒来时身子已经在船上，一看，船停在洞庭湖原先停泊的地方，船主和仆人都在。他们相互一看，十分震惊，都问鱼客到哪里去了。鱼客怅然若失。他发现枕头边上有一个包袱，打开来看，是竹青赠送的新衣服和鞋袜，那件黑衣也折叠在里面。又有一个绣制的口袋系在腰上，伸手一摸，里面装满了银子。于是他们开船向南出发，抵达岸边，鱼客给了船主一笔丰厚的报酬，自己就回家了。

回家几个月后，鱼客苦苦思念汉水，就偷偷出去穿上黑衣，两肋立刻长出翅膀，瞬间就飞到空中。大约过了两个时辰，就到了汉水。鱼客盘旋飞翔着往下看，看见一个孤岛上有几座楼舍紧紧挨着，就飞下来落在地上。有个婢女已经远远看到他了，呼喊说："官人来了！"不一会儿，竹青出来，命仆人们给鱼客脱了黑衣，鱼客觉得身上的羽毛立即随之脱落下来。竹青握着他的手进了房中，说："你来得正好，我马上就要分娩了。"鱼客开玩笑地问她说："是胎生还是卵生？"竹青说："我如今成了神了，皮肤和骨头已经更换了，应该与过去不同了。"过了几天，竹青果然生产了。孩子被厚厚的胎胞包裹着，就像一个巨大的卵，破开一看，是个男孩。鱼客非常高兴，取名叫"汉产"。三天后，汉水的神女们都来祝贺，用衣服食物和珍宝作为贺礼。神女们个个都非常美丽，岁数都在三十以下，她们进入内室走近床边，用拇指按按小孩的鼻子，说是"增寿"。神女们走后，鱼客问："刚才来的都是谁啊？"竹青说："她们和我一样是汉水的神女。走在后面那个穿藕白色衣服的，就是传说中'汉皋解佩'的仙女。"鱼客在这里住了几个月，竹青用船送他回家。船上没有帆和桨，飘然自己前行。到了陆地上，已经有人牵着马在路旁等候，鱼客就回了家。从此，两人来往不断。

过了几年，汉产长得更加秀美，鱼客十分疼爱他。鱼客的妻子和氏苦恼不能生育，常常想见一见汉产，鱼客就把事告诉了竹青。竹青准备了行装，送儿子跟随父亲回去，约定三个月就回来。回来后，和氏比喜欢自己亲生的儿子还要喜爱汉产。过了十个多月，还舍不得让他回去。一天，汉产忽然生病而死，和氏哭得死去活来。鱼客就去汉水告诉竹青。一进门，鱼客见汉产光着脚躺在床上，高兴地问竹青，竹青说："你长时间违背约定，我也想儿子，所以就把他招来了。"鱼客就说这是因为和氏太喜爱孩子的缘故。竹青说："等我再生个孩子，就让汉产回去。"又过了一年多，竹青生了一男一女一对双胞胎，男孩取名"汉生"，女孩取名"玉佩"。鱼客就带着汉产回了家。然而鱼客一年总要到汉水三四次，觉得不方便，就把家迁移到汉阳。

汉产十二岁时，进了郡学学习。竹青认为人间没有素质美好的女子，就把汉产叫走了，给他娶了妻子后，才让他回来。汉产的妻子名叫"厄娘"，也是神女生的。后来和氏死了，汉生和妹妹都来举哀送葬，安葬完了，汉产就留在这里。鱼客带着汉生、玉佩走了，从此再没回来。

酒虫

山东长山有一个姓刘的人，体格臃肿肥胖特别喜欢喝酒，每每他一个人喝，都要喝完一瓮的酒。他在城边上有三百亩的膏腴田地，他只用一半的田地种黍米，可是家里有钱有势，并没因为爱喝酒使家境受影响。

一个西域来的僧人见到刘某，说他身患奇异的病症。刘某回答说："没有。"僧人说："您喝酒是不是不曾喝醉过？"刘某说："是的。"僧人说："这是酒虫的原因啊。"刘某感到惊讶，就请求他医治。僧人说："这容易。"刘某问："需用什么药？"僧人都说不需要什么药，但是让他在太阳正大的时候在下面俯卧着，把手脚都绑了；并且在距离头有半尺多的地方，摆放一盆甘甜美味的酒。不多时，刘某就燥热饥渴难耐，极其想喝酒。酒的香味飘进了鼻子里，心里的馋火急急地往上烧，却苦于喝不到酒。忽然觉得咽喉中非常痒，哇的一下吐出一个东西，直落入酒盆之中。解开刘某手脚让他去看，只见一条红肉三寸多长，像水中游动的鱼儿一样在酒里蠕动着，嘴巴、眼睛都有。刘某感到很吃惊，向僧人致谢，拿银子酬谢他，僧人没有接受，只是请求要这个酒虫。刘某问他："这拿来有什么用？"僧人说："这是酒的精灵，在瓮中注入水，再将这虫子放入搅拌，立即就能变成上等好酒。"刘某让僧人试验，果然如此。

刘某从此之后像厌恶仇人一样厌恶酒，而他的身体却日渐消瘦下去，家境也日渐贫困，最后竟连饭都吃不上了。

异史氏说：每天喝一石酒，并没有损伤他的富贵；而最后一斗酒都不喝，却更加贫穷：喝酒吃饭莫非都有定数吗？有人说：这酒虫是刘某的福星而不是刘某的病根，僧人愚弄他来成全自己，使自己得到用酒虫来酿成美酒的奇术。是这样吗？不是这样吗？

小猎犬

　　山西曲沃卫中堂做秀才时，嫌家里事多扰乱，就搬到寺庙里去住。可是那里的蚊子、臭虫和跳蚤特别多，咬得他整夜睡不着觉。有一天，他吃完饭，躺在床上休息，忽然看见一个小武士，头上插着野鸡翎，身高只有两寸左右，骑着一匹和蚱蜢一样大小的战马，胳膊上戴有青色臂套，驾着一只苍蝇那么大的猎鹰，从门外进来，在屋子里绕圈儿走，走一会儿又跑一阵。他正在聚精会神地看着，忽然又进来一个人，装束和前一个人一样，腰里挎着小弓箭，牵着一只小猎犬，看上去像只大蚂蚁。又过了一会儿，步行的、骑马的，纷纷攘攘，来了好几百人，小猎鹰也有几百只，小猎犬同样有几百头。只要蚊子苍蝇飞动，小武士们就放出猎鹰，腾空搏击，全都把它们捕杀掉。猎犬也跳到床上、爬上墙壁，搜索痛咬蚤子和跳蚤。凡是潜藏在缝隙里边的，只要闻一闻，没有不爬出来的。一眨眼，那些害虫几乎全被咬尽杀绝了。

卫公假装睡着了，斜眼静观这场有趣的围猎。战斗刚结束，小猎鹰纷纷落在他身上，小猎犬也在他身上跑来跑去。一会儿有个身穿黄袍的人，头上戴着平天冠，好像是个国王，走进来登上另一张卧床，把马拴在苇席中间。随从的骑兵也都跳下马，于是武士们把捕获的蚊蝇虮蚤都献了上来，纷纷聚集在国王身边，围得水泄不通，也不知说了些什么话。过了一会儿，国王登上一辆小车，卫士们急忙各自备鞍驾马。只见万蹄奔驰，马蹄声响似撒豆，马队过处烟飞雾腾，转眼间已全部撤离了。

这一切，卫公看得清清楚楚，感到非常惊讶，不知这些小人小马是从哪里来的。于是穿上鞋，悄悄地跑到门外去偷看，却早已无影无踪，毫无动静。再返身入屋，四处察看，也没有发现什么特别的东西。只有墙壁的砖头上留下一只小猎犬，卫公急忙捉住它。这小猎犬比较温顺，卫公把它放在砚台盒里，一遍又一遍地观赏着。它身上的茸毛纤细柔软，脖子上有一个小环。喂它饭粒，它闻一闻就走开，纵身跳到床上，在衣缝里搜寻，咬杀虮子和虮子所下的卵，一会儿重又跑回来趴在砚盒里休息。

过了一夜，卫公疑心它已经跑掉了，起床一看，还和原先一样蜷曲着身子趴在那里。此后，每当卫公睡觉的时候，它就跳上床席，遇到害虫就咬杀，蚊子、苍蝇吓得都不敢在上面停留。卫公对它的爱惜，胜过价值连城的大璧玉。

一天，卫公睡午觉，小猎犬暗自伏在他的身旁。他醒来一翻身，把小猎犬压在腰下。他忽然觉得身下有什么东西，疑心是小猎犬，急忙坐起来一看，小猎犬已被压扁死掉了，样子好像用纸剪成的一样。可是从此以后，再没有害虫来骚扰他了。

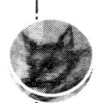

小猎犬

杨疤眼

　　有个猎人晚上在山林埋伏着，准备狩猎，看到一个大约只有两尺长的小人，形单影只在水沟底行走。过了一会儿，又有一个小人来了，身高和之前的那个一样，正好他俩相遇，互相问到哪里去。前一个小人说："我准备去看望杨疤眼。前天看他脸上的气色晦暗不明，多半会遭受凶难。"后一个小人说："我也为此要去看他，你说的一点不错。"猎人知道他俩不是人，就凶恶地大声呵斥，可是两个小人都不知道去哪儿了。这天夜里，猎人打到一只狐狸，狐狸的左眼皮上，有一块像铜钱那么大的疤眼。

泥书生

　　罗村有个叫陈代的人，从小蠢笨丑陋。长大后娶了个妻子某氏，颇有几分姿色。妻子认为丈夫样样不如别人，整天愁眉苦脸，很不如愿。但她还是保持着自己的贞洁，婆媳之间也相安无事。一晚，她独自一人在屋里睡觉，忽然听到风把门吹开了，一个书生进来，脱了衣服、帽子，和她同床而卧。妇人又惊又怕，苦苦抗拒，但是身上顿时瘫软无力，任凭书生轻薄后离开。从此之后，书生没有一天晚上不来。一个多月后，妇人面容枯槁，身体困乏。婆母感到奇怪，就问她。妇人起初羞惭不想说，婆母一直追问，才把实情说了出来。婆母惊骇地说："这是妖怪啊！"用各种法术都无效，于是让陈代埋伏在屋里，手拿着木棒等候。半夜时分，书生果然又来了，熟练地把帽子放在桌上，又脱下长袍搭在架子上，才要上床，忽然大惊道："糟糕！有陌生人的气息！"急急把衣服披起。陈代从暗处猛地跳出，挥棒打中书生的腰肋，发出嗒的一声。再四下一看，书生已经不见了。拿柴火一照，只见一片泥衣滩在地上，桌上的泥帽仍然放在那里。

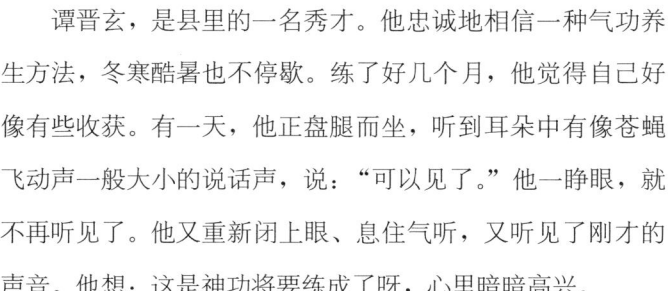

　　谭晋玄，是县里的一名秀才。他忠诚地相信一种气功养生方法，冬寒酷暑也不停歇。练了好几个月，他觉得自己好像有些收获。有一天，他正盘腿而坐，听到耳朵中有像苍蝇飞动声一般大小的说话声，说："可以见了。"他一睁眼，就不再听见了。他又重新闭上眼、息住气听，又听见了刚才的声音。他想：这是神功将要练成了呀，心里暗暗高兴。

　　自此之后，他每每坐下就听，心里想，等耳中再说话时，应当回应一声并且睁眼窥视它是什么东西。一天，果然又听到了那说话声"可以见了"，于是他用轻微的声音回应："可以见了。"一会儿便觉得耳朵中有窸窸窣窣的声音，似乎有东西爬出来。他慢慢地睁开眼偷看，看到一个小人，高三寸多，面貌狰狞，丑恶得像夜叉一样，在地上转着走。他在暗暗惊异，暂且集中精神，看他有什么变化。正在此时，忽然听邻居有人来借东西，在门口呼唤。小人听到后，样子很恐慌，围着屋内乱转，好像老鼠找不到窝一样。谭秀才也觉得神志不清，像掉了魂，不再知道小人到哪里去了。随后他便得了疯癫病，哭叫不停。家人为他请医吃药，治了半年，才渐渐好了。

续黄粱
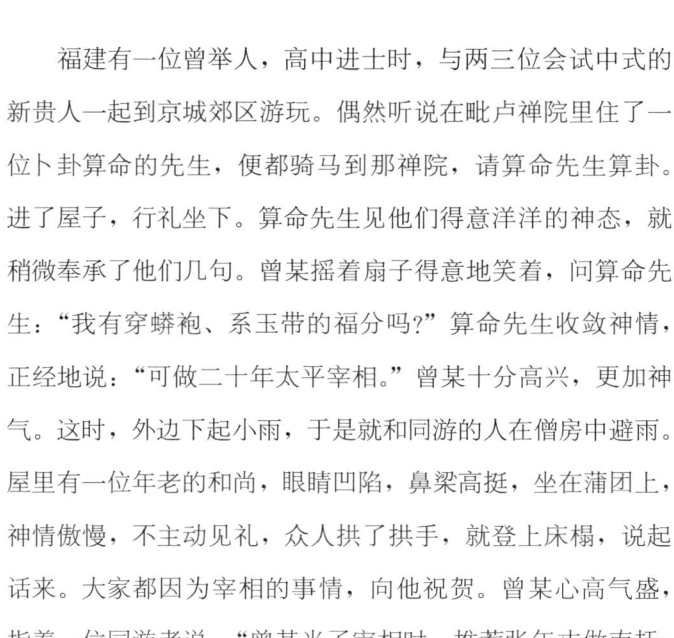

　　福建有一位曾举人，高中进士时，与两三位会试中式的
新贵人一起到京城郊区游玩。偶然听说在毗卢禅院里住了一
位卜卦算命的先生，便都骑马到那禅院，请算命先生算卦。
进了屋子，行礼坐下。算命先生见他们得意洋洋的神态，就
稍微奉承了他们几句。曾某摇着扇子得意地笑着，问算命先
生：“我有穿蟒袍、系玉带的福分吗？”算命先生收敛神情，
正经地说：“可做二十年太平宰相。”曾某十分高兴，更加神
气。这时，外边下起小雨，于是就和同游的人在僧房中避雨。
屋里有一位年老的和尚，眼睛凹陷，鼻梁高挺，坐在蒲团上，
神情傲慢，不主动见礼，众人拱了拱手，就登上床榻，说起
话来。大家都因为宰相的事情，向他祝贺。曾某心高气盛，
指着一位同游者说：“曾某当了宰相时，推荐张年丈做南抚；

让家中的表兄弟做参将、游击；家中的老仆人，也要做个小千总或者小把总，我的心愿也就满足了。"在座的人都大笑起来。

一会儿听到门外的雨下得更大，曾某疲倦地躺在床上。忽然间，见到两位皇宫使者手持皇帝的亲笔诏书，召曾太师入宫商讨国家大事。曾某很得意，连忙跟着来使入朝。皇帝很认真听他讲话，不觉地移身向前，温和地与他交谈了很久，下达了三品以下的官员听他的任免、提升的命令，并且赐给他蟒衣玉带和名贵的马匹。曾某披上蟒服，跪下参拜，向皇帝叩头谢恩后，才出宫。回到家里，发现已经不是以前所住的房子，而是雕梁画栋，极为壮丽的宅子。他自己也不明白为什么突然变成这样。但是他捻着胡须，轻轻呼唤一下，家中的仆人争先恐后的答应声，就像雷声一样大。过一会儿，公卿大臣就来给他送来海外珍物，巴结奉承的人，一个个地出入他的家门。六部尚书来了，他急忙出去迎接，连鞋子都穿倒了。侍郎们来了，他就只作揖，陪着说话；品级更低一级的官员来，就只点一点头而已。山西巡抚赠给他乐女十人，都是秀美的女子。其中有两位特别美丽的袅袅和仙仙，尤其得到他的宠爱。每当他在家休假的时候，整天沉溺于歌舞声色中。

有一天，他记起在贫困之时曾经受到本地的士绅王子良的救济，现在自己身居高官，仕途得意，王子良还在仕途上走得很困难，为什么不伸手拉他一把呢？第二天早起，就写了一道奏疏呈给皇上，举荐王子良作谏议大夫，立即就得到

了皇帝允许的圣旨，马上就把王子良升官使用。又记起郭太仆曾经对自己有些小怨隙，立刻就叫来吕给谏和侍御陈昌，把自己的想法传达给他们。过了一天，弹劾郭太仆的奏章，在皇帝面前交替出现，皇帝就下圣旨，把郭削去职位赶出朝中。曾某有恩的已报了恩，有仇的也报了仇，心里很是痛快。

又偶然有一次，他在京郊的大道上出行，一个醉酒的人刚好冲撞了他的仪仗队，他就遣人把那人绑了交给京兆尹，立马就被打死在木棍下。那些与他府宅邻居和田地相连的富人家，也都畏惧他的权势，把自己的好房子与肥沃的土地献给他。自这以后，他家的财富可与一个国家相比。不久，袅袅和仙仙先后死了，他日日夜夜都在思念她们。忽然想起曾经见过东邻的一个女子，姿容绝艳，每次想买她来作媵妻，就因为当时没有钱，让他一直不能如愿，如今有幸可以满足自己的意愿了。于是派去几个能干的奴仆，硬把她买了来。一会儿，奴仆就用藤轿把她抬来，曾某看那女子比以前看见时，更加美艳绝伦。他回忆自己一生，各种意愿都达到了。

又过了一年，朝中有人在背后悄悄议论他，似乎那些人口里虽然不说什么但心里反对他。这些人就像是朝廷门口的仪仗马，贪图荣华，不敢直言。曾某仍然盛气凌人不可一世，不把这些言论放在心上。有一个像龙图阁大学士包公一样的人，大胆上疏，弹劾曾某。奏疏中说："臣认为曾某，原本就是个饮酒赌博的无赖，市井里的小人，只不过因为一句话合了陛下心意，才得到圣上的眷顾。他们父子都做了高官，陛下的恩宠已经达到极点。曾某不思为国捐躯，肝胆涂地以报

皇上之万一，反而在朝中放纵无畏，擅自作威作福。他该被治死的罪像头发那样难以数清。朝廷中的重要官职，被曾某以奇货居之，衡量官位的轻重，以此作为收价的高低。因此朝中的公卿将士，都在他门下奔走，估计官职买卖的价钱，就像商贩一样。依附曾某的人极其众多，难以计算。若有杰出之士与贤能的良臣，不肯依附奉承他，轻的被他放置在无实权的位置，重的就被他削职为民。甚至稍微不偏袒他，就忤逆了他这指鹿为马的权奸；有一句言语触犯了他，就被流放到豺狼出没的地方。朝中有志之士为这样的事心寒，朝廷也会因为这样的事被百姓孤立。又有那平民百姓的土地，被他们任意蚕食；良家女子，被他们强娶豪夺。受害百姓的冤愤之气，把天上的太阳都遮挡了。只要他家的奴仆一到，太守、县令都要仰承他们的脸色；他的书信一到，连按察司、都察院也要为之徇情枉法。甚至连他那些奴才的儿子，或者稍有瓜葛的亲戚，出门都要乘坐驿站的公车，气势浩大。地方上给他们上供的东西稍迟缓一下，就立即用马鞭抽打。残害人民，奴役地方官府，他随从所到地方，田野中的青草都会枯死。而曾某现在权势却正是如日中天，炙手可热，依仗陛下对他的宠信，毫无悔改。每当皇帝召见他问事，他就乘机进谗，陷害别人。曾某从容自得地从朝中退出回到自己家里，他家后花园中就唱起了歌。歌舞不停，女色旖旎，斗狗赛马，从白天到黑夜，荒淫无度，国家经济和人民生活，他都没有花费一点心思。世界上难道有这样的宰相吗？朝中大臣，朝外百姓都感到惊恐不安，人心动荡，如果不尽快用铡刀把他诛除，一定会酿成曹操、王莽那样的夺权之祸。臣日夜戒惧，不敢安居，冒着杀头之祸，列举曾某的罪状，上报陛下得知。俯伏请求割断奸佞之头，没收他贪污的财产，以此对上回应上天的震怒，对下顺通民情。如果臣言是虚假捏造，可以用各种刑具处置臣。"

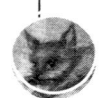

曾某一听说这样的事情就吓得胆破，如同饮下一杯冰水。幸亏皇帝宽容，把奏章留在宫中，暂不批复。后继全体大臣不断交替上奏章弹劾他，即使往日那些拜在他门下的，称他为干爹的人，也翻脸弹劾他。皇帝就下圣旨，抄没他家中的财产，发配他到云南充军。他儿子在山西平阳任太守之职，已经派遣公差去提他到京来审问了。曾某一听到圣旨，惊恐万分。接着几十名武士带剑拿枪，径直到曾某的内房，扒掉他的官服官帽，把他同他妻子一块儿捆绑起来。一会儿，看到许多衙役搬运财物到中庭，金银钱钞有数百万；珍珠、翡翠、玛瑙、玉石有数百斛；幄幕、帐帘、床榻之类有数千件；至于小儿的褓褓，女人的鞋子，掉得满台阶都是。曾某一一看得很清楚，感到心酸刺眼。又过一会儿，一人拖着曾的美妾出来，她披头散发娇声啼哭，姣好的面容被吓得六神无主。曾某看着，悲伤得如同火烧心，忍着愤怒而不敢说。之后楼阁、仓库全被查封。差役呵叱曾某出去，监管他的人用绳子套着他的脖颈，把他拉出去。

曾某同他妻子吞声忍泪地上路。请求一匹老马拉的破车，稍微可以代下步，差役也不答应。走了十里后，曾某妻子脚小无力，快要跌倒，曾某不时用手搀扶拉着她走。又走了十里，自己也又困又疲。突然见前边有一座高山，直插云霄，担心自己不能翻越过去，时时挽着妻子相对哭泣。然而监管的人面目狰狞地过来催促，不容许他们停歇一下。又看到斜日已经下山了，无处可以投宿停住的地方，没办法，就一前一后，踉跄走着。快到半山腰时，妻子实在无力了，坐在路旁哭泣。曾某也坐下来休息，任凭监管的差役叱骂。

忽然间听到许多人一齐叫喊，有一群强盗拿着锋利的刀，乱跑乱跳地冲过来，监管的差役吓得赶紧逃跑。曾某立即跪在地上说："我孤身被贬谪边疆，行李中也无值钱的东西。"哀求他们宽恕。这群强盗个个瞪大了眼睛说："我们都是被你们这些当官的冤枉迫害的百姓，只要你这奸佞的头，别的什么也不要！"曾某愤怒呵叱说："我虽然有罪，但仍是朝廷命官，你们这群贼子，怎敢如此！"群贼也怒，用巨大的斧头向曾某的脖颈砍去，只听得自己的头落地有声。惊魂未定，立即有两个小鬼过来，把他的双手从背后绑着，赶着他走。

走了几个时辰，进入一个都市。不多时，看到一座宫殿，大殿上坐着一位相貌丑陋的阎王，靠在一个几案上，决断鬼魂的罪孽和福报。曾某向前，伏跪在地上请求饶恕。阎王翻看卷宗，才看了几行，就震怒说："这是欺君误国的罪行，应当下油锅！"大殿下无数的鬼一齐应和，声音大如雷霆。随即一个巨大的鬼就把曾某摔到台阶之下。只见一只七尺大的油锅，四周围着炽热的火炭，油锅的腿已经烧红了。曾某吓得发抖，哀哀啼哭，想要逃窜又没有路。巨鬼用左手抓住他的头发，右手握着他的脚踝，把他扔到油锅中。曾某只觉得整个身子随着油浪上下翻滚，皮和肉都焦糊了，钻骨入心的疼痛，滚沸的油进入到口中，把他的五脏六腑都烹熟了。他只想着快点死，而想了一万种办法也不能死。大约过了一顿饭的工夫，巨鬼才用大铁叉把曾某从油锅里取出来，又让他跪到大堂下。阎王又检阅籍册，生气地说："活着的时候依仗权势，欺压百姓，应当受刀山地狱的惩罚！"巨鬼又把他揪去，看到一座山，不是很宽阔，但是峻峰峭拔，锋利的刀刃纵横交错像密密的竹笋，之前有几个人的肠子还挂在上边，山上鬼呼喊号叫的声音，惨烈难听。巨鬼催促曾某上去，曾某大哭着向后退缩，巨鬼用毒锥刺他的头。曾某忍痛乞求可怜，巨鬼生气地抓起曾某，向空中用力抛去。曾某觉得自己身在云霄之上，又晕晕地向下落，刀交刺在他的胸膛上，痛苦难以言状。过了一会儿，他的身体沉重向下掉，刺入胸膛的刀孔越来越大，忽然他从刀上脱落，四肢蜷曲着。巨鬼又驱赶他去见阎王。阎王让计算他生平卖官鬻爵、贪赃枉法、霸占产业等所得的金银财宝有多少。立刻有胡须卷曲的人数看筹码，屈指头算计说："三百二十一万。"阎王说："他既然搜刮这么多，就让他都喝下去。"不多一会儿，在台阶上堆积的金钱像小山丘一样，它们被慢慢地放到铁锅中，用烈火熔化。巨鬼让好几个小鬼，交替着用勺子灌到他口中，熔化的金银汁流到面颊上，皮肤随之焦臭开裂；灌到喉咙里，五脏六腑就像被煮沸了。曾某活着时，担心钱财太少，当下又觉得太多。过了半天光景，熔化的金钱汁才灌尽。阎王下令，把曾某押解到甘州转世为女。走了几步，见到架子上有一铁梁，有好几尺粗，上边穿着一个火轮，不知有几百里大，发出五彩火焰，光亮直冲云霄。巨鬼鞭挞着曾某上去蹬火轮子。他刚一闭眼跃登上去，火轮就随着他的脚转动。曾某似乎感觉自己向下坠，浑身凉了起来。

他睁开眼一看自己，身体已经变成婴儿样子，还是个女婴，一看父母，都穿着破烂的棉衣。土房中，还放着破瓢和讨饭的棍子，心下知道自己已变成乞丐的女儿。从此，每天跟随乞丐拿着要饭的碗乞讨，肚子饿得直叫，经常吃不饱饭。穿着破烂的衣服，寒风吹得刺骨疼。长到十四岁的时候，被卖给一个姓顾的秀才当小妾，吃穿才勉强能够自给。但是家中的正室十分凶悍，每天用鞭子抽打她，动则用烧红的烙铁烙她。幸好丈夫还挺可怜她，稍有些宽慰。墙东邻有个很不正经的恶少年，忽然翻过墙来逼着与她私通。想起自己前生的罪孽，已被鬼惩罚，如今哪敢再犯呢！于是大声呼救，丈夫与正室都起来了，那恶少年才逃去。过了不久，秀才晚上到她的房间睡觉，她在枕上不住地诉说自己的冤苦。忽然一声巨响，房门大开，有两个贼人拿着刀闯了进来，竟然砍掉秀才的脑袋，抢光了所有的衣物。她吓得在被子下面缩作一团，不敢出一点声音。等到贼人离开，才哭喊着跑到正室房中。正室大惊，哭着与她一块去验看秀才的尸体。正室怀疑是她勾引奸夫来杀死的丈夫，因此写状纸去刺史那里告她。刺史严加审问，竟然用残酷的刑罚施加在她身上，迫使她招认定案。刺史依照法律，判了她凌迟处死。她被绑着押赴刑场，胸中冤气堵塞，不由得顿足喊冤，觉得这人世比十八层地狱还黑暗。

正在悲痛号哭的时候，听见同游的人说："兄台做噩梦了吗?"曾某忽然醒过来，见老和尚还盘着腿在座位上。同游的人争着对他说："太阳都下山了，肚子饿得都叫唤了，您为什么睡了这么久?"曾某才面色惨淡地坐起来。老和尚微笑着说："算命的预测你做宰相，是否灵验了?"曾某更加觉得惊诧怪异，向老和尚拜了拜然后请教怎么回事。老和尚说："修行德行，要行仁道，身处险恶境遇，也能得到神佛的度脱。我一个山野中的和尚知道些什么呢?"曾某胜气而来，丧气而归，升官发财的想法，也因此慢慢地淡薄了。后来，他隐遁到深山之中，不知踪迹。

异史氏说：行善的人有福报，淫恶的人有祸事，这是上天不变的道理。听闻做了宰相而高兴万分的，一定不是高兴要鞠躬尽瘁。在梦中，宫室妻妾无所不有。然而梦固然是虚妄的，妄想自然也不是真的。曾某只是在幻想，鬼神也只是给予虚幻的回报。黄粱快要熟了，这样的梦人们到处都在做，应当作为《邯郸记》的续编。

美人头

有几个商人寓居在京城的一家房舍中。他们住的房舍和邻居相连，中间只隔着一层木板，木板上有个关节松了脱落下来，成了一个洞穴，那个洞穴有杯子般大小。忽然有个女子从洞穴中把头伸了过来，她头发挽着凤髻，姿容绝世；又从洞里伸过一条手臂来，皮肤光洁犹如白玉。大家心里害怕她是妖物，想捉住她，但要捉她时，她已将手和头缩了回去。过了一会儿，那女子又把头露出来。商人们感到奇怪，就到隔壁去看，没有发现她的身体。又跑过来时，那女子的头就又缩回去了。

有个胆大的商人持刀埋伏到木板壁下。一会儿那美人头又伸出来了，商人突然砍去。美人头随刀而落，鲜血溅得泥土上都是。众商人惊骇地把这件事告诉了房主人。主人害怕，带着掉下来的美人头告发了那群商人。官府逮捕了这些商人并审问他们，觉得这事很荒唐。把他们久拘狱中，过了半年，一直问不出合理的供词来，也没人来告状，这才释放了商人，埋了这个美人头。

美人首

妖术

于公年轻时，行侠仗义，喜欢打拳练武，力气大到能双手拿着沉重的铜制漏壶，旋风一样迅速飞转跳跃，如同舞蹈似的。

明朝崇祯年间，他在京城参加殿试，仆人得了传染病，卧床不起，他很担心。刚巧街上有个很会卜卦的人，据说能判断人的生死命运，他想去替仆人问问吉凶。

到了那儿，没等于公开口，卜卦的倒先问："你莫不是想问仆人的病？"于公大吃一惊，急忙说："正是！"卜卦的说："病人倒不要紧；但你自己却危险得很啊！"于是于公就要他给自己卜卦。卜卦的在卦象形成后，惊讶地说："你三天内当死！"于公被吓愣了，大半天说不出话。卜卦的不慌不忙地说："敝人有小小的法术，只要你给我十两银子作报酬，我可以替你祈祷消灾。"于公心想，既然生死已定，一点小小法术，怎能解脱呢？他一声不响，站起来就要走。卜卦的说："这点小财都舍不得花，你可别后悔，别后悔！"关心于公的人都替他担忧，劝他把身边所带的钱全拿出来，哀求卜卦的帮帮忙，于公不听。

一转眼就到了第三天，于公端坐在客店里，聚精会神，窥察动静，直到天黑，并没有意外事情发生。到了夜里，他关上房门，把灯挑亮，倚着宝剑，挺直腰杆，坐着等候。一更将尽，也没有什么死的症候。刚要躺下睡觉，忽听窗缝有窸窸窣窣的响声。急忙往那边看，只见一个小人，肩扛着枪钻了进来，跳落地面，就变得和常人一样高大。于公紧抓宝剑砍过去，那怪物飘忽不定，没有砍中。但一下子缩得很小，想再钻窗户眼逃跑。于公连忙又劈了一剑，小人应声倒在地下。拿灯一照，原来是个纸人，已被拦腰砍断了。

情况异常，于公可不敢躺下睡觉了，继续坐着等候。过了好些时候，又有一个东西穿过窗子进来，面目狰狞，像个恶鬼。那东西刚着地，于公就给了它一剑，把它劈为两半，可这两半仍在地下伸缩活动着。于公怕它再起来，又连续砍了好几下，每剑都砍中了，只是声音不像砍在软物上。仔细一看，原来是个泥塑的偶像，已被砍成一堆碎片。敌情严重，于是于公把座位移到窗下，睁大眼睛盯着窗缝。过了好久，听见窗外呼哧呼哧的声音，好像老牛在喘气。接着有东西使劲推窗户，房子的墙壁都被推得直晃动，看样子快要倒塌下来。于公怕自己被压死在屋里，心想不如出去和它格斗，就哗啦一声拔开门闩，冲到门外去。只见窗外站着一个大鬼，个子有屋檐那么高。在昏暗的月光下，看到它的脸黑得像煤炭，眼里闪烁着黄色的光，上身没穿衣服，脚上没穿鞋子，手里拿着弓，腰袋里插满了箭。于公正在吃惊，那鬼已拉满了弓，把箭射了过来。于公用剑把飞来的箭一挡，箭落到了地下。于公刚要挥剑还击，又射来一箭，他急忙跳开，箭头穿进墙壁，发出战战的响声。那恶鬼两箭都射不中，火冒三丈，从腰上拔出佩刀，旋风似飞舞着，朝于公猛劈过来。于公猛身进击闪避，鬼刀劈在庭中的石头上，石头被劈成两半。这时，于公已钻到恶鬼的大腿间，挥剑砍削它的脚踝骨，发出铿铿的响声。那恶鬼更加恼怒了，吼声如雷，转身又向于公砍了过来。于公往下一蹲又钻了过去，鬼刀落下来，砍断了于公下身的衣服。这时，于公已经钻到恶鬼的肋下，用足力气朝它砍去，铿的一声，恶鬼跌倒了，再也不能动弹。于公挥动宝剑，又对它乱砍乱剁，只听见发出敲木梆子似的坚硬响声。拿灯一照，原来是个木偶，高大如人，弓箭还缠在腰上，面目被刻画得十分可怕，凡是被剑击中的地方，都流出了鲜血。于公仍然不敢上床睡觉，点亮蜡烛坐等到天亮。这时他才醒悟：这些鬼怪都是卜卦的派来的，想置于公于死地，以此来显示他的卦术高明。

第二天，于公把这一切告诉了所有的朋友，并一起去找卜卦的算账。那卜卦的老远看见于公，一眨眼就无影无踪了。有人说："这是隐身术，淋狗血可以破它。"于公照他所说的，准备好了狗血再去，卜卦的又和上次一样隐蔽起来了。于公迅速地用狗血泼到他刚才站着的地方，只见那卜卦的满头满面被狗血泼得一片模糊，眼睛亮闪闪的，像个鬼样站着。众人上去把他抓住，押送去衙门，依法把他处死了。

异史氏说：我曾经说过，花钱卜卦的人是傻瓜。世上讲求占卜的人有几个能准确预知自己的生死祸福呢？卜了卦而仍然不能准确预知，就和没卜一样。而且即使明明白白地告诉我死期已经到了，又能怎样呢？何况还有借别人的性命以证明他的卦术灵验的，那不是更可怕吗？

五通

南方有五通神，就像北方有狐狸精一样。然而北方的狐狸精缠人作祟，还能想千方百计去驱赶它；到了江浙一带，此地的五通神，则听说谁家有美丽的恶妇人，就随意霸占，父母兄弟都不敢吭气。由此，为害百姓尤其厉害。

当地有个叫赵弘的，是吴中的一个典当商人，他的妻子阎氏，颇有姿色。有天夜晚，一个男子高傲地从外面走进来，手里拿着宝剑，环顾四周。丫鬟、婆子都被吓跑了，阎氏也想要出来，男子蛮横地阻挡她，说："不用害怕，我是五通神中的四郎。我喜欢你，不会祸害你的。"便把她拦腰抱起，像举婴儿一般轻松。他把阎氏放到床上，她的衣裙、腰带就自动脱落了，于是四郎侵占了她。四郎身形高大，阎氏不能忍受，迷惘中十分痛苦，呻吟痛哭。四郎也怜惜起她来，没有

用尽全力，行事完后下床，说："我五天后还会再来。"这才
走了。赵弘当天在城门外开典当铺，晚上还没来得及回家，
丫鬟跑着去告诉他。赵弘知道那是五通神，不敢多问。等到
天快亮的时候，赵弘才回家，见妻子疲惫地不能起床，心里
倍感羞耻，告诫家里人不要传出去。

阎氏三四天后才逐渐恢复，却害怕四郎又来。到了四郎
说来的日子，晚上丫鬟、婆子都不敢留在阎氏卧室内，全都
避到外间来，只有阎氏独自愁闷地对着蜡烛，等着五通神来。
不一会儿，四郎就带着两人进来了，都是年轻人，一副宽厚
而有涵养的样子。有个童仆摆上佳肴美酒，要与阎氏共饮。
阎氏又羞又怯，低着头不回应，强逼让她喝也不喝，心里惊
恐不安，害怕他们三人轮番奸淫，那她的命就没了。三人互
相应酬劝酒，有喊大哥的，有叫三弟的。一直喝到半夜，上
座的两个客人才一同站起来说："今天四郎用美人陪酒来款待
我们，应该叫来二郎、五郎，大家凑钱买酒庆贺。"于是告辞
走了。四郎拉着阎氏进入床帐，阎氏苦苦求饶，四郎强与她
交合，直至阎氏鲜血流淌，昏死过去不省人事，四郎才离去。
阎氏躺在床上，奄奄一息，又羞又愤，想要自尽了事。但一
上吊绳子就自己断了，好几次尝试都是这样，苦于求死不成。
幸好四郎并不经常来，大约阎氏身体痊愈后才来一次。这样
过了两三个月，一家人都无法好好生活。

会稽县有一个姓万的读书人，是赵弘的表弟，为人刚强
勇猛，善于骑射。一天，万生路过赵弘家，顺便拜访赵家，
当时天色已晚，赵弘因为客房都让家人占用，于是领着万生

到内院去住宿。晚上，万生躺在床上一直睡不着，忽然听到庭院里有人的脚步声，就趴在窗子上偷偷往外看，见一个陌生男人堂而皇之地进入表嫂卧室，心里疑惑万分，便拿着刀悄悄过去看看。只见那男人和阎氏并肩而坐，桌子上陈设着酒菜。万生怒火中烧，直接奔入室内，男子吃惊地站起来，急忙寻剑，而万生的刀已砍中他的头颅，脑袋裂开随之跌落在地。再往地上一看，原来是一匹小马，和驴一样大小。万生惊愕着询问表嫂怎会这样，阎氏详细地告诉了他原因，接着又焦急地说："其他的五通神就要来了，到那时该怎么办啊？"万生摇手示意，叫别出声，他吹灭蜡烛，取出弓箭，藏在暗处。不一会儿，有四五个人从空中直飞而下。万生急忙射出一箭，站在第一个的人中箭倒地；余下三人怒吼，拔出宝剑，四处搜寻射箭人。万生手里握着刀，依靠着门，既不出声也不动。一会儿，有个人走进来，万生拿刀趁机剁了那人脖颈，第二个人也死了。之后，万生仍依靠着门站立，躲在后面，很久也没有听见动静，这才出来，敲门告诉赵弘。赵弘大惊失色，点亮蜡烛与万生一起去查看，只见一匹马、两头猪死在室内。灾祸解除，全家都来庆贺。只是害怕剩下的两个会来复仇，就把万生留在家里，把那猪肉、马肉煮了来供奉他，那猪、马的肉味道很鲜美，不同于平常的菜肴。从此之后，万生名声大振。住了一月多后，五通神的踪迹竟然没有了，于是想告辞回家。

有个木材商人苦苦邀请万生去他家住。原来，木商有个女儿还没有婚嫁，一日，五通神忽然白天降临，那是一个二十多岁的美男子，说要娶他女儿为妻，还将黄金百两作为聘礼，约定了吉日便走了。计算着日子已迫近了，全家人都很惊惶惧怕。听说万生的事迹后，坚持要请万生到家里来做客；恐怕万生说些推辞的话，就先隐瞒了实情没有告诉他。将万生请来后，木商摆出盛大的宴席招待他后，让女儿盛装打扮出来拜见客人。那女子大约十六七岁的年纪，是个美丽的女子。万生很惊愕，不明白什么缘故，忙离开座位鞠躬行礼，避男女之嫌。木商把他按在座位上，告诉了他实情。万生刚听说还很吃惊，但他平生因自己气概豪迈感到光荣，所以也不推辞。

到了约定成亲那天，木商仍在门口张灯结彩，让万生坐在室内。日头西斜，也没见五通神来。木商私下认为那五通神新郎已经有被杀死的劫数了。不一会儿，忽然见房檐上有个东西像鸟儿一样飞落下来，随即一年轻男人，穿着华丽的衣服进入室内。他一见万生，返身就要逃跑。万生追了出来，只见一道黑气将要飞起，万生跳起来用刀向它挥去，断掉它一只脚，那怪物嗥叫着逃走了。俯下身子仔细看，那巨大的爪子，像手一样，不知道是什么东西。依着血迹找寻，怪物已逃入江中。木商大喜，听说万生还无配偶，这晚就用已备好的新房，让万生和女儿成了亲。

于是常常被五通神祸害的人家，都拜请万生到家中去住一宿。就这样在那些人家中共住了一年多，万生才带着妻子离开。从此后，吴中的"五通"只剩下"一通"，再也不敢肆无忌惮的为害百姓了。

五通、青蛙等神，惑乱民间已久，以至于任其淫乱，无人敢予评论。万生真是天下的痛快人啊！

苏州有位姓金的读书人，字王孙。在淮水地区设馆教书，寓居在本地乡绅的花园里。花园中没多少房屋，倒是花草树木丛杂茂密。每当夜深人静，家童、仆人都走完了，只剩金生形单影只，在屋内彷徨独行，很是寂寞惘怅。

有天晚上，三更将尽，忽然听到有人用指头叩门的声音。金生急忙询问是谁，门外的人回答说："借个火。"那声音像是童仆。开门让进来，却是一个大约十六七岁的漂亮女子，还有个丫鬟跟在她后面。金生疑心她们是妖媚精怪，于是追根究底地询问她们的来历。女子说："我因为觉得你是举止文雅的读书人，看你一人枯燥烦闷，寂寞无聊，甚是可怜，所以不怕辛劳，乘夜而来，和你一起共度良宵。恐怕说明了我的来历，我不敢再来，你也不敢收留。"金生又怀疑是邻里中与人私奔的女子，害怕因此毁了自己往日的道德品行，于是恭敬地请她离开。女子眼波流转，回头一送秋波。金生不觉心醉神迷，忽然神魂颠倒不能控制自己。丫鬟见此情景，已经知道发生了什么，便说："霞姑，我暂且离开了。"女子点点头，接着呵斥道："要走就走，还叫什么霞啊、云啊的！"丫鬟离开后，女子笑着说："恰好家里没人，才带着她跟随来，竟这般没头没脑，让你听到了我的小名。"金生说："你的心思这样精细深沉，所以我怕这里会埋藏什么祸患。"女子说："时间一长你便知道了，保证不会损害你的品行，不要忧虑。"上床后，金生解开女子的衣服装扮，见她手腕上戴着副手镯，手镯是用金线条穿着名为火齐的宝石，还镶嵌着两颗明珠。把蜡烛吹灭后，手镯上珠宝散发的光芒照亮了一整个屋子。金生更加惊骇，始终不清楚女子从哪里来的。才亲热完，丫鬟就来敲窗子，女子翻身起来，用手镯上发出的光照路，进入树丛中去了。自此之后，女子没有哪天晚上不来。金生曾在女子离开后，远远尾随，女子似乎觉察到了，于是遮挡了手镯的光芒。树林茂密，伸手不见五指，金生只好返回。

有天，金生到淮北去，途中斗笠的带子断了，风一吹就要掉下来，就只好边骑马边用手按着斗笠。来到淮河边，坐上一叶扁舟，忽然一阵风吹来，斗笠被吹落入河中，随着水流漂走了，金生怅然若失。过了河，又有阵大风把斗笠刮了回来，斗笠在空中团团旋转飘着，渐渐落了下来。金生用手接住，拿起来一看带子都已经接好了，心里大感奇怪。回到书斋后，金生向女子详细讲述了这件怪事，女子不说话，只是微微一笑。金生疑心是女子做的这件事，就说：“你如果真是神人，就应该实话告诉我，好除去我的烦恼疑惑！”女子说：“你在冷清寂寞的时候，得到我这样的痴情人为你破除忧闷，我自己敢说自己并不是恶人。就算我能做那件事，也是因为爱你啊！你这样苦苦盘问我、为难我，是想和我断情绝义吗？”金生听了，不敢再问她来历。

当初，金生有个外甥女，已经嫁做人妇，却被五通神所迷惑。金生在心里暗自担忧，没有告诉别人。因为和女子在一起亲昵久了，所以心里藏的肺腑之言便都告诉了她。女子说："这种怪物，我父亲能驱除它。但是怎么敢把情人的私事去告诉父亲呢？"金生苦苦哀求想个计策，女子思索了会儿说："这倒也容易除掉，但必须我亲自去。那些五通都是我家的奴仆，如果被他们的一个指头碰到身上，那这耻辱就是用完大江的水也洗不干净的。"金生一直苦苦哀求，女子说："我立即替你想办法。"到第二天晚上，女子告诉金生说："我已经为你派了丫鬟南下了。不过丫鬟力量不够，恐怕不能立即诛杀那怪。"第二天晚上，二人才睡下，丫鬟就来叩门。金生急忙起床开门，让她请进。女子便问："事情办得怎么样了？"丫鬟回答说："我的力量不足以擒拿住他，不过已经把他阉了！"二人笑着询问事情经过，丫鬟说："一开始我还以为是在金郎家，到了才知不是。等我赶到外甥女婿家，门外的灯火都已经点亮了。进去看见娘子正坐在灯下，靠着几案打盹。我先将娘子的魂魄收在一个瓦罐中，自己躺在床上等着。过了一会儿，怪物就来了，刚进门后又急忙退出去，说：'怎么会有生人在？'仔细看看四周，没有发现别人，才又进屋，迷惑不解。那怪物掀开被子上了床，又吃惊地说：'哪里来的兵器气味？'我本不想拿那脏东西来污了自己的手指，但又怕迟则生变故，这才急忙捉住那脏东西割了，怪物惊叫着逃走了。我才打开瓦罐，放出魂魄。娘子像是要醒过来了，我就离开了。"金生大喜，一直谢她。女子和丫鬟都走了。

后来，半个多月也没见女子再来，金生也已经慢慢绝望了。到年底时，金生解散学馆回家，女子忽然来了。金生十分惊喜，出来迎接，说："你这么长时间不见我，我想着我一定是什么地方得罪了你，幸好你最终没有和我绝情啊！"女子说："你我相好了一年，临别分手时不说一句话，始终是件缺憾事。听说你要辞去教职，所以我私下特地来和你告别。"金生请她一同回去，女子叹口气说："我实在难以说出口！但现在我们马上即将分别，你我之间的情分也让我不忍再瞒你：我其实是河神金龙大王的女儿。因为今生和你有情缘，所以来陪伴你。我不应该派丫鬟南下，以至于四方都在传言说我替你阉割五通怪。父亲听说传言后，认为这是家门巨大的耻辱，大为震怒，要赐死我。幸亏丫鬟用她的身躯揽了责任，以死护我，父亲的怒火才稍微减缓，杖责了丫鬟一百棍。如今，我每走一步，都有保姆在后跟随。好不容易找到一个空隙来看看你，也不能尽诉衷肠，又能怎么办呢？"说完，就要辞别，金生拉住她不放，泪流满面。女子说："你不要这样，三十年后我们可以再相会。"金生说："我今年已经三十岁了，三十年过后，已经成了一个白发老头了，还有什么脸再相见？"女子道："不是这样的，龙宫里是没有白发老人的。何且人的寿命在于长短，而不在于容貌。如果仅求青春不老，这本来也是十分容易的。"于是女子写下张药方给金生，自己走了。

金生回归家乡后，外甥女才对他讲起那件怪异的事，说："当天晚上发生的事情像是梦一样，我似乎感觉有一个人捉住我，把我塞进了瓦罐中。等我再次醒来，就看见鲜血染红了被褥，而那怪物从此没了踪迹了。"金生说："那是我过去祈祷的河神前来捉怪。"一家人的疑惑才消解了。

后来，金生六十多岁的时，他的容貌还像是三十来岁的人一样。一天，金生在渡河时，远远望见上游漂来一片像席子那么大的荷叶，上面还端坐着一个美丽的女子。金生等到荷叶漂近一看，正是多年前那位神女啊！金生一跃跳到荷叶上，慢慢地人与荷花就漂远了，越来越小，渐渐像铜钱那样大，最终消失不见了。

这则故事与赵弘那则故事，都发生在明朝末年，不知谁先谁后。如果这事发生在万生诛杀五通神之后，那么吴中"五通"就只剩下"半通"，更加不足以祸害百姓了。

直隶有个姓慕的书生，字蟾宫，是商人慕小寰的儿子。慕蟾宫聪明懂事，喜欢读书。他十六岁的时候，慕小寰认为读书不实用太过迂腐，就让他学习经商之道。慕蟾宫跟着父亲到楚地，每每坐船途中无事时，他就吟诵诗赋。到武昌后，父亲留他在途中的旅店看管囤积的货物。蟾宫趁着父亲出门后，就会拿着书诵读诗歌，他诵读诗歌声音铿锵有力，节奏明快。每当他读诗时，就会看到窗外有人影往来不定，似乎是有人在偷听一样，然而他也没大惊小怪。

一天晚上，父亲出去赴酒宴，直到夜很深了也没有回来。蟾宫吟诗也越来越起劲，这时看见有人来来回回地在窗外走，窗子上清晰地映着月光投下的人影。蟾宫觉得怪异，就突然拉开门向外偷偷看去，只见一个大约十五六岁的女子，长得倾国倾城。姑娘望见蟾宫在看她，就慌慌张张地避开了。又过了两三天，慕家父子二人雇船载着货物回北方，晚上船停靠在湖边。父亲恰好有事外出了，这时有个老妇人进入船舱来对蟾宫说："公子你杀了我的女儿啊！"蟾宫惊慌地问她为什么这么说，老妇人回答："老身夫家姓白，只有一个亲生女儿叫秋练，颇能识文断字。她告诉我在武昌城时，得以听到你读诗声，至今难忘。朝思暮想郁积心中，到现在想得吃也吃不下，睡也睡不着。我想让你和秋练结为夫妻，请你不要拒绝。"蟾宫心里实际上是喜欢白秋练的，但忧虑父亲怪罪，就把心中的担忧直白地跟老妇人说了。老妇人不相信，坚持逼迫蟾宫缔结婚约，蟾宫不肯。老妇人气愤地说："这人世间的婚姻欢好，有人就是委曲求全也不能成功。今天老身亲自与你做媒，你反而不答应，这耻辱实在太大了！你不要想坐船回北方了！"说完，怒气冲冲地走了。过了会儿，蟾宫父亲回来了，蟾宫组织好措辞把刚才的事情告诉了父亲，心里暗暗希望父亲能同意。可是父亲因为现在长途跋涉远在外地，又鄙视少女怀春，就笑了笑，没有答应。停船的地方水很深，是可以淹没船棹的，但是夜间水中的砂砾碎石忽然堆积得很多，都快要接近船底了，船被砂石阻挡着动不了。每年湖中都会有客船被露出水面的沙洲阻住，到第二年春暖桃花开时，湖中涨水，到时别人的货物还没有运到，船里的货物会涨到高于原价百倍，因为如此慕父也没有太过担心惊奇。独独计算着到明年其他船南渡的时候，还需要措办资金，于是把蟾宫留下，自己回家拿钱去了。蟾宫心里暗暗高兴，悔不迭没有问那老妇人和她女儿住哪里。

　　不曾想，天快暗的时候，老妇人带着一个丫鬟扶着女郎来了，一来就把女郎的衣服解开，让她躺在蟾宫床上，接着转头对蟾宫说："我女儿都病到这步田地了，你就别高枕无忧，装得像没事人一样！"说完就走了。蟾宫突然听到这话很惊讶，拿着灯靠近女郎脸庞，见她虽然一副病态，但看上去含羞带怯，眼波流转，眉目含情。蟾宫大略慰问了她的病情，女郎只娇媚地笑了笑。蟾宫固执地让她说句话，女郎说："《莺莺传》中的'为郎憔悴却羞郎'，可以代替我的心声。"蟾宫狂喜，想要靠近和她亲热，但又怜惜她身体虚弱。于是伸手把女郎抱在怀中，亲她嘴唇和她调笑。女郎不知不觉也展露出欢颜，愁眉舒展开了，对蟾宫说："你为我吟诵三遍王建的'罗衣叶叶'这首诗，我的病就痊愈了。"蟾宫听了就为她吟诵，才吟唱了两遍，女郎就拿过衣裙坐起来说："我病好了！"蟾宫再读第三遍时，女郎发出微颤的娇声和蟾宫一齐背诵。蟾宫更加心魂荡漾，于是熄灭蜡烛，二人一起共赴巫山云雨。女郎在天还未亮时就起来了，说："我老母亲快到了。"不一会儿，老妇人果然来了，见女儿妆戴齐全，心情愉悦地坐在那里，十分欣慰，让女儿和她回去，女郎低着头不说话。老妇人明白了她的心思，就自己走了，临走时说："你乐于和慕公子戏玩，也随你便吧。"蟾宫于是追问女郎家住何处，女郎说："我和你不过是偶然相遇，结婚嫁娶尚且还不一定，你又何必知道我住的地方？"不过之后，两人互相心悦彼此，说出的誓言也越来越坚定。

时间就这样过着，有天晚上，女郎早早起床，点上了盏灯，打开一本书忽然就神色凄然，眼眶含泪。蟾宫急忙起床问她怎么了，女郎说："你父亲赶路就快到了，关于我们的事，刚才我用书占卜了一下，打开看到李益说离别之情的《江南曲》，词意不太吉利。"蟾宫为安慰她，拿起书解词说："第一句写'嫁得瞿塘贾'已经是大吉了，哪里有不吉祥的话呢！"女郎听了这才稍微高兴了一点，站起身来与蟾宫道别说："咱们先暂时分手吧，要不然到天亮的时候就会被很多人指指点点，说三道四。"蟾宫一把拉住女郎的手臂，哽咽问道："如果父亲答应咱俩的婚事，到哪里可以告诉你知道呢?"女郎说："我时常会派人打听你这边的情况，婚事是否会被答应我都会知道的。"蟾宫要下船送女郎离去，女郎坚持不让送，就一个人走了。没过多久，慕父果然到了。蟾宫把和女郎的情谊跟父亲委婉说了，父亲怀疑他是一个人寂寞难耐找了妓女，怒斥了他一顿。仔细检查了一遍船里的财物，并没有亏损，这才止住不骂。有天晚上，父亲不在船上，女郎忽然来了，两人相见难舍难分，蟾宫向女郎倾诉不知道该怎么办好。女郎说："成败都有定数，还是先考虑眼前的事吧。姑且再留你两个月，之后再商量去留吧。"女郎与蟾宫告别的时候，两人约好用吟诵诗歌的声音来作约会的暗号。从此之后，等到父亲外出时，蟾宫就高声吟唱，女郎就会自己过来。四月就快结束了，船还是被泥沙阻挡着动不了，眼看货品的价格就快降下来了，各个商贾都急得束手无策，只好凑钱买些香火到湖神的庙里叩拜祷告。端午节后，下了一场大雨，船才可以通行。

　　等卖完货物，蟾宫回家之后，对那女郎日思夜想，相思成疾，害了场大病。慕父很担心他的身体，只要是能治病，不管是医生，还是巫婆神汉都请了来。蟾宫私底下告诉母亲说："我的病不是吃药、祈祷可以医治的，只有秋练来了才能治好。"慕父刚开始听说时大发雷霆，久而久之，看着蟾宫衰残瘦弱的病体，日渐消瘦，才开始害怕，租了一辆马车载着儿子，又一次回到楚地。到水边时，又租了一艘船，把船停到之前停的地方。慕父遍访住在附近的村民，但是并没有人知道有个姓白的老妇人。这时恰好有个老妇人在湖中撑着一艘小船，说自己就是他要找的人。慕父登上老妇人的船，偷偷看了一眼秋练，见长得如花似玉，心中暗自替儿子高兴。慕父随即仔细询问老妇人母女的家世背景，老妇人说她们是漂泊无定的水上人家，小船就是他们的家。于是慕父跟老妇人实话实说儿子的病因，希望秋练能随他一起到他的船上看看蟾宫，暂且缓解一下蟾宫经久难治的疾病。老妇人因为没有婚姻约定，就不肯答应。这时秋练偷偷露出半个头，仔细偷听，听到二人的谈话，急得眼泪在眼眶里打转。老妇人看见女儿急出眼泪的样子，又听着慕父苦苦哀求，这才答应了。

　　到了晚上，慕父出门了，秋练果然就来了。她靠近蟾宫床前，看见蟾宫一副病态，忍不住伤心哭泣道："往年我因你得了相思病，如今你也这样病了，其中思念的滋味，要不是迫于无奈真不想让你知道。但是你现在身体虚弱成这样，就算我心中急切万分，如何能让你立即就好？让我为你吟唱一首诗吧!"蟾宫也很高兴地让她念。秋练吟唱的是上回让蟾宫为她吟唱的王建诗歌"罗衣叶叶"。蟾宫说:"这是说你的心事,用这首诗医治两个人哪里会有效果?但是听见了你的声音,我已经觉得神清气爽了。你试试为我念一首'杨柳千条尽向西'吧!"秋练照他说的念了。蟾宫赞叹道:"真痛快!你之前吟诵的诗里有首叫《采莲子》的,有句'菡萏香连十顷陂',我心里惦记着还没忘记,烦请你按歌谱慢慢唱给我听。"秋练又吟唱了一遍。刚刚唱完那诗歌,蟾宫就精神大好,从床上一跃而起,说道:"小生我什么时候病了?"于是两两相互依偎,亲昵起来,之前那虚弱的病态好像全没有了。过了一会儿,蟾宫问秋练:"我父亲见你母亲说了什么?咱俩的婚事谈成了吗?"秋练已经察觉出慕父的心思,就直言说:"你父亲不答应。"两人相依了一会儿,秋练便走了。慕父回来,看见蟾宫已经能起床了,十分高兴,接着安慰鼓励了一番。慕父趁这个机会跟蟾宫说了一下自己的想法:"那女子确实相貌极好。但是她们渔家的女儿从七八岁时,就会撑船唱歌,不说她们家里穷困贫贱,只是也怕她可能不贞洁了。"蟾宫听了,沉默着没说话。慕父出门之后,秋练又回来了,蟾宫告知秋练父亲的意思。秋练说:"我已经偷偷听得很清楚了。这天底下的事,急于求成,则愈加困难,越是迎合就越遭拒绝。应该让他自己转变想法,反过来求我们。"蟾宫问秋练心中有什么计策,秋练说:"但凡是商人,他们所重视的都是有利可图。我有一项术法可以预先知道物价。刚才看了你们船里的货物,卖出去并不能赚到多少钱。你替我告诉你父亲：囤积什么东西，能让他获利三倍；买什么东西，能获利十倍。等你们回到家卖了我刚刚说的东西，就会知道我说的话应验了，那你父亲就会知道我是个好媳妇。等你们明年再来时，你十八，我十七，自然有我们欢乐的日子，有什么好担忧的呢？"蟾宫把秋练所说的物价告诉父亲，慕父颇不以为然，就暂且拿剩下银子中的一半买了秋练所说的货物。

回家之后，慕父自己所办置的货物亏得血本无归，幸好听从了秋练的话，买了一小部分货物，这才让他赚了很多钱，两者相抵，大致够本。因此，慕父很佩服秋练能预测物价的神通。蟾宫更是对秋练的好大加夸奖，说："秋练自己说，能让我成为首屈一指的富翁。"慕父于是带了全部的本钱去南方。

慕父赶到洞庭湖，找了好几天也没找到白家老妇人。过了几天，才看见老妇人把船停在柳树下面，慕父急忙跑过去，还拿了好多礼物当作聘礼。老妇人都没要，只是找了一个好日子送女儿到慕父的船上。慕父特地另外租赁了一条船，给儿子操办婚事。和蟾宫成婚之后，秋练让慕父到更南面的地方去，所要采购的货物，都写在纸上交给他。白老夫人就邀请女婿住在自己在船上。慕父去更南边足足有三个月才返回来，他所囤积的货物运到楚地南边时，货物的价格就已经涨到了五倍。慕父回来后，就打算带着儿子、儿媳妇回河北老家，要走的时候，秋练请求公公载些洞庭湖的湖水回去。回去之后，秋练每次吃饭都会加些湖水，就像放酱油、醋一样。从此慕父每次去南方做生意，都一定会为秋练带几坛湖水回来。

　　三四年之后，蟾宫秋练夫妻俩生了一个儿子。有一天，秋练泪流满面，说自己很想家想回去。慕父就带着儿子、儿媳一起到了楚地。到达洞庭湖边，却不知道白老夫人在哪里。秋练扣打着船舷大声呼喊母亲，一直没得到回应，急得惊慌变色。秋练催促蟾宫沿着湖边问来往的人有没有看到。蟾宫遇到一个钓鲟鳇鱼的人，见他钓到一只白鳍豚。凑近一看，那白鳍豚已经长得巨大无比了，它的形状都长得和人一样。蟾宫觉得很是奇异，就回来告诉秋练刚刚所见到的奇事。秋练闻言大为惊骇，说自己一直以来就对神灵许下了放生的愿望，于是叮嘱蟾宫去买下那条白鳍豚，然后放生。蟾宫就去找那个钓鲟鳇鱼的人商量，不料那人狮子大开口，索要高价。秋练说："我在你家，替你们赚的钱少说也有上万巨款，这区区的一点银钱有什么好吝啬的？如果你一定不赎，我立刻就投湖自尽！"蟾宫害怕了，不敢跟父亲要这么多钱赎一条鱼，就偷拿了一些钱，买下那只白鳍豚放生。回来之后，秋练却不见踪影，到处找也找不着。直到天快亮的时候，秋练才回来，蟾宫问："这么久，去哪了？"秋练说："刚才去了母亲那里。"蟾宫问："你母亲住在哪里？"秋练一副羞愧的神情，说："看来今天不得不告诉你实情了：你昨天白天买的那条白鳍豚，就是我母亲。母亲住在洞庭湖中，洞庭龙君命我母亲管理水上来往的商客。近来龙宫中要选嫔妃，我被那些闲言碎语所称赞，龙君就命令母亲把我找来。我母亲实话禀告了龙君我已成婚的事，但龙君不听，就放逐我母亲在洞庭湖南岸。母亲饿得快死了，所以才被那个渔夫钓到，遭受了之前的那场劫难。现在虽然祸难解除，但是龙君的惩罚还在。你如果真心爱我，就替我向真君祷告，这样才能免除龙君对我母亲的处罚。如果你因为我不是人类就以此憎恶我，讨厌我的话，那我把儿子还给你，我自己走就行了。龙宫的衣食住行，一定会比你家里好上百倍。"蟾宫听了很是吃惊，但是担忧自己见不到真君。秋练说："明天未时，真君自然会来。你只要看见跛了只脚的道士，就急忙去拜他，就算他跳入水里你也要跟他跳。真君喜欢文士，一定会怜悯咱们的遭遇，答应你的。"秋练拿出一方鱼腹绫做的手绢，说："如果真君问你所求之事，你就拿出这块白手绢，请他写一个'免'字。"

第二天，蟾宫如秋练所说在湖边等候真君，果然有个道士步履蹒跚，一瘸一拐地走来了。蟾宫急忙跪在他前面，向他叩拜。道士赶紧跑开，蟾宫紧紧跟随。道士把拐棍扔到水里，跳了上去，蟾宫竟然也跟着他跳了上去。登上拐棍后，转眼一看才发现并不是拐棍，而是一条船。道士问："你所求何事？"蟾宫随即拿出手绢，请求他写一个字。道士打开手绢一看说："这是白鳍豚的鳍啊，你是有怎样的机缘得到的？"蟾宫不敢隐瞒，就把事情原原本本都仔细说了一遍。道士笑道："这白鳍豚如此风雅，与之相比那老龙是多么荒淫啊！"于是拿出笔来，写了一个草书"免"字，写得就像符咒的形状一样。道士把船划回岸边，让蟾宫下去。蟾宫上岸后，一转头看到的却是道士还是在站在拐棍之上漂行，一会工夫，道士的身影就渺然了。蟾宫回到自己的船上，给秋练看了那写着"免"字的白手绢，秋练很是高兴，嘱咐蟾宫不要把这件事情泄露给父母。

回家后，又过了两三年，慕父到南方游历做生意，家里人等了好几个月都没见他回来。洞庭湖的湖水都快要用完了，慕父还是没回来。接着秋练就病倒了，白天连着黑夜都呼吸困难，喘气喘个不停，秋练叮嘱蟾宫说："如果我死了，不要下葬。你要在每天的早晨、中午、晚上三个时辰给我吟唱杜甫的一首诗《梦李白》，这样就算我死了，我的尸体也不会腐烂。等湖水运到的时候，把水倾注在盆里，关上房门，把我的衣服脱下，抱到盆里用湖水浸泡，我就能活过来了。"秋练撑着身体，又喘息了几天，还是没等到慕父带着湖水回来，就死了。半个月后，慕父才回来，蟾宫赶紧按秋练之前所说的，把秋练浸泡在湖水里。大概一个多时辰后，秋练渐渐苏醒过来。从此秋练常常想回故乡。后来慕父去世了，蟾宫依了秋练的心意，一家人南迁到楚地生活。

小官人

　　有个太史官，忘了他的姓名，就叫他某公吧。一天，他躺在书房里，忽然看见一群小小的官员仪仗队，从厅堂的一角走出来。那些小人骑的马像青蛙一样大，一个个小人比手指还要细。这个小小的仪仗队由数十个小人组成，簇拥着一个官。那小官人头戴乌纱帽，身穿绣花官袍，坐在一座由两人肩抬的轿上。这群小人纷纷出门而去。太史心中很是诧异，暗暗怀疑是自己睡眼朦胧中的幻觉。可突然又看见一小人返回屋来，还携着个毡包，有拳头大小，径直走到自己床下，自我介绍说："我家主人备有一份薄礼，敬献太史。"说完，站在太史对面，却又不去打开毡包陈列出里面的东西。过了一会儿，又自己笑着说："这小小礼物，想太史也没用处，不如就赐给小人吧。"太史点了点头答应了，那小人高高兴兴地携着包走了。之后再没见过这群小人。可惜太史当时心里害怕，也不曾询问小人是来自哪里。

锦瑟

沂水县有个姓王的书生，年纪很小的时候父亲就去世了，自为一族。王生虽然家里很清贫，但是风度品格却都很高尚纯洁，是一个潇洒英俊的少年郎。县中有个姓兰的人家，家境很是富裕，兰富翁见王生风度翩翩很是喜欢，就将自己的女儿嫁给他，还承诺要为他修房屋，并置办些田产。可是王生才刚刚娶了兰富翁的女儿不久，兰富翁就去世了。妻子的娘家兄弟都看不起王生，认为王生不足以和他们相提并论。妻子对他的态度更是傲慢不恭，常常像使唤用人一样使唤丈夫。自己大吃大喝享受酒肉，等王生回来，就在他面前摆上冷水、粗糠，以及用草折的勺子。这些王生全都忍了下来没有发作。王生年满十九时，去城里参加能考科举的资格考试，不幸没考过。从郡城里无精打采回到家中，恰好妻子不在屋里，王生闻到一阵肉香，就打开锅盖看见锅里炖着的羊肉正好熟了，王生便舀起羊肉啃起来。不多会儿，妻子走进来看见王生在啃肉，二话不说，直接就把锅子端走了。王生大感羞辱，气愤地把筷子摔到地上，说："遭受到这样的羞辱，我还不如去死了好！"妻子愤怒地问："那你要等到什么时候才去死！"说完，就找出一根麻绳向王生扔去，让他当作上吊的用具。王生气不过，将装着羊肉汤的碗砸向妻子头上，妻子的额头被打破了。王生就怀着愤恨出了门。

王生忿愤地走在路上，边走边想着"真不如死了好"，于是揣着怀里的带子跑进深谷中。来到一片树林下方，正准备选根树枝系带子，忽然间看见山崖的土封间微微露出裙子的一角。转瞬间，有个丫鬟从里面出来，见到王生又急忙跑回去了。就似影子一样无影无踪了，山崖的峭壁上却没有裂开的痕迹。王生心里清楚那丫鬟是妖物，但自己本来就是要在此处寻死的，所以也不畏惧害怕，索性把带子解开坐在地上，看看到底是什么东西作怪。等了一会儿，就见丫鬟又露出半个头，小心翼翼地看王生还在不在，一看王生坐在那看她，立即又缩了回去。王生心中暗想：这丫鬟是鬼物，如果能跟着她去，一定能找到死后的乐趣所在。想到这里便起身抓起块石头，敲着土崖石壁说："如何才能到地下去，请姑娘你给我指条路。我不是去找乐子的，而是想求死的人！"过了很久也没听到里面的回应，王生又对着崖壁说了一次。这次里面的人回答了他："你要是想求死现在就姑且先回去，可以等到晚上再来！"说话的姑娘声音清亮又锐利，声线细得像飞来飞去的蜜蜂声。王生答应说："好!"于是离开了那土壁往回走，找了一个地方坐下等着太阳西下。没过多久，天空中闪烁的星已经很多了。这时土壁的缝隙忽然变成一个高大辉煌的府第，府第的两扇大门静静地敞开着。王生被这景象惊呆了，慢慢地一步步登上台阶走进去。进大门后，刚走了几步，就看见前面横着一条波涛汹涌的河，上面还浮着腾腾雾气，像温泉冒出的热雾。王生把手伸进水里试了试，那水热得就像沸腾的开水，只是不知道这河水有多深。王生怀疑这是鬼神给他指示寻死的地方，于是投身进了河水。滚烫的水浸过他穿着的几层衣服，皮肤痛得厉害，就像要烂了一样。幸而一直漂浮着，没有沉下去。他在水中游了很久，那沸腾的河水似乎也不像之前那么烫了，逐渐变得可以忍受。于是奋力抓爬着，终于游到河的南岸边登上了岸，全身上下很幸运没有烫出火泡。向前走了一会儿，望见远处有座大房子，房内还发出摇曳的灯光，便朝着房子快步走去。突然窜出一条凶猛的大狗，咬住他的衣服、袜子，把衣袜都咬烂了。王生在地上翻滚着，摸起块石头向恶狗打去，恶狗才稍稍退却。王生正松了一口气，突然又有一群狗窜了出来，朝着王生狂叫，一个个像牛犊一样大。危急时刻，一个丫鬟出来喝退了群狗。丫鬟打量着王生说："是求死的郎君来了吗？我家娘子可怜你生活艰难困苦。派我送你去'安乐窝'。进去之后将再也没有灾难困苦了。"说完，便挑着灯引王生开了后门走去，在黑黢黢的环境中行走。走到一户人家，屋内点着的蜡烛发出明亮的光，那光透过窗户射出来。丫鬟说："你请自己进去，我走

锦瑟

了!"王生进了房门,四处张望一番,发现竟已经走进了自己家!吓得他急忙返身跑出来。在门口碰上妻子所使唤的一个老妇人,她说:"一整天都在找你,现在又要往哪里去?"拉起王生返回屋中。进屋后,见妻子正用帕子在头上的伤口处包扎。她看见王生回来,就笑眯眯地下床来迎接,说:"我们做夫妻也有一年多了,连和你开玩笑,你都分辨不出来吗?我已经知道我错了,你只受了我口头上的嘲讽,我却被你实实在在打伤了,你的怒气也可以稍稍缓解了吧?"于是从床头拿出一份巨财——两锭金子,放到王生怀里,说:"以后家里的吃穿用度,全都你说了算,这样行吗?"王生沉默不语,把怀里的金子抛了出去,径直跑出家门,依旧跑去之前的深山谷壑之中,想再去敲那座高大府第的门。

他跑至田野时,就看见那丫鬟在前方缓慢行走,挑着灯,所以远远就能望见。王生边慌忙追赶边大声呼喊,灯光才停住了。等王生赶上,丫鬟说:"你又来了?真是辜负了娘子的苦心。"王生说:"我是为求死来的,没和你商量再求活。像娘子这样的高门大户人家,地底下应该也需要人手,我愿意在地底为娘子服役。我在人世间实在感受不到活着的快乐!"丫鬟说:"就算能够快乐地死去那也不如痛苦地活着,你的想法怎么如此偏激啊!再说我家也没别的活,只有些淘洗河水、打扫房院和养狗搬尸的活,如果没有按规定完成这些日程安排,就要削耳割鼻、断腿去趾。就算这样你也能接受吗?"王生忙回答说:"能行!"丫鬟无奈只好又引他从后门进去。王生问:"刚才说的那些差事究竟是干些什么?你刚刚所说的搬尸体，哪里去找那么多死人呢？"丫鬟说："我家娘子心怀慈悲，修了座'给孤园'，专门收养九幽深处突遭横死的那些无家可归的鬼魂。那些鬼魂多得以千来计数，每天都有死去的，需要背他们去埋了。请你过去看一看。"

丫鬟引着王生走了一会儿，到了一座门，门上写着"给孤园"三字。进去一看，只见房屋交错杂乱，地上污秽满目，空中弥漫着臭气。园里的鬼魂看见烛光都聚集过来，都是要不没脑袋要不没手脚的，让人不忍再看。王生转头想走，看见一具鬼尸横躺在墙下，走近一看，血肉狼藉。丫鬟说："他才半天没搬尸体，就已经被狗啃成这样了。"丫鬟立即让王生把鬼尸背走，王生面露难色，丫鬟说："你如果办不到，请仍然回你的'安乐窝'吧！"王生没办法，只得将鬼尸背到一个偏僻的地方。王生请求丫鬟向娘子讨要别的活，让他能避免遭受尸体污染，丫鬟答应："好！"就带着王生走近一间屋子，说："你暂且先坐在这里，我进去向娘子转告你的话。喂狗这个差事较轻，我替你向娘子谋求，今后你可不要忘记要报答我。"刚走进去一会儿，就跑出来，说："快来，快来！娘子出来了！"王生赶紧跟她进去，只见大堂四周都挂着灯笼，一个女郎靠着窗子坐，大概二十来岁的年纪，像是仙女一样。王生跪拜在阶下，女郎命丫鬟拉他起来，说："这样一个读书人，怎么能去养狗呢？可以让他住到西屋，当主管簿籍的主簿吧！"王生高兴地再次跪拜言谢。女郎又说："你是个诚实朴厚的人，干活可要仔细谨慎。如果出了什么意外和变故，给你的罪罚责备可不轻。"王生连声答应："是！"丫鬟引他到西屋。王生进门，见屋子的墙壁清洁干净，心中十分高兴，对丫鬟道谢，这才想起询问娘子是出自哪处的高门贵女。丫鬟回答道："娘子是东海薛侯之女，小名唤作'锦瑟'。我叫春燕，你早晚需要什么东西，就告诉我。"丫鬟离开不一会儿，抱着衣服、鞋子和被褥回来，把这些东西放到床上。王生大喜有了个居住地方。

黎明时分，王生就早早起来审查工作，抄录鬼籍。属下仆役都来参见王生，送酒送肉的很多。王生为避嫌，都推辞了。一日两餐，都是按供应吃的。娘子察知王生廉洁谨慎，特地赐给他华丽的儒生巾服。凡是赏给他钱财礼物等，娘子都派春燕送去。春燕这丫鬟颇有些风度仪态，跟王生熟了，常常眉目含情，眼送秋波。王生谨小慎微，自求无过，不敢稍有差池，只好假装糊涂。就这样过了两年多，娘子赏给王生的东西都已经超过了日常薪俸的一倍，但王生谨慎廉洁，如之前那般。

一晚，王生刚睡下，听到内院里呼喊嘈杂，忙起身操刀，出来一看，内院火光接天。进到内院偷偷察看，发现庭院里站满了强盗，小厮仆役们被吓得四处逃窜。一个仆人看见王生，催促他快跟自己逃跑。王生不肯，抓起把泥涂在脸上，束紧裤腰，混杂在强盗中大声说道："不要让薛娘子受了惊吓！只搜找出财物，不要让金银珠宝漏下！"这时，强盗们正搜不到锦瑟在什么地方。王生知道了强盗没有抓住锦瑟，就趁强盗们不注意，自己偷潜入府第后方，独自找锦瑟。途中遇到一个趴在地上躲着的老妇人，才知道锦瑟和春燕都翻越围墙逃走了。王生也跟着翻过墙去，看见锦瑟主仆二人藏在暗处角落里。王生说："这地方怎么可能藏得住呢?"锦瑟说："我真的不能再走了!"王生决然扔下刀背她。就这样背着锦瑟跑了大概二三里路，王生累得大汗淋漓，才逃进一个深谷中，将锦瑟从自己肩上放下来，让她坐在地上。就在这时突然间不知哪里来的一头猛虎一下子蹿了出来。王生大吃一惊，要迎面拦住它时，猛虎已经咬住锦瑟。王生急忙拉住虎耳朵，奋力将自己的手臂伸入虎口中，用来代替锦瑟让老虎咬住。猛虎一怒之下松了咬住锦瑟的牙齿，转而咬断了王生的手臂。断臂掉落在地，猛虎也反着方向离去了。锦瑟见此状况，不由得流下泪来，哭声说："苦了你了! 苦了你了!"事发突然，王生在急忙中还没感到疼痛，只觉得手臂断掉的地方血流得跟水一样，于是让春燕撕裂衣服扯下布条包裹住伤口。锦瑟阻止了她，俯身去找那断掉的手臂，自己帮王生接好了手臂，这才包扎起来。直到东方渐渐发白，三人才慢慢回去，家中已是一片狼藉。天大亮后，仆人和婆子才渐渐聚集起来。锦瑟亲自到西屋中询问王生的伤臂怎么样了，解开包裹着的布条一看，断掉的手臂已经接好，又拿出药为王生敷到伤口上，才离开了。经过这件事后，锦瑟越来越看重王生，让他的吃穿用度都和自己一样。王生的手臂完全好了后，锦瑟在屋内摆下酒宴慰劳他，并让他和自己一起坐下。王生谦让不过，才找了一角坐下。锦瑟举起酒杯敬酒，就像是对待贵宾一样。好一会儿后，锦瑟说："我的身子已经依附在你身上过了，我想效仿楚王女对待臣子钟建的故事，只是没有媒人，而又羞于自荐。"王生惶恐地说："我受过娘子的恩情重如泰山，就算杀了我也不足以报答。如果对娘子做了非分的事，怕遭五雷轰顶的惩罚，实在不敢从命。如果娘子可怜我没有妻室，赐个丫鬟给我都已经是太过了。"

有天，锦瑟的长姐瑶台来了，大概四十多岁，也是个美人。到了晚上，瑶台叫王生见面，让他坐下，说："我从千里而来就是为给我妹妹锦瑟主持婚姻，今晚可以把她嫁给你这样的君子。"王生起身又要推辞，瑶台立即命人拿来酒，命两人喝交杯酒。王生坚持说自己配不上锦瑟，瑶台站起身夺过他的酒杯与锦瑟换了盏。王生吓得伏地谢罪，战战兢兢地接过锦瑟的酒喝了。瑶台这才心满意足地出去。瑶台走后，锦瑟说："我告诉你实情吧，我本是仙女，因为犯了错才被谪罚。我自愿来到地下，收养冤鬼，用来将功赎罪。恰好遭到天魔劫难，才和你有身体相附的缘分。所以不远千里请大姐来，本来是请她为我们主持婚姻嫁娶之事，现在也可以让她代我管理家务，方便我跟你回家。"王生起身鞠躬敬礼说："还是在地下最欢乐！我家有个凶悍的妻子，而且屋子狭窄简陋。绝对不能让你委屈自己和我一起生活。"锦瑟笑道："不妨事。"两人随即喝醉了，便上床睡觉，共度鱼水之欢。

几天之后，锦瑟对王生说："我们在阴间相会的时间不宜太长，请郎君先回去，等你处理完家里的事，我自当到来。"说完，就让奴仆牵出一匹马给王生。王生开门自行出去后，崖壁又合上了。王生骑着匹大马进村子，村里的人见了都十分惊讶。到了家门口，看到的却不是之前又小又破的房屋，而是一座光华映射的高大房屋。原来，王生离开后，妻子咽不下这口气，叫来两个哥哥，想等王生回来后用木棍狠揍一顿报仇。可是等到天黑也没见王生回家，两个哥哥才离开。有人在山沟里看到王生的鞋子，怀疑他已经死了。接下来一年王生也全无音讯。这时陕中有个姓贾的人请媒人向兰氏提亲，于是在王生的家宅里和兰氏成了亲。半年内，在王生家宅的基础上又修建了连绵不断的房子。贾某外出做生意，又买了小妾回来，从此后兰氏也在家不安分开始和别人乱搞男女关系，贾某也经常连续几个月不回家。王生讯问周围乡邻知道了原因，大怒，找了个地方拴住马就直接进屋了。一进门就看见之前服侍兰氏的老妈子，老妈子见了他吓得忙跪在地上叩头。王生呵斥了她好一顿，才让她带路去兰氏住的屋子，到那之后兰氏却已经不知所踪了。后来，在屋子后面找到她，已经上吊自尽了，于是派了几个人抬着尸体送回兰氏娘家。王生又叫小妾出来，见她大约十七八岁，容貌也还不错，便和她一起睡下了。贾某委托村里的人告诉王生，请求返还他的小妾，小妾却声泪俱下地哀号着不肯离开。王生便写下状纸，要告贾某霸占自家家产、妻子的罪行。贾某不敢再说要小妾的话，于是收整店铺往西边走了。

　　王生正疑心锦瑟违背约定，一晚，正在和小妾喝酒，就听见门外传来车马行动和敲门声，开门看见是锦瑟来了。锦瑟只留下春燕，把其他人都遣回。进入内室，小妾向她行礼叩拜，锦瑟说："这人有生男孩的面相，可以代替我的辛苦了。"随即赐给小妾鲜艳的衣服和珠宝首饰，小妾又拜谢锦瑟

赏赐，收下东西后立在一边侍奉。锦瑟拉她坐下，两人聊得很高兴。聊了很久，锦瑟说："我有点醉了，想睡觉。"王生便也脱鞋上床，小妾这才告退。等小妾回自己房间时，却见王生正躺在床上，觉得很奇怪，就返回锦瑟所在的屋子偷看王生还在不在，可屋里的蜡烛都已熄灭了，什么也看不到。从此后王生每天晚上都住在小妾房间。一天晚上，小妾起身，偷溜到锦瑟卧室看，却见王生和锦瑟正相谈甚欢，大为怪异，急忙返回去告诉王生，但是床上的王生却不知哪里去了。天亮之后，小妾私底下将这件事情告诉王生，王生也不知道自己身上发生了什么，只觉得有时候留在锦瑟卧房，有时又睡在小妾房间。王生嘱咐小妾隐瞒这件怪事。久而久之，春燕也和王生私通，锦瑟就像什么也不知道。春燕生的时候难产，嘴里只叫"娘子"。锦瑟进产房后，春燕立即就生下胎儿了，把胎儿举起来一看是个男孩。锦瑟为他剪断脐带，把胎儿放到春燕怀里，笑着说："春燕你不可再做这样的事了，凡尘业缘多了，再想舍弃就难了！"这胎生后，春燕就没再生了。倒是小妾生了五男两女。锦瑟居住在王生家三十年，其间也经常返回自己家，不管是去还是回来都在晚上。一天，锦瑟带着春燕走了，就没再回来。后来，王生八十岁时，忽然带着一个老仆夜间外出，再也没回来了。

安幼舆是陕西从廪膳生员中选拔的一个贡生，为人不吝钱财，十分讲义气，爱好放生。但凡见有猎人捉住飞禽走兽，就会不惜重金换来，买下之后放掉。

有次，舅舅家办丧事，他去帮忙牵灵车的绳索送葬，天黑的时候才忙完回去。路经华山时，在山谷间迷了路，四下乱窜也没能走出去，大为恐慌。正在不知所措时，一箭地之外忽然有灯光闪烁，便快步走向那里投宿。走了几步，突然看见一个老头，佝偻着身子拄着拐杖从一条歪歪斜斜的路上快步走来。安幼舆停下脚步，刚想讯问，老头却抢先一步问他是什么人。安幼舆把迷路的事告诉了他，又接着说前方灯光闪烁一定是个山村，自己想去那里借宿一晚。老头说："那地方不是安乐窝。幸亏老夫来了，你可以跟着我去，我家茅草房可以让你睡一晚。"安幼舆听了很高兴，就跟着老头走了大约一里的路，看见有小山村。老头敲响一个柴门，出来一个老婆婆，开门便说："是郎君来啦？"老头回答说："是！"安幼舆跟着老头进了屋，屋里低湿狭小。老头挑亮一盏油灯催促他坐下，并把家中现有的食物煮了，准备饭食。又对老婆婆说："这不是别人，这是咱们的恩人！老婆子你行动不便，就叫花姑子出来倒酒吧！"过了一会儿，就有一个女郎端着酒菜盘子进来了，放下盘子后，站在老头身侧。安幼舆见那女郎一双含情脉脉秋波眼，正偷偷地斜看自己。安幼舆看那女郎正值花样年华，明眸皓齿，可以和仙女相提并论。老头又让她去用文火温一壶酒来，西边房屋里有个煤火炉，花姑子立即便进去拨火烫酒。安幼舆问："这是您的什么人？"老头回答说："老夫姓章，如今七十岁了，只有这一个女儿。我们这些农户家没有奴仆婢女，只因您不是外人，才敢让妻子和女儿出来，请不要笑话！"安幼舆又问："您的女婿是哪里人？"老头回答说："还没有安排亲事。"安幼舆便极其赞美花姑子贤惠美丽，称赞之言不绝于口。老汉正谦虚客气着，忽然听到花姑子惊叫一声，急忙跑进西房看出了什么事，原来是壶中的酒沸腾出来浇到火上，火苗就一下窜了出来。老头把火扑灭，呵斥说："你这么大个丫头了，酒突然沸腾出来还不知道？"回头一看，炉灶旁放着的高粱秆心插的紫姑神还没编完，便又呵斥花姑子说："你头发都长这么长了，还跟小孩儿一样！"一把拿过没编完的紫姑神给安幼舆看，说："她就是贪图编这个好玩，导致酒沸腾出来了。您刚刚还称赞她，现在这样还不羞死了?"安幼舆仔细看那紫姑神,眉毛、眼睛还有袍裙俱全,编得甚为精致,称赞说:"虽然是小孩子玩的东西,也可以看出玲珑巧心!"两人喝了一段时间酒,花姑子就频频过来倒酒,微微含笑,神情优美,一点也没有害羞的表情。安幼舆忍不住一直看她,心神荡漾。这时忽然听到老婆婆招呼,老头便过去了。安幼舆瞥了一眼,看四周无人,便对花姑子说:"见到姑娘堪比天仙的容颜,让我失了魂。我回去后想找媒人来你家提亲,但害怕不能成功,这可怎么办呢?"花姑子只是把酒壶放在炉上温,就像没听到。安幼舆又接着问了几次,花姑子都不回答。安幼舆心下疑惑,就慢慢靠近她温酒的西屋。花姑子连忙站起身来,严肃地说:"你这狂妄书生进入内室,想干什么?"安幼舆立马长跪哀求,花姑子想夺门跑出去,安幼舆突然起身阻拦她,抱住要和她亲嘴。花姑子颤抖着声音尖叫一声。老头听见声音,急急惊慌地进来问怎么了,安幼舆放开花姑子退了出来,又羞愧又害怕。花姑子却神色淡定对父亲说:"刚刚酒又沸腾出来了,如果不是安公子进来,酒壶恐怕就要烧化了!"安幼舆听到花姑子这样说,紧张的心才安稳下来,更加感谢她,因此也愈加被迷得神魂颠倒,非分之念也消失了。于是假装醉酒离开酒席,花姑子接着也就离开了。老头替他整理好床铺,关了门才离开。安幼舆辗转反侧了一晚上没睡着,天还没亮,就向老头告别了。

回到家中,立即请求交好的朋友去拜访老头家,替他下聘礼。然而好友去了一整天回来,竟然没找着花姑子一家居

花姑子

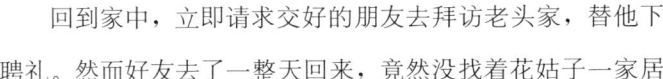

住的村子。安幼舆只好让仆人备马，自己亲自去找。到了之前住宿的地方一看，全是岩石绝壁，竟然没有村庄。又访问居住在这附近的村民，都说姓章的人这一带很少，安幼舆只好失望而归。自那之后，安幼舆思念成疾，以至于废寝忘食，慢慢便开始神志不清，精神错乱。家里人熬汤粥强让他吃下去，他就气息急喘要呕吐出来。他在迷迷糊糊中就呼唤花姑子，家人们也不知道他在叫谁，只好整夜让人轮流伺候着，感到形势危急。一天晚上，守护人困倦睡着了，安幼舆在朦朦胧胧中感觉有人晃动他，眯着眼看了一下，花姑子就站在他的床边，突然就感觉神清气爽了。他目不转睛直直看着花姑子，不由得落下眼泪来。花姑子伸头靠近他笑着说："你这呆子何至到这个地步！"于是上床坐在安生大腿上，用两手帮他按太阳穴。安幼舆觉得脑门上吹过一股浓烈的麝香气，穿过鼻子直浸骨髓。花姑子替他按了不一会儿，他就忽然感觉前额都是汗，四肢躯干也慢慢出汗了。花姑子小声对他说："这屋里人太多，我不方便久留，三天后一定再和你相见。"又从绣着花纹的袖子里掏出几个蒸饼放在床头，于是悄悄地走了。安幼舆到了半夜时汗出完了，就想吃东西，摸过蒸饼就吃了起来，不知道里面包的什么料，又甜又香，十分可口，一下子就吃了三个。又用衣裳把剩下的蒸饼盖住，一晚上睡得十分酣甜。直到辰时才醒来，身体如释重负。三天之后，蒸饼吃完，精神也倍加苏爽起来。

于是安幼舆把家人们都遣散了，又担忧花姑子来时打不开门，晚上便偷偷跑出书房庭院，把门闩都抽掉了。没过多久，花姑子果然来了，笑道："傻郎君！不谢谢医治你的大夫吗？"安幼舆看到她来了，极为欢喜，一把抱住她欢好，极其恩爱。之后花姑子说："我冒着蒙受辱骂的危险，只是为了报答您的重恩。实在不能和你成亲，希望您早点另作打算。"安幼舆沉默了好久，才问道："你我一直以来都不认识，在哪里和你家有过旧情？我实在记不得。"花姑子没回答，只说："您自己想想吧。"安生坚持求花姑子和他永结欢好，花姑子说："频繁夜里来，自然是不行的；要想拜堂成亲，也不能够。"安幼舆听她这么说，心里一阵悲凉。花姑子说："您一定要和我欢好，明天晚上就到我家来吧。"安幼舆这才转悲为喜，问花姑子说："这路途遥远，你一双小脚，怎么来得了呢？"花姑子回答说："我原本就没回去。村东头的聋妇人是我的姨，因为你的事，我才一直住在她家到现在，恐怕家中父母已经起疑心了。"安幼舆与花姑子盖一床被子时，只觉得她的气息和肌肤都是香的，就问道："熏的什么香料，能到达骨髓皮肤？"花姑子说："我生来就是这样，不是因为熏香。"安幼舆更加觉得奇异。

第二天，花姑子早早起床告别。安幼舆担忧去找花姑子家时又迷了路，花姑子便和他约好在路上等他。安幼舆等天稍微黑了一些就去，果然看见花姑子在那迎接，拉着他到之前的住所，老头老婆婆两个高兴地上前迎接他。酒菜不是上等，其中还掺杂着粗劣的汤羹，但依旧吃得很高兴。吃完后就请安幼舆休息，花姑子也没前来照看，安幼舆心里十分疑虑想念。夜更深后，花姑子才来，说："父母絮絮叨叨一直不睡觉，辛苦你久等了。"两人一整晚相濡以沫。花姑子对安生说："今夜的欢好相会后就是百年的相别。"安生惊问为什么，花姑子说："父亲因为这小山村偏僻荒凉，所以要到远方去安家。我和你的欢好，只有这一夜了。"安幼舆不忍和她分开，辗转悲叹。两人正在依依留恋的时候，夜色渐渐消失了，老头忽然闯进来，怒骂道："死丫头你玷污了我一门清白，让我羞愧难当，真想去死了好！"花姑子吓得花容失色，草草收拾一下就慌忙跑了出去。老头也出去，边走边骂。安幼舆惊惶窘迫，自觉无地自容，就偷偷跑回家去了。

回家后好几天，安幼舆都心神不定，担忧万分，徘徊难耐，就想趁夜里去花姑子家，偷偷翻墙进去看他们是什么情况。安幼舆心想：之前老头说对他们有恩，即使事情泄露了，应该也不会对我大加谴责吧。于是就乘夜跑往华山，徘徊在山中，又迷路了不知往哪里走，当下甚为恐惧。正在找回去的路时，看见山谷中隐隐有所房屋院落，就高兴地向前去。到那一看，一座高大壮阔的巷门出现在眼前，像是大户人家，那重重大门还没有关上。安幼舆向守门人询问章家的居住处在哪儿，一个丫鬟出来问："这昏天黑地的，什么人在打听章家？"安幼舆说："我是章家的亲戚朋友，偶然间迷路了，没找到他们住的地方。"丫鬟说："你不用打听章家了，这里是她舅母家，花姑子正在这里呢，容我去告诉她一声！"进去不一会儿，就出来邀请安幼舆进院。安幼舆刚走上走廊的台阶，花姑子就快步走出来迎接，并对丫鬟说："安郎走了这大半夜的路，想来已经又困又累了，去整理好床铺好让他休息。"两人就手拉手进了床帐，安幼舆问："舅母家为什么没有其他人？"花姑子说："舅母外出了，留下我代她看家。真是有幸和你遇上了，这难道不是我们有缘吗？"然而花姑子依偎在旁边时，安幼舆就觉得特别膻腥臭，心下起疑。还没反应过来，女子就抱住他的脖颈，突然用舌尖舔他的鼻孔，就那一下突觉脑袋像被针刺般疼痛。他极为恐惧，急切想要逃跑，可身子像是被粗绳捆住了般动弹不得，一会儿就昏死过去没了知觉。

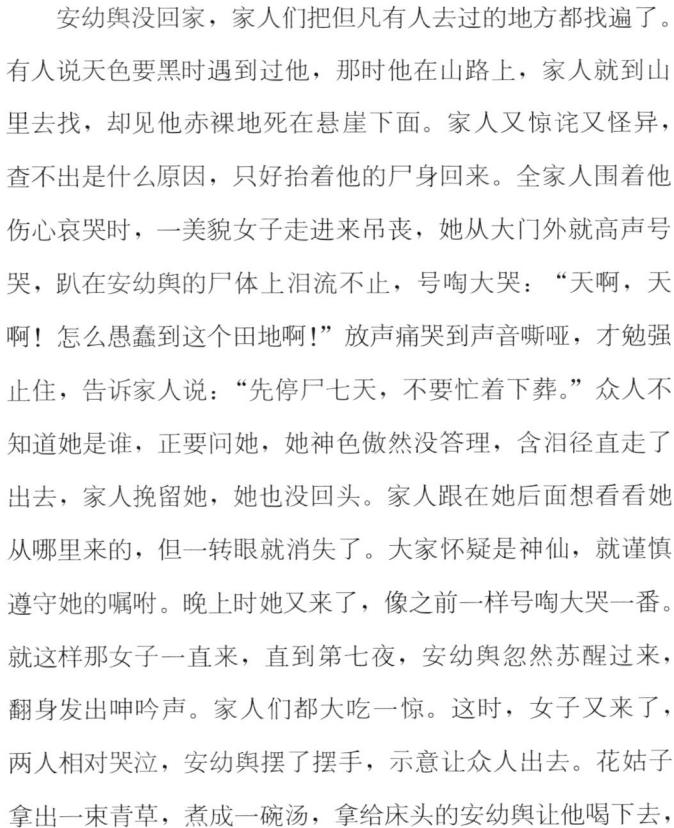

安幼舆没回家，家人们把但凡有人去过的地方都找遍了。有人说天色要黑时遇到过他，那时他在山路上，家人就到山里去找，却见他赤裸地死在悬崖下面。家人又惊诧又怪异，查不出是什么原因，只好抬着他的尸身回来。全家人围着他伤心哀哭时，一美貌女子走进来吊丧，她从大门外就高声号哭，趴在安幼舆的尸体上泪流不止，号啕大哭："天啊，天啊！怎么愚蠢到这个田地啊！"放声痛哭到声音嘶哑，才勉强止住，告诉家人说："先停尸七天，不要忙着下葬。"众人不知道她是谁，正要问她，她神色傲然没答理，含泪径直走了出去，家人挽留她，她也没回头。家人跟在她后面想看看她从哪里来的，但一转眼就消失了。大家怀疑是神仙，就谨慎遵守她的嘱咐。晚上时她又来了，像之前一样号啕大哭一番。就这样那女子一直来，直到第七夜，安幼舆忽然苏醒过来，翻身发出呻吟声。家人们都大吃一惊。这时，女子又来了，两人相对哭泣，安幼舆摆了摆手，示意让众人出去。花姑子拿出一束青草，煮成一碗汤，拿给床头的安幼舆让他喝下去，片刻之间就能说话了。他叹了一口气说："杀我的人是你，让我活过来的人也是你！"于是把之前的遭遇讲述一遍。花姑子说："这是蛇精冒充我。你第一次迷路时看见的灯光，便是这东西。"安幼舆说："你怎么能让死人复活，让白骨生肉的呢？难道你是神仙？"花姑子说："我一直以来就想告诉你实情，又怕你太过吃惊。你五年前是不是曾在华山路上买了一只獐子放了？"安幼舆说："对！确有其事。"花姑子说："那就是我父亲。之前他说你对我们家有大恩，就是因为这件事。你前天晚上已经投胎到西村的王主政家了。我和父亲到阎王面前告状，起初阎王不管此事。我父亲情愿毁了自己多年修炼的道行替你去死，足足哀求了七天，这才得到允许。如今还能和你相见，实属万幸。但是虽然活过来了，必定肢体萎缩麻木，失去感觉，不能活动；只有得到那条蛇精的血兑上酒喝，病才可消除。"安幼舆恨得咬牙切齿，却忧虑没办法可以捉住它。花姑子说："这不是难事。只是多杀生命，会连累我百年不能得道飞升。蛇的洞穴在华山老崖下，可以在申时将茅草聚集在蛇洞外然后烧掉，准备好弓弩，这蛇精就能捉住。"说完，就告辞说："我不能和你终生相伴，实在是悲哀凄惨。但是我为了你，道行已经损失了七成，希望你理解。这一个月腹中微动，恐怕是有了孩子。生下来男也好女也罢，一年后会给你送来。"就流着泪离开了。

安幼舆睡了一晚，感觉腰部以下全无知觉，不管是抓是挠都不痛不痒。于是把花姑子的话告诉了家人。家人们前往华山老崖蛇洞处，按照花姑子说的办法，先点起火把蛇熏出来。不一会儿，有条巨大的白蛇顶着火焰钻出来，家人们几把弓弩一齐放箭，射向那条蛇。等到火熄灭后，进洞一看，大大小小的蛇足有数百条之多，全都烧焦了发出臭味。家人们把蛇血放出来给安幼舆喝，服了三天，两条腿渐渐能够翻转了，半年后开始能起床。后来安幼舆独自去华山山谷中，遇见了章老太太，她用绷席抱着一个婴儿交给他，并说："我女儿向您致意。"安幼舆正要详问，一瞥眼她就不见了。安幼舆打开包裹一看，是个男孩。于是抱回家来抚养，终生没再娶妻。

异史氏说：人和禽兽之间不一样的地方有多少，这不是能下定论的。蒙受了恩情，就算是一生衔环结草也要报恩，那么人就很惭愧比不上禽兽了！至于花姑子，开始时她把自己的聪慧寄藏于憨厚中，最后又把自己的深情寄托在淡然中，于是我们才懂得憨厚是聪慧的极致，淡漠是情感的极致。她真是个神仙呀！真是神仙呀！

西湖主

　　河北有个叫陈弼教的读书人，字明允，家里贫穷，在副
将军贾绾手下做了个掌管文书的官员。有天，陈生和贾绾乘
船路过洞庭湖，停船休息，这时正巧有只猪婆龙浮出水面，
贾绾拔箭射去，正好射中猪婆龙的背部。猪婆龙后面还有条
鱼咬着它的龙尾巴不离开，就被一起捉住了。打捞上船后，
猪婆龙被拴在船桅上，只剩点微弱的气息，但龙嘴还不间断
张合着，似乎在求人救它。陈生见它可怜，动了恻隐之心，
就向贾绾求情释放了猪婆龙，并把身上治疗创伤的药简单涂
在它的伤口上后，才把猪婆龙放到水中。陈生见它浮沉了一
会，才没了踪影。

　　过了一年，陈生向北而行回自己家乡，又经过洞庭湖。
正乘船在湖面行驶时，忽然一阵大风袭来把船打翻，幸亏陈生抱着一个竹板，才没有沉下去。在湖面上漂泊了一夜，才被树枝挂住。他慢慢移到岸边刚爬上去，就见水上漂浮着一具尸体过来，一看原来是他的童仆。陈生用力打捞上来，可童仆已经死了，心里一阵悲伤难过，就在尸体对面坐下歇息。放眼望去，只见山峰翠绿，柳枝飞动，罕无人烟，也找不到人问路。从天还没大亮时呆到辰时，正在忧愁自己无处可去时，忽然童仆的手轻轻动了下，陈生欣喜万分地按压他的身体，帮他把湖水逼出来。没过多久，童仆吐出几斗水，顿时就清醒过来。两个人脱下湿衣服放到石头上晒，中午时才干了可以穿上。但此时两人肚子都饿得咕咕叫，于是翻山越岭快步赶路，希望前面能有村庄，请求一些食物吃。才走到半山腰，听见有人射箭发出的声音。陈生正疑惑地仔细听时，见有两个年轻女子骑着骏马奔了过来，马蹄声像撒豆样急促。两名女子都用红绸缎包着额头，发髻上插着野鸡翎，穿着紫衣窄袖，腰上还系着绿色的锦带，一个手持弹弓，另一个臂上套着青色皮套。陈生主仆翻过山头，又见好几十人骑着马在这荒山野岭中打猎，全是些美丽的女子，她们装扮都一样。陈生怕冒犯不敢再往前走，正在不知所措时，有个男子向他这边跑来，像是个马夫。陈生招呼他过来，向他询问这些都是什么人，马夫说："这是西湖主在首山这边狩猎。"陈生向他讲述了自己来这里的缘故，并告知自己现在腹中空空，饥肠辘辘。马夫便打开包袱拿出了些食物给他们，嘱咐说："你们还是快远远躲开吧，如果触犯了西湖主，是要被处死的！"陈生很是害怕，带着童仆急急忙忙就往山下赶。

下山途中，陈生看见有殿阁的一角透过茂密的树林隐隐约约漏了出来，对童仆说可能是间寺庙，就要去看看。走近一看，大殿被一堵白墙环绕着，殿外还有一条清澈的小溪横过，朱红色的大门半开。小溪上有座石桥通向大门，陈生走过石桥扒着门小心往里看，印入眼帘的是高出云端的楼台，被云雾环绕高耸入云，就像是皇家园林，又怀疑是达官贵人的庭院。陈生小心谨慎地走进去，路上挡着盘横错杂的藤条，花团锦簇香气扑鼻。走过几处弯弯曲曲的走廊，又是一个院子，院中种了好几十株杨柳，飘扬的枝条轻拂着红房檐。山中的鸟儿一叫，花瓣就伴随着鸟儿扑动翅膀带来的风一齐飞了；这深深庭院中微风一吹，茂盛的榆钱就自己飘落下来。这赏心悦目的场景，仿佛不是人间了。陈生穿过一个小亭子，看见前方的草地上有架秋千，高得简直可以和白云并肩。秋千静静地垂挂着绳索，连一个人的脚印也看不到，因此怀疑自己是不是走到了女子的住所，惶恐畏缩不敢往前了。一会儿，听见门外传来马蹄声，似乎是女子在说说笑笑，陈生和童仆赶紧藏到花丛中。没多久，那笑声就渐渐离他们走近了，听到有女子说："今天狩猎的运气不好，获得的飞禽太少了。"又听见另一个女子说："如果不是公主射下大雁，几乎要白白劳费人马，空手而归了。"不多工夫，几个女子簇拥着个女郎到亭边坐下。那女郎一身窄袖军装打扮，年纪只有十四五岁。梳拢起来的鬓发，多如云雾堆积，腰肢细软，似乎弱不禁风，即使最香的花和最美的玉也不如她好看。那些女子给她献上名贵的茶，熏上迷人的香。众人都衣着华丽，像是锦绣堆聚在一起，灿烂夺目。吃了会儿茶后，女郎起身，脚步轻轻踩着石阶一步步下去。其中一个女子说："公主您骑马狩猎累了，还打秋千吗？"公主笑着说："要。"于是那群女子忙行动起来，有架着肩膀的，有拉着胳膊的，有提裙子的，有拿鞋的，把公主的衣袖挽起来扶上了秋千。公主舒展开雪白的手臂，穿着小而尖的鞋子一登，像飞燕一样轻快，一下就到了云霄。之后，女子们扶公主下来，大家都说："公主真是仙女啊！"一边玩笑一边打闹走了。

陈生偷看了好长一段时间，觉得心神都飘了。等人声没了后，他才出来走到秋千下徘徊出神，不经意间看见篱笆下有条红巾，知道是那群美丽女子遗留下的，高兴地揣进袖子里。走上刚刚女郎坐的那个小亭，见桌上摆有笔墨，于是就在红巾上题了首诗："雅戏何人拟半仙？分明琼女散金莲。广寒队里应相妒，莫信凌波上九天。"写完后，嘴里吟诵着出去了。照着来之前的路往回走，一重重的门却都上了锁了。陈生在门口踱步半天没想到办法，就又返回来把这里的楼阁亭台几乎都观赏完了。正游玩间，一个女子出其不意地出现，看到陈生大吃一惊，问："你怎么到这里来的？"陈生揖礼说："我是个迷路的人，请你可怜救救我！"女子又问："你有没有捡到一条红巾？"陈生说："有，但我已经在上面题了首诗弄脏了，该怎么办？"便拿了出来。女子大惊失色，说："你死定了！这是公主常用的东西，被你胡乱涂抹成这个样子，怎么交代！"陈生吓得变了脸色，哀求女子替他求情脱罪。女子说："偷看宫廷的情形，你的罪已经不能饶恕了；念在你头戴儒巾是个读书人，本想私下保全你，现在是你自作孽不可活，还能想出什么办法？"于是恐慌地拿着红巾走了。陈生吓得心跳加快肢体僵硬，恨没有翅膀可以逃走，只有伸着脖子等死了。女子走很久后，又回来了，偷偷祝贺说："你有活着的希望了！公主拿着红巾反复看了三四遍，面色坦然，没有发怒的样子，或许会放你离开。你应该暂时在这里耐心守着，不要爬树钻墙洞逃走，被发现了就没有饶恕的话了！"陈生等着，天色已经快黑了，吉凶还不一定，而饥饿感又像是团火在灼烧着腹部，又被心中忧虑煎熬得快要死了。没多久，那个女子挑着灯来了，还有一个丫鬟提着饭盒酒壶，拿出酒饭让陈生吃。陈生着急忙慌打听消息，女子说："刚才我趁着公主有空跟公主说：'园中那个秀才，要饶恕他的话就放他走吧；不然，他也快饿死了。'公主沉思着说道：'这夜深人静的让他到哪里去？'于是让我给你送饭来吃。这不是坏消息。"陈生整夜害怕得来回踱步，紧张恐慌，不能安心。第二天辰时要过去了，女子又来送饭。陈生哀求她替自己讲情，女子说："公主不说杀你，也不说放你，我们这些下人怎么敢絮絮叨叨，轻率告说？"

直到太阳向西边落下，陈生正眺望远处殷勤期望着消息传来时，女子喘息甚急地跑了来，说："不好了！有个多嘴多舌的人把你在这里的事泄露给了王妃。王妃拿过红巾一看，气得当即扔在地上，破口大骂粗俗鄙陋，祸事离你不远了！"陈生吓得脸如土灰，直直跪下求救。忽听错杂混乱的说话声，女子摇着手躲开了。好几人拿绳索，来势汹汹，进门后，其中一个丫鬟仔细打量陈生说："还以为是什么人呢，这不是陈郎吗！"于是阻止了拿绳索的人，说："不要动粗，不要动粗，等我禀告王妃之后再说。"说完便返身赶紧去了。过了一会儿又来了，说："王妃让我来请陈郎去。"陈生心惊胆战地跟她去了，途中弯弯曲曲经过了好几十重门，终于到达一座门上挂着碧色竹条编的帘子，还用银帘钩的宫殿。到那里之后，立即就有美丽的女子帮他掀开门帘，唱道："陈郎到了。"陈生进门，见上座坐着个容貌姣好的女子，身上的衣袍绚丽多姿。陈生伏首礼拜，说："我是来自万里之外的孤独行人，请您宽恕我的性命！"王妃急忙站起，亲自拉他起来，说："要不是有您，我也不会有今天。女婢们没有见识，以至于忤逆了贵客，这罪过不可饶恕！"随即设下丰盛的宴席，并给陈生摆上镂空雕花酒杯。陈生一时间很诧异，懵懵懂懂不知为何。王妃说："您对我有再造之恩，我却遗憾没有什么可以回报给您。承蒙您题巾喜爱我亲生女儿，这也是上天注定的缘分，今晚就让她侍奉您。"陈生没有想到会是这样，神情迷茫没有着落。

太阳刚刚落山，就有一丫鬟前来禀报："公主已梳洗完毕。"于是领着陈生去那芙蓉帐，忽然四周笙箫管乐齐鸣，台阶上还都铺上了花毯，不管是大门堂中还是篱笆厕所，四处都张灯结彩。几十个妖娆女子，扶着公主和陈生拜了天地，殿庭里充斥者麝香、兰香。接着陈生和公主相互搀扶着进入床帐，两人一夜欢愉。陈生说："我是个在外漂泊的人，生平没来叩拜侍奉过。弄脏了您的芳巾，免遭斧锧之刑，已是万幸；如今还反而赐我与你拜堂成亲，实在是大大超出我的期望。"公主说："我母亲是洞庭湖君的妃子、扬子江王的女儿。去年回娘家省亲，不经意间游到湖面上，被流箭射中。蒙您搭救才得以脱身，又给母亲涂上金创药，我们全家上下都感激在心，不曾遗忘。您不要因为我不是同类而心怀芥蒂，我向龙君学到了长生秘诀，愿和您一起修炼。"陈生这时才明白她们是神仙，就问："那个丫鬟如何知道我长什么样？"公主说："那天在洞庭湖的那艘船上，曾有条小鱼咬着母亲的尾巴，就是这个丫鬟了。"陈生又问："你看了红巾上的题诗，既然没有派人诛杀我，为什么还一直不放我走？"公主笑道："实在是因为爱惜你的才华！但婚姻大事不能自己作主，一整夜都辗转难眠，他人又从何得知。"陈生叹息说："我是管仲，你就是我的知己鲍叔牙啊！给我送饭的是谁呢？"公主说："那是阿念，也是我的心腹之人。"陈生问："如何报答她的恩德呢？"公主笑道："未来有日子侍奉你，慢慢想着报答她也不晚。"陈生又问："洞庭湖龙君在哪里？"公主说："跟着关公征战蚩尤还没回来。"

陈生住在这里几天后，担忧家里没有他的消息，会十分挂念，于是先写了封报平安的家书，让自己的童仆先送回去。家里人听说洞庭湖上陈生的船翻了，妻子已经穿了一年多的丧服了。童仆拿回家书，家里人才知道他没死，但音讯阻塞，始终怕陈生在外漂泊难以回来。又有半年时间，陈生忽然到了家门口，他所穿的衣服骑的马匹都异常华丽，包袱里还装满了各种宝石玉器。从此之后，陈生有了巨万家产，所用所吃都非常豪华奢侈，就算是世家大族都不能相比。七八年里，陈生有了五个儿子。天天设宴招待客人，吃穿用度和皇宫没有区别，异常丰盛。有人问陈生遇到了什么好事，陈生毫无隐瞒地跟他讲了。

梁子俊是陈生小时候很好的一个朋友，在南方做了十几年的官，回家途中过洞庭湖，看见湖面上有一只装饰漂亮的游船，漆红的船窗有精美雕花，还传来悠扬的笙歌，在烟雾朦胧的水面上缓慢行驶，时不时有美貌女子推开窗子靠在上面向远方眺望。梁子俊仔细盯着画舫看了一会儿，见里面有个年轻男子没戴冠帽，裸露着头髻双腿交叉坐在船上，旁边还有个十六岁左右的美人，给他捏肩按摩，想必是湖北这一带的达官贵人，只是他们的随从很少。梁子俊认真端详了那男子一番，原来是幼时的玩伴陈明允，不觉靠在船栏上一个劲地叫他。陈生听到，就让停船，出来到船头，认出了梁子俊，就邀请他过船来。梁子俊进船见桌子上摆满了剩菜，空气中飘散的酒雾还很浓烈。陈生立即命人将残席撤去，立即有三五个漂亮的女婢就进来摆酒煮茶，所摆上的山珍海味，都是从没见过的。梁子俊吃惊地说："十年不曾和你相见，怎么富贵到这般地步了？"陈生笑道："你小看穷书生不能发达吗？"梁子俊问："刚才和你共饮的是谁？"陈生说："我的妻子。"梁子俊疑上加疑，问："你要带着家眷到哪里去呢？"陈生回答说："将要去西方。"梁子俊还想再追问，陈生急着命人奏乐然后自己劝他酒。一句话才完，乐声就如晴天霹雳般在耳边响起，歌声和音乐声一片嘈杂，不再听得见说笑声了。

梁子俊见桌前围满了美女，就趁着醉意大着胆子说："明允公，是否能让我真个飘飘欲仙?"陈生笑着说："你喝醉了！但我有能买个美妾的东西，可以送给你。"于是命侍女取出一颗明珠，说："就算是像晋石崇的歌姬绿珠一样美貌的女子也不难买来，以此证明我不是吝啬。"于是催促分手说："我有件小事十分繁忙迫切，来不及和老朋友一直相聚下去了。"于是把梁子俊送回自己船里，陈生便命人解开缆绳，径自走了。

梁子俊回去后，到陈生家中探望，见陈生和客人正在畅饮，更加疑惑，于是问道："昨天我们还在洞庭湖相聚，你怎么回来这么快?"陈生回答说："我没去洞庭湖。"梁子俊便述说当时的情景，在座的人都一脸惊讶。陈生笑着说："你看错了吧！我难道有分身术吗?"大家都觉得奇怪，但终究不能解释其中原因。后来，陈生八十一岁时去世，等到下葬时，人们都惊讶装着陈生的棺木很轻，就开棺看个究竟，里面竟然是空的。

异史氏说：当初陈生的船翻了，被刮到湖中抱着竹板不沉，在红巾上题诗，这些事中都有鬼神在施展神通。然而这一切因缘际会都要一颗仁慈的心才能顺通。等既有宫廷里的神仙美妻，又有凡尘家中的贤妻，一人而同时在两地享受，这是难以解释的。以前那些愿能娶的娇妻美妾，膝下子孙满堂，并且还能修的长生不死的人，也仅仅只能得到他的一半。难道神仙中也有郭子仪、石崇一样多子多福的人吗？

土地夫人

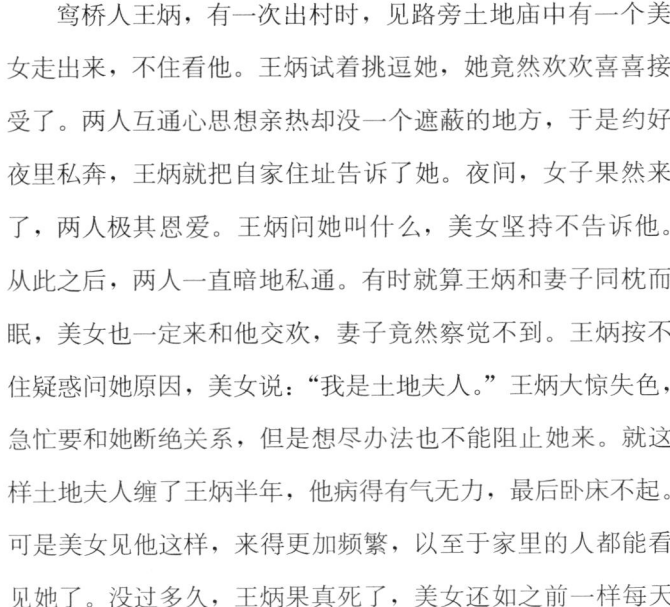

　　鸳桥人王炳，有一次出村时，见路旁土地庙中有一个美女走出来，不住看他。王炳试着挑逗她，她竟然欢欢喜喜接受了。两人互通心思想亲热却没一个遮蔽的地方，于是约好夜里私奔，王炳就把自家住址告诉了她。夜间，女子果然来了，两人极其恩爱。王炳问她叫什么，美女坚持不告诉他。从此之后，两人一直暗地私通。有时就算王炳和妻子同枕而眠，美女也一定来和他交欢，妻子竟然察觉不到。王炳按不住疑惑问她原因，美女说："我是土地夫人。"王炳大惊失色，急忙要和她断绝关系，但是想尽办法也不能阻止她来。就这样土地夫人缠了王炳半年，他病得有气无力，最后卧床不起。可是美女见他这样，来得更加频繁，以至于家里的人都能看见她了。没过多久，王炳果真死了，美女还如之前一样每天都来。炳妻怒骂她说："你这淫荡鬼不知羞耻！人已经死了，还来干嘛?"美女于是离去，再也不来。

土地爷虽然职位低小，但也是神仙，哪有任凭妻子与人私通的？糊涂也到不了这个地步。不知是什么妖物淫荡昏聩，让千百年后的世人传说这个村里有个污秽低贱不严谨的神仙，真是冤枉啊！

长治女子

　　山西潞安府长治县有个叫陈欢乐的人，他生了个女儿，聪明美丽，养得秀外慧中。有天，有个道士来乞求布施，见到陈女，瞥了眼就走了。此后道士天天手里拿着钵盂在陈家附近徘徊。有一天，道士又如往常一般到陈家附近，恰好从陈家出来一个盲人，道士就追上去并排和他走着，询问他来这里做什么。盲人说："刚才进陈家是为了推演八字算命。"道士说："听说他家里有个女儿，我有个表亲，想到他家求取姻缘，只是不清楚那女儿的出生年月。"盲人就告诉了他陈女的出生日期，道士听完就告辞离开了。

　　几天后，陈女正在房里做女红，忽然感觉脚像是失去了知觉，一阵麻痹，逐渐蔓延到大腿，又渐渐到了腰腹位置，不一会儿，便晕厥过去，整个身子向前扑倒在地。陈女定神一段时间，才恍恍惚惚地能站起来，想去找母亲告知这件事。可刚出房门，眼前就是一片茫茫的黑色水波，淹得路只剩下根细线，陈女吓得连忙后退。但此刻屋门和所居房间，都已经被黑水淹没。再看那条像细线的路上，走的人绝少，只有一个道士慢慢在前面走，于是陈女就在他的后面远远跟着，希望能碰到同乡人和他们说说话问问原因。走了好几里路后，忽然见前面有间房子，仔细一看，则是自家大门，大吃一惊，说："在这路上走了这么远，竟然还在村子中。为什么之前迷茫不知到如此地步！"她开开心心地进了家门，父母此时尚且还没回来，又仍然回到自己的房间，之前所绣的花鞋还在床上。陈女奔波了很长一段路感觉自己累极了，便坐上床休息。这时之前看见的道士忽然闯入，陈女大惊失色，想逃走。道士一把捉住她并且用力按住。陈女想呼喊求救，但喉咙怎么也发不出声音。道士突然用锋利的尖刀划开了陈女的胸口，她感觉自己灵魂出壳，飘立在旁边，抬眼环顾四周之前的家全不见了，映入眼帘的只有遮天蔽日的破壁悬崖。只见道士把她尸身上的心血点在木人身上，又接着双手手指交叠，嘴里念起咒语，陈女感觉自己和木人合为一体。道士嘱咐说："从今以后你要听我的命令，不得违背！"于是随身佩戴木人。

　　陈家的女儿不见了，全家人都惶恐不安，一直找到牛头岭地界，才听说村人传言："岭下有一个女子被剖心而死。"陈欢乐一听，悬着心急忙奔赴去查验，果真是自己女儿。他哭着把这件事上报县令，县令拘捕了牛头岭下住着的村民，拷问了几遍，头绪全无，就暂且把那群村民收监，以待之后查问。

道士已经离开牛头岭几里路外，正坐在路旁的柳树下休息，忽然对陈女说："今天就派你做第一件事，去察看县衙中案子审得怎么样了。去后要藏在大堂暖阁上，倘若看见县令使用官印，要立即躲开！要牢牢记住，不要忘了！限在你辰刻去巳刻回来。要是你回来晚了一刻钟，我就在你心上刺上一针，那你就会急剧疼痛；迟回来两刻钟，便刺上第二针；直到刺上第三针时，那么你就会魂飞魄散。"陈女吓得四肢颤抖不停，立即飘身前去。转瞬间，就到了县衙，遵照道士的吩咐藏在在暖阁上。这时被抓的牛头岭村民正排列着跪在堂下，还没开始审问。恰恰碰上县令要拿官印给公文盖章，陈女躲避不及，一看到官印，就感到浑身疲惫软绵，暖阁处的纸格似乎承受不了她的身体，突然发出爆裂的声音。堂上的所有人都吓了一跳，抬头四周张望，县令命人再举出官印，爆裂声响又像之前发出；举三次官印时，陈女从暖阁上掉落在地，堂上的人都听见了。县令起身祝祷说："如果是含冤受屈的鬼魂，应当直述自己的冤屈，本官可为你沉冤昭雪。"陈女呜咽来到案前，把道士杀害自己的惨状和派遣她来侦察审问的情况都说了一遍。

县令命衙役快马加鞭赶去捉拿道士归案。衙役到柳树下一看，道士果然在，便捉住他回了公堂，只一审讯道士就认罪了，那些村民嫌犯才被释放。县令问陈女："你已沉冤昭雪了，想到哪里去？"陈女说："要跟从大人。"县令说："我官署中没容你之处呀，不如暂且还是回你家去吧。"过了很久，陈女才说："官署就是我家，我马上进去了。"县令再问，四周已寂然无声。他退堂后回到自己的住宅，夫人刚刚生下个女孩来。

龙戏蛛

徐公在山东齐东当县令时，官署中盖有一座楼，用来贮存瓜果蔬菜。可楼里的食物经常被偷吃，地上到处都脏乱不堪。家里的仆人因此多次受到训责，心里很委屈，就偷偷埋伏在楼里等着看到底是什么东西搞的怪。等了会儿，见有一只斗那么大的蜘蛛。仆人吓了一跳，急急忙忙跑去告诉徐公。徐公认为这只大蜘蛛很稀奇，就每天派丫鬟去给它投喂食物。蜘蛛越来越被徐公驯服，饿了就出来让人给它吃的，吃饱了就离去。就这样过了一年多，徐公偶然在审阅案件公文时，大蜘蛛忽然爬到他的书桌上来趴着。徐公心疑它饿了，刚呼唤家仆把食物端来，一转头发现有两条像筷子粗细的蛇夹着蜘蛛躺在那里。蜘蛛蜷起爪子，缩着肚子，好像十分害怕。顷刻之间，两条蛇突然暴长，长到鸡蛋那么粗。徐公被吓得不轻，想逃出门去，突然，天空中雷电震响，徐公全家都被震昏了。等徐公苏醒过来，发现家中夫人和丫鬟仆人全被击死了，共计七人。徐公也生了一个多月的病，最后也死了。徐公清廉奉公，公正爱民，在发运棺材的那一天，百姓自愿捐钱给他送葬，哭声响遍野外。

异史氏说：龙戏蛛，我总是猜测应该是街边上的人传的谣言，难道这样的传言是真的吗？只听说被雷霆击中的人，必定是穷凶极恶之徒，为什么却让一个清良正直的好官遭受这种惨祸呢？天老爷的糊涂账，也太多了吧！

野狗

顺治年间的于七之乱中，杀人杀得都麻木了，死人多不胜数。有个叫李化龙的乡下人，从山中逃窜回来，正赶上大军夜间进发。他害怕这些清兵不加区别，滥肆杀戮，着急万分却无处藏身，于是僵硬地直起身子躺到死人堆里，装尸体。

清兵走后，李化龙还不敢马上爬出来，小心翼翼地睁开眼睛。忽然见缺头断臂的尸体，都站起来了，密密麻麻像小树林一样。里面有具尸体，断掉的脑袋还连在肩膀上，嘴里说着："野狗子来了，我们如何是好？"其他尸体七嘴八舌的附和道："我们该如何是好？"说完，顷刻之间，就僵硬的倒下了，四周立即悄无声息。

李化龙正吓得瑟瑟发抖要爬起来，就看见一个怪物来了，兽头人身，正埋着脑袋啃吃人头，挨个吸人的脑髓。李化龙吓得不行，就用尸体盖住自己的头。怪物吸到李化龙的位置，拨弄他的肩膀，想把他的头拔出来。李化龙用尽全身力气把头埋着，怪物不能如愿，于是就去推盖在李化龙头上的尸体，这才让他的头露了出来。李化龙吓得大惊失色，手在腰下摸索，摸到一块碗口般大的石头，紧紧抓在手里。怪物俯下身子正想啃李化龙的脑袋，他大喊一声，猛地用石头暴捶怪物的头，一下打中了它的嘴。怪物疼得大叫了一声，声音像猫头鹰，捂着嘴负痛跑了，吐了些血在路上。李化龙靠近一看，在血泊之中找到两颗牙齿，中间弯曲，端头锐利，足有四寸多。他揣进怀里带回去给别人看，大家都不知道是什么怪物。

二班

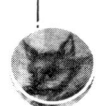
　　云南人殷元礼，擅长施展针灸替人治病。一次强盗作乱，他逃到深山隐居起来。有天，太阳即将落山，殷元礼在外离村庄还远，怕路途中遭到猛虎野狼袭击。这时他看见前面路上有两个人，就疾步追赶上去。到了跟前，那两人问："客人你从哪里来？"殷元礼报了自己的姓氏住址，那两人拱手施礼恭敬地说："原来是良医殷先生啊，仰慕先生的名气已经很久了！"殷元礼转而询问他们怎么称呼，那两人说自己姓班，一个叫班爪，一个叫班牙。他们便对殷元礼说："先生，我们也是躲避灾难的，幸好找到间石屋可以住宿，大着胆子求先生屈尊跟我们去，并且我们也有事想求先生帮忙。"殷元礼答应了，心情放松下来高兴地跟着他们走。

　　没走多久，到一个地方，屋子依靠着山岩谷建立。那两人点燃柴火当作蜡烛，在灯光的照耀下，殷元礼这才看清二班面貌，两人长得高大威猛，容貌狰狞，看着不像好人。可心下计较一番，也没其他地方可去，也只好任人宰割了。又听到床上传来有人呻吟的声音，仔细审视，发现是个老妇人僵硬地躺在床上，似乎正在承受什么痛苦。殷元礼问："这是得了什么病？"班牙说："就因为这个缘故，敬请先生前来。"就拿着火把照亮床铺，请殷元礼凑近查看。只见老妇人鼻子下方口角处垂着两个瘤子，都长得有碗那么大，并且告诉他说："痛得很厉害，妨碍饮食。"殷元礼说："这病不难治。"于是拿出艾团，替老妇人施针艾灸了好几十壮，说："隔一晚上就可痊愈了。"二班听他这么说，都很高兴，立即烤鹿肉犒劳客人。二班家里并没有酒和米饭，只有鹿肉，班爪说："我们仓促之间，也不知道会有客人来，希望不要因为招待不周而怪罪。"殷元礼饱餐了顿鹿肉后就睡下了，头下枕着的是石块。二班虽然很诚信朴实，但太过粗莽，看着不免有些害怕，殷元礼辗转反侧不敢睡太死。天还没亮，就起身叫醒老妇人，问她的病怎么样了。老妇人刚醒，自己伸手向鼻子下方一摸，感觉两个瘤子破了，留下两个疮口。殷元礼催促二班起来，拿火靠近照着看看，又给老妇人敷上药，说："痊愈了！"便向二班拱手道别，二班又拿出一条烤鹿腿送给他。

后来三年也没听到关于二班的消息。有一次，殷元礼因为有事要办进山，路上碰到两只狼挡道，无法前进。这时太阳已经向西，一大群狼又围了过来，殷元礼前后都有狼，腹背受敌。有一条狼向他扑了过来，他被扑倒在地，好几只狼争着来咬他，衣服全被狼牙撕碎。殷元礼心想：这次是一定没命了！忽然间有两只老虎突然蹿了出来，狼群怕不敌，向四周逃跑了。老虎震怒，大吼一声，群狼都怕得趴在地上。老虎猛扑过去全都把它们咬死，才离开。殷元礼得了条命，狼狈地继续向前走。正害怕夜深找不到地方投宿，偶然间遇到一个老妇人走来。老妇人看他被狼咬得伤痕累累，说："殷先生受苦了！"殷元礼神情悲切地向老妇人说了刚才的事，转念又问她怎么会认识自己。老妇人说："我就是你在石屋中用艾灸治疗瘤子的老太婆啊！"殷元礼才顿时明白过来，便请求借宿一晚，老妇人点头领着他去了。走进一所房院，里面灯火通明。老妇人说："老身等候先生很久了。"于是拿出衣袍裤子，让殷元礼换下身上已经破得不成样子的衣服；摆列好酒具，热情地劝他饮酒。老妇人也用陶碗喝酒，谈吐、饮酒都很豪爽，不像是普通女人。殷元礼问："之前的那两个男子，是老婆婆您什么人？为什么没见他们？"老妇人说："那是我的两个儿子，他们去迎接先生，尚且还没有回来，一定是在途中迷路了。"殷元礼感激他们对自己的情义，纵情饮酒，不觉间已经喝得酩酊大醉，在座位上沉沉睡下。醒来时，太阳已经出来了。殷元礼环顾四周，竟然没有房舍，自己独坐在岩石上。这时听到岩下有喘息声，像牛吼般大，走近一看，原来是只老虎正沉沉睡着没有醒。老虎的嘴间两块瘢痕，都大得像拳头。殷元礼极为恐慌，生怕老虎察觉到什么醒来，于是偷偷地逃跑了。之后才恍然大悟，二班就是救自己命的那两只老虎。

（以上《聊斋志异》）

三头人

康熙年间，吴三桂叛逆作乱，西南地区四处混战，道路被阻断。有张氏兄弟三人是湖州人，因战乱从云南逃回来，从蒙乐山的东边出发，一连走了十天十夜，在途中迷失了方向，没了食物，就采树叶和草根吃。一天早晨走到一处开阔的原野，忽然一阵大风从西边刮来，吹动草木的声音，就像翻江倒海般大。三个人感到害怕，登上高处的山坡眺望，看看究竟。只见一头黑牛，身体比大象还大，跌跌撞撞地走过，它四周的草木都被它碾倒。

傍晚时分，还没找到睡觉休息的地方，远远看见前方大树下面似乎隐约有房屋，三人立即跑了过去。到那一看，屋子十分宽大敞亮，屋里有一个男人走了出来，有一丈多高，脖子上长了三个头。每次开口说话，都是三张嘴巴一齐发声，声音清晰明白，听得很清楚，好像是河南口音。三头人问他们三个从哪里来，张氏兄弟把实情全都告诉了他。三头人说："你们千里步行到这里又迷了道路，恐怕饿坏了吧?"三个人连忙拜谢。三头人随即招呼妹妹为客人煮饭，十分热情厚道的样子。妹妹应声出来，也是个三头的女子，她看着张氏三兄弟，笑着对兄长说："这三位公子，大哥有长寿命格，两个弟弟我忧虑他们不能免遭灾难。"张氏三兄弟吃完饭，三头男人折了根树枝给他们，说："用这根树枝对着太阳光，跟着它所投下的影子走，可以当作指南车。只是从这里一路经过的庙宇，可以住宿，不可以击打里面的钟鼓，你们千万要牢记。"三个人记下后才辞别而行。

第二天，三个人进入到一片杂草丛生、荒无人烟的山林当中，看见有一座古庙可以歇息。三个人坐在屋檐下，一群乌鸦飞来啄他们的头顶。张大很生气，捡起石头来打它们，石头不小心误打到庙里的古钟，发出响亮的声音。突然跳出两个夜叉，抓住他的两个弟弟，随即就掰成两半吃掉了。又要来抓张大的时候，忽然听见如海涛般大的风的声音，一只大黑牛像是随风流动般到了张大面前，与两个夜叉格斗。过了一会儿，夜叉大败而走，张大这才逃脱了。走了几十天，才回到故乡。

生夜叉

　　浙江绍兴有个叫郑时若的秀才，取了卫家的女儿做妻子。不想，这对夫妻生了一个夜叉，生下来时全身上下都是蓝色，嘴唇上翻，眼睛又大又圆，鼻子却又塌又小，嘴尖尖的，头发还是红色，手像鸡爪，脚如骆驼蹄。一脱母胎就咬人，把接生婆的手指头都咬伤了。郑秀才一见生下了的儿子是这样，十分害怕，拿着刀就要杀他。刚生下来的夜叉竟然丝毫不怕，也摆出打架的姿势。过了许久夜叉才死了，流出的血都是青色。他的母亲卫氏也因惊吓过度死去。

奇
鬼
眼
生
背
上

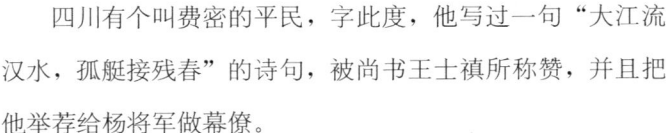

　　四川有个叫费密的平民，字此度，他写过一句"大江流汉水，孤艇接残春"的诗句，被尚书王士禛所称赞，并且把他举荐给杨将军做幕僚。

　　费密跟随杨将军征战四川。经过成都时，住在察院楼里。当地人都传言说这座楼里有妖怪作祟，杨将军和李副将都不相信，就拉着费密一起住在了察院楼中。费密听说了传言，按捺不住心中的疑虑，就一整晚都点着灯，手里拿着剑，端坐在床帐里。等到夜半三更，楼下传来硬物连续撞击地面的声音，有一怪物蹑手蹑脚踩着梯子上来了。费密拿着烛火一照，看见一个有头有脸，却没有眉毛眼睛的怪物，它瘦得像一段干枯的树枝，直直站立在床帐前。费密拔出剑去砍他，怪物连忙后退几步，转过身子要逃跑。怪物转身时，费密发现它背后有一只眼睛竖着长在背上，足有一尺长，发出耀眼的金光。那怪物慢慢走到杨将军住的房间，掀开床帐，转过身放出金光射向杨将军。忽然杨将军鼻孔里也发出两道白气，和那怪物所发出的金光相互抵拒。白将军呼出的白气越来越大，怪物放出的金光则越来越小，最后怪物抵挡不住，滚到楼下，金光也就消失了。没过多久，又听见楼梯作响，怪物又上楼来了，快步走到李副将住的房间。李副将此时正睡得很熟，鼾声如雷。费密认为李副将应当更加勇猛，更不担忧。没想到，突然听到一声大叫，去李副将房间一看，发现他已经七窍流血死了。

（以上《子不语》）

图书在版编目（CIP）数据

天干物燥，小心鬼狐：中国鬼狐妖物百谭／（清）蒲松龄，（清）袁枚原著；黄凤娇编译. — 成都：巴蜀书社，2022.6（2024.8重印）

ISBN 978-7-5531-1727-0

Ⅰ.①天…　Ⅱ.①蒲…　②袁…　③黄…　Ⅲ.①笔记小说－小说集－中国－清代　Ⅳ.①I242.1

中国版本图书馆 CIP 数据核字（2022）第 084435 号

天干物燥，小心鬼狐：中国鬼狐妖物百谭　　　　（清）蒲松龄　袁　枚　原著
TIANGAN WUZAO XIAOXIN GUIHU　　　　　　　　黄凤娇　编译

策划出品	远涉文化
出版统筹	罗婷婷　庄本婷
策划编辑	袁子旃
责任编辑	王群栗
责任印制	田东洋 谷雨婷
出版发行	巴蜀书社（成都市锦江区三色路238号新华之星A座） 总编室电话(028)86361843 发行部电话(028)86361856
照　　排	四川胜翔数码印务设计有限公司
印　　刷	成都东江印务有限公司(028)82601551
版　　次	2022 年 6 月第 1 版
印　　次	2024 年 8 月第 6 次印刷
成品尺寸	210mm×145mm
印　　张	13
字　　数	270 千
书　　号	ISBN 978-7-5531-1727-0
定　　价	59.80 元

本书若有印装质量问题，请与工厂调换